中國語言文字研究輯刊

二二編

許學仁 主編

第 **22** 冊

《清華大學藏戰國竹簡（柒）·
越公其事》考釋（上）

江 秋 貞 著

花木蘭文化事業有限公司

國家圖書館出版品預行編目資料

《清華大學藏戰國竹簡（柒）·越公其事》考釋（上）／江秋貞
著 -- 初版 -- 新北市：花木蘭文化事業有限公司，2022〔民
111〕
目 2+290 面；21×29.7 公分
（中國語言文字研究輯刊　二二編；第 22 冊）
ISBN 978-986-518-848-1（精裝）
1.CST：簡牘文字 2.CST：研究考訂
802.08　　　　　　　　　　　　　　　　110022450

ISBN-978-986-518-848-1

9 789865 188481

中國語言文字研究輯刊
二二編　　第二二冊　　　　ISBN：978-986-518-848-1

《清華大學藏戰國竹簡（柒）·
越公其事》考釋（上）

作　　者　江秋貞
主　　編　許學仁
總 編 輯　杜潔祥
副總編輯　楊嘉樂
編輯主任　許郁翎
編　　輯　張雅淋、潘玟靜、劉子瑄　美術編輯　陳逸婷
出　　版　花木蘭文化事業有限公司
發 行 人　高小娟
聯絡地址　235 新北市中和區中安街七二號十三樓
　　　　　電話：02-2923-1455／傳真：02-2923-1452
網　　址　http://www.huamulan.tw 信箱 service@huamulans.com
印　　刷　普羅文化出版廣告事業
初　　版　2022 年 3 月
定　　價　二二編 28 冊（精裝）　台幣 92,000 元　　版權所有·請勿翻印

《清華大學藏戰國竹簡（柒）‧越公其事》考釋（上）

江秋貞　著

作者簡介

江秋貞，國立臺灣師範大學國文教學碩士、國文學系博士，現任中學國文教師。碩士論文《《上海博物館藏戰國楚竹書（七）‧武王踐阼》研究》、博士論文《《清華大學藏戰國竹簡（柒）‧越公其事》考釋》，著有多篇單篇論文，對古文字很有興趣，研究專長：文字學、戰國文字、楚簡。

提　要

　　《越公其事》是《清華大學藏戰國竹簡（柒）》中最長的一篇。竹簡的首尾兩章殘損較嚴重外，其他大致保存良好。全篇綴聯後共有 75 支簡，文義完整。《越公其事》講述的是春秋時期，吳越兩國爭霸史中句踐滅吳復國的故事，從句踐兵敗，委曲求和開始，再到他實行五政之律，讓人民休養生息、足農足食、好信修征、充實兵利和整飭刑罰等一連串勵精圖治的措施後，越王見民氣可用，積極整軍求戰，最後描寫越軍攻入吳都反噬滅吳為止。《越公其事》所敘述的內容和今本《國語‧吳語》、《國語‧越語》密切相關。其故事架構都是越勝吳敗，唯一不同的是：《越公其事》大篇幅地描述了越王實行「五政之律」，著重句踐雷厲風行的施政措施後，才得以滅吳復國。本書第一章為「竹簡形制和章節」。第二章為「簡文考釋」。《越公其事》原考釋者整理出十一章，筆者為了方便讀者閱讀，將這十一章內容依主旨分為三節：一、「越敗復吳」，包括《越公其事》的第一到四章；二、「五政之律」，包括《越公其事》的第五到九章；三、「越勝吳亡」，包括《越公其事》的第十、十一章。第三章為「釋文和語譯」。筆者希望透過對《越公其事》的分析和考釋，讓我們對戰國文字和戰國時期吳越歷史有更多的了解。

目次

凡　例

一、本書以「清華大學出土文獻研究與保護中心」出版之《清華大學藏戰國竹
　　簡（柒）‧越公其事》做為研究底本。

二、本書「簡文考釋」的部分共分十一章，每一章先列出經筆者考釋過之「釋
　　文」，釋文採窄式隸定，其後括號註明今字、通同字等。每段「簡文考釋」
　　中依句逐一進行考釋，分列①，②，③……標記。

三、「簡文考釋」的部分，先列出原考釋者的意見，再依發表時間順序列出各學
　　者的看法。最後為筆者的分析考釋，為求文責清楚，筆者的分析考釋均標
　　明「秋貞案」。

四、本書採用新式標點，其餘符號大體依照古文字界的習慣：□表示缺一字，
　　▨表示缺若干字。若□中有字，則表示是根據其他條件增補。……表示本
　　簡前後文義未完，應該還有字。（　）標示隸定字或今字、通假字。（？）表
　　示括號前一字的隸定還有疑問。〔　〕表示該字為衍文，【　】標示簡號，通
　　常標在每簡的最末。單篇論文用〈　〉，專書及學位論文用《　》，但引文時
　　一律依原文標示，不作更動。

五、本書對業師尊稱老師，對於學者均依據學界慣例一律不加先生。

六、考釋部分，必需討論的難字採窄式隸定，其後括號註明今字、通同字等；
　　不涉及討論的部分，以寬式隸定。語譯力求明白通暢。

七、武漢大學簡帛研究中心網站「簡帛論壇」版下「簡帛研讀 http://www.bsm.
　　org.cn/forum/forum.php?mod=forumdisplay&fid=2」之「清華七《越公其事》
　　初讀」專題討論的意見，有很多重要的討論內容，本書引用時一律標作「簡
　　帛論壇：「清華七《越公其事》初讀，第 XX 樓，年月日」。

八、本書考釋所用上古音多依據行政院國家科學委員會經費補助，臺灣大學中
　　國文學系和中央研究院資訊科學研究所共同開發「漢字古今音資料庫」，網
　　址：http://xiaoxue.iis.sinica.edu.tw/ccr。

九、用網名發表的學者一律不加註原名。

十、本書以細明體書寫。引用學者的意見儘量完整以標楷體列出引文，字數少
　　者隨文引用，字數多者則另段引用，並縮排三格，其後均註明作者及出處，
　　以便讀者稽考。

第一章　竹簡形制和章節

　　自 2017 年《清華簡》第七輯出刊後，學者們在「清華大學出土文獻研究與保護中心網」、「復旦大學出土文獻與古文字研究中心網」與「武漢大學簡帛研究中心網」等網站上及戰國楚簡相關的會議或研討會中，都對《越公其事》的討論很熱烈，成果著作斐然，其間也有碩論以《越公其事》為題作了全篇的集釋。但筆者綜觀目前各家的研究成果後，覺得針對這篇簡文楚文字的考釋及內容的探討仍有未竟之處，尚有很多空間可以再深入研究，所以本書寫作的目的是將《越公其事》楚簡的文字做出詳細的考釋，梳理簡文內容，並盡量白話通譯。

　　根據簡本《越公其事》的「說明」：原考釋李守奎認為本篇原有的篇題「越公其事」在篇尾。〔註1〕本簡有些殘損，首尾兩端殘斷較為嚴重，經費力拼綴，全篇總共有 75 支簡，文義大致完整。〔註2〕全篇分為十一章，章尾會有標誌符號，或留下空白，或章間空白。〔註3〕簡長約 41.6 公分，寬約 0.6 公分，簡背有

〔註1〕清華大學出土文獻與保護中心編：李學勤主編：《清華大學藏戰國竹簡（柒）》，上海，中西書局，2017 年 4 月，頁 112。筆者認為王輝的〈說「越公其事」非篇題〉可從，「越公其事」一句與正文相連屬，應該是吳王說的話。參考王輝：〈說「越公其事」非篇題〉，http://www.gwz.fudan.edu.cn/Web/Show/3016，20170428。

〔註2〕第 18 簡的編聯位置應從陳劍〈《越公其事》殘簡 18 的位置及相關的簡序調整問題之說〉之說，調整和簡 34 級聯，即簡 36 上和簡 18 和簡 34 合為一簡。簡 33 連接簡 35。

〔註3〕這 11 章的區分在各章末尾：簡 8、簡 15、簡 25、簡 29、簡 36、簡 43、簡 49、簡 52、簡 59、簡 68 和簡 75，在各章末尾文字後留有墨鉤，每個墨鉤後還有留白。

畫痕，沒有簡序編號。〔註4〕滿簡每支約 31～33 字。字體工整，字迹首尾一致，應該為同一人所寫。篇中文字雖然工整，有一些訛書和異寫，有些字和當時常見的楚文字不一樣，還有楚簡未識字，不容易確釋。〔註5〕

　　有關分章節的部分，原考釋已經分為十一章，而金卓和竹田健也對簡文的分章概要提出看法。〔註6〕筆者對簡文內容梳理後覺得有必要對內容歸納提要，以便分析，故做下表列，如下分類：

名　稱	章　節	簡　　號	章　旨
第一節：越敗復吳	第一章	簡 1～簡 8	越敗求成
	第二章	簡 9～簡 15 上	君臣對話
	第三章	簡 15 下＋簡 16、17＋簡 19～簡 25	吳王許成
	第四章	簡 26～簡 29	越謀復吳
第二節：五政之律	第五章	簡 30～簡 33＋簡 35＋簡 36 上＋簡 18＋簡 34＋簡 36 下	好農多食
	第六章	簡 37～簡 43	好信修征
	第七章	簡 44～簡 49	徵人多人
	第八章	簡 50～簡 52	好兵多兵
	第九章	簡 53～簡 59 上	刑令救民
第三節：越勝吳亡	第十章	簡 59 下～簡 68	試民襲吳
	第十一章	簡 69～簡 75	不許吳成

〔註 4〕原考釋者李守奎在《越公其事》「說明」中略提到簡背有「劃痕」，但沒有更具體的說明。筆者在「竹簡信息表」未見劃痕的訊息，查看竹簡原大圖版的照片也不見劃痕。竹田健二在〈《越公其事》的竹簡排列和「劃痕」〉一文中關注到《越公其事》背後有由左上至右下傾斜的「劃痕」，對其竹簡排列復原問題進行探討。竹田健二認為：《越公其事》簡中由於有的殘缺無法確認劃痕，有的簡即使無殘缺也無法確認。雖然不易把握劃痕的原本狀況，但整理者復原的《越公其事》竹簡排序劃痕 A（簡 34 至簡 68）與劃痕 B（簡 1 至簡 33）的連貫性大致合適。竹田健二推測，整理者也理解兩道劃痕的存在，而且兩道劃痕的連貫性給整理者提供了復原竹簡排列的線索。金卓在金卓：〈清華簡《越公其事》文獻形成初探〉說：《越公其事》一篇中同時存在正常劃線與逆次劃線。這兩條劃線是在竹簡全文編聯在一起之前便已存在，可以是制簡過程中便已劃出的，也可能是分兩次抄寫各自劃出後，再編聯成冊的。不過很多出土文獻背後畫線並沒有按照內容的簡序排列，畫線的部分只能作為簡序排列的參考。

〔註 5〕清華大學出土文獻與保護中心編：李學勤主編：《清華大學藏戰國竹簡（柒）》，上海，中西書局，2017 年 4 月，頁 112～113。

〔註 6〕參見金卓：〈清華簡《越公其事》文獻形成初探——兼論其簡序問題〉，http://www.bsm.org.cn/show_article.php?id=3340，20190319。竹田健二：〈《越公其事》的竹簡排列和「劃痕」〉，「楚文化與長江中游早期開發國際學術研討會」會議論文（武漢：武漢大學，2018 年 9 月 15～16 日），上冊，頁 557～570。

　　筆者依原考釋所分十一章不變，再依重新編聯後的簡序，將《越公其事》分成三節：第一節為「**越敗復吳**」，分列在《越公其事》第一章至第四章，這部分敍述性質高，內容為敍述越國被吳國打敗後，越王逃至會稽，向吳國求和。吳王許成後，越王遂修建宗廟、祈安家邦、修繕農工，讓越國得以休養生息三年，主要目的是為了圖謀復仇做準備。第二節為「**五政之律**」的實施，簡文分別列在《越公其事》第五到第九章。越王經過三年的休養後，接著實施「五政」，目的是從國家的足食、修信、備人、利兵、齊民這五大方向讓國家積蓄能量，再次復興強盛。第三節為「**越勝吳亡**」，分列在《越公其事》第十、十一章。這一部分寫作手法敍述性質高，描述越王焚舟試民之後，知民心之可用，遂整軍涉江襲吳。越軍奇襲吳軍，吳人昆奴又納越師，致使吳國戰敗。第十一章吳王欲求和，情節有如第一章，但是主客異位。最終越王不許吳成，吳國滅亡。第十一章最末的「越公其事」四字交代吳國的命運，作者很含蓄地表現吳王失敗落寞的心情。

　　楚簡《越公其事》全篇語言敍述很有特色，文辭華麗，描寫細緻，使用了大量雙音節詞。文字工整但異寫很多，不同於楚文字的寫法，也有一些前所未見的生字。〔註7〕筆者為了讓讀者能夠更清楚《越公其事》文本的內容，在簡文考釋部分的每一節下都立有章旨，並且竭盡所能考釋生難字詞，〔註8〕通讀文句，以利讀者對全篇的內容有所了解。

〔註7〕清華大學出土文獻與保護中心編、李學勤主編：《清華大學藏戰國竹簡（柒）》，上海，中西書局，2017 年 4 月，頁 113。

〔註8〕筆者拙作：〈清華簡七〈越公其事〉簡 3「鈘鎗」一詞考釋〉，《中國文字》新四十五期，2019 年 3 月初版，頁 161～184。

第二章　簡文考釋

第一節　越敗復吳

一、《越公其事》第一章「越敗求成」

【釋文】

　　吳王夫差起師伐雩=（越，越）王句踐起師逆之，雩（越）敗，赶陞（登）於會旨（稽）之山，乃史（使）夫=（大夫）住（種）行成於吳帀（師），曰：「募（寡）【一】君勾踐乏無所使=（使，使）其下臣種，不敢徹聲聞于天王，私于下執事曰：今寡人不天，上帝降【二】禍災於雩（越）邦，不才（在）歬（前）逡（後），丁（當）孤之殜（世）。虐（吾）君天王，以身被甲冨（冑），戟（敦）力鈠鎗，連（挾）弳秉橐（枹），鬙（振）鳴【三】鐘鼓，以親辱於募（寡）人之敝=（敝邑）。募（寡）人不忍君之武礪（勵）兵甲之鬼（威），料（播）弃宗畗（廟），赶才（在）會旨（稽），募（寡）人【四】又（有）綐（帶）甲牮（八千），又（有）昀（旬）之糧。君女（如）為惠，交（徼）天隓（地）之福，母（毋）㡭（絕）雩（越）邦之命于天下，亦茲（使）句䟃（踐）屬（繼）蓑【五】於雩（越）邦，孤亓（其）衒（率）雩（越）庶眚（姓），齊厀同心，以

臣事吳，男女備（服）。三（四）方者（諸）侯亓（其）或敢不賓於吳邦？君【六】女（如）曰：『余亓（其）必戥（滅）𢽁（絕）雪（越）邦之命于天下，勿茲（使）句戔𥃝（繼）蔑於雪（越）邦巳（矣）。』君乃阤（陣）吳甲，備征鼓，建【七】帮（施）翼（旌），王親鼓之，以觀句戔（踐）之以此伞（八千）人者死也。」∟【八】

【簡文考釋】

（一）吳王夫差起師伐雪=（越，越）王句踐起師逆之，雪（越）敗①，赶陞（登）於會旨（稽）之山②，乃史（使）夫=（大夫）住（種）行成於吳帀（師）③，曰：「募（寡）【一】君勾踐乏無所使=（使，使）其下臣種，不敢徹聲聞于天王，私于下執事曰：今寡人不天④，上帝降【二】禍災於雪（越）邦⑤，不才（在）㠱（前）逡（後），丁（當）孤之殜（世）⑥。虐（吾）君天王⑦，以身被甲冨（胄）⑧，戟（敦）力⑨銳鎗⑩，迚（挾）弳秉橐（枹）⑪，訇（振）鳴【三】鐘鼓，以親辱於募（寡）人之秠=（敝邑）⑫。

1. 字詞考釋

① 吳王夫差起師伐雪=（越，越）王句踐起師逆之，越敗

原考釋認為簡首殘缺不計重文十五字：

> 簡首殘缺，不計重文為十五字，據《國語·吳語》擬補為「吳王夫差起師伐越，越王句踐起師逆之」。〔註1〕

子居認為原考釋據《國語·吳語》所補的和本簡的內容不符合，應以《戰國策·韓策三》補「昔者，吳王與越王勾踐戰，越王大敗而」十五字：

> 但《國語·吳語》的下文是「大夫種乃獻謀」云云，與第一章內容不類，而且若按整理者所補，則原文對勾踐何以要退守會稽明顯沒有任何交代。實際上，《國語·吳語》所記的「吳王夫差起師伐越，越王句踐起師逆之」，並不是夫差首次伐越並迫使勾踐退保會稽的戰役，而是此後另一次伐越。雖然關於夫差在伐齊之前的第二次伐

〔註1〕清華大學出土文獻與保護中心編、李學勤主編：《清華大學藏戰國竹簡（柒）》，上海，中西書局，2017年4月，頁114，注1。

越，後世的各種注疏及研究多未能明辨，但李炎乾先生《〈國語‧吳語〉新探》(《〈國語‧吳語〉新探》，東華師範大學碩士學位論文，2016 年 5 月) 已引清代馬驌、陳慶年之說並辨析甚詳，這一點《國語‧吳語》原文的「昔者越國見禍，得罪于天王。天王親趨玉趾，以心孤句踐，而又宥赦之。君王之于越也，醫起死人而肉白骨也。孤不敢忘天災，其敢忘君王之大賜乎！……今天王既封植越國，以明聞於天下，而又刈亡之，是天王之無成勞也」已體現得非常清楚。因此，筆者以為，整理者的擬補內容是不成立的。

第一章的內容當與《戰國策‧韓策三》：「昔者，吳與越戰，越人大敗，保於會稽之上。吳人入越而戶撫之。越王使大夫種行成于吳，請男為臣，女為妾，身執禽而隨諸禦。吳人果聽其辭，與成而不盟，此攻其心者也。其後越與吳戰，吳人大敗，亦請男為臣，女為妾，反以越事吳之禮事越。越人不聽也，遂殘吳國而禽夫差，此攻其形者也。」相對比，而不能以《國語‧吳語》首句為例來補足。第一簡上端缺失的內容應該大致與「昔者，吳與越戰，越人大敗」類似，故或可補為「昔者，吳王與越王勾踐戰，越王大敗而」十五字。〔註2〕

駱珍伊認為單憑原考釋所補上的簡文文句來看，就變成越王起兵迎戰，卻先奔走到會稽山上，然後就派遣大夫種去向吳王談和，整個戰爭還沒開始就投降了。他不認同原考釋所擬補的文句。他認為應補為「吳王起師伐越＝（越，越）王句戔（踐）率兵與戰而敗，趕陞（登）於會旨（稽）之山」，其原因如下：

原考釋是根據《國語‧吳語》的第一句補字，〈吳語〉一開始說：「吳王夫差起師伐越，越王句踐起師逆之。大夫種乃獻謀曰：『夫吳之與越，唯天所授，王其無庸戰。……』」(徐元誥：《國語集解（修訂本）》，北京，中華書局，2002.6，頁 536) 從〈吳語〉的文句來看，吳、越兩國似乎也沒真的開始打起來，越大夫種就獻謀用投降計。但是《左傳‧哀公元年》清楚地記載：「吳王夫差敗越

于夫椒。」《國語‧越語上》一開始也說：「越王句踐棲于會稽之
上，乃號令于三軍曰：『凡我父兄昆弟及國子姓，有乃助寡人謀而
退吳者，吾與之共知越國之政。』」（徐元誥：《國語集解（修訂本）》，
北京，中華書局，2002.6，頁567）可見越軍是被吳軍打敗，才被
迫棲于會稽之上，只好用投降計來騙退吳軍，而不是還未開戰就
直接投降。況且，如果越王一開始就打算投降，也不必先奔走到
會稽山上。另外，檢視此篇竹簡的全文，在行文中提到吳王時，
都沒有寫出吳王的名字「夫差」，而提到越王時則有寫出其名「句
踐」者，如第二十六簡簡首曰：「吳人襲越邦，越王句踐將……」
「越王」與其名「句踐」並稱，其餘處則或單稱「越王」，或單稱
「句踐」。因此筆者以為，殘簡處不能補上吳王的名字「夫差」，
而是應該加上「而敗」或「既敗」，如此文意才比較清楚。經過改
動後，第一簡的敘述文句推測為：「吳王起師伐越＝（越，越）王
句㺄（踐）率兵與戰而敗，赶陞（登）於會旨（稽）之山」之類。
當然，這只是對原考釋補字的商榷，簡文的原貌究竟是如何，只
能期盼殘簡的發現了。〔註3〕

羅云君認為貿然據《國語‧吳語》補殘缺之字恐不確：

> 殘缺之處當是敘述吳越交戰之事，但此次吳越之戰緣由與過程典
> 籍記載有分歧和差異。簡【一六】夫差有言曰：「亡（無）良鄡（邊）
> 人再（稱）瘼㤪（怨）啻（惡），交嚻（鬬）吳雩（越），茲（使）
> 虘（吾）弍（二）邑之父兄子弟朝夕粲（粲）肰（然）為犱（豺）
> 【一六】」〔註4〕

何家歡據《左傳》擬補「吳王夫差敗越於夫椒遂入越＝王勾踐」十五字：

> 據簡文「會稽」之地名，當知此乃《左傳》所說的吳越夫椒之戰。《左
> 傳‧哀公元年》：「吳王夫差敗越于夫椒。報檇李也。遂入越。越子
> 以甲楯五千，保于會稽。使大夫種因吳太宰嚭以行成。」（清阮元校

〔註3〕駱珍伊：〈《清華柒‧越公其事》補釋〉，第 29 屆中國文字學國際學術研討會，桃
園：國立中央大學中國文學系，2018 年 5 月 18～19 日，頁 524。

〔註4〕羅云君：《清華簡《越公其事》研究》，東北師範大學，2018 年 5 月。

刊《十三經注疏》，第 2154 頁下欄）當據《左傳》擬補為：吳王夫

差敗越于夫椒遂入越＝王勾踐。〔註5〕

　　高佑仁認為首次應出現人名全稱及首簡殘缺的字數應該在 16～17 字才合

理：

> 殘缺的開頭部分應是交代本文的時空背景，「吳王夫差」、「越王勾
>
> 踐」二人之名依理應在出現於其中，一般來說，首次出現的人名
>
> 應作全稱，後則省稱。例如〈曹沫之陣〉簡 1 開頭稱「魯莊公」，
>
> 後文則都稱「莊公」。
>
> 還有一點必須說明的是，諸家均言應補十五字，事實上可能不只此
>
> 數。本簡由中編聯以上殘斷，比對它簡中編聯以上的文字，即可估
>
> 算出缺文的數量。簡 10 中編聯以上總計 16 字，簡 9 中編聯以上則
>
> 有 17 字，因此本簡的殘文肯定非只 15 字，補 16～17 字才是合理數
>
> 值。〔註6〕

秋貞案：

第一簡所缺少的字數有可能在 16～19 字內。

從原大圖版的照片來看，第一簡的斷點正好是整組竹簡中第二道編繩的

地方，所以所缺的字數可以根據其他各簡類推。筆者把各簡從簡首到第二道

編繩的字數統計為「字數 A」；把各簡從第二道編繩到簡尾的字數統計為「字

數 B」，（重文算一字，另標重文數，第八、十五、二五、二九、四三、五二、

五九、六八、七五簡中間有空白，不計；第二、三、四、七、十八、三四、

三六、三八、四五、六六、六九、七十、七一、七二簡有殘缺，不計；補字

另計），得表如下：

簡序	字數 A	字數 B	簡序	字數 A	字數 B	簡序	字數 A	字數 B
一	缺	18 重 1	五	16	16	六	16	17
九	17	17	十	16	17	十一	16 重 1	16
十二	16	15	十三	16	17 重 1	十四	16	16
十六	15	16	十七	16	15	十九	16	16 重 1

〔註5〕何家歡：〈清華簡（柒）《越公其事》集釋〉，河北大學碩士論文，2018 年 6 月，頁 40。

〔註6〕高佑仁：〈〈越公其事〉首章補釋〉，第三十屆中國文字學國際學術研討會論文集，
　　　台南：國立成功大學、中國文字學會，2019 年 5 月，頁 75～90。

二〇	16重1	15	二一	16	16	二二	15	15
二三	16重1	15補1	二四	16	15	二六	16	16
二七	16	14	二八	16	16	三〇	18重2	16
三一	15	16	三二	16	16	三三	16	15
三五	16	15重2	三七	17	16	三九	17	16補1
四〇	17	17	四一	18重1	17	四二	18	18
四四	18	17	四六	17重1	17	四七	17	17
四八	17補1	17	四九	19	16	五〇	17	17
五一	17	17重1	五三	17	17重1	五四	17	17補1
五五	17	16	五七	17	17	五八	16重1	16
六〇	16	17重1	六一	17重1	17	六二	16	16
六三	16重1	17	六四	17重1	16	六五	16	15
六七	17重1	16	七三	18	17	七四	17重1	17

　　從表格上的統計數據，筆者舉出第一個證據是看平均字數。從上面的表格中我們可以看出，由第二道編繩往上算的「字數 A」應該在 15～19 字左右（只有第四九簡是 19 字），平均值為 16.54 字。「字數 B」也在 14～18 字左右，平均值為 16.25 字，雖然落在 15 字的情形不無可能，但是更可能是多於 16 字，所以簡一的缺字應該落在 16 字以上，至於最多到幾個字呢？這要再看第二個證據。

　　第二個證據是由每簡的「字數 A」和「字數 B」相差多寡來判斷第一簡所缺的字數應該落在哪裡才比較合理。基本上書手在抄寫時會一簡一簡順序完成，如果章節不同，完成的時間前後不同，造成字距不同，那麼簡與簡的字數多寡就會有差別。但是在同一簡中，書手抄寫的字距不會落差太大。我們看上表的每一簡的「字數 A」和「字數 B」的差，幾乎都相差不多，大致字數相同，最多相差 1 字，至於第四九簡相差 3 個字，這是特例，因為第四九簡的末尾有結尾符號，那是因為該章節在此結束的緣故。我們看簡一的「字數 B」為 18 字，故上半部所缺的字數也可能會到 18 字，但因為第四九簡的「字數 A」也有到 19 字，所以第一簡的缺字，最多可以推論到 19 字。

　　由以上兩個證據得到的結論是：簡一的上半部所缺的字數應該落在 16～19 字都屬於合理的範圍內，所以原考釋所說：「不計重文為十五字。」此說法不可信。

　　至於應該補哪些字才對？簡文此處記載吳國打敗越國，而勾踐逃至會稽的那一次戰役，即是吳越爭霸歷史上有名的「夫椒之戰」，和此次戰役有關的傳世典籍有以下表列：

出　處	補　缺　的　文　字
《國語・吳語》	吳王夫差起師伐越，越王句踐起師逆之。
《國語・越語下》	范蠡進諫曰：「夫勇者，逆德也；兵者，凶器也；爭者，事之末也。陰謀逆德，好用凶器，始于人者，人之所卒也；因佚之事，上帝之禁也，先行此者，不利。」王曰：「無是貳言也，吾已斷之矣！」果興師而伐吳，戰于五湖，不勝，棲于會稽。
《左傳・哀公元年》	吳王夫差敗越于夫椒，報檇李也，遂入越，越子以甲楯五千，保于會稽
《史記・吳太伯世家》	「王夫差元年，以大夫伯嚭為太宰。習戰射，常以報越為志。二年，吳王悉精兵以伐越，敗之夫椒，報姑蘇也。越王句踐乃以甲兵五千人棲於會稽，使大夫種因吳太宰嚭而行成，請委國為臣妾。
《史記・越王勾踐世家》	三年，句踐聞吳王夫差日夜勒兵，且以報越，越欲先吳未發往伐之。范蠡諫曰：「不可。臣聞兵者凶器也，戰者逆德也，爭者事之末也。陰謀逆德，好用凶器，試身於所末，上帝禁之，行者不利。」越王曰：「吾已決之矣。」遂興師。吳王聞之，悉發精兵擊越，敗之夫椒。越王乃以餘兵五千人保棲於會稽。吳王追而圍之。
《史記・伍子胥列傳》	夫差既立為王，以伯嚭為太宰，習戰射。二年後伐越，敗越於夫湫。越王句踐乃以餘兵五千人棲於會稽之上。
《越絕書・請糴內傳》	昔者，越王句踐與吳王夫差戰，大敗，保棲於會稽山上，乃使大夫種求行成於吳。
《戰國策・謂鄭王》	昔者，吳與廷戰，越人大敗，保於會稽之上。

　　筆者認為此處所缺之內容應是交代吳越兩國交戰，越國戰敗，所以逃至會稽一事。如果以原考釋所補的內容，只提到兩國交戰，而無越國戰敗的訊息，似乎有所不足，故筆者認同駱珍伊的看法。至於是否稱「吳王夫差」或「吳王」，高佑仁提出首次出現的人名應作全稱，而後才見省稱，此說於理有據，故採納其說。因為〈越公其事〉為歷史文獻的內容，可能有多種版本流傳，故只能大膽推論，小心求證，期盼未來可以看到其他相關出土文獻得到解答。目前筆者姑且依《國語・吳語》擬補上「吳王夫差起師伐雩=王句踐起師逆之，雩敗」不含重文共 17 字。「起」，興兵。《左傳・哀公四年》：「司馬起豐析與狄戎。」楊伯峻注：「起，漢謂之興，徵召卒乘也。」「逆」，《管子・大匡》：「興師伐魯，造於長勺，魯莊公興師逆之，大敗之。」「吳王夫差起師

伐雫＝王句踐起師逆之，越敗」意即「吳王夫差興兵伐越，越王句踐興兵迎戰，越兵敗」

②赶陞（登）於會旨（稽）之山

A.「赶」字考釋

原考釋：

> 赶，《說文》：「舉尾走也。」此處義為奔竄。又疑讀為「迁」，《說文》：「進也。」陞，《廣韻》：「登也，躋也。」《集韻》又作「阩」。本篇第四簡作「赶在會稽」。《國語‧越語上》：「越王句踐棲於會稽之上。」據《左傳》，事在魯哀公元年春，公元前四九四年。〔註7〕

ee 認為簡 1 和簡 4 的「赶」字疑讀為「遷」。〔註8〕

暮四郎懷疑讀為「間（閒）」，意為雜廁。播棄宗廟，雜廁（流落到）會稽山。〔註9〕

苦行僧認為應讀為「竄」，訓為隱匿：

> 苦行僧認為「赶」（上古音見母元部）和「竄」（清母元部）兩者韻部相同。簡文中「赶（竄）」對應「棲」。《後漢書‧西羌傳》：「餘剩兵者不過數百，亡逃棲竄，遠依發羌。」古書有「棲竄」之例。〔註10〕

王寧認為「赶陞」相當於「保棲」：

> 《戰國策‧韓策三》云「保於會稽之上。」《史記‧越王句踐世家》云「越王乃以餘兵五千人保棲於會稽。」《越絕書‧請糴內傳》作「保棲於會稽山上」。〔註11〕

林少平認為當訓為「急走」義：

〔註7〕清華大學出土文獻與保護中心編、李學勤主編：《清華大學藏戰國竹簡（柒）》，上海，中西書局，2017 年 4 月，頁 114，注 2。

〔註8〕武漢大學簡帛研究中心簡帛論壇：「清華七《越公其事》初讀」，http://www.bsm.org.cn/bbs/read.php?tid=3456&page，第 49 樓，20170427。下引「簡帛論壇」的意見皆出此網站，不再另注。

〔註9〕簡帛論壇：「清華七《越公其事》初讀」，第 75 樓，20170428。

〔註10〕簡帛論壇：「清華七《越公其事》初讀」，第 143 樓，20170505。

〔註11〕簡帛論壇：「清華七《越公其事》初讀」，第 159 樓，20170506。

《穆天子傳》:「天子遂驅升于弇山」。古文「驅」与「赶」皆當訓為「急走」義。〔註12〕

汗天山懷疑當讀為「蹇」:

《說文》:「蹇,跛也。」段注:「易曰:『蹇,難也。』行難謂之蹇。」〔註13〕

蕭旭不認同整理者、王寧的說法。他認為簡文「赶」與《說文》「赶」是同形異字,音義全別,疑是「馯(駻)」異體。「馯」即「奔突」義,與「保」訓「趨奔」義合:

《說文》「迀」訓進者,書傳多作「干」,是進求、求取義。整理者未達厥誼,引之不當。「保於會稽」、「保棲於會稽」之「保」不是衛禦義,王寧的理解有誤。〔註14〕

子居以為,赶,當訓為「逡巡」。〔註15〕

郭洗凡認為王寧所釋較好:

各家對於「赶」的釋法不一,王寧讀「扞」的觀點就文義而言似乎稍好些,可與傳世文獻「保棲」相對,意思相近。簡文「扞登」指抵擋吳兵,保護自己的實力登上會稽山。〔註16〕

何家歡認為「迀山為登」:

疑此字讀為「迀」。清華簡(伍)《命訓》篇有一字,字形从辵从干,當與簡文此字是一字。《說文‧辵部》:「迀,進也。从辵,干聲。」「迀登」義殆與《史記‧越王勾踐世家》「越王乃以餘兵五千人保棲於會稽」((漢)司馬遷《史記》卷四十一,中華書局,1959年,第1740頁。)之「保棲」近。司馬貞《索隱》引鄒誕云:

〔註12〕簡帛論壇:「清華七《越公其事》初讀」,第162樓,20170506。

〔註13〕簡帛論壇:「清華七《越公其事》初讀」,第163樓,20170506。

〔註14〕蕭旭:〈清華簡(七)校補(二)〉,復旦大學出土文獻與古文字研究中心,http://www.gwz.fudan.edu.cn/Web/Show/3061,20170605。

〔註15〕子居:〈清華簡七《越公其事》第一章解析〉,中國先秦史 http://www.xianqin.tk/2017/12/13/415,20171213。

〔註16〕郭洗凡:《清華簡《越公其事》集釋》,安徽大學碩士學位論文,2018年3月,頁13。

「保山曰棲。」（注同上）以此訓推之，迁山為登，可通。〔註17〕

高佑仁認為「赶」引申為「敗走、敗逃」：

> 「赶」釋法眾說紛紜，但都缺乏決定性的證據。它與「追趕」之「趕」無關，「趕」字《說文》未收，依據「中國哲學書電子化計劃」資料庫的統計，先秦兩漢無追趕之「趕」。臺灣教育部所頒定的異體字字典（網路版）、重編國語辭典中「追趕」義的「趕」只出現在唐代以後的文獻。字典中最早見於明代梅膺祚《字彙》，訓為「追也」。許多人都引證《管子‧君臣》云：「心道進退，而刑道滔趕。」主張這是追趕義的「趕」見於先秦文獻的證據，事實上此處的「趕」是「迁」之誤字。見郭沫若著作編輯出版委員會：《郭沫若全集：歷史編》，（北京：人民出版社，1984 年 10 月），頁 188。「赶登」後接會稽山，「登」是登山之意，《說文》云：「赶，舉尾走也。」桂馥《說文義證》：「『舉尾走也』者，《通俗文》：『舉尾走曰赶。』《類篇》：『赶，馬走。』」則「赶」可能本指動物舉尾走，而引申為敗走、敗逃。〔註18〕

秋貞案：

當以「赶」字義比「迁」字義為佳。

楚文字未見「赶」，赶字從「干（ㄓ）」非「弋（ㄜ）」（上二.从.一）。簡 1「赶陞於會稽之山」和簡四「赶在會稽」同義。「赶」上古音群母元部，《說文》：「赶字，舉尾走也。從走干聲。巨言切。」「迁」在見母元部，《說文》：「進也。」赶、迁兩字聲近韻同，但意義不同。查《故訓匯纂》的「赶」字，古訓除了「舉尾走」，另有「赶，謂逡巡曲也」，如《管子‧君臣下》：「心道進退而刑道滔赶」尹知章注；「赶，謂進趣之疾」，《管子‧君臣下》：「心道進退而刑道滔赶」集校引王紹蘭云。〔註19〕綜合以上對字形、字音及字義的資料判讀，筆者認為「赶」字之「走」為義符，「干」為聲符，當以「舉尾走」、

〔註17〕何家歡：〈清華簡（柒）《越公其事》集釋〉，河北大學碩士論文，2018 年 6 月，頁 10。

〔註18〕高佑仁：〈《越公其事》首章補釋〉，第三十屆中國文字學國際學術研討會論文集，台南：國立成功大學、中國文字學會，2019 年 5 月，頁 75～90。

〔註19〕宗福邦、陳世鐃、蕭海波主編：《故訓匯纂》，商務印書館，2007 年 9 月，頁 4118。

「逡巡曲也」意義較接近原本越王戰敗的情境。高佑仁認為「敗逃」，原考釋認為「奔竄」義，都是很符合越王勾踐在兵敗而逃竄到會稽的情境。

B.「陞」字考釋

原考釋：

> 陞，《廣韻》：「登也，躋也。」《集韻》又作「阩」。〔註20〕

魏棟認為簡1「陞字從升得聲，止為意符」，訓為「登」：

> 陞字從升得聲，止為意符。從升的字有由下而上義，古書中「升」、「阩」、「陞」皆可訓為登。例如《易·升》：「升，元亨」，孔穎達疏：「升者，登也。」《集韻·蒸韻》：「阩，登也。」《集韻·蒸韻》：「陞，登也。」此處陞字若不破讀為「登」，徑訓為「登」，亦通。〔註21〕

林少平認為簡1「陞」訓為「登」，簡22「陟」也是「登」。〔註22〕

秋貞案：

「陞」為「登」之義；「赶陞」為「登……之山」之義。

簡1 ，隸作「陞」，何琳儀《戰國古文字典》：「陞，從阜從土，升聲，《集韻》：『陞，登也，或省。』又《廣雅·釋詁》：『陞，上也。』」〔註23〕簡22 ，隸作「陟」，何琳儀《戰國古文字典》：「陟，甲骨文作（《甲骨文合集》34287），從阜從步，會雙足登高之意。金文作（沈子簋）。戰國文字步旁中間加田形為飾或作人旁。與古文吻合。《說文》：『，登也。從阜，從步。竹力切。』」〔註24〕簡22的「陟」的步旁和金文類同，此字為「登」之意，原考釋之說可從。

〈越公其事〉簡1「赶陞（登）於會稽之山」、簡4「赶在會稽」、簡22「陟枾（樓）於會稽」這三句的文義相同，但是句法稍有不同。簡1「陞……之山」即「登……之山」，《淮南子》曰：「崑崙縣圃，維絕，乃通天。言己朝

〔註20〕清華大學出土文獻與保護中心編、李學勤主編：《清華大學藏戰國竹簡（柒）》，上海，中西書局，2017年4月，頁114，注2。

〔註21〕石小力：〈清華七整理報告補正〉，http://www.tsinghua.edu.cn/publish/cetrp/6831/2017/20170423065227407873210/20170423065227407873210_.html，20170423。

〔註22〕簡帛論壇：「清華七《越公其事》初讀」，第162樓，20170506。

〔註23〕何琳儀：《戰國古文字典》，中華書局出版，2007年5月，頁144。

〔註24〕何琳儀：《戰國古文字典》，中華書局出版，2007年5月，頁51。

發帝舜之居，夕至縣圃之上，受道聖王，而<u>登</u>神明<u>之山</u>。」故「赶<u>陞</u>於會稽<u>之山</u>」即「奔竄逃亡<u>登</u>上會稽<u>之山</u>」義；簡 4「赶在會稽」即「奔竄逃亡到會稽」；簡 22「<u>陞枾（棲）</u>於會稽」即「<u>登棲</u>於會稽」。

③乃史（使）夫=（大夫）住（種）行成於吳帀（師）

原考釋：

> 大夫住即大夫種。住、種均為舌音，韻部對轉，楚文字「主」聲與「重」聲多相通之例。《國語‧越語上》：「大夫種進對曰……遂使之行成於吳。」〔註25〕

子居以為夫差首次伐越，勾踐求和所派使者為大夫種，夫差二次伐越，勾踐求和所派使者為諸稽郢，即其太子鹿郢。〔註26〕

郭洗凡認為原考釋此說甚確。從「主」聲之字可讀作「重」，出土文獻中常見，如春成侯鍾讀為「重」就寫作從「主」聲的「冢」。〔註27〕

羅云君認為「行成於吳師」比傳世典籍的記載地點更為明確：

> 簡文「行成於吳帀（師）」的語言結構，與《左傳》的書寫格式類似，而與《國語‧吳語》「乃命諸稽郢行成於吳」、《國語‧越語上》「遂使之行成於吳」和《國語‧越語下》「乃令大夫種行成於吳」的記載差異在於「吳師」，為吳師之行在，地點更為明確。〔註28〕

何有祖認為簡本稱「大夫種」和《國語‧越語上》稱「大夫種」相合，似表明本篇內容與《國語‧越語上》是同一個系統，簡文可能由中原文化背景的人所書寫或經手修改。《國語‧吳語》稱「諸稽郢」可能保留較多越文化：

> 整理者已指出簡文「住」與「種」通作，可從。《國語‧越語上》由大夫「種」行成於吳。而《國語‧吳語》：「乃命諸稽郢行成於吳，曰：『寡君句踐，使下臣郢不敢顯然布幣行禮，敢私告於下執事

〔註25〕清華大學出土文獻與保護中心編、李學勤主編：《清華大學藏戰國竹簡（柒）》，上海，中西書局，2017 年 4 月，頁 115，注 3。

〔註26〕子居：〈清華簡七《越公其事》第一章解析〉，中國先秦史 http://www.xianqin.tk/2017/12/13/415，20171213。

〔註27〕郭洗凡：《清華簡《越公其事》集釋》，安徽大學碩士學位論文，2018 年 3 月，頁13。

〔註28〕羅云君：《清華簡《越公其事》研究》，東北師範大學，2018 年 5 月，頁 5。

日……』」提及由「諸稽郢」行成於吳。二者或因吳、越各有所記而
有別，或本是一人的異寫，因證據不足，暫待考。但簡文「大夫住」
與《國語・越語上》「大夫種」相合，似表明本篇內容與《國語・越
語上》是同一個系統，可能由中原文化背景的人所書寫或經手修改，
《國語・吳語》保留「諸稽郢」，與越兵器銘文所見「者旨」氏相合
（參看曹錦炎：《記新發現的越王不壽劍》，《文物》2002 年第 2 期），
似保留較多越文化的因素。〔註29〕

秋貞案：

「住」上古音在澄母侯部，「種」上古音在章母東部，聲母同在舌頭音，
韻對轉〔註30〕，兩字可通，原考釋可從。至於不同版本的文本同一事件的人
物名稱不同，如《國語・越語上》稱「大夫種」、《國語・吳語》稱「諸稽
郢」，因為傳抄材料時空因素來源複雜，要更多的證據才能確知。「史」字
在本處字形為「」，隸作「史」字，但在《清華簡柒》下冊後面字形表隸
作「吏」字，應是手民之誤（在該書「漢語拼音檢索表中標的音讀是『shǐ』，
但是字形寫卻是的『吏』，顯為誤植」）〔註31〕。查季師《說文新證》「吏」字
條：「『吏』字的造字本義，係於『史』字豎畫上端分作兩叉形如，作為指
事字的標誌，以別於史，而仍『史』字以為聲。」〔註32〕查「史」字條，「史」
甲骨文為「（商.粹 1144《甲》）」從「又」持「」。〔註33〕甲骨文時「史」
和「吏」字雖一字分化，但是仍有所區別。「史」字在楚簡中作（《上博二・
子羔》1）、（上博二・從政（甲）・18）上從「卜」形；「吏」字在戰國楚
系文字作（《上博一・緇衣》4），上部作「Ｖ」形，但中豎突出，符合甲骨
文以來的演變規律。今本簡 1「」字，肯定應該隸為「史」字。「乃史夫₌
住行成於吳帀」意指「於是派大夫種向吳師求和」。

〔註29〕何有祖：〈《越公其事》補釋（五則）〉，「文字、文獻與文明：第七屆出土文獻青年
學者論壇暨國際學術研討會」會議論文（廣州：中山大學古文字研究所，2018 年
8 月 18〜19 日），頁 160〜162。

〔註30〕陳新雄：《古音學發微》，文史哲出版社，1983 年二月三版，頁 1083。

〔註31〕清華大學出土文獻與保護中心編、李學勤主編：《清華大學藏戰國竹簡（柒）》，上
海，中西書局，2017 年 4 月，頁 170。

〔註32〕季師旭昇：《說文新證》，藝文印書館，2014 年 9 月 2 日出版，頁 43。

〔註33〕季師旭昇：《說文新證》，福建人民出版社，2010 年 11 月第一次印刷，頁 65。

④曰：「募（寡）【一】君勾踐乏無所使＝（使，使）其下臣種，不敢徹聲聞于天王，私于下執事曰：今寡人不天

原考釋：

> 僅存簡尾五字。所關據《國語・越語上》及文義可補出「君句踐乏無所使，使其下臣種，不敢徹聲聞於王，私于下執事曰，孤」二十六字。《國語・吳語》：「乃命諸稽郢行成於吳，曰：『寡君句踐，使下臣郢不敢顯然布幣行禮，敢私告于下執事曰……』」雖然使者有諸稽郢與大夫種之別，但都傳達越王之辭命。不天，《左傳》宣公十二年：「鄭伯肉袒牽羊以逆，曰：『孤不天，不能事君，使君懷怒，以及敝邑，孤之罪也。』」杜預注：「不天，不為天所佑。」〔註34〕

石小力認為「不天」前可補「寡人」，即「寡人不天」。「不天」也就是不合天理，與「不道」意思相同。〔註35〕

子居以此認為原考釋首簡以《國語・吳語》補是不合適的。《越公其事》此處記述的是夫差首次伐越之事，則其原文與《國語・越語上》所記大夫種的辭令相近。〔註36〕

郭洗凡認為有《國語・越語上》等傳世文獻相比勘，整理者的補文應可信從。〔註37〕

羅云君補充：《左傳》昭公十九年，子產所言「鄭國不天，寡君之二三臣札瘥天昏」，杜預注「不天」曰：「不獲天福」。〔註38〕

秋貞案：

缺字字數落在25～31字之間。

簡2只剩五個字，若和最少字數的簡22（30字）及最多字數的簡42（36

〔註34〕清華大學出土文獻與保護中心編、李學勤主編：《清華大學藏戰國竹簡（柒）》，上海，中西書局，2017年4月，頁115，注4。

〔註35〕石小力：《清華簡〈越公其事〉與〈國語〉合證》，香港浸會大學饒宗頤國學院，澳門大學中國語言文學系，清華大學出土文獻研究與保護中心：《〈清華簡〉國際會議論文集》，2017年10月26日～28日，頁51～53。

〔註36〕子居：〈清華簡七《越公其事》第一章解析〉，中國先秦史 http://www.xianqin.tk/2017/12/13/415，20171213。

〔註37〕郭洗凡：《清華簡《越公其事》集釋》，安徽大學碩士學位論文，2018年3月，頁13。

〔註38〕羅云君：《清華簡《越公其事》研究》，東北師範大學，2018年5月，頁6。

字）比較，扣除五個字之後的可能缺字為 25 字到 31 字之間。故原考釋認為所缺 26 個字，雖有可能，但不是絕對的字數。

《越公其事》是一篇戰國時期流傳於當世的敘述歷史的文獻，來源複雜，故不能以有限的傳世典籍找到完全對應的段落，更不能因為行成的人物是文種或諸稽郢來判別對應，應該以內容來找線索。筆者認為此處是越國戰敗後，由大臣行成的對話，如果以「行成于吳」一句為線索查閱傳世典籍，會比較合理。筆者找到和行成對話相類似的段落，只有《國語．吳語》、《國語．越語上》，以下表列：

傳世典籍	相　關　的　文　獻
《國語．越語上》	遂使之行成于吳，曰：「寡君勾踐乏無所使，使其下臣種，不敢徹聲聞于天王，私于下執事曰：寡君之師徒不足以辱君矣，願以金玉、子女賂君之辱，請勾踐女女于王，大夫女女于大夫，士女女於士。越國之寶器畢從，寡君帥越國之眾，以從君之師徒，唯君左右之。」
《國語．吳語》	越王許諾，乃命諸稽郢行成於吳，曰：「寡君句踐，使下臣郢不敢顯然布幣行禮，敢私告於下執事曰：昔者越國見禍，得罪於天王，天王親趨玉趾，以心孤句踐，而又宥赦之。君王之於越也，緊起死人而肉白骨也。孤不敢忘天災，其敢忘君王之大賜乎！」

若參考《國語．越語上》、《國語．吳語》相對應的段落，再加上原考釋及石小力的意見，筆者認為可以填上 28 字，重文 1 字：寡君勾踐乏無所使=（使，使）其下臣種，不敢徹聲聞于天王，私于下執事曰：今寡人不天……。「不天」指不為天所護佑。原考釋引《左傳》宣公十二年杜注可從。

「曰：『募（寡）【一】君勾踐乏無所使=（使，使）其下臣種，不敢徹聲聞于天王，私于下執事曰：今寡人不天」意指「（文種）說：『寡君句踐沒有什麼人可以派遣，派我下臣種，我不敢直接對您大王說，我私自同您手下的臣子說：「今天我越王不為天所佑」

⑤上帝降【二】禍災於雩（越）邦

原考釋：

簡首可補「禍於」二字。《國語．吳語》：「天既降禍於吳國。」〔註 39〕

〔註 39〕清華大學出土文獻與保護中心編、李學勤主編：《清華大學藏戰國竹簡（柒）》，上海，中西書局，2017 年 4 月，頁 115，注 5。

林少平認為「雩邦」之「雩」當讀為「于」：

> 簡文「雩邦」之「雩」，整理者讀為「越」。或許，當讀為「於越」
> 之「於」。「於越」文獻常見，即勾踐之族號。《左傳‧定公五年》「于
> 越入吳」。〔註40〕

石小力補「大禍於」三個字：

> 隸定為「[寡人]不天，上帝降[大禍於]越邦，不在前後，當孤之世。」
> （簡 2-3）〔註41〕

吳德貞認同石小力的說法，補「大禍於」比較合適：

> 簡74有「吳王乃辭曰：『天加禍于吳邦，不在前後，當役孤身……』」
> 句式文意與此處非常相似，整理者又以《國語‧吳語》文例為證，
> 則補「禍於」二字文義通順。但從竹簡形製上看，簡 3 簡 4 殘損
> 位置相當，簡 3 的殘字「雩」與簡 4 的殘字「親」處於同一水平
> 位置，但整理者在簡 4 殘損處補三字。簡 2 與簡 3 簡文相連屬，
> 不太可能出現第三簡簡首留白的情況。而且將簡 3 與簡 5 簡 6 放
> 同一水平位置相比較，殘損處大致可補三字。《韓非子‧解老》：「夫
> 內有死夭之難，而外無成功之名者，大禍也。」《戰國策‧韓策三》：
> 「今韓不察，因欲與秦，必為山東大禍矣。」「大禍」在傳世文獻
> 中出現多次。因此，綜合簡文文義和竹簡形制，我們認為從石小
> 力之說補「大禍於」較為合適。〔註42〕

高佑仁認為「于（於）」還是應該當作介詞較合理；簡 2、簡 3 上半殘斷位
置相當，補三字之說應可信。本處三字補字可為「降災禍」或「降喪亂」：

> 林少平認為「於越」當即勾踐之族號，但結合簡 2 末尾的「上帝降」
> 之文例，以及本處文種談話的背景，「于（於）」還是應當作介詞使
> 用比較合理。

〔註40〕簡帛論壇：「清華七《越公其事》初讀」，第 36 樓，20170426。

〔註41〕石小力：《清華簡〈越公其事〉與〈國語〉合證》，香港浸會大學饒宗頤國學院，
澳門大學中國語言文學系，清華大學出土文獻研究與保護中心：《〈清華簡〉國際
會議論文集》，2017 年 10 月 26 日～28 日，頁 26～28。

〔註42〕吳德貞：《清華簡《越公其事》集釋》，武漢大學碩士論文，2018 年 5 月，頁 7～8。

石小力補「大禍於」，吳德貞從之。「越邦」二字之前應補「於」字
當無疑義，但「降」字後應是哪二字，則有多種可能性。考察《國
語・越語》裡，類似「降△于越（或「吳」）」的句子有：

〈越語下〉：「昔者上天降禍于吳，得罪與會稽。」〈越語下〉：「昔
者上天降禍于越，委制于吳。」二例「降」字後所使用的動詞補
語都是「禍」。從簡文殘文空間來看，單補「禍」字是不夠的，還
需要再補一字，是以石小力在「禍」字前添一「大」字，文例作
「降大禍」，不過沒有說明補字理由。古籍中常見的「降喪」，例
如《尚書・酒誥》云：「天降喪于殷」，「降喪」在金文中又可作「降
大喪」（參禹鼎《集成》02833／《集成》02834，文例為「天降大
喪于下國」），所以補「降大禍」也有可能。只是，「降喪」能否與
「降禍」類比，這是一個問題，而且秦漢以前文獻似無「降大禍」
的用法。古籍中，「（天／帝）降△」的用法裡，除了「降禍」外，
最常見的是「降災」，如《列女傳》、《韓詩外傳》、《白虎通德論》、
《尚書・伊訓》、《漢書・元帝紀》、《左傳・僖公十五年》等文獻，
此外也有混合「災」與「禍」而成「降災禍」者，如《國語》：「今
天降禍災于周室，余一人僅亦守府」。此外「降」字後以兩個字為
動詞補語者，還有「降喪亂」，見《詩經・大雅・雲漢》、《春秋繁
露》、《韓詩外傳》等文獻。

綜上所述，本處三字補字中，最後一個字肯定是「于（於）」，但其
餘兩個字該怎麼補？恐難有定論，禍補「大禍」二字，古文獻中並
無「降大禍」的用例。也可能是「降災禍」或「降喪亂」。〔註43〕

　　子居認為中山王嚳器、清華簡《良臣》、《越公其事》中皆稱越為「雩」
當可說明，傳世文獻中「於越」的「於」並非通常所認為的發語詞，「雩」
即「雩」字，由此即牽涉到越國在春秋時期實際上居於淮北而不在浙江的問
題。〔註44〕

─────────────

〔註43〕高佑仁：〈〈越公其事〉首章補釋〉，第三十屆中國文字學國際學術研討會論文集，
　　　　台南：國立成功大學、中國文字學會，2019年5月，頁75～90。
〔註44〕子居：〈清華簡七《越公其事》第一章解析〉，中國先秦史 http://www.xianqin.tk/2017/
　　　　12/13/415，20171213。

秋貞案：

　　原考釋認為補「禍於」兩字，但筆者比對其他簡 3～5 上端的字數，推算應該缺三個字（如圖 001），補「禍於」兩字不確，和簡 5 比較，便知應補三個字，石小力、吳德貞及高佑仁之說都是應補三字，可信。至於應該補什麼字？

　　林少平認為「雩」當讀為「于越」的「于」，不確。「越」國在金文中寫作「於越」，非「于越」。例如上海博物館藏「越王大子勾矛」銘文為：「於戉（越）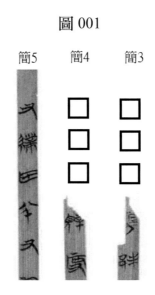王弌邸之大子勾自乍元用矛」（如圖 002）中的「於戉（越）」作「於」字，不作「于」。越國人本身稱「於越」，漢人稱「越」。而〈越公其事〉全文均以「雩」為「越」，無「于雩（越）」或「於雩（越）」一詞，因此本句應該不可能以「于（於）雩（越）」代稱「越」。

圖 001

簡5　　簡4　　簡3

越王大子勾矛銘文圖 002

正　　　　　　　　　反

石小力認為補「大禍於」三字；吳德貞認同石小力的說法；高佑仁建議補「降 災禍于 （於）」或「降 喪亂于 （於）」。「禍」、「災」、「禍災」和「喪亂」三個詞在古籍上的用法有沒有什麼區別？它們通常指的是什麼屬性的情境？以下表列：

字	文　例	屬　性
禍	孟子曰：「仁則榮，不仁則辱。今惡辱而居不仁，是猶惡溼而居下也。如惡之，莫如貴德而尊士，賢者在位，能者在職。國家閒暇，及是時明其政刑。雖大國，必畏之矣。《詩》云：『迨天之未陰雨，徹彼桑土，綢繆牖戶。今此下民，或敢侮予？』孔子曰：『為此詩者，其知道乎！能治其國家，誰敢侮之？』今國家閒暇，及是時般樂怠敖，是自求禍也。禍福無不自己求之者。《孟子‧公孫丑》)	政治上的國禍
禍	其節：天子以《騶虞》為節；諸侯以《狸首》為節；卿大夫以《采蘋》為節；士以《采繁》為節。《騶虞》者，樂官備也，《狸首》者，樂會時也；《采蘋》者，樂循法也；《采繁》者，樂不失職也。是故天子以備官為節；諸侯以時會天子為節；卿大夫以循法為節；士以不失職為節。故明乎其節之志，以不失其事，則功成而德行立，德行立則無暴亂之禍矣。功成則國安。故曰：射者，所以觀盛德也。（《禮記‧射義》)	政治上的國禍
禍	是故質的張，而弓矢至焉；林木茂，而斧斤至焉；樹成蔭，而眾鳥息焉。醯酸，而蚋聚焉。故言有招禍也，行有招辱也，君子慎其所立乎！（《荀子‧勸學》)	個人身禍
禍	積微：月不勝日，時不勝月，歲不勝時。凡人好敖慢小事，大事至然後興之務之，如是，則常不勝夫敦比於小事者矣。是何也？則小事之至也數，其縣日也博，其為積也大；大事之至也希，其縣日也淺，其為積也小。故善日者王，善時者霸，補漏者危，大荒者亡。故王者敬日，霸者敬時，僅存之國危而後戚之。亡國至亡而後知亡，至死而後知死，亡國之禍敗，不可勝悔也。霸者之善箸焉，可以時託也；王者之功名，不可勝日志也。財物貨寶以大為重，政教功名反是；能積微者速成。《詩》曰：「德輶如毛，民鮮克舉之。」此之謂也。（《荀子‧彊國》)	政治上的國禍
災	是月也，日夜分。雷乃發聲，始電，蟄蟲咸動，啟戶始出。先雷三日，奮木鐸以令兆民曰：雷將發聲，有不戒其容止者，生子不備，必有凶災。日夜分，則同度量，鈞衡石，角斗甬，正權概。（《禮記‧月令》)	天災
災	曾子曰：「身也者，父母之遺體也。行父母之遺體，敢不敬乎？居處不莊，非孝也；事君不忠，非孝也；涖官不敬，非孝也；朋友不信，非孝也；戰陳無勇，非孝也；五者不遂，災及於親，敢不敬乎？（《禮記‧祭義》)	身災
災	子曰：「愚而好自用，賤而好自專，生乎今之世，反古之道。如此者，災及其身者也。」非天子，不議禮，不制度，不考文。今天下車同軌，書同文，行同倫。雖有其位，苟無其德，不敢作禮樂焉；雖有其德，苟無其位，亦不敢作禮樂焉。（《中庸》)	身災

災	孟獻子曰：「畜馬乘，不察於雞豚；伐冰之家，不畜牛羊；百乘之家，不畜聚斂之臣。與其有聚斂之臣，寧有盜臣。」此謂國不以利為利，以義為利也。長國家而務財用者，必自小人矣。彼為善之，小人之使為國家，<u>災</u>害并至。雖有善者，亦無如之何矣！此謂國不以利為利，以義為利也。	國災
災	傷國者，何也？曰：以小人尚民而威，以非所取於民而巧，是傷國之大<u>災</u>也。大國之主也，而好見小利，是傷國。其於聲色、臺榭、園囿也，愈厭而好新，是傷國。不好脩正其所以有，唊唊常欲人之有，是傷國。三邪者在匈中，而又好以權謀傾覆之人，斷事其外，若是，則權輕名辱，社稷必危，是傷國者也。大國之主也，不隆本行，不敬舊法，而好詐故，若是，則夫朝廷群臣，亦從而成俗於不隆禮義而好傾覆也。朝廷群臣之俗若是，則夫眾庶百姓亦從而成俗於不隆禮義而好貪利矣。君臣上下之俗，莫不若是，則地雖廣，權必輕；人雖眾，兵必弱；刑罰雖繁，令不下通。夫是之謂危國，是傷國者也。（《荀子‧王霸》）	國災
禍災	物類之起，必有所始。榮辱之來，必象其德。肉腐出蟲，魚枯生蠹。怠慢忘身，<u>禍災</u>乃作。強自取柱，柔自取束。邪穢在身，怨之所構。施薪若一，火就燥也，平地若一，水就溼也。草木疇生，禽獸群焉，物各從其類也。（《荀子‧勸學》）	自然禍災
禍災	治氣養心之術：血氣剛強，則柔之以調和；知慮漸深，則一之以易良；勇膽猛戾，則輔之以道順；齊給便利，則節之以動止；狹隘褊小，則廓之以廣大；卑溼重遲貪利，則抗之以高志；庸眾駑散，則劫之以師友；怠慢僄棄，則炤之以<u>禍災</u>；愚款端愨，則合之以禮樂，通之以思索。凡治氣養心之術，莫徑由禮，莫要得師，莫神一好。夫是之謂治氣養心之術也。（《荀子‧脩身》）	個人身禍災
禍災	是故諸侯上不敢侵陵，下不敢暴小民。然後諸侯之國札喪，則令賻補之；凶荒，則令賙委之；師役，則令槁禬之；有福事，則令慶賀之；有<u>禍災</u>，則令哀弔之。凡此五物者，治其事故。（《大戴禮記‧朝事》）	國之禍災
禍災	管子于是制國：「五家為軌，軌為之長；十軌為里，里有司；四里為連，連為之長；十連為鄉，鄉有良人焉。以為軍令：五家為軌，故五人為伍，軌長帥之；十軌為里，故五十人為小戎，里有司帥之；四里為連，故二百人為卒，連長帥之；十連為鄉，故二千人為旅，鄉良人帥之；五鄉一帥，故萬人為一軍，五鄉之帥帥之。三軍，故有中軍之鼓，有國子之鼓，有高子之鼓。春以蒐振旅，秋以獮治兵。是故卒伍整于里，軍旅整于郊。內教既成，令勿使遷徙。伍之人祭祀同福，死喪同恤，<u>禍災</u>共之。（《國語‧齊語》）	國之禍災
禍災	「及少昊之衰也，九黎亂德，民神雜糅，不可方物。夫人作享，家為巫史，無有要質。民匱于祀，而不知其福。蒸享無度，民神同位。民瀆齊盟，無有嚴威。神狎民則，不蠲其為。嘉生不降，無物以享。<u>禍災</u>薦臻，莫盡其氣。顓頊受之，乃命南正重司天以屬神，命火正黎司地以屬民，使復舊常，無相侵瀆，是謂絕地天通。（《國語‧楚語》）	國之禍災

喪亂	重耳曰：「非喪誰代？非亂誰納我？」舅犯曰：「偃也聞之，<u>喪亂</u>有小大。大喪大亂之剡也，不可犯也。父母死為大喪，讒在兄弟為大亂。今適當之，是故難。」(《國語・晉語二》)	家之喪亂
喪亂	呂甥出告大夫曰：「君死自立則不敢，久則恐諸侯之謀，徑召君于外也，則民各有心，恐厚亂，盍請君于秦乎？」大夫許諾。乃使梁由靡告于秦穆公曰：「天降禍于晉國，讒言繁興，延及寡君之紹續昆裔，隱悼播越，托在草莽，未有所依。又重之以寡君之不祿，<u>喪亂</u>并臻。(《國語・晉語二》)	國之喪亂

　　查「禍」、「災」、「禍災」和「喪亂」在古代典籍的用法上，有指自身的或是自然的或是國家的，這些詞都不是災字及禍字或喪字的本義，已經合為較籠統地含義。為了合於本簡的詞例「降□□」，所以筆者在古代典籍中以先秦兩漢的史書部分為範圍，找到有關「降□□」的詞例，如下：

詞	文　例
降禍	秋，八月，王使富辛與石張如晉，請城成周，天子曰，天<u>降禍</u>于周，俾我兄弟，並有亂心，以為伯父憂，我一二親昵甥舅，不皇啟處，於今十年。(《春秋左傳・昭公三十年》)
降禍災	初，惠後欲立王子帶，故以其黨啟狄人。狄人遂入，周王乃出居于鄭，晉文公納之。晉文公既定襄王于郟，王勞之以地，辭，請隧焉。王不許，曰：「昔我先王之有天下也，規方千里以為甸服，以供上帝山川百神之祀，以備百姓兆民之用，以待不庭不虞之患。其餘以均分公侯伯子男，使各有寧宇，以順及天地，無逢其災害，先王豈有賴焉。內官不過九御，外官不過九品，足以供給神祇而已，豈敢厭縱其耳目心腹以亂百度？亦唯是死生之服物采章，以臨長百姓而輕重布之，王何異之有？今天<u>降禍災</u>于周室。(《國語・周語》)
降禍	呂甥出告大夫曰：「君死自立則不敢，久則恐諸侯之謀，徑召君于外也，則民各有心，恐厚亂，盍請君于秦乎？」大夫許諾。乃使梁由靡告于秦穆公曰：「天<u>降禍</u>于晉國，讒言繁興，延及寡君之紹續昆裔，隱悼播越，托在草莽，未有所依。(《國語・晉語二》)
降禍	周王答曰：「苟，伯父令女來，明紹享余一人，若余嘉之。昔周室逢天之<u>降禍</u>，遭民之不祥，余心豈忘憂恤，不唯下土之不康靖。今伯父曰：『戮力同德。』伯父若能然，余一人兼受而介福。伯父多歷年以沒元身，伯父秉德已侈大哉！」(《國語・吳語》)
降禍	夫差辭曰：「天既<u>降禍</u>于吳國，不在前後，當孤之身，實失宗廟社稷，凡吳土地人民，越既有之矣，孤何以視于天下！」夫差將死，使人說于子胥曰：「使死者無知，則已矣，若其有知，君何面目以見員也！」遂自殺。(《國語・吳語》)
降禍	四年，王召范蠡而問焉，曰：「先人就世，不穀即位。吾年既少，未有恒常，出則禽荒，入則酒荒。吾百姓之不圖，唯舟與車。上天<u>降禍</u>于越，委制于吳。(《國語・越語上》)

降禍	居軍三年，吳師自潰。吳王帥其賢良，與其重祿，以上姑蘇。使王孫雒行成于越，曰：「昔者上天降禍于吳，得罪與會稽。今君王其圖不穀，不穀請復會稽之和。」（《國語‧越語下》）
降禍	晏公游于菑，聞晏子死，公乘侈輿服繁駔驅之。而因為遲，下車而趨；知不若車之遬，則又乘。比至于國者，四下而趨，行哭而往，伏尸而號，曰：「子大夫日夜責寡人，不遺尺寸，寡人猶且淫洗而不收，怨罪重積于百姓。今天降禍于齊，不加于寡人，而加於夫子，齊國之社稷危矣，百姓將誰告夫！」（《晏子春秋‧外篇下》）
降禍	吳王辭曰：「天降禍於吳國，不在前後，正孤之身，失滅宗廟社稷者。吳之土地、民臣，越既有之，孤老矣，不能臣王。」遂伏劍自殺。（《吳越春秋‧勾踐二十一年》）
降災	皇天后土，實聞君之言，群臣敢在下風，穆姬聞晉侯將至，以大子罃，弘，與女簡璧，登臺而履薪焉，使以免服衰経逆，且告曰，上天降災，使我兩君匪以玉帛相見，而以興戎（《春秋左傳‧僖公十五年》）

　　以上資料，可見大部分為「降禍」一詞，少見「降禍災」、「降災」。另外在古代典籍中雖有「大禍」詞，如《韓非‧解老》：「人有福則富貴至，富貴至則衣食美，衣食美則驕心生，驕心生則行邪僻而動棄理，行邪僻則身死夭，動棄理則無成功。夫內有死夭之難，而外無成功之名者，大禍也。」《戰國策‧韓策》：或謂韓王曰：「秦王欲出事於梁，而於攻絳、安邑，韓計將安出矣？秦之欲伐韓，以東窺周室，甚唯寐忘之。今韓不察，因欲與秦，必為山東大禍矣。」但不見「降大禍」一詞。

　　綜合以上，筆者認為簡文在此處應考慮「降禍災」一詞。理由是：「禍」、「災」、「禍災」和「喪亂」這些詞彙在先秦時期的典籍的用法上，已經不是單一指國禍，或是天災，而是指比較籠統的含義。本篇楚簡《越公其事》屬於《國語》一類的書籍，《國語》中常見「降禍」一詞，唯《國語‧周語》使用「降禍災」。各方所推論的「降大禍」、「降災禍」或「降喪亂」亦是有可能，只是筆者認為「降禍災」三字出現在《國語》比「降大禍」及「降喪亂」一詞更有可能。「上帝降 禍災於 雫邦」意指「上帝降下災禍於越國」。

⑥不才（在）鼎（前）遂（後），丁（當）孤之殜（世）

原考釋：

> 不在前後，大意是不在先不在後。丁孤之世，第七十四簡作「丁役孤身」。《國語‧吳語》：「天既降禍於吳國，不在前後，當孤之身。」丁，當，義為值，遭逢。《詩‧雲漢》「耗斁下土，寧丁我躬」高亨

注：「丁，當，遭逢。」「當……世」，《易·繫辭下》：「《易》之興也，其當殷之末世，周之盛德邪？」當文王與紂之事邪？」「《吳越春秋》作「正孤之身」。「正」從丁聲，讀音極近，同辭假借。〔註45〕

秋貞案：

「丁孤之世」意思是「正當我這一世」。趙曄著、張覺譯注《吳越春秋》「不在前後」指「不在早一點死還是晚一點死」，〔註46〕不妥。《越公其事》第十一章「吳王乃辭曰：天加禍于吳邦，不才冑遂，丁役孤身」和本句相類，只是說話者換成吳王。今本《吳越春秋·勾踐二十一年》：「吳王辭曰：天降禍於吳國，不在前後，正孤之身。」和此句簡文相類。「不才冑遂，丁孤之殜」意指「不在前後王，正值我這一世」。

⑦虗（吾）君天王

原考釋：

天王，猶大王。《國語·吳語》「昔者越國見禍，得罪於天王」，俞越曰：「天王，猶大王也。」（見徐元誥撰，王樹民、沈長雲點校：《國語集解》，中華書局，2002 年，第 538 頁）天王本為天子之稱。《春秋》隱公元年：「秋七月，天王使宰咺來歸惠公，仲子之賵。」清顧炎武《日知錄·天王》：「《尚書》之文，但稱王，《春秋》則曰天王，以當時楚吳徐越皆僭稱王，故加天以別之也。」此則又僭尊夫差為天王。〔註47〕

子居認為加「天」為彰顯天命所在。他仔細比較勾踐稱夫差為「天王」，而在第三章中夫差僅稱勾踐為「君王」。與此類似，《國語》中也記有勾踐稱夫差為「天王」，而夫差等人稱勾踐皆只稱「君王」的情況，這種稱謂差異應該體現出《越公其事》與《國語》的《吳語》、《越語》有著共同來源的可能。另一種可能是「僭尊夫差為天王」本只是歷史上勾踐的個人行為而已。〔註48〕

〔註45〕清華大學出土文獻與保護中心編、李學勤主編：《清華大學藏戰國竹簡（柒）》，上海，中西書局，2017 年 4 月，頁 115，注 6。
〔註46〕趙曄著、張覺譯注：《吳越春秋》，古籍出版社 2002 年 12 月初版二刷，頁 462。
〔註47〕清華大學出土文獻與保護中心編、李學勤主編：《清華大學藏戰國竹簡（柒）》，上海，中西書局，2017 年 4 月，頁 115，注 7。
〔註48〕子居：〈清華簡七《越公其事》第一章解析〉，中國先秦史 http://www.xianqin.tk/2017/12/13/415，20171213。

秋貞案：

《春秋穀梁傳》哀公十三年：「夏，許男成卒。公會晉侯及吳子於黃池。黃池之會，吳子進乎哉！遂子矣。吳，夷狄之國也，祝髮文身，欲因魯之禮，因晉之權，而請冠、端而襲其籍於成周，以尊天王。吳進矣！吳，東方之大國也，纍纍致小國以會諸侯，以合乎中國。吳能為之，則不臣乎？吳進矣！王，尊稱也。子，卑稱也。辭尊稱而居卑稱，以會乎諸侯，以尊天王。吳王夫差曰：『好冠來！』孔子曰：『大矣哉！夫差未能言冠而欲冠也。』」這裡說的「天王」是周天子。春秋戰國時期吳國在東南方雖是大國，但在中國則只算是一個夷狄之國，充其量只能稱「子」，不能稱王。很特別的是在《國語》的《吳語》、《越語上》會看到吳、越稱王，或天王。在本簡中的「吾君天王」的「天王」指吳王夫差，原考釋可從。「虘君天王」即「我君天王」。

⑧以身被甲冐（冑）

原考釋：

> 「冐」從冃，由聲，即「冑」字。又見第二十簡。〔註49〕

蘇建洲認為本簡「甲」字不同於一般楚簡的「甲」字的寫法，有存古的現象。簡3的「冑」字亦有存古的現象：

> 以「甲」表示{甲}，目前見於秦文字，如杜虎符、新郪虎符「興士被甲」的「甲」以及曾侯乙竹簡、《越公其事》。比較可能的情況是秦文字因為地域的關係繼承了西周，或是春秋以來的用字習慣。《越公其事》是記錄春秋史事的文獻，用「甲」為甲冑之「甲」，也許就是春秋時期用字的一種反應。也就是說，在春秋（甚至西周）時期，甲冑之「甲」雖多用「虘」，但也有用「甲」的。〔註50〕

子居認為本簡的「冐」字上從冃下從由的寫法體現出東方非周文化的特徵。
〔註51〕

〔註49〕清華大學出土文獻與保護中心編、李學勤主編：《清華大學藏戰國竹簡（柒）》，上海，中西書局，2017年4月，頁115，註8。

〔註50〕蘇建洲：〈談清華七《越公其事》簡三的幾個字〉，http://www.gwz.fudan.edu.cn/Web/Show/3050，20170520。

〔註51〕子居：〈清華簡七《越公其事》第一章解析〉，中國先秦史 http://www.xianqin.tk/2017/12/13/415，20171213。

趙平安認為《越公其事》的「冑」字寫法較為特殊。簡3「身披甲冑（）」、簡20「麗甲纓冑（）」的「冑」上從「冃」下從「由」，所從的「冃」形體略有訛變。從目前的資料看來，這種寫法的上限是西周晚期，下限在《越公其事》，但《越公其事》的文本複雜，年代斷定不易。〔註52〕

秋貞案：

從《殷周金文集引得》頁1349找甲冑的甲，只有18.12108甲兵之符（秦）、18.12109兵甲之符（秦）兩條。查「殷周金文暨青銅器資料庫」，搜尋陽陵虎符的時代有爭議，與櫟陽虎符同，櫟陽虎符（B1702戰國晚期（秦））應在秦統一六國之後。「甲」字當作兵器用，最早只見於秦的杜虎符（春秋時期），甲骨及金文都無此用法，春秋以前「甲」字不作兵器用。對於「甲」字的演變，查季師《說文新證》「甲」字從甲骨文到春秋戰國時期的演變如下表：〔註53〕

分　期	字　形
甲骨文	（商.甲870《甲》）、 （商.甲632《甲》）
金文	（周早.矢方彝《金》）、 （周晚.西甲盤《金》）
春秋戰國（三晉）	（春戰.侯馬16：3）宗盟類序篇「甲寅」、 （戰.晉.貨系1813）
春秋戰國（楚）	（戰.楚.包20《楚》）「九月甲辰」、 （戰.楚.包46《楚》）「九月甲辰之日」、 （戰.楚.包90《楚》）「九月甲辰」
春秋戰國（秦）	（戰.秦.新郪虎符）「甲兵之符」〔註54〕、 （秦.杜虎符《篆》）「甲兵之符」〔註55〕、 （秦.睡23.4《篆》）「公士甲」

〔註52〕趙平安：〈說字小記（八則）〉，《出土文獻》（第十四輯），中西書局，2019年4月，頁114。

〔註53〕季師旭昇：《說文新證》，藝文印書館，2014年9月2日出版，頁957。

〔註54〕甲兵之符《殷周金文集成》新郪虎符12108戰國晚期。

〔註55〕兵甲之符杜虎符12109（可能比戰國晚期早）稱「君」的可能在春秋晚期。

春戰時期的楚文字的「甲兵」之「甲」作「𤰇（戰.楚.包 81《楚》）」、「𤰇（戰.楚.包 269《楚》）」此形者多見。而本簡的「甲冑」之「甲」作「EE」，目前就出土材料來看，比較特別。但就「甲」字的演變歷史來看，作「EE」形，已經不算是存古，反而是晉系的「十」（春戰.侯馬 16：3）還比較接近甲骨文，只是它不作「甲兵」之「甲」。至於「𡩋（冑）」字的寫法較為特殊，如趙平安所說，它是上從「冃」下從「由」，不同我們常見的楚文字上下顛倒，筆者認為這種情形不能逕視為訛書，因為不太可能同篇的兩字一起寫訛，可能是書手的書寫習慣所致，此字形的特殊變化有待更多的證據證明。「以身被甲冑」指「（吳王）身上披著甲冑」。

⑨戠（敦）力

原考釋：「敦力，致力」。〔註56〕

Zzusdy 認為簡 3「敦力」之「敦」引《莊子‧說劍》「敦劍」，郭嵩燾解「敦」為治。「力」似當讀作「飭」，治也，和簡 20 的「敦齊兵刃」的「敦齊」義近，「齊」有整飭義。〔註57〕

郭洗凡認為從「敦力」後面跟名詞「鈠鎗」的結構看來，「力」釋作動詞「飭」更好。〔註58〕

秋貞案：

原考釋認為敦力為致力，但是沒有再多作解釋。筆者查《故訓匯纂》「敦」字和兵器相關一條，《諸子平議‧莊子三》：「今日試使士敦劍。」俞樾案：「敦劍猶治劍」。〔註59〕「治劍」在此義為「論劍」、「說劍」之意，和本簡簡文「敦力鈠鎗」的文意不合，豈有已在戰場上才來說劍、論劍之理。Zzusdy 提出「敦」為治，把「力」也解作「治」，「敦力」就是同義複詞，同為「治」的意思。但他把簡 11 的「有帶甲八千以敦刃偕死」的「敦刃」及簡 20 的「敦齊兵刃以捍禦」的「敦齊兵刃」，均認為是「整飭」之意，和「敦力鈠鎗」之「敦力」

〔註56〕清華大學出土文獻與保護中心編、李學勤主編：《清華大學藏戰國竹簡（柒）》，上海，中西書局，2017 年 4 月，頁 115，注 9。

〔註57〕簡帛論壇：「清華七《越公其事》初讀」，第 60 樓，20170427。

〔註58〕郭洗凡：《清華簡《越公其事》集釋》，安徽大學碩士學位論文，2018 年 3 月，頁 15。

〔註59〕宗福邦、陳世鐃、蕭海波主編：《故訓匯纂》，商務印書館，2007 年 9 月，頁 1808。

的文意亦不切合。「釴鎗」為兵器之意，如此一來，豈有已上戰場，還在整治兵器的道理。

　　筆者認為原考釋的「敦力」為「致力」、「極力」之義意比較適合文意。《戰國策·秦策一》：「大王又並軍而致與戰」鮑彪注「致」為「極力也」。〔註60〕季師旭昇認為「敦力」可釋為「奮力」。本簡文「敦力釴鎗」之「敦力」近於「奮力」、「極力」之義。

⑩釴鎗

A.「釴（）」字考釋

原考釋：

> 某種兵器。或疑「釴」字之訛，即「殳」字異體。《說文》：「殳，以杸殊人也。《禮》：『殳以積竹，八觚，長丈二尺，建於兵車，車旅貴以先驅。』」或與鋒刃有關。第二章有「敦刃」，第三章有「敦齊兵刃」。〔註61〕

Zzusdy 認為將簡3「釴」標為「yi」音不對。

> 拼音檢索表227頁將簡3「釴」標為「yi」音也不對。〔註62〕

蘇建洲 認為此字讀作「鉘」，即燕戈銘中自名為「鉘」的兵器：

> 此字右旁即「沒」的偏旁。可比對：

 曹沫09、 三德03、 三德17、 鬼神02B、

 鬼神03、  子儀20

> 整理者認為是「釴」字之訛確實不能排除，但筆者以為此字更可能應讀為「鉘」。益陽楚墓有件兵器戈，銘文作：

〔註60〕宗福邦、陳世鐃、蕭海波主編：《故訓匯纂》，商務印書館，2007年9月，頁3522。

〔註61〕清華大學出土文獻與保護中心編、李學勤主編：《清華大學藏戰國竹簡（柒）》，上海，中西書局，2017年4月，頁115，注9。

〔註62〕簡帛論壇：「清華七《越公其事》初讀」，第79樓，20170429。

圖 003

銘文當釋為「子者造諱（**鈇**）」。對於「**鈇**」的釋讀，陳劍先生指出：

末字釋為「或（戈）」恐不行。其形是所謂「籀文諱／悖字」「**囍**」之略省訛者，古文字包括戰國文字中多見。此字疑應讀為新造弨戟銘（《集成》17.11161）中自名「弗戟」之「弗」，亦即燕戈銘中自名之「鈇」（「孛」聲、「弗」聲字相通之例甚夥，其顯著者如「紼」、「綍」為一字異體）。一般認為此類用法之「弗／鈇」讀為訓「擊」、「斫」之「制」，燕戈銘中則已轉化為器名（類似情況青銅禮器自名中頗不乏見，如「齊（桼）鼎」之與「[齊／鼎]」、「升鼎」之與「[鼎＊升]」、「盂鼎」之與「[鼎＊于]」之類），此戈亦應屬同樣情況。（http://www.guwenzi.com/ShowPost.asp?ThreadID=2677） 其說可從，這個意見被《銘圖》所吸收，見 16633 號「子者戈」。「沒」是明紐物部一等合口，「弗」是幫紐物部三等合口，「孛」是並紐物部一等合口，彼此聲韻關係極近。本文對「錢」的考釋若可成立，則可以新增一戈銘的自名。〔註63〕

蕭旭提出蘇建洲的看法，沒有新說。〔註64〕

子居認為本節的「戈槍」蓋類似於稱「戈矛」，即標槍投矛類武器：

本節的「戈槍」蓋類似於稱「戈矛」，《司馬法‧定爵》所謂：「弓矢禦，戈矛守，戈戟助。」嚴格區別的話，長柄為矛，短柄為槍。睡

〔註63〕蘇建洲：〈談清華七《越公其事》簡三的幾個字〉，http://www.gwz.fudan.edu.cn/Web/Show/3050，20170520。

〔註64〕蕭旭：〈清華簡（七）校補（二）〉，http://www.gwz.fudan.edu.cn/Web/Show/3061，20170605。

虎地秦簡《為吏之道》：「兵甲工用，樓椑矢閼，槍藺環殳。」藺即雷石，與藺並列的槍，顯然即標槍投矛類武器。《越公其事》篇整理者所引《墨子・備城門》句由其稱「周置二步中」且數量為「二十枚」也不難看出，所用的「槍」當即短矛，在《備城門》篇中是在城上用於投殺和刺擊的消耗型武器。《漢書・晁錯傳》：「兩陳相近，平地淺草，可前可後，此長戟之地也，劍楯三不當一。萑葦竹蕭，草木蒙蘢，枝葉茂接，此矛鋌之地也，長戟二不當一。」《將苑・地勢》：「草淺土平，可前可後，此長戟之地。蘆葦相參，竹樹交映，此槍矛之地也。」兩相比較可見，《漢書・晁錯傳》的「矛鋌之地」即《將苑》的「槍矛之地」，因此鋌即槍。《方言》卷九：「矛，吳揚江淮南楚五湖之間謂之鏦，或謂之鋋，或謂之鏦。」吳揚江淮南楚五湖之間所稱的鏦（鋋、鏦），其特徵就是比中原的矛短小，《廣韻・支韻》：「鏦，短矛。」字又作鉈，《說文・金部》：「鉈，短矛也。」《史記・匈奴列傳》：「其長兵則弓矢，短兵則刀鋋。」《說文・金部》：「鋋，小矛也。」《淮南子・兵略訓》：「昔者楚人地，……蛟革犀兕，以為甲冑，修鎩短鏦，齊為前行。」高誘注：「鏦，小矛也。」皆可見鏦（鋋、鏦）是類似於矛的短兵。《後漢書・馬融傳》：「飛鋋電激，流矢雨墜。」是鋋在攻敵時會類似於矢，《晉書・朱伺傳》：「賊舉鋋摘伺，伺逆接得鋋，反以摘賊。」摘即擿，義為投擲，可證鋋即投矛梭槍，且主要為「吳揚江淮南楚五湖之間」地區的稱謂，敦煌文書《行人轉帖》屢稱「弓箭、槍排、白棒」，其槍排即梭槍與盾牌，北宋曾公亮《武經總要》前集卷十二：「梭槍，長數尺，本出南方，蠻獠用之，一手持旁牌，一手標以擿人，數十步內，中者皆踣。以其如梭之擿，故雲梭槍，亦曰飛梭槍。」猶可見「槍」的原始用法。

〔註65〕

郭洗凡認為「鉞鏦」應屬武器之類。「鉞」，明紐物部；「鈇」，幫紐物部。二字聲紐同屬唇音，韻部相同，可相通假。所以蘇說有一定的道理，可備一

〔註65〕子居：〈清華簡七《越公其事》第一章解析〉，中國先秦史 http://www.xianqin.tk/2017/12/13/415，20171213。

說。〔註66〕

秋貞案：

各家都同意「鈹」應為一種兵器，但究竟是何種兵器，眾說紛紜，莫衷一是。我以為「鈹」即「莫邪」的合音。首先分析「鈹」字字形。「鈹」，![字形]，原考釋認為是「鈹」字之訛，即「殳」字異體。筆者認為楚文字「殳」字與「殳」字其實明顯有別，二者未見混用之例。以下分就「殳」和「殳」字形作一比較。

（一）「殳」的字形分析

「殳」字，《說文》：「以杸殊人也。禮：殳以積竹，八觚，長丈二尺建於兵車，旅賁以先驅，从又、乙聲。凡殳之屬皆从殳」。查楚文字中只有曾侯邸殳有單獨的「殳」字，其他均為从「殳」之字。以下羅列出楚文字「殳」和从「殳」相關的字：

《上海博物館藏戰國楚竹書（一～五）文字編》从「殳」字〔註67〕	![字形]上博五.三.14.33（殺）〔註68〕
《戰國文字編》「殳」及从「殳」字〔註69〕	![字形]曾侯邸殳（殳）、![字形]隨縣62（杸）、![字形]隨縣68（杸）、![字形]隨縣99（杸）、![字形]鄂君啓舟節（政）〔註70〕、![字形]鄂君啓舟節（般）〔註71〕、![字形]鄂君啓舟節（啓）〔註72〕、![字形]鄂君啓舟節（敗）、![字形]郭店.語叢1.112（政）、![字形]郭店.語叢1.50（般）、![字形]郭店.語叢1.51（般）、![字形]郭店.語叢1.52（般）

〔註66〕郭洗凡：《清華簡《越公其事》集釋》，安徽大學碩士學位論文，2018年3月，頁16。

〔註67〕李守奎、曲冰、孫偉龍編著：《上海博物館藏戰國楚竹書（一～五）文字編》，2007年12月第一次印刷。

〔註68〕釋為「滅」

〔註69〕湯餘惠主編：《戰國文字編》，福建人民出版社，2001年第1版。

〔註70〕釋為「政」。

〔註71〕釋為「命」。

〔註72〕釋為「啓」。

《楚文字編》「殳」及從「殳」字〔註73〕	曾侯邲殳（殳）、曾33（投）、曾37（投）、曾62（投）、曾68（投）、曾94（投）、郭.語一.112（政）、鄂君啓舟節（政）、鄂君啓舟節（政）、郭.語一.67（政）〔註74〕、郭.語一.43（毅）〔註75〕、郭.語二.21（敠）〔註76〕、郭.語二.42（敠）、郭.語一.50（毄）、郭.語一.51（毄）、郭.語一.52（毄）、郭.語一.75（毄）、鄂君啓舟節（啓）、鄂君啓舟節（啓）〔註77〕、鄂君啓舟節（敏）、鄂君啓舟節（敏）、新劭戟（敏）〔註78〕、鄂君啓舟節（敗）
《上博簡六～九》從「殳」的字	上博六.用.18.32（政）、上博九.成.甲1.20（浽）、上博九.成.乙1.22（浽）、上博六.孔.14.4（毅）、上博六.用.3.24（毅）、上博九.成.甲3.22（毅）、上博九.邦.13.3（敢）、上博七.武.1.21（敠）、上博七.武.2.26（敠）
《清華簡一～九》從「殳」的字	清華四.別6.2（毄）〔註79〕、清華七.越74.27（役）

上面表列和「殳」相關的字，只有曾侯邲殳為「殳」字，其他則無。季師旭昇《說文新證》表示「殳」是一種車戰兵器，又作「投」。東周時期使用普遍，為一根八棱形積竹杖，長約三公尺，兩端套有銅帽和銅樽，使用方法

〔註73〕李守奎：《楚文字編》，東華師範大學出版社，2003年12月第一版。
〔註74〕「政」字異體。
〔註75〕「教」字異體。
〔註76〕「效」字異體。
〔註77〕「啓」字異體。
〔註78〕「敏」字異體。
〔註79〕「毄」字釋「夬」。

為砸擊，金文趙曹鼎為 。〔註80〕筆者綜合《上海博物館藏戰國楚竹書（一～五）文字編》、《戰國文字編》、《楚文字編》、《上博簡六～九》、《清華簡一～九》從「殳」之字，均未見有寫作「叟」旁的，故「殳」和「夂」是明顯有別的。

（二）「叟」的字形分析

再看看「夂（叟）」字，查楚文字的「夂（叟）」字如下：

字型	隸定	出　處	釋義	釋　例
	叟	上博四.曹 9.15	沒	以亡道稱而沒身
	叟	上博五.三 3.8	沒	其身不沒
	叟	上博五.三 17.22	沒	沒其身哉
	叟	上博五.鬼 2.39	沒	身不沒為天下笑
	叟	上博五.鬼 3.30	沒	長年而沒
	叟〔註81〕	上博七.鄭（甲）2.27	沒	以沒入地
	叟	清華六.子 20.4	沒	王之北沒

羅列楚簡中出現相關「夂（叟）」字形，均明顯和「殳」字不同。原考釋或疑「」為「鈠」字之訛，即「殳」字異體，原考釋的說法不可從。筆者認為「鈠」字應非訛寫。「鈠」的偏旁「」即是「夂」，也可隸定為「叟」。「鈠」可以推斷是一個形聲字，從「金」「夂」聲。「夂」應標為 mò 音，非 yi。Zzusdy 認為《清華七》的字表標為「yi」音不對，其說可從。

蘇建洲認為「鈠」字是「刜」。他引陳劍的意見，認為「鈠」是燕戈銘中

〔註80〕季師旭昇：《說文新證》，藝文印書館，2014 年 9 月 2 日出版，頁 225。
〔註81〕此字原考釋隸為「及」有誤，各家均以為應為「叟」，釋為「沒」。

自名為「鈽」的兵器。〔註82〕筆者查閱戰國出土兵器中有一件「新弨戟」（《集成》17.11161）上面刻有「新弨自命弗戟」（如下圖004），此兵器可能就是燕國兵戈銘中自名為「鈽」的兵器。如果「鈹」是「鈽」，應該就是類似弗戟這種兵器。

圖004　新弨弗戟〔註83〕

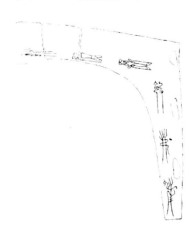

燕國的兵器有自銘的特色是學者們均有的共識。林清源在《兩周青銅句兵銘文彙考（上）》說到燕國的兵器雖自銘為鋸、鈹、鈽、鋔鈽等，但考古工作者仍把它們歸為戈、戟一類。他說：

> 燕國兵器之器類命名，獨成一系，極具特色。以句兵之屬為例，或曰鋸，或曰鈹，或曰鈽，或曰鋔鈽，具不見於他國。……鋸、鈹、鈽、鋔鈽四類形制之差異，固未十分暸然，而胡有子刺則為其共同特徵。燕國句兵之形制，視他國所造戈、戟，固具特色，然就基本構造而論，實大同而小異，故《周金》、《小校》、《三代》諸書於燕國句兵之命名，或曰「戈」，或曰「戟」，而不從器物之自銘；今考古工作者亦多從此簡約之分類原則。鋸、鈹、鈽、鋔鈽等類，係戈、戟等大類下細分之小類，二者層次有別，不宜並列。故以戈或戟為上述燕國句兵之命名，頗足取式，理當從之。〔註84〕

〔註82〕參見蘇建洲：談清華七《越公其事》簡三的幾個字，http://www.gwz.fudan.edu.cn/Web/Show/3050，20170520。

〔註83〕參見「殷周金文暨青銅器資料庫」——中央歷史語言研究所網站。銘文「新弨自／鍛（命）弗戟（戟）」。

〔註84〕林清源：《兩周青銅句兵銘文彙考（上）》，花木蘭出版社，2012年3月，頁50。

那麼「鈠」會是燕國的自銘兵器「剕」嗎？就聲韻來說，「剕」字上古音在並母物部，「𠬛」字上古音在明母物部，聲近韻同，「鈠」字雖有可能是「剕」，但是這種兵器是否出現在春秋戰國時的吳國呢？筆者認為可能性不高。原因有二。其一，目前出土的吳國兵器很多，但未見吳國兵器自銘為「鍸」的，類似這種戈和戟在吳國都稱為「戈」。如：邗王是埜戈（《集成》11263）、王子𢦏戈、攻敔王光戈（《集成》11151）、攻敔王夫差戈（《集成》11288）。其二，春秋時代吳國的兵器製作相當精良，為各國所覬覦，那麼吳王為何要拿燕國的鍸命名，而不拿自己國家的戈命名呢？故筆者認為只是同為兵器，而且聲韻相通就把「鈠」字釋為「鍸」，有待更多的證明。

目前學者共識為「鈠」是一種兵器，所以若從兵器上推敲，筆者認為「鈠」可視為「鏌釾」的連讀。在《說文》「鏌」字條：「鏌，鏌釾也。从金莫聲。慕各切。」「鏌釾」在古代典籍中寫作「莫邪」、「莫鎁」、「莫鋣」、「鏌邪」、「鏌釾」、「鏌鎁」、「鏌鋣」，其中寫作「莫邪」一詞比較多。〔註 85〕

（三）「鈠」的字義分析

以下就「鏌」字查閱古代字書的釋義，羅列如下：

字　書	釋　義	兵器類別
《說文解字》	鏌：鏌，鏌釾，大戟也。 釾：鏌釾也，从金牙聲。	大戟
《廣雅·卷八釋器》「鏌釾」條	龍淵、太阿、干將、鏌釾、莫門、斷虵、魚腸、醇鈞、燕支、蔡倫、屬鹿、干隊、堂谿、墨陽、鉅闕、辟閭，劍也。	劍
《大廣益會玉篇》〔註 86〕	鏌：鏌，靡各切，鏌釾，劍名。 釾：釾，以蛇切，鏌釾。	劍
《龍龕手鑑》〔註 87〕	鏌：音莫，鏌鎁，劍名。鎁，音耶。 釾：或作鎁，正音耶。鏌鎁，劍名。鏌音莫。	劍
《宋本廣韻》〔註 88〕	鏌：鏌，鏌鋣，劍名。 釾：鏌釾。	劍

〔註 85〕筆者在「國學大師」網站得以下結果查「莫邪」得 1511 條、查「莫鎁」得 14 條、查「莫鋣」得 6 條、查「莫釾」得 0 條、查「鏌鎁」得 394 條、查「鏌鋣」得 184 條、查「鏌邪」得 99 條、查「鏌釾」得 12 條。

〔註 86〕梁顧野王：《大廣益會玉篇》，中華書局，2008 年 8 月北第 3 次印刷，頁 83 下右。

〔註 87〕四部叢刊續編經部《龍龕手鑑》，臺灣商務印書館，1981 年 2 月初版。

〔註 88〕《重修宋本廣韻》，廣文書局，1961 年 10 月二版，頁 485。

大徐本《說文》〔註89〕	鏌，鏌釾也。从金莫聲。慕各切。 釾：鏌釾也，從金牙聲。以遮切。	不明
《說文繫傳》〔註90〕	鏌：鏌釾，大戟也，從金莫聲，臣鍇曰：又劍名。門落反。 釾：鏌釾也，從金牙聲。延車反。	戟
《廣雅疏證》〔註91〕	《齊策》云：今雖干將莫邪，非得人力則不能割劌矣，莫邪與鏌釾同。《莊子·大宗師》篇作鏌鋣。《吳越春秋·闔閭內傳》云：干將者，吳人也。莫邪，干將之妻也。干將作劍，金鐵之精不銷。莫邪乃斷髮剪爪投於爐中，金鐵乃濡遂以成劍。陽曰干將，陰曰莫邪。《越絕外傳·記寶劍篇》云：吳有干將，越有歐冶子。應劭注《漢書賈誼傳》云：莫邪，吳太夫也。作寶劍，因以冠名。又注《司馬相如傳》云：干將吳善冶者。<u>案干將莫邪皆連語，以狀其鋒刃之利，非人名也。</u>王褒《九懷》云：舒余佩兮，綝纚竦余劍兮干將。是干將為利刃之貌。<u>莫邪，疊韻字，</u>義亦與干將同，**干將莫邪皆利刃之貌，故又為劍戟之通稱。**《史記·商君傳》云：屈盧之勁矛，干將之雄戟。《司馬相如·子虛賦》云：建干將之雄戟。戟與戈同類，故魏文帝《浮淮賦》云：建干將之銛戈。《說文》：鏌釾，大戟也。《漢書·揚雄傳》：杖鏌邪而羅者以萬計，注亦以為大戟。**干將莫邪為劍戟之通稱，則非人名可知。**故自西漢以前，未有以干將莫邪為人名者。自《吳越春秋》始以干將為吳人，莫邪為干將之妻。其他說雖不同，而同以為人名。總由誤以干莫二字為姓，遂至紛紛之說。	利刃之貌，劍戟之通稱
《說文解字注》〔註92〕	鏌：鏌，鏌釾，大戟也。大徐無大戟字，小徐及臣瓚賈誼傳注、李善羽獵賦注、李賢杜篤傳注引許皆同。淺人但知莫邪為劍，故刪之也。應劭、司馬貞、顏師古皆主劍說，非許意。史記趙良、司馬相如皆云干將之雄戟。張揖曰：吳王劍師干將所造者也。然則干將、莫邪古說皆謂戟矣。 釾：釾，鏌釾也，從金牙聲。<u>以遮切，古音在五部，疊韻字也。</u>漢郭究碑作鋣。杜篤傳注引同。	劍、戟
《說文解字注箋》〔註93〕	《廣雅》曰：干將、鏌釾，劍也。《玉篇》曰：鏌釾，劍名。王氏《疏證》曰：<u>干將、莫邪皆連語，</u>以狀其鋒刃之利，故為**劍戟之通俑**。《荀子·性惡篇》云：闔閭	劍 劍戟之通稱

〔註89〕徐鉉：《說文解字》，中華書局，2007 年 4 月，第 26 次印刷，頁 297。
〔註90〕徐鍇：《說文繫傳》，文海出版社，1968 年 6 月再版。頁 299。
〔註91〕王念孫：《廣雅疏證》，臺灣中華書局，1966 年 3 月臺一版。
〔註92〕段玉裁：《說文解字注》，黎明文化事業股份有限公司，1991 年 8 月，增訂八版。
〔註93〕（清）徐灝撰：《段注箋》北京大學圖書館，中國哲學電子計劃，https://ctext.org/library.pl?if=gb&res=1539。

> 之干將、莫邪、鉅闕、辟閭，古之良劍也。……自西漢
> 以前未有以干將、莫邪為人名者，自《吳越春秋》始以
> 干將為吳人，莫邪為干將之妻，遂致紛紛之說。

綜合以上資料可知「鏌釾」為兵器是無庸置疑，但仍不能確定是劍或是戟或是劍戟之通稱，因為此問題牽涉古代典籍傳抄及版本的問題，不是文字考釋的重點，故不在本文中釐清。

（四）「鋊」和「鏌釾」的關係

1.「鏌釾」的構詞探討

從徐灝《說文解字注箋》「釾」字條說到：「鏌釾，疊韻連綿詞。上古鏌屬鐸部，釾屬魚部，魚鐸可對轉。」《通訓定聲》在鏌、釾字條下注：「莫邪亦疊韻連讀」。段注《說文解字》：「釾，鏌釾也，從金牙聲。以遮切，古音在五部，疊韻字也。」王念孫《廣雅疏證》案：「干將莫邪皆連語。……莫邪，疊韻字，義亦與干將同。」古代字書多已提出「鏌釾」為疊韻聯綿詞、疊韻連讀和連語的概念。

「疊韻字」、「聯綿詞」〔註94〕和「連讀」都常見，至於什麼是「連語」？《法言義疏十四》云：「凡連語皆以聲為義，不容析詁。」王念孫《讀書雜志‧漢書十六》：「凡連語之字，皆上下同義，不可分訓。說者望文生義，往往穿鑿而失其本指。」朱自清《中國文的三種型》：「中國語以單音為主，先有單音詞，後來才一部分演化為復音。……卜辭裡的連語雖然不多，卻已有『往來』一類連語或詞。《詩經》裡更有了大量的疊字詞和雙聲疊韻詞，連語似乎以疊字與雙聲疊音為最多。」〔註95〕「連語」應該就是指聯綿詞的概念，又可稱為雙音節衍聲複詞。例如：「玲瓏」、「逍遙」、「蜿蜒」等都是疊韻聯綿詞，音節與音節之間，沒有意義上的關聯，純粹只有聲音的關係，實際上就是描繪語音的詞，所以這可以解釋為何「鏌釾」是一個聯綿詞，它有很多種寫法，「鏌釾」在古代典籍中會寫作「莫邪」、「莫鋣」、「莫鎁」、「鏌邪」、「鏌釾」、「鏌鋣」、「鏌鎁」，同音而不同字的雙音節聯綿詞，只是到後來以「莫邪」一詞較固定為我們所熟悉。

〔註94〕 「聯綿詞」的定義可參見周法高《中國古代語法‧構詞編》，中央研究院歷史語言研究所出版，1994年4月影印二版，頁101。

〔註95〕 蕭楓編著：《論雅俗共賞──朱自清作品精選》，崧博出版事業有限公司，2017年8月。

2.「鏌鋣」一詞具古越語特色

為何在楚簡中沒有寫作「鏌鋣」兩字而是寫成一字「銕」呢？筆者認為「鏌鋣」一詞具有為古代吳越地方語言的特色，而寫作「銕」是以中原人對古越語記音書寫的結果。以下較詳細說明古越語的特色。

孟文鏞在《越國史稿》中提到古越語應包含吳越國地方的語言。古越語和漢語不同，如《孟子・滕文公上》云：「南蠻鴃舌」，指的是南方的古越語「鴃舌」就是語音難懂。《呂氏春秋・功名篇》：「蠻夷反舌，殊俗異習」高誘注：「言語與中國相反，因為『反舌』」《呂氏春秋・知化篇》記吳王夫差欲代齊國，伍子胥反對，云：「夫齊之與吳地，習俗不同，語言不通，我得其地不能處，得其民不能使。夫吳之與越地，接土鄰境，壤交道屬，習俗同言語通，我得其地能處之，得其民能使之，越與我亦然。」吳和齊國的語言不相通，但和越國可以相通。《吳越春秋・夫差內傳》：「吳與越同音共律，上合星宿，下共一理。」吳國和越國的語言都是屬於古越語。民族學者推測古越語是屬於南島語族或侗臺語族，以此追溯古越族的語言，並考求〈越人歌〉的用字篇章等等研究。〔註96〕侗臺語是侗語、水語、壯語、傣語、泰語、黎語、越南京語、緬甸撣語等共同祖語的兄弟語，有學者把它們拿來比較。音韻學家韋慶穩在《試論百越民族的語言》中把〈越人歌〉的中古音和上古音國際音標記下來和壯語比對發現它有一定的相關。〔註97〕鄭張尚芳在《越人歌的解讀》中把〈越人歌〉的每一個漢字和泰語同義或近義詞對照解釋的研究。〔註98〕趙日和《閩語辨踪》〔註99〕提到把古甌越地、古南越地、古駱越地和古閩越地的閩語比較發現其古越語的成分明顯，如閩語中有著越語黏著語的形態。〔註100〕董楚平在《吳越文化志》中對保留古越語特色的地名、人名根據文獻記載，也利用侗臺語的比較進行譯解。如《左傳・哀公元年》「吳王夫差敗越於夫椒」杜預注「夫椒，吳郡吳縣西南大湖中椒山」。「夫椒」對應「椒山」，「夫」可能是「山」。「夫」古音*pa，廣西壯語地名「岜石山」中的「岜」壯語讀

〔註96〕孟文鏞：《越國史稿》，北京，中國社會科學出版社，2010年，頁489。
〔註97〕韋慶穩：《試論百越民族的語言》，《百越民族史論集》，中國社會科學出版社，1982年版。
〔註98〕鄭張尚芳：《越人歌的解讀》，《語言研究論叢》七，語文出版社1997年版。
〔註99〕趙日和：《閩語辨踪》，《福建文博》，1984年第2集。
〔註100〕孟文鏞：《越國史稿》，北京，中國社會科學出版社，2010年，頁498。

pja，義為石山。所以「夫椒」、「椒山」相當於「岜椒」。另外舉「句踐」在金文作「九淺」。「句」、「九」音近泰文 kuux，復興、保救。「踐」、「淺」音近泰文 zeenh，祭祀。推測句踐可能是以保家衛國之義而命名。〔註 101〕這些語言學上的研究提供我們在古越語的研究上新視角：在漢語上覺得「南蠻鴃舌」，正是古越語特色的呈現方式。

孟文鏞《越國史稿》第九章〈越國文化〉中第一節「語言文字」指出越語的特色有二：

特色一、越語的語言型態與漢語不同。古越語和北方諸族語言（漢語）不同，它是屬於膠著語。〔註 102〕他說：

> 古代越族有自己獨特的語言，它和古代漢語是不通的。但它是一種
> 什麼語言呢？梁啟超先生認為它是「多複輔音語系」，與諸夏之純用
> 單音語者不同。〔註 103〕而林惠祥先生認為古越語是一種膠著語。他
> 說：「越語在古時確是大異於北方諸族語言，而性質也確實不像一字
> 一音的孤立語，而像是多音併合的膠著語，因此以北方語言譯它每
> 須二三字譯一字，且譯得很不妥切，如《左傳》說越國人名大夫種
> （俗稱文種），只一字。在《國語》卻記作諸稽郢三字，可見越語有
> 些語音很特別，用華語一字不足，三字又太多，這因是由於越語是
> 膠著語。膠著語一個字是合多音膠著而成，不像華語是孤立語，一
> 字一音的。」〔註 104〕

什麼是膠著語？

孟文鏞引趙日和在《閩語辨踪》說明膠著語是處於孤立語及屈折語之間的語言形態。〔註 105〕膠著語的構形形態像是黏附膠著在詞根上：

> 它區別於孤立語的地方是，具有詞的形態變化。詞與詞之間的關
> 係以及其他語法作用是靠詞的形態變化來表示；它不同於屈折語
> 的地方是它的每一個構形形態只表示一種語法意義。每一種語法

〔註 101〕董楚平：《吳越文化志》，上海人民出版社，1998 年版，頁 267～277。
〔註 102〕孟文鏞：《越國史稿》，北京，中國社會科學出版社，2010 年，頁 495。
〔註 103〕梁啟超：《中國歷史上民族之研究》，《梁任公近著》，上海書店，1994 年影印版。
〔註 104〕林惠祥：《南洋馬來族語華南古民族的關係》，《廈門大學學報》，1988 年第一期。
〔註 105〕趙日和：《閩語辨踪》，《福建文博》，1984 年第二期。

意義總是用一個構形形態來表示。一個詞如果要表示多種語法意義，就要用多種構形形態。同時，詞根和構形形態的結合也不像屈折語那麼緊密，不論詞根和構形形態都具有各自的獨立性。構形形態彷彿是粘附，膠著在詞根上似的，所以叫粘著語，又叫膠著語。〔註106〕

孟文鏞在《越語史稿》中提到在古代典籍中也有關於吳越方言的描述可見到古越語有「膠著語」的特色。古越語一詞以多音節呈現，和漢語迥異。如揚雄的《方言》也記載了越語和漢語不同的地方。如：

熱，越語叫「煎煅」。「煎煅，熱也，乾也，吳越曰煎煅」（《方言・第七》）。愛，越語稱憐職。「憐職，愛也，言相愛憐也，吳越之間謂之憐職」（《方言・第七》）。

在《越絕書・吳內傳》中也記載越語詞語有「膠著語」的特色。如：

方舟航賣僅塵者，越人往如江也。治須慮者，越人謂船為「須慮」。

特色二、古越語的構詞規律與漢語不同。孟文鏞也引越語中「朱余」是「鹽官」的例子，說明也就是詞序倒置。另外還引董楚平舉上古漢語中「帝堯」、「帝舜」的例子說明這亦是古越語的遺存或影響。〔註107〕引羅漫在《夏・越・漢：語言與文化簡論》中提到古越語詞序倒置方面的研究也很深入。〔註108〕

另外，在《中華文化通志・閩台文化志》第二章〈閩台歷史與文化〉提到古代越人有自己的民族語言，總結古越語的特點有五點：

其一、古越語的發音輕利急速。

其二、有些詞與漢語不同。「朱余者，越鹽官也。越人謂鹽曰余。」〔註109〕

其三、各詞類的音綴，有複輔音和連音的成分。《左傳・哀公元年》：「使大夫種，因吳太宰嚭以行成。」同一史料韋昭注《國語・吳語》：「乃命諸稽郢行成於吳。」越語「諸稽郢」即為「種」的連音。《越絕書》卷三：「治須慮者，

〔註106〕孟文鏞：《越國史稿》，北京，中國社會科學出版社，2010年，頁495。

〔註107〕董楚平：〈關於《吳越文化新探》的通信〉，《國際百越文化研究》，浙江社會科學院，1994年1月。

〔註108〕羅漫：《夏・越・漢：語言與文化簡論》，《東南文化》，1992年，第3～4期。

〔註109〕袁康：《越絕書》卷八，《四部叢刊》，影江安傅氏雙鑑樓藏明雙柏堂本，參考李步嘉《越絕書校釋》，武漢大學出版社，1992年，中國哲學書電子計劃，https://ctext.org/yue-jue-shu/zh。

越人謂船為『須慮』。」越語為「須慮」連音，漢人謂「船」。

其四、詞序倒置。越語的「朱余」是「鹽官」，「朱」是「官」，「余」是「鹽」。在漢語稱「鹽官」，越語「朱余」是「官鹽」，越語的詞序和漢語顛倒。

其五、越語在人名、地名及物名之前，常冠以獨特的發聲詞。至今閩越人還以「烏」加在單音節人名前。〔註110〕

對於上面第五點，顏師古注《漢書》：「以吳言『句』者，夷語之發聲。」王國維說：「工廠亦即攻吳，皆句吳之異文。」曹錦炎在〈從青銅器銘文論吳國國名〉文中指出顏師古的「夷語發聲」之說不正確，認為王國維的異文說也不對。他認為從吳國的青銅器來看，從沒有一件器將「工（攻）」寫作「句」的。他認為將「工吳」寫作「句吳」是中原人記吳音的緣故，不是吳國國名的本來面目。〔註111〕筆者認為曹錦炎的說法比較保守可靠。

綜合以上古越語的特色，「膠著語」和「詞序倒置」這兩大特色和漢語迥異。

3. 吳越出土兵器上的王名具有古越語特色

我們也可以從吳越兵器銘文中王名的考釋印證古越語有「膠著語」這種特色。例如吳國的兵器「工廠大子姑發晉反劍」的銘文：「工廠大子姑發晉反自乍元用」。馬承源說：「工廠」即是「吳」，「姑發晉反」指的是「諸樊」，這是吳越地方語言的特徵。他說：

> 「工廠」即「吳」，「姑發晉反」即太子「諸樊」。姑、諸音近。《史記·吳太伯世家》「王壽夢卒」，司馬貞《索隱》：「《系本》曰『吳孰姑徙句吳』。宋忠曰『孰姑，壽夢也』。代謂祝夢乘諸也。壽、孰音相近，姑之言諸也，《毛詩傳》讀『姑』為『諸』，知孰姑壽夢是一人，又名乘也。」發、樊旁紐，韻部對轉，其音相近。「晉」字未識。越音「姑發晉反」，古漢音簡譯為「諸樊」，此為吳越地區方言的特徵。〔註112〕

董楚平也認為「姑發晉反」有濃厚的古越語特點，「姑發晉反」是本名，不是字，「諸樊」是中原人對越語人名的記音。〔註113〕

〔註110〕方寶璋、方寶川：《中華文化通志·閩台文化志》，中華文化通志編委會編，1998年11月，第二典第19冊，頁59～60。

〔註111〕曹錦炎：《吳越歷史與考古論叢》，文物出版社，2007年11月。

〔註112〕馬承源主編：《商周青銅器銘文選》第五三七號，文物出版社，1990年4月第一版。

〔註113〕董楚平：《吳越徐舒金文集釋》，浙江古籍出版社，1992年。

又如越國兵器「越王大子勾🅰矛」的銘文：「於戉（越）🅱王弋郎之大子勾🅰自乍元用矛」中的「王弋郎」即「越王翳」，州句之子。「弋郎」即「翳」。馬承源說：

> 「弋」聲屬喻紐，郎从医聲，為影紐，聲紐旁轉。医、翳為同聲紐。
> 翳是弋郎短音，實即弋郎是翳的越音。〔註114〕

再如一把越王劍的劍首：「□戉（越）王丌北古自乍（作）元之用之僉（劍）」，其「丌北古」是越王的全名。越王丌北古經過考證就是越王盲姑，盲姑即不壽，為句踐之孫。「丌」、「北」屬同一韻，因為速讀而省去一音而留下「北」字音。「北」、「盲」有雙聲關係而留「盲」字音。在越語中為「丌北古」，但在漢語的文獻中則記為「盲姑」。馬承源在《中國青銅器研究》中說到：

> 丌、北同屬之部韻，韻尾相同，速讀時易於省去一個音，即只剩北字音。文獻及金文中這種省稱的例子是很多的，如近日出土之王子于戈，就是吳王子州于。越音傳到中原，更加容易起變化，北盲旁紐雙聲字，借盲聲為北聲，乃是聲轉的關係，古、姑是雙聲疊韻字，所以越王丌北古即越王盲姑。〔註115〕

林澐在〈越王者旨於睗考〉中也提到「鼫與」即「者旨於睗」同一人，緩讀之為「者旨於睗」，急讀之則為「鼫與」；「勃鞮」即「披」是同一個人名的不同記音方法，在古籍和金文中常見吳、越、楚國人名都有此現象：

> 據《史記索隱》引《紀年》，勾踐又名菼執，不壽又名盲姑。允常在文獻記載中則無異名。這三個王的名字，無論從字音或字形上說，都找不出和者旨於睗有什麼聯繫。唯有鼫與一名和者旨於睗是聲音相通的。……所以，緩言之為者旨於睗，急言之則為鼫與；這就像《國語》上的寺人勃鞮，在《左傳》上寫作寺人披一樣，是同一個人名的不同記音方法。古籍和金文中所見的南方吳、越、楚等國人名每有此現象，郭沫若院長最近考定的「姑發□反」即諸樊，也是

〔註114〕馬承源主編：《商周青銅器銘文選》第五六一號，文物出版社，1990 年 4 月第一版。

〔註115〕馬承源著：《中國青銅器研究》，上海古籍出版社，2002 年 12 月，頁 260。

同一道理。〔註116〕

徐超在《吳越兵器銘文的整理與研究》中也提出相同的看法。對已出土春秋吳越時代的兵器上王名很多和傳世文獻王名不同。吳越王名在兵器上呈現多音節稱詞的現象，同一王名在兵器銘文中用二字或三字或四字與古越語發音有密切的關係。文字的發展比語言發展慢，故由於讀音急或緩而造成文字記錄會有所不同。〔註117〕

馬曉穩在《吳越文字資料整理及相關問題研究》中提到我們對吳越王名的研究要區分開王名本身的結構規律與文獻所記王名的釋讀規律這兩個概念不同，即王名的「自稱」和「他稱」的不同。目前出土青銅器中見吳越王名已釋讀出來的，如郭沫若釋「姑發皆反」為「諸樊」；陳千萬認出「叡㦀此鄙」為「句餘」；容庚、李家浩提出「光逗」即吳王「光」；李家浩、陳斯鵬、吳振武三位認出「者及叡虜」即「闔盧」；馬承源、林澐考定「者旨於賜」即「鼫與」；馬承源提出「丌北古」即「盲姑」；李學勤、董珊論證「者差其余」即「初無余」；施謝捷考證「喦邑」即「諸咎」等。〔註118〕這些王名都呈現出吳越地方語言的特色。以上諸位學者對吳越青銅兵器銘文的考釋，我們可知吳越王名具有濃重的古越語特色。

另外可能有一個疑問：本文以楚文字寫成，為何不用楚方言書寫呢？若以楚方言推論，而稱楚文字「鍨」為「鏌鋣」兩字的連讀，也是有案例的。例如《左傳‧宣公四年》楚國令尹鬬穀於菟出生後被棄養荒野，卻為母虎餵乳，故名之「穀於菟」。楚語之「穀」為「乳」，而「於菟」為「虎」的連讀，「穀於菟」亦是楚方言寫成。目前我們所看到的《上博九‧成王為城濮之行》（甲本）簡3「穀𧆑余」即「穀於菟」，一詞可能亦是楚方言的記錄。〔註119〕目前楚簡中較少見方言的紀錄，大部分還是依照中原漢人的語音規律而書寫的。〈越公其事〉的文本來源複雜，若我們認為把吳越方言的「鏌鋣」兩個字記錄成中原的一個字，也是合理的推斷。

〔註116〕林澐：〈越王者旨於賜考〉，《考古》1963 年第 8 期，頁 448～449。

〔註117〕徐超：《吳越兵器銘文的整理與研究》，安徽大學碩士論文，2014 年 8 月。

〔註118〕馬曉穩：《吳越文字資料整理及相關問題研究》，吉林大學博士論文，2017 年，頁 6～7。

〔註119〕此意見由許師學仁於博論口試中提示末學參考。參考《上海博物館藏戰國楚竹書（九）》，上海古籍出版，2012 年 12 月，頁 148。

4. 從音韻看「鏌鋣」一詞

如果從聲韻上來看讀為「鏌鋣」可以寫作「銂」一字的原因。筆者提出以下看法：

《說文》：「鏌，鏌鋣也。从金莫聲。慕各切。」鏌、莫，慕各切，明母鐸部；鋣在以母魚部。殳，莫勃切，明母物部。〔註120〕查「漢字古音資料庫」在上古音的歸屬以下表列：

	王力系統	董同龢系統	周法高系統	李方桂系統
鏌	明母鐸部 m-uak	明母魚部 m-uɑk	明母鐸部 m-wak	明母魚部 m-ak
鋣		以母魚部 g-jǎg	以母魚部 ɣr-aɣ	以母魚部 g-rjiag
銂	明母物部 m-uət	明母微部 m-uə̂t	明母物部 m-wət	明母微部 m-ət

上古音魚部和鐸部元音相同，兩部可通轉。微部和物部也是因為主要元音相同多有通轉。魚鐸陽三部和微物文三部可以通轉之例也很多。參考《漢字通用聲素研究》希字聲系有例。

鐸部和微部通用之例：

> 古郗、郤通用。《左氏春秋·昭戈二十七年》：「楚殺其大夫郤宛。」
>
> 「郤宛」，《公羊傳》、《穀梁傳》並作郗宛。郤從谷聲。〔註121〕

谷，古音在溪母鐸部；希，古音在曉母微部。「郤宛」可以寫作「郗宛」。

魚部和微部通用之例：

（1）虎和危通用：虎，古音在曉母魚部；危，古音在疑母微部。

> 古詭、虧通用。《左傳·僖公十七年》：「而立公子無虧。」虧，《史記·齊太公世家》作「詭」。《史記·齊太公世家》：「長衛姬生無詭。」司馬貞索隱：「無詭，左氏作無虧」。《漢書·古今人表》：「六齊公子無詭。」顏師古注：「左氏作無虧。」虧從雐聲。雐從虎省聲。〔註122〕

（2）虎和卉通用：虎，曉母魚部；卉，曉母微部。

> 古㭸、檓通用。《爾雅·釋詁下》：「㭸，餘也。」郝義行義疏：「㭸

〔註120〕郭錫良《漢字古音手冊》，北京大學出版社，1985 年出版。

〔註121〕張儒、劉毓慶：《漢字通用聲素研究》，太原山西古籍出版社，2002 年 4 月第一版，頁 897。

〔註122〕張儒、劉毓慶：《漢字通用聲素研究》，太原山西古籍出版社，2002 年 4 月第一版，頁 896。

者，攦从獻聲。獻从虎聲。〔註123〕

魚部和物部通用之例：

虎和勿通用：虎，曉母魚部；勿，明母物部。

　古虝、虎通用。《說文》：「虝，古文虎。」〔註124〕

魚部和文部通用之例：

虎和堇通用：虎，曉母魚部；堇，見母文部。

　古獻、儺通用。《論語‧鄉黨》：「鄉人儺。」《經典釋文》：「儺，魯

　讀為獻。」儺从難聲。難从堇聲。〔註125〕

　　另外在歷史文獻中《春秋‧襄公十二年》亦載壽夢卒一事：「秋，九月，
吳子乘卒。」同年《左傳》作「吳子壽夢」《左傳‧襄公十年》：「十年春，會
於柤，會吳子夢壽也。」杜預注：「壽夢，吳子乘。」故壽夢之名號又作乘。
「乘」字上古聲韻依李方桂系統為船母蒸部，聲母作 d，韻母作 jəng。而「壽
夢」的「壽」為禪母幽部字，聲母 d 韻母 jəgwx；「夢」為明母蒸部，聲母 m
韻母 jəng。「壽夢」若為「乘」的連讀記音，可取其「壽」之聲而留「夢」之
韻，即完全和「乘」之聲韻相合。如下圖示：

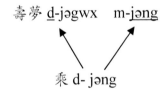

　　以上的連讀類似反切的例子，如果成立的話，在楚簡中以漢語書寫古越語
「鏌鋣」的連音時，「鏌鋣」的聲韻為明母魚部字的可能性極高，就寫成我們所
見的「鋊」了。

　　5.「鋊」字可為記音書寫古越語的一例

　　綜合以上筆者認為應該以古越語的特色來理解楚簡的「鋊」字。李學勤在
董珊的《吳越題銘研究》書序中說到吳越文字中的人名和地名有越語記音書寫

〔註123〕張儒、劉毓慶：《漢字通用聲素研究》，太原山西古籍出版社，2002 年 4 月第一版，
　　　　頁 897。
〔註124〕張儒、劉毓慶：《漢字通用聲素研究》，太原山西古籍出版社，2002 年 4 月第一版，
　　　　頁 911。
〔註125〕張儒、劉毓慶：《漢字通用聲素研究》，太原山西古籍出版社，2002 年 4 月第一版，
　　　　頁 911。

的可能性，但是仍待研究。他說：

> 在吳越文字裡面，可能有一些屬於方言，甚至是非古代漢語的成
> 分。比如說若干人名或地名，已經顯示出有這種性質。另外還有
> 一些銘文，如所謂能原鎛，雖然可以隸定，但對整句以至全篇找
> 不出文理。我曾經揣想這實際是依語音記寫的越語，這是否對，
> 尚待研究。〔註126〕

本文或許也可以提供一個新的案例。不只吳越銘文中的人名和地名有古越
語的特色存在，在楚簡中以漢語語法書寫古越語「鏌鋣」這個連讀的聯綿詞時，
寫作漢字「銵」的可能性是極大的。

二、「鎗」字考釋：

原考釋：

> 鎗，讀為「槍」，長兵。《墨子・備城門》：「槍二十枚，周置二步中。」

〔註127〕

王寧認為釋為「槍」不妥，在先秦武器中未有「槍」，應該是斧斨的「斨」。

〔註128〕

秋貞案：

「鎗」為兵器──「干將」。

（一）「鎗」的字義探討

「鎗」字形上沒有什麼問題。《說文》：「鎗，鐘聲也。从金倉聲，楚庚切。」
〔註129〕段注云：「引申為他聲。《詩・采芑》：『八鸞鎗鎗。』毛曰：『聲也。』〈韓
奕〉作『將將』。〈烈祖〉作『鶬鶬』皆假借字。或作『鏘鏘』，乃俗字。《漢書・
禮樂志》：『鏗鎗』《藝文志》作『鏗鏘』《廣雅》作『鐺鎗』。」〔註130〕在此「鎗」
字當作狀聲詞，不是兵器。《荀子・大略》：「言語之美，穆穆皇皇。朝廷之美，

〔註126〕董珊：《吳越題銘研究》，科學出版社，2014 年 1 月。前面序言。

〔註127〕清華大學出土文獻與保護中心編、李學勤主編：《清華大學藏戰國竹簡（柒）》，上
海，中西書局，2017 年 4 月，頁 115，注 10。

〔註128〕簡帛論壇：「清華七《越公其事》初讀」，第 184 樓，20170521。

〔註129〕（漢）許慎撰，（宋）徐鉉校定：《說文解字》，北京，中華書局，2007 年 4 月重
印，頁 297 上。

〔註130〕（漢）許慎撰，（清）段玉裁注：《說文解字注》，黎明文化事業，1991 年 8 月增
訂八版，頁 716 下。

濟濟鎗鎗。」這裡的「鎗鎗」為「蹌蹌」指的是「有行列貌」〔註131〕。《管子‧輕重甲》管子曰：「渾然擊鼓，士忿怒。鎗然擊金，士帥然。」「鎗然」安井衡云：「鎗，鍾聲也」〔註132〕《史記‧樂書》：「君子之聽音，非聽其鏗鎗而已也，彼亦有所合之也。」「鎗」作「鏘」〔註133〕。以上都作形容詞。反觀本簡「敦力鈘鎗」指持著某件兵器來看，「鎗」字若釋為形容詞並不合理。

若「鎗」釋為「槍」可以嗎？梅文在《古代兵器》中表示槍是由矛演變而來，從晉代才開始流行用槍。他說：

> 槍是由矛發展演變而來的扎刺兵器，漢代的長兵器側重戟、矛，但由於長矛使用不便，從晉代開始，軍隊中逐漸流行用槍，青銅矛頭逐漸變小變細，與後世的鐵槍頭接近了。」〔註134〕

于孟晨、劉磊編著《中國古代兵器圖鑑》也提到槍由三國時代發明，到唐中葉才取代長矛。

> 最早作為兵器的槍是三國時代蜀國諸葛亮發明的。到了晉代槍逐步流行起來，與矛相比，形制趨於短而尖，到了唐代矛與槍才被分為兩種不同兵器。唐中葉以後長槍取代了長矛。〔註135〕

漢代都還在矛、戟階段，而槍由矛發展而來，到宋代以後槍的地位正式取代了矛，宋代的禁軍及地方軍隊都要練槍法。蔣豐維在《中國兵器事典》提到槍的製作成本和貴族的劍相比，相對較低。槍有攻擊距離長，與出手迅速的特色，加上所造成的穿刺傷，相當容易致命。〔註136〕槍是一種長柄刺擊兵器，由三個部分組成：一是槍頭，又稱槍尖，古時以銅鐵製。二是飾以槍纓，槍頭下的裝飾物。三是槍杆，即槍身。由以上資料可知槍的起源及形制，判斷在春秋戰國時代是看不到槍這種兵器的。原考釋認為「鎗」為「槍」不可從。

〔註131〕（清）王先謙撰，沈嘯寰、王星賢點校：《荀子集解》，中華書局出版，1998 年 9 月第一次印刷，頁 494。

〔註132〕黎翔鳳撰、梁運華整理：《管子校注》，中華書局出版，2004 年 6 月北京第一次印刷，頁 1438。

〔註133〕瀧川龜太郎著：《史記會注考證》，鳴宇出版社，1979 年 10 月出版，頁 432。

〔註134〕梅文：《古代兵器》，水星文化事業出版社，2013 年 2 月 1 版，頁 42。

〔註135〕于孟晨、劉磊編著：《中國古代兵器圖鑑》，西安出版社，2017 年 4 月第一次印刷，頁 36。

〔註136〕蔣豐維：《中國兵器事典》，積木文化，2007 年 7 月 15 日出版，頁 70。

至於「錡」是否為王寧認為的「斧斤」的「斤」呢？查古籍中「斤」的意義羅列於下表：

古 籍	原 文	釋 義
大徐本《說文》〔註137〕	方銎斧也，从斤乍聲。《詩》曰：「又缺我斤。」	方銎斧
段注《說文解字‧斤部》〔註138〕	方銎斧也。段注：「銎者斤斧空也。毛詩傳曰：『隋銎曰斧，方銎曰斤。』隋讀如妥，謂不正方而長也。」《詩》曰：「又缺我斤」。段注：「《豳風‧破斧》文。按：許不偁〈七月〉，稱此者，明斧斤之用不專伐木也。」	方銎斧 段注認為斧斤不是專門伐木用的。
《詩經‧豳風‧七月》〔註139〕	「取彼斧斤，以伐遠揚」。《傳》曰：「斤，方銎也。」《正義》曰「〈破斧〉傳云：『隋銎曰斧，方銎曰斤。』然則斤即斧也，唯銎孔異也，故云斤方斧也。此蓋相傳為然，無正文也。劉熙《釋名》曰：『戕，戕也，所伐皆戕毀也。』」	用斧斤把遠方揚起的枝條砍削掉。 孔穎達認為斤即是斧。
《詩經‧豳風‧破斧》〔註140〕	《傳》曰：「隋銎曰斧。斧斤民之用也。」《正義》曰：「毛以為斧斤生民之所用，以喻禮義者亦國家之所用，有人既破我家之斧，又缺我家之斤，損其斧斤是廢其家用，其人是為大罪，以喻四國之君，廢其禮義，壞其國用，其君是為大罪，不得不誅。故周公於是東征。」	毛傳、孔穎達認為斧斤為一般百姓所使用。
畢沅《釋名疏證》	斧、斤同類，唯銎稍異。銎，受柄之穿也。	斧、斤同類而稍異

由以上資料，可知斤和斧同類，為一般人民家裡常用的工具，可以用作砍削枝條或為了戰爭的用途。目前的文獻典籍未見「斤」為帝王所持的兵器。簡3「敦力鈘錡」的主語是吳王，故把「錡」釋為「斤」，吳王會拿著百姓的工具嗎？此說有待商榷。

（二）「錡」為「干將」

筆者推論「錡」為「干將」兩字連讀為的理由有三：

其一，「鈘錡」應是同性質並列的兩個詞。「鈘」若為兵器，則「錡」同為

〔註137〕（漢）許慎撰，（宋）徐鉉校定：《說文解字》，北京，中華書局，2007 年 4 月重印，頁 299。

〔註138〕（漢）许慎撰，（清）段玉裁注：《說文解字注》，黎明文化事業，1991 年 8 月增訂八版，頁 723。

〔註139〕阮元用文選樓藏本校勘：《十三經注疏‧詩經》，新文豐出版公司，1976 年，頁 276。

〔註140〕阮元用文選樓藏本校勘：《十三經注疏‧詩經》，新文豐出版公司，1976 年，頁 300。

兵器的可能性就比較大。

其二，以古越語的構形形態有膠著語的特色來看，既然「鋣」推論為「鏌鋣」兩字的連讀，而「鎗」應該也是兩個字的連讀的結果，故合理推論為「干將」的可能性較大。

其三，古代典籍中如《莊子》、《吳越春秋》及《越絕書》中出現「莫邪」和「干將」為春秋時代名劍的描述。在簡文中「鋣鎗」亦是春秋時代吳王所持的兵器，故把「鋣鎗」推論為「莫邪」、「干將」是比較合理的。

「干將」兩字連讀為「鎗」的在聲韻上的原理為何？干，古音屬牙音見母元部；將，古音屬齒音清母陽部，兩字聲母雖不近，但是上古音清系和見系有相通的例子，如「劍」字從僉得聲。劍，居欠切，上古音屬見母；僉，七廉切，上古音屬清母。劍從僉聲，說明「干將」兩字的聲母可通。韻母在元部和陽部也有相通的例子：古有「黃」和「卝」通用之例。黃，匣母陽部；卝，見母元部，因為雙聲疊韻的關係而使「卝」和「礦」可通用。〔註141〕

> 古礦、卝通用。《說文》：「卝，古文礦。」段玉裁注：「《周禮》有卝人，按《周禮》鄭注：『卝之言礦也。』賈疏云：『經所云卝，是總角之丱字。此官取金玉，於丱字無所用，故從石邊廣之字』，語甚明晰。卝之言礦，卝非礦字也。凡云之言者，皆就其雙聲疊韻以得其轉注假借之用。卝本《說文》卯字，古音如關，亦如鯤，引申為『總角丱兮』之丱，又假借為金玉樸之礦。」儒按：卝即關之象形初文，用為總角之卝，用為礦，皆假借。

所以「干將」依反切連讀的結果讀為見母陽部字，而「鎗」上古音在清母陽部，上面提到見系清系有相通之例，韻部又同為陽部字，故以古越語中因連讀以漢字寫為「鎗」字是極為可能的推論。另外，《說文》「鎗」：「鎗鏓，鐘聲也。《詩經‧采芑》『八鸞鎗鎗』毛曰：『聲也』。〈韓奕〉作『將將』，〈烈祖〉作『鶬鶬』皆假借字，或作『鏘鏘』乃俗字。」「鎗鎗」異文又作「將將」、「鶬鶬」、「鏘鏘」，可見「倉」和「將」音可以相通。筆者推論：古越語的「干將」連讀之後以漢字寫成「鎗」字。

〔註141〕張儒、劉毓慶：《漢字通用聲素研究》，太原山西古籍出版社，2002 年 4 月第一版，頁 489。

⑪辻（挾）弪秉橐（枹）

A.「辻弪」考釋

原考釋：

《國語・吳語》作「挾經秉枹」，韋昭注：「在掖曰挾。」辻，與陳劍所釋曾侯乙墓竹簡「辻」字相近（《釋「辻」及相關諸字》，載《出土文獻與古文字研究》第五輯，上海古籍出版社，2013 年）。辻，從母葉部；挾，匣母葉部，讀音相近。弪，見於馬王堆漢墓遺冊，當是弓箭類兵器。「弪」字亦見於齊國陶文，作人名，與字書中弧度義之「弪」不是一字。《國語・吳語》作「經」。俞樾曰：「世無臨陣而讀兵書者，『經』讀為『莖』，謂劍莖也。《考工記・桃氏》曰：『以其臘廣為之莖圍』注曰：『鄭司農云：「莖謂劍夾，人所握鐔以上也。」玄謂：莖，在夾中者。莖長五寸。』此云挾莖，正謂此矣。作『經』者，假字耳。」〔註142〕

石小力舉陳劍在〈釋「辻」及相關諸字〉一文的考釋，〔註143〕認為「辻」就是「挾」。〔註144〕

羅小華認為清華簡《越公其事》簡 3 中的「挾弪秉橐」，可以有三種不同的理解。而《國語・吳語》「挾經秉枹」中的「經」也可以有兩種不同的理解，即「劍莖」和「旗竿」。羅小華認為「辻弪秉橐」中「挾」可以直接釋為「挾」。「辻弪秉橐」有三種不同的理解：其一、「挾弪」屬上讀，「秉橐」屬下讀。「吾君天王，身披甲冑，敦力鈹、鎗、挾、弪，秉橐振鳴……」，「鈹」（鈹）、「鎗」

〔註142〕清華大學出土文獻與保護中心編、李學勤主編：《清華大學藏戰國竹簡（柒）》，上海，中西書局，2017 年 4 月，頁 115，注 10。原考釋李守奎在〈《國語》故訓與古文字考釋〉，《第 28 屆中國文字學國際學術研討會論文集》（臺北：國立臺灣大學中國文學系、中國文字學會，2017.5.12～13），頁 43。此一文中對「辻弪」看法和之前略有不同：「挾弪」與文獻中的「挾矢」相當。《國語》中的「經」即使讀為「莖」，也是指箭矢之莖，而不是劍之莖。「挾弪秉枹」是形容勇於戰鬥，「挾」只能訓為持，與秉為同義詞。儘管釋「辻」讀為「挾」形、音、義都有了著落，解釋也不是唯一的。比如讀為「插」，因為要援枹擊鼓，所以就把弓箭插入籣或發中。從文字構形上來說，手持雙矢是挾，手持倒矢是插的可能性也不是不存在。

〔註143〕陳劍：《釋「辻」及相關諸字》，《出土文獻與古文字研究》第五輯，上海古籍出版社，2013 年 9 月，頁 258～279。

〔註144〕石小力：〈據清華簡（柒）補證舊說四則〉，http://www.ctwx.tsinghua.edu.cn/publish/cetrp/6842/2017/20170423064545430510109/20170423064545430510109_.html，20170423。

（槍）、「挾」（鋏，劍也）、「弪」（弓箭類兵器）。其二、如果仍從整理者的句讀，又可以有兩種理解方式。（一）如整理者所注釋。（二）、把「櫜」解釋為「弣」，指弓把；「弪」為箭莖，即箭幹。其三、《國語‧吳語》中的「建旌提鼓」、「載常建鼓」與「挾經秉枹」對應來看，「枹」與「鼓」對應，「經」當與「旌」、「常」對應，「經」可釋為「旗竿」。羅小華以原考釋的斷讀來看，「王」與「鎗」押陽部韻；「畱」與「櫜」押幽部韻。至於「挾」字，同意陳劍釋「聿」之說，但是主張可以直接看作「挾」字即可。「挾莖」謂左右手之食指和將指挾之。又說「挾弪秉櫜」，意思是一手手指夾著箭幹，一手抓著弓弣。簡文分別以「莖」、「弣」來指代矢和弓。〔註145〕

駱珍伊認為「弪」字從「弓」，應當是指弓矢類的器具，與刀劍類無關，俞樾釋為「劍莖」不可從。至於它是弓、還是箭，還可以再討論。「聿（挾）弪」，未必只能釋為挾矢，可以指挾持弪弓，他推測「弪」是弓弩類：

> 漢墓槨箱第二層隨葬器物記載中，南槨箱編號178記有矢箙，內有12支矢。由此可見，矢箭一般不會單獨一支另外放，而且北槨箱編號176亦載有矢12支。因此「弪一」的「弪」不太可能是矢箭，而應該是弓弩類。……傳世文獻中也有「挾弓」、「挾槍」的記載，如《楚辭‧國殤》：「帶長劍兮挾秦弓，首身離兮心不懲。」《越絕書》：「子胥挾弓，身干闔廬。」《漢書》：「民不得挾弓弩。」《後漢書》：「婦女猶戴戟操矛，挾弓負矢。」《國語‧齊語》「時雨既至，挾其槍、刈、耨、鎛，以旦暮從事於田野。」可見「挾」也可以是指「挾弓」、「挾槍」〔註146〕

蕭旭認為《國語‧吳語》中「挾經秉枹」凡二見，皆不可分屬上下文，四字自當連文。「弪」字從弓至聲，至聲字多取直義，「弪」當是「莖」分別字，指箭莖。挾弪秉枹，皆指戰事而言，或持弪，或持枹也，不是一手持弪，一手持枹。「挾」不當讀為插，李守奎一說〔註147〕，非是。〔註148〕

〔註145〕羅小華：〈清華簡《越公其事》簡3「挾弪秉櫜」臆說〉，http://www.bsm.org.cn/show_article.php?id=2785，20170425。

〔註146〕駱珍伊：〈《清華柒‧越公其事》補釋〉，第29屆中國文字學國際學術研討會，桃園：國立中央大學中國文學系，2018年5月18～19日，頁525～527。

〔註147〕李守奎認為「秉櫜」讀為秉枹或秉桴，古之成語，音義俱通。「挾弪」與文獻中的「挾矢」相當。《國語》中的「經」即使讀為莖，也是指箭矢之莖，而不是劍之莖。

　　子居認為挾劍柄很奇怪，挾弓更符合先秦時人的行為習慣，由馬王堆漢墓遣策稱「象戈一，象矛一，弳一」來看，推測弳為一種強弓應該是比較合理的。〔註149〕

　　郭洗凡認為應從整理者的說法：

> 「橐」在古文字中多讀為「包」，于省吾先生在《甲骨文釋林》中詳
> 細的說解，可參看。「弳」指箭莖。莖，《說文解字》：「枝柱也，從
> 艸巠聲。」挾弳秉枹，指的是發生在戰鬥過程中的動作，或持弳，
> 或持枹。〔註150〕

　　石小力在〈清華簡《越公其事》與《國語》合證〉一文中認為「弳」應是兵器：

> 《越公其事》進一步證明了俞樾之說的合理性，雖然簡本「弳」字
> 所表示的具體兵器還有待進一步考證，如羅小華先生認為今本的
> 「經」字除了可以讀作劍莖之「莖」外，根據「挾經秉枹」與「建
> 旌提鼓」、「載常建鼓」對應，認為「經」當與「旌」、「常」對應，
> 可解釋為「旗竿」。《文選·左思〈魏都賦〉》「旌旗躍莖」，劉良注：
> 「莖，旗竿也。」故今本的「經」雖然表示的具體器物還有待進一
> 步研究，但與簡本「弳」字皆表示某一兵器則是肯定的，韋昭訓為
> 「兵書」明顯是錯誤的。〔註151〕

　　王輝認為「弳」可能是弓箭類兵器或是如俞樾說的劍莖：

> 我以為以上兩種說法皆有道理，但以俞說為優。古時武將多有隨身挾

　　　「挾弳秉枹」是形容勇於戰鬥，「挾」只能訓為持，與「秉」為同義詞。儘管釋「建」
　　讀為「挾」形、音、義都有了著落，解釋也不是唯一的。比如讀為「插」，因為要
　　援枹擊鼓，所以就把弓箭插入箙或發中。從文字構形上來說，手持雙矢是挾，手
　　持倒矢是插的可能性也不是不存在。」（見李守奎《〈國語〉故訓與古文字》，收入
　　《臺灣第 28 屆中國文字學國家學術研討會論文集》，臺灣大學 2017 年 5 月 12～
　　13 日，頁 42～43）。

〔註148〕蕭旭：〈清華簡（七）校補（二）〉，http://www.gwz.fudan.edu.cn/Web/Show/3061，
　　　　20170605。
〔註149〕子居：〈清華簡七《越公其事》第一章解析〉，中國先秦史 http://www.xianqin.tk/2017/
　　　　12/13/415，20171213。
〔註150〕郭洗凡：《清華簡《越公其事》集釋》，安徽大學碩士學位論文，2018 年 3 月，頁 17。
〔註151〕石小力：〈清華簡《越公其事》與《國語》合證〉，《文獻隻月刊》，2018 年 5 月第
　　　　3 期，頁 60。

弓之習慣。《越絕書・吳內傳》：「伍子胥父誅於楚，子胥挾弓，身干闔廬。」（李步嘉：《越絕書校釋》，第 81 頁，中華書局，2013 年。）

劍分為身、莖、格（鐔）三部分，莖即劍柄（朱鳳瀚：《古代中國青銅器》，第 271 頁，南開大學出版社，1995 年）。人手握莖，即鄭司農所說「人所握鐔以上也。」莖引申又指劍。桂馥《札樸》卷四：「（劍）通謂之身，亦謂之莖。」（宗福邦等主編：《故訓匯纂》，第 1934 頁引，商務印書館，2003 年）

古書帶弓者多為武將，帶劍者多為君王。簡文「天王」指吳夫差，故簡文「弪」解為劍也較合適。〔註152〕

秋貞案：

原考釋所釋「疌」為「挾」，可信；「弪」則為強勁的弓箭類兵器，非「劍莖」；「秉枹」如原考釋所釋「秉持鼓槌」之意。

「疌」如陳劍所釋：「疌」，為「𢎚」形省去其中一個「倒矢」形偏旁，下方本代表矢鏃的「中」形再演變為「止」形，就變成現在我們所見的「疌（疌）」形了。（陳劍：《釋「疌」及相關諸字》，如上頁註。）陳劍之說可從。王挺斌在〈利用古文字資料探求兩個古詞的本字〉一文中表示：在古書中「捷矢」當讀為「挾矢」，指的是將箭矢夾在指間。〔註153〕

「弪」這個字的爭議較大。「弪」，從「弓」「巠」聲，原考釋認為見於馬王堆漢墓遣冊，當是弓箭類兵器。筆者查《長沙馬王堆二、三號漢墓（第一卷田野考古發掘報告）》中有提到「弪」字：「弪一。馬王堆 M3 遣冊 241／17」。〔註154〕伊強在其碩論《談〈長沙馬王堆二、三號漢墓〉遣策釋文和注釋中存在的問題》時認為「弪」大概似為箭具，其說明：

簡 17「弪一」，注釋說：「弪，《說文》所無。從弓、巠聲。似為箭

〔註152〕王輝：〈一粟居讀簡記（十）〉，「紀念清華簡入藏暨清華大學出土文獻研究與保護中心成立十周年國際學術研討會」會議論文（北京：清華大學出土文獻研究與保護中心，2018 年 11 月 17～18 日），頁 373～377。

〔註153〕王挺斌：〈利用古文字資料探求兩個古詞的本字〉，「首屆漢語字詞關係學術研討會」會議論文，杭州，浙江大學漢語史研究中心，2019 年 10 月 26～27 日），頁 106～113。

〔註154〕湖南省博物館、湖南省文物考古研究所編著：《長沙馬王堆二、三號漢墓（第一卷田野考古發掘報告）》，文物出版社 2004 年。

具。音相近的字有勁、劤、倞、傹。《說文》均釋為『強』或『彊』。故『弳』字疑指強勁的弓箭。」注釋將「弳」理解為「強勁的弓箭」缺乏文獻上的證據。不過簡文「弳」從「弓」，大概與弓有關。因此暫將簡 17 附在此類之後。〔註155〕

賀強在其碩論《馬王堆漢墓遣冊整理研究》中認為「弳」字疑為強勁的弓箭，其校釋如下：

> 「弳」，《說文》無此字，整理小組認為從「弓」「巠」聲，與其音近的《說文》均釋作「強」或「彊」，故疑指強勁的弓箭。按：此墓墓主為將領，後文又有操兵器之偶人，墓中出土也有木弓，故此說可從。〔註156〕

伊強〈馬王堆三號漢墓遣策補考〉一文中又提到「弳」字和「檠」相通：

> 從形符「弓」以及右旁「巠」的讀音考慮，大概可以讀作「檠（檠）」。弳所從「巠」為見母耕部，檠為群母耕部，群所從的敬則是見母耕部；《急就篇》第十五章的「檠程」，學者們已指出即居延漢簡中的「桱程」。〔註157〕因此將「弳」讀為「檠」從古音說是可以通的。《說文·木部》：「檠，榜也。」朱駿聲《說文通訓定聲》：「檠，弛弓防損傷，以竹若木輔以裹繩約之，亦曰『弼』，曰『柲』，曰『閟』。」〔註158〕

筆者查「檠」在古代典籍中有作為「輔正弓弩器具」之意。《淮南子·脩務》：「故弓待檠而後能調，劍待砥而後能利。」「檠，矯弓之材，讀曰敬」〔註159〕。《荀子·性惡》：「繁弱、鉅黍古之良弓也；然而不得排檠則不能自正。」「排檠，輔正弓弩之器。」〔註160〕《漢語大字典》第 1381 頁，「檠」字：古代校正弓弩

〔註155〕伊強《談《長沙馬王堆二、三號漢墓》遣策釋文和注釋中存在的問題》，北京大學碩士研究生學位論文，2005 年 5 月，頁 104。

〔註156〕賀強《馬王堆漢墓遣冊整理研究》，西南大學 2006 年 4 月，頁 41。

〔註157〕詳見裘錫圭：〈鋞與桱程〉，《裘錫圭學術文集》第六卷，復旦大學出版社 2012 年，頁 4～11。

〔註158〕伊強：〈馬王堆三號漢墓遣策補考〉，中國石油大學東華文學院，2016 年 2 月，頁 220。

〔註159〕何寧撰：《淮南子集解》，北京中華書局出版，1998 年 10 月第一次印刷，頁 1343。

〔註160〕（清）王先謙撰，沈嘯寰、王星賢點校：《荀子集解》，中華書局出版，1998 年 9 月第一次印刷，頁 448。

的器具。《廣韻・庚韻》：「檠，所以正弓。」〔註161〕《韓非子・外儲說右下》：
「是以說在椎鍛平夷，榜檠矯直。」〔註162〕陳奇猷集釋引陶鴻慶曰：「榜檠者，
所以矯不直也。」《文選・左思〈魏都賦〉》：「弓珧解檠，矛鋋飄英。」李善注：
「《金匱》曰，良弓非勃檠不張。」〔註163〕

　　筆者較傾向同意馬王堆漢墓出土的研究資料所說，因為出土的遣冊中確
實有「弳」，也出土一些弓類兵器。綜合馬王堆出土的相關研究資料，「弳」
字從「弓」，應屬弓類的兵器，目前的文獻資料太少，故還未確知是何種弓。
但因為「挾」字的意思是「夾在指間」，「莖」就不可能是劍莖，故可以排除。
「弳」可以釋作是強勁有力的弓箭，駱珍伊的說法「『弳』字指彊弓，因此字
形從「巠」，除了作為聲符，應該也含有『勁』的意義」〔註164〕較可從。至
於伊強以為也可能和同音字「橄」有關聯，這說法缺乏證據亦不可信，不可
能藉由「檠」有矯正弓弩的功用，就以「弳」為弓的名稱。「挾弳」應該是指
「挾住弓箭」之意。

　　B.「秉橐」考釋

　　原考釋：

> 橐，讀為「枹」，鼓槌。《楚辭・九歌・國殤》：「霾兩輪兮縶四馬，
> 援玉枹兮擊鳴鼓。」秉枹，秉持鼓槌。《國語・吳語》：「王乃秉枹。」
>
> 〔註165〕

　　羅小華認為「秉枹」可以考慮屬下讀，和「𢾅（振）鳴」相對應。又認為
將「橐」理解為兵器，疑讀「弣」：

> 將「橐」理解為兵器，也是可以的。「橐」，我們懷疑讀「弣」。《玉
> 篇》刀部：「刮，刀握也。或為弣。」（顧野王：《大廣益會玉篇》
> 第 81 頁，中華書局 1987 年）《儀禮・大射》「挾乘矢於弓外，見

〔註161〕《宋本廣韻・永祿本韻鏡》，江蘇教育出版社，2005 年 12 月第一次印刷，頁 53。
〔註162〕（清）王先慎撰，鍾哲點校：《韓非子集解》，北京中華書局，2003 年 4 月第 2 次
　　　　印刷，頁 332。
〔註163〕（梁）蕭統編、（唐）李善注：《文選》，台北華正書局，2000 年 10 月出版，頁 103。
〔註164〕駱珍伊：《〈清華柒・越公其事〉補釋》，第 29 屆中國文字學國際學術研討會，桃
　　　　園：國立中央大學中國文學系，2018 年 5 月 18～19 日，頁 527。
〔註165〕清華大學出土文獻與保護中心編、李學勤主編：《清華大學藏戰國竹簡（柒）》，上
　　　　海，中西書局，2017 年 4 月，頁 116，注 10。

鏃於弣」，鄭玄注：「弣，弓杷也。」（阮元校刻：《十三經注疏》第 1034 頁，中華書局影印本 1980 年）《釋名·釋兵器》：「弓，……中央曰弣。弣，撫也，人所撫持也。」畢沅注：「中央，人手所握處也。」（劉熙撰，畢沅疏證，王先謙補：《釋名疏證補》第 232 頁，中華書局 2008 年）《周禮·考工記·弓人》「於挺臂中有柎焉」，孫詒讓正義：「柎，正字當作『刮』。刀握者及《少儀》之『削柎』。……蓋刀削弓弩之把，同有此稱。」〔註166〕

石小力今本「經」與「枹」相對，「枹」指鼓槌。〔註167〕

秋貞案：

「秉橐」的「橐」字對應《吳越春秋·吳語》作「枹」。《國語·吳語》：「王乃秉枹。」枹，《說文》：「擊鼓柄也。」《古代銅鼓通論》中說到鼓槌：

> 敲擊銅鼓的鼓槌是很講究的。但這種鼓槌都是用竹、木革等質料所作，不易長期保存，所以很難發現古時的鼓槌，他們的形制只能從現代民族中去求得。銅鼓鼓槌的形狀大致呈T形，槌頭用長約10～15厘米，直徑6～8厘米的橫木做成。中部鑿一長方形孔，以木柄或竹柄裝之。廣西都安的番瑤則用一段竹子，將其一端剖開，以布纏成球，夾於其中做成鼓槌。貴州三都水族的鼓槌常取野豬、水牛或黃牛的睪囊，掏空後，用細軟物充填其間，然後在囊口插入木棒，或以帶節木棒插入，待乾後使用。〔註168〕

以布纏成球插一段竹或木柄或是取動物的睪囊，再裝填其間後插入木棒，做成的鼓槌，都正符合「橐」字的字形字義。羅小華認為的「弣」從「付」音，上古音在非母侯部，「橐」上古音在滂母幽部，聲為唇音韻旁轉，聲韻雖可通，但從意義上，「弣」為弓類兵器，則和前面的「彊」為同為弓類，重覆之嫌；再者，後面有振鳴鍾鼓，此處若釋為「枹」更符合文義。故筆者認為「秉橐」以釋為拿著鼓槌會比較好，原考釋的說法可從。

〔註166〕羅小華：〈清華簡《越公其事》簡3「挾彊秉橐」臆說〉，http://www.bsm.org.cn/show_article.php?id=2785，20170425。

〔註167〕石小力：〈清華簡《越公其事》與《國語》合證〉，《文獻隻月刊》，2018年5月第3期，頁60。

〔註168〕蔣廷瑜：《古代銅鼓通論》，紫禁城出版社，1999年12月。頁246。

⑫晨（振）鳴【三】<u>鐘鼓，以</u>親辱於募（寡）人之㗊=（敝邑）

原考釋：

> 晨，即「晨」字，讀為「振」。《國語‧吳語》：「王乃秉枹，親就鳴
> 鐘鼓、丁寧、錞于、振鐸。」同篇又有「君王以親辱於弊邑」句，
> 第四簡首所闕三字據以補為「鐘鼓，以」。〔註169〕

郭洗凡認為「晨」上從「臼」，從「臼」與從手同意，故「晨」即「振」之
異體。〔註170〕

子居認為《周禮‧夏官‧大司馬》：「司馬振鐸，群吏作旗，車徒皆作，鼓
行鳴鐲，車徒皆行，及表乃止，三鼓摝鐸，群吏弊旗，車徒皆坐，又三鼓，振
鐸作旗，車徒皆作，鼓進鳴鐲，車驟徒趨，及表乃止。」補為「鐸鐲，以」也
不失為一種可能。〔註171〕

秋貞案：

季師《說文新證》「晨」字條，**晨**（戰.國.楚.帛甲7.26）和「晨」同形：

> 「晨」字多為「辰」字的異體，似乎「日」形為疊加義符，但也不
> 排除戰國時「晨」上已訛成「日」形，而「日」形或在下的可能。

〔註172〕

原考釋「晨」釋為「振」。在聲韻上，晨為禪母文部字，振為章母文部字，
聲近韻同，故可通。在文義上和《國語‧吳語》比對，有類似的文句，所以原
考釋把「晨」釋為「振」，可通，《吳越春秋‧闔閭三年》：「孫子曰：『得大王寵
姬二人以為軍隊長，各將一隊。』令三百人皆被甲兜鍪，操劍盾而立，告以軍
法，隨<u>鼓</u>進退，左右迴旋，使知其禁。乃令曰：『一<u>鼓</u>皆振，二<u>鼓</u>操進，三<u>鼓</u>為
戰形。』於是宮女皆掩口而笑。孫子乃親自<u>操枹擊鼓</u>，三令五申，其笑如故。
以上孫子練女兵的故事中，孫子以振鼓之聲使令女兵前進後退之行動，故「振
鼓」亦可通。第四簡首缺三字應補為「鐘鼓，以」。

〔註169〕清華大學出土文獻與保護中心編、李學勤主編：《清華大學藏戰國竹簡（柒）》，上
海，中西書局，2017年4月，頁116，注11。

〔註170〕郭洗凡：《清華簡《越公其事》集釋》，安徽大學碩士學位論文，2018年3月，頁17。

〔註171〕子居：〈清華簡七《越公其事》第一章解析〉，中國先秦史 http://www.xianqin.tk/2017/
12/13/415，20171213。

〔註172〕季師旭昇：《說文新證》，藝文印書館，2014年9月二版，頁184。

「譽鳴鐘鼓，以親辱於寡人之虺＝」意指「拿著鼓槌敲打鐘鼓，親自攻打敝國」。

2. 整句釋義

吳王夫差興兵伐越，越王句踐興兵迎戰，越國戰敗。後來越王奔竄逃亡到會稽山上，於是派遣大夫文種到吳軍陣營議和，說：「寡君句踐沒有什麼人可以派遣，派我下臣種，我不敢直接對您大王說，我私自同您手下的臣子說：『我們越國不為天所佑，上天降禍在越國，正值越王的身上，貴國天王身被甲胄，拿著莫邪干將，挾著強弓，拿著鼓槌敲打鐘鼓，親自攻打敝國。

（二）募（寡）人不忍君之武礪（勵）兵甲之虺（威）①，科（播）弃宗庿（廟），赶才（在）會旨（稽）②，募（寡）人【四】又（有）繻（帶）甲夲（八千）③，又（有）旳（旬）之糧④。君女（如）為惠，交（徼）天墬（地）之福⑤，母（毋）豑（絕）枈（越）邦之命于天下，亦茲（使）句㳂（踐）屬（繼）蔜【五】於枈（越）邦⑥，孤亓（其）衒（率）枈（越）庶眚（姓），齊刔同心⑦，以臣事吳，男女備（服）⑧。三（四）方者（諸）侯亓（其）或敢不賓於吳邦？⑨

1. 字詞考釋

①募（寡）人不忍君之武礪（勵）兵甲之虺（威）

原考釋：

> 不忍，不忍心。《孟子·離婁下》：「我不忍以夫子之道，反害夫子。」
> 武，兵威。《詩·常武》：「王奮厥武，如震如怒」礪，讀為「勵」，勸勉、振奮。《國語·吳語》：「請王厲士，以奮其朋勢。」兵甲，兵器鎧甲，指軍隊。《左傳》哀公十五年：「公孫宿以其兵甲入于嬴。」虺，讀為「威」。〔註173〕

暮四郎認為「不忍」應當是無法承受之義，「礪」似當讀為「厲」，與「威」義近。先秦文獻中有「厲」、「威」同時出現的例子。「武礪」應當與「兵甲之虺（威）」意思相近。「寡人不忍君之武礪（厲）、兵甲之虺（威）」的大意是

〔註173〕清華大學出土文獻與保護中心編、李學勤主編：《清華大學藏戰國竹簡（柒）》，上海·中西書局，2017年4月，頁116，注12。

「我不能承受您的武略之厲、兵甲之威」，所以會有後文「播棄宗䆮（廟），赶才（在）會旨（稽）」的結果：

> 看上下文，「不忍」應當是無法承受之義，「武礪」應當與「兵甲之鬼（威）」意思相近。我們認為，「礪」似當讀為「厲」，與「威」義近。先秦文獻中有「厲」、「威」同時出現的例子，如《楚辭·天問》「何壯武厲，能流厥嚴」、《荀子·宥坐》「是以威厲而不試，刑錯而不用」。「寡人不忍君之武礪（厲）、兵甲之鬼（威）」的大意是「我不能承受您的武略之厲、兵甲之威」，所以會有後文「播棄宗䆮（廟），赶（間？）才（在）會旨（稽）」的結果。〔註174〕

汗天山認為「武」當訓「跡」，指腳印，簡文中代指腳步、腿腳。簡文或當是說，寡人不忍心讓君王您的腳步受虐磨礪於兵甲的威力：

> 懷疑「武」當訓「迹」，指腳印，簡文中代指腳步、腿腳。《詩·大雅》「履帝武敏歆」，傳曰：「武，迹也。」。《禮·曲禮》：「堂上接武，堂下布武。」鄭玄注：「布武，謂每移足各自成跡，不相躡。」簡文或當是說，寡人不忍心讓君王您的腳步受虐磨礪於兵甲的威力，故……。

> 這句話是外交辭令，也就是說，下文的「播棄宗廟，赶在會稽」云云，是越王勾踐不忍心讓吳王親自涉足戰場才導致的局面。——又，《國語·吳語》「天王親趨玉趾」句，似可與此對讀？〔註175〕

耒之認為「不忍」當訓為不能忍受。「武」當訓為「勇猛」，「礪」讀為「勵」或「厲」皆可，訓為「激勵、振奮」。這句話的大意是，寡人不能忍受您（夫差）勇猛的振奮兵甲之威：

> 「不忍」當訓為不能忍受。《史記·廉頗藺相如列傳》：「相如素賤人，吾羞，不忍為之下。」「武」當訓為「勇猛」，「礪」讀為「勵」或「厲」皆可，訓為「激勵、振奮」，《管子·七法》：「兵弱而士不厲，則戰不勝而守不固。」《三國志·諸葛亮傳》：「親秉旄鉞，以厲三軍。」「武厲」一詞見於《楚辭·天問》：「何壯武厲，能流

〔註174〕簡帛論壇：「清華七《越公其事》初讀」，第77樓，20170428。
〔註175〕簡帛論壇：「清華七《越公其事》初讀」，第130樓，20170501。

·62·

厥嚴。」「武厲兵甲之威」即指前文「吾君天王，以身被甲胄，敦
力剟槍，挾弳秉枹，振鳴[鐘鼓]」。這句話的大意是，寡人不能忍
受您（夫差）勇猛的振奮兵甲之威。〔註176〕

蕭旭認為「武」是楚語，楚人謂士曰武，簡文指吳軍。礪，讀為勴，俗作
厲、勵，勸勉也、奮勵也。「兵甲」用本義，指兵器鎧甲：

> 「不忍」當取整理者說。簡文「武礪」不成詞，當「礪兵甲之威」
> 為句，某氏說誤。「武」是楚語，楚人謂士曰武〔註177〕，簡文指吳
> 軍。礪，讀為勴，俗作厲、勵，勸勉也、奮勵也。《說文》：「勴，勉
> 力也。」《廣雅》：「勵，勸也。」《文選·馬汧督誄》：「稜威可厲，
> 懦夫克壯。」張銑注：「厲，勸。」「兵甲」用本義，指兵器鎧甲。《國
> 語·吳語》：「君王舍甲兵之威以臨使之。」「甲兵」亦此誼。《鹽鐵
> 論·誅秦》：「其所以從八極而朝海內者，非以陸梁之地，兵革之威
> 也。」《論衡·順鼓》「攻社，一人擊鼓，無兵革之威，安能救雨？」
> 「兵革」亦其比也。〔註178〕

子居以為「武」當訓為「士」，礪當讀為原字，義為磨礪，「礪兵甲」類似
于傳世文獻所稱「繕甲厲兵」、「堅甲厲兵」，這裡當是勾踐說不忍見夫差士卒砥
礪兵甲的威勢：

> 筆者以為，「武」當訓為「士」，《淮南子·覽冥訓》：「勇武一人為三
> 軍雄。」高誘注：「武，士也，江淮間謂士為武。」《史記·淮南衡
> 山列傳》：「如此則民怨，諸侯懼，即使辯武隨而說之，儻可徼幸什得
> 一乎？」《集解》引徐廣曰：「淮南人名士曰武。」礪當讀為原字，義
> 為磨礪，「礪兵甲」類似于傳世文獻所稱「繕甲厲兵」、「堅甲厲兵」，
> 這裡當是勾踐說不忍見夫差士卒砥礪兵甲的威勢。〔註179〕

〔註176〕簡帛論壇：「清華七《越公其事》初讀」，第133樓，20170501。又石小力在〈清
　　　　華簡第七冊字詞釋讀札〉一文中發表的看法，見《出土文獻第十輯》，20190405。
〔註177〕參見蕭旭《〈淮南子〉古楚語舉證》，《淮南子校補》附錄二，花木蘭文化出版社
　　　　2014年版，頁804。
〔註178〕蕭旭：〈清華簡（七）校補（二）〉，http://www.gwz.fudan.edu.cn/Web/Show/3061，
　　　　20170605。
〔註179〕子居：〈清華簡七《越公其事》第一章解析〉，中國先秦史 http://www.xianqin.tk/2017/
　　　　12/13/415，20171213。

　　縢勝霖認為勾踐是說「自己不願意褻瀆吳國軍隊的威嚴，故而捨棄宗廟，留守會稽。」〔註180〕

　　郭洗凡認為網友暮四郎的觀點可從，「不忍」解釋為不能忍受，指的是越王無法承受之義，與下文的「兵甲之威」搭配更合理，指的是不能承受軍事上的威力。「礪」，讀為「勦」，也可以作「勵」，鼓勵、振奮的意思。《說文》：「勦，勉力也。」句子的大意是我（越王）不能忍受吳王您的軍隊和兵甲的威力。〔註181〕

　　何家歡認為「君之武礪」和「甲兵之鬼」並非相對為文。「不忍」為先秦外交辭令常用之語，相當於現在的「狠不下心」，其後一般不帶賓語：

> 暮四郎的句讀值得商討。「君之武礪」和「甲兵之鬼」並非相對為文，且「礪」若釋為「威」，「武礪」連言則不通。「不忍」為先秦外交辭令常用之語，相當於現在的「狠不下心」，其後一般不帶賓語（此說為劉青松老師的指導），表委婉語氣。《左傳‧成公二年》：「寡君不忍，使羣臣請於大國，無令輿師淹於君地。」（（清）阮元校刻《十三經注疏》，中華書局，1980年，第1894頁中欄）《左傳‧襄公七年》：「二慶使告陳侯於會曰：『楚人執公子黃矣。君若不來，羣臣不忍，社稷宗廟，懼有二圖。』」（（清）阮元校刻《十三經注疏》，第1939頁上欄。）是其證。〔註182〕

　　翁倩贊同蕭旭的看法。「礪」為「親臨」之意，也可理解為勤勉。「兵甲之威」泛指武器軍備，還可指戰爭。全句為：我不忍心您的威武勤勉于戰爭，大意就是不希望吳王操勞軍務，語氣極近卑下，實乃柔中帶剛：

> 筆者贊同蕭旭「武礪」不成詞的看法，其實在「寡人不忍君之武勵兵甲之威」一句中，「寡人」是主語，「不忍」為謂語，帶雙賓語，「君

〔註180〕參見高佑仁：〈越公其事首章補釋〉中引縢勝霖：〈簡帛語類文獻婉語初探──以《清華大學藏戰國竹簡》春秋語類文獻為例〉，收入重慶市語言學會、重慶師範大學文學院主辦：「重慶市語言學會第十一屆年會」，2017年12月23～24日，頁216～228。

〔註181〕郭洗凡：《清華簡《越公其事》集釋》，安徽大學碩士學位論文，2018年3月，頁19。

〔註182〕何家歡：《清華簡（柒）《越公其事》集釋》，河北大學碩士論文，2018年6月，頁11。

之武」是直接賓語，「勵兵甲之威」是間接賓語。從外交辭令角度來看，「不忍」表達語氣客氣，「武」在語氣上抬高對方，而「勵兵甲之威」實乃威脅之語，實指若夫差不答應求和，句踐將率領「帶甲八千」與之死戰。因此，「不忍」仍然從整理者解釋，「不忍心」，「武」即威武，但是整理者「礪」的解釋有待商榷。「礪」，破讀為「勵」，從語音上來看，「礪」、「勵」同為來母月部字，為雙聲疊韻關係，可通假。「礪」《說文解字注》：「厲，旱石也。俗以義異、異其形。凡砥厲字作礪。凡勸勉字作勵。惟嚴厲字作厲。而古引伸假借之法隱矣。」（段玉裁：《說文解字注》，上海古籍出版社，2012）「礪」，「本義磨刀石。礪兵，磨快兵器。比喻作好戰備。」（漢語大詞典編輯處：《漢語大詞典》，上海辭書出版社，2011）〔註183〕因此，「礪」，讀為「勵」，或許是至，「親臨」之意，此處也可理解為勤勉。「兵甲之威」，蕭旭提到與「兵革」意義相近。兵革，兵器和甲冑的總稱。泛指武器軍備，還可指戰爭。《詩·鄭風·野有蔓草序》：「君之澤不下流，民窮於兵革。」（漢語大詞典編輯處：《漢語大詞典》，上海辭書出版社，2011）《國語·吳語》：「以盟為無益乎，君王舍甲兵之威，以臨使之。」（徐元誥：《國語集解》，北京：中華書局，2002）「君王舍甲兵之威，以臨使之」君王家的軍隊的威武降臨便能使喚我們。「兵甲之威」，其實就是指戰爭。因此，簡文當理解為，我不忍心您的威武勤勉于戰爭，大意就是不希望吳王操勞軍務，語氣極近卑下，實乃柔中帶剛。表面上是為吳王考慮，實則為己謀利。這符合外交辭令的表達習慣，邏輯上也顯得更加準確。〔註184〕

程悅認為「武」當訓為「士」，「礪兵甲」當解釋為「繕治兵器甲冑」。「武」有士的意義，很可能來源於本義。表達勇武健壯等意義，而勇武健壯是成為合格士卒的條件，進而引申出士卒的意義。他認為「君之武」解釋為「您的勇士」，而非「您的兵威」是己方以向對方士卒進行陳說的方式，間接向對方君主表達意義，是一種謙卑的辭令。他認為「礪」當讀如本字，表示磨礪。「甲兵」

〔註183〕漢語大詞典編輯處：《漢語大詞典》，上海辭書出版社，2011。
〔註184〕翁倩：〈清華簡《越公其事》篇研讀札記〉，四川職業技術學院學報，2018 年 6 月，頁 88～91。

泛指武器裝備。「礪兵甲」即「繕治兵器甲胄」。〔註185〕

高佑仁認為本句應斷讀為「募（寡）人不忍君之武，礪兵甲之鬼（威）」，在「武」字下點斷：

> 本句有兩種斷讀方式，分別是：1.「募（寡）人不忍君之武礪兵甲之鬼（威）」2.「募（寡）人不忍君之武，礪兵甲之鬼（威）」第一種說法為原整理者提出，將「武礪兵甲」連讀。蕭旭則認為「武礪」不成詞，因此將「礪」單獨與後文的「兵甲之鬼（威）」連讀，如此一來便分成前後兩句（即第二種說法）。「武礪兵甲」四字連讀確實拗口不易理解，「兵甲」原指兵器與鎧甲，可泛指軍隊，而與「兵甲」對文的「武礪」，該怎麼解釋，並不好說。而且就語感來說，分成二句，讀法較為通順，因此筆者支持「武」字下點斷的方案（即第二說）。

他認為「不忍」當是「不忍心」，就是今語捨不得、不捨，這是政治語言，捨不得吳王遭受兵戈之創，因此選擇退至會稽山，主動求和：

> 從上述各家學者的解釋可知，「不忍」一詞約可分成兩種說法：1. 忍受不了、無法承受、無法忍受。2. 不忍心，猶今語「捨不得」、「不捨」。第一種說法是指勾踐自言承受不住夫差的攻擊，因此選擇放棄宗廟，敗逃會稽山，但此話若脫口而出，則氣勢散盡，不啻正式向夫差降服。而且，既然承受不住吳國部隊，那後文怎還能以八千兵甲做最後的死亡要脅云云？尤其處在關係國家存亡之際，執行高度政治任務的文種，講話不可能這麼直白。

> 筆者認為這裡的「不忍」當是「不忍心」，就是今語捨不得、不捨，這當然是政治語言。依據文種的說辭，當吳王全副武裝大軍壓境時，越王並非無法與吳國抗衡，而是吳王捨不得吳王遭受兵戈之創，因此選擇退至會稽山，主動求和。這是勾踐面對戰敗時，一種求成的外交辭令，試圖抬高夫差的身分地位，也給自己的挫敗下台階，並以低姿態但也不惜決一死戰為說詞，換取越國的保全。

〔註185〕 程悅：〈清華簡《越公其事》「募（寡）人不忍君之武礪（勵）兵甲之鬼」札記〉，《文獻語言學》，中華書局，2018 年 7 月，頁 233-237。

他認為「武」，應如原整理言，訓為「兵威」。「礪（厲）兵甲之威」是一種政治辭令，「礪（厲）」為動詞磨厲，意為勾踐不忍心以吳王的軍威，用以磨礪（越軍）兵甲的威力，也就是怕夫差的軍威受兵甲之創，才會選擇背棄宗廟，敗走會稽山：

> 「武」，應如原整理言，訓為「兵威」。《詩·大雅·常武》：「王奮厥武，如震如怒。」《孟子·滕文公下》：「我武惟揚，侵于之疆。」不任君之武，即不忍心國君的軍威（兵威）。

> 筆者認為「礪」應讀如字，「礪」本為磨刀石，後引申為「磨礪」，即用工具磨礪兵器，使兵刃鋒利，《左傳·哀公十六年》：「勝自厲劍。」《荀子·性惡》：「鈍金必將待礱厲然後利。」楊倞注：「礱、厲，皆磨也。厲與礪同。」「礪」亦可作「厲」，《戰國策·秦策一》：「於是乃廢文任武，厚養死士，綴甲厲兵，效勝於戰場。」《史記·張儀列傳》：「繕甲厲兵，飾車騎，習馳射。」

> 簡文的「礪（厲）兵甲之威」是一種政治辭令，「礪（厲）」為動詞磨厲，意為勾踐不忍心以吳王的軍威，用以磨礪（越軍）兵甲的威力，也就是怕夫差的軍威受兵甲之創，才會選擇背棄宗廟，敗走會稽山。不是越國想退兵，是不忍看到您的君威遭受冒犯，而主動退讓。此種釋法比直白地向出差求降（即第一說），更能體現出外交辭令的委轉與含蓄。

> 簡文「兵甲之鬼（威）」，多數學者都將「鬼」讀為「威」，只有心包將「鬼」讀如字，仍宜讀「威」為宜，值得留意的是，《國語·吳語》裡，在吳王答應勾踐談和，正準備與越國訂立盟約時，越國突然推辭，諸稽郢云：「君王舍甲兵之威以臨使之，而胡重於鬼神而自輕也？」也就是吳王的軍威比鬼神的盟誓還有約束性，因此沒有盟誓的必要，該段文句中亦見「兵甲之威」一詞，可見簡文的「鬼」不應讀如字，而必須理解成威勢、威嚴。〔註186〕

秋貞案：

〔註186〕高佑仁：〈《越公其事》首章補釋〉，第三十屆中國文字學國際學術研討會論文集，台南：國立成功大學、中國文字學會，2019 年 5 月，頁 75～90。

　　《說文新附・石部》：「礪，礛也。从石、厲聲。經典通用『厲』。」〔註187〕勵可通厲，《書・皋陶謨上》「庶明勵翼」孫星衍《尚書今古文注疏》：「史遷，勵作厲。」〔註188〕「武厲」可以成詞，如《楚辭・天問》：「何壯武厲，能流厥嚴？」「壯大也，言闔閭少小離亡，何能壯大，厲其勇武，流其威嚴也。」〔註189〕在此「武厲」指雄壯之意。「武厲」既可成詞，則此處斷句自然可以是「募（寡）人不忍君之武礪，兵甲之鬼（威）」「不忍」可以釋為不忍心，也可以釋為不能忍受。高佑仁解讀「勾踐不忍心以吳王的軍威，用以磨礪（越軍）兵甲的威力」為政治話術：害怕吳王受到兵創，明的是說不忍心吳王受傷，真正的含意是說會傷到吳王，如此表面體諒吳王，實際暗中恐嚇吳王，如何取得吳軍網開一面呢？此語帶威脅，如何能取得對方同情呢？而且越王戰敗，有什麼資格體諒吳王呢？就外交辭令來說，似乎強勢了些。若以「募（寡）人不忍君之武礪（厲），兵甲之鬼（威）」為句，何嘗不是政治話術？因為越王承認失敗，寫成「我勾踐不能承受吳軍之雄壯勇猛，（吳軍）兵甲之威勢」，所以後面坦承「科（播）弃宗宧（廟），赶才（在）會旨（稽）」，在此處雖然氣勢消沈，表示臣服之意，「以臣事吳，男女備（服）」，以示弱得到敵人的憐憫為先，再俟機得到苟延殘喘的機會，不正符合勾踐虛意屈就於吳國，在取得吳王的信任之後，返國再圖復興事業的形象嗎？假設輸誠不如預期的話，到後面才語帶威脅，做出「以觀句戔（踐）之以此伞（八千）人者死也」的決心。應該先有前面的示弱以搏取同情，才能形成後面決一死戰的反差效果，這比較合乎戰敗國的外交辭令。

　　筆者同意原考釋的斷句方式：「募（寡）人不忍君之武礪（厲），兵甲之鬼（威）」，是指勾踐承受不住吳軍之壯盛，兵甲的威力；也認同暮四郎的解讀，不忍為不能承受之意，「礪」為「雄壯之意」，非勉勵，「兵甲」指「軍隊」。此句為越王請吳軍高抬貴手停止攻剿越國，越取得喘息的機會之後，再圖復興大業。「募（寡）人不忍君之武礪（厲）兵甲之鬼（威）」意指「我不能忍受吳軍

〔註187〕（漢）許慎撰，（宋）徐鉉校定：《說文解字》，北京，中華書局，2007 年 4 月重印，頁 195 下。

〔註188〕（清）孫星衍撰，陳抗、盛冬鈴點校：《尚書今古文注疏》，北京中華書局出版，1986 年 12 月，頁 77。

〔註189〕（清）紀昀總纂，（漢）王逸撰：《楚辭章句》，欽定四庫全書，https://www.chineseclassic.com/content/1221，頁 27。

的壯盛勇猛，兵甲的威勢」。

②科（播）弃宗雷，赶才（在）會旨（稽）

原考釋：

> 科，從斗，采聲，讀為「播」。播棄，棄置。《國語·吳語》：「今王
> 播棄黎老，而孩童焉比謀。」〔註190〕

郭洗凡認為整理者觀點可從：

> 整理者觀點可從，郭沫若《兩周金文辭大系考釋》：「《說文》『播』，
> 古文做『敽』。此省從采。采、番古本一字。」〔註191〕

子居認為此處可說明越國的宗廟距會稽有相當距離，下文《越公其事》第二章中夫差稱「自得吾始踐越地，以至於今，凡吳之善士將中半死矣。今彼新去其邦而篤」，是從夫差敗越於夫椒至勾踐棲於會稽當頗有時日，夫椒當即椒地，在安徽鳳台，勾踐由夫椒至會稽是「新去其邦」，則會稽自不能遠在浙江紹興，也不能距鳳台太近，蚌埠塗山符合這一條件，而舊說以越國在浙江紹興則明顯與此不合。〔註192〕

秋貞案：

原考釋釋「科」為「播」，可從。播，有「遷徙」義，如《左傳》曰：「震蕩播越。」「播棄」則為「拋棄」義，如《墨子·明鬼下》：「昔者殷王紂，貴為天子，富有天下，上詬天侮鬼，下殃傲天下之萬民，<u>播棄黎老</u>，賊誅孩子，楚毒無罪，刳剔孕婦，庶舊鰥寡，號咷無告也。」《傳》以「播」為「布」，「布者，徧也。言徧棄之不禮敬。」《國語·吳語》云「今王<u>播棄黎老</u>」〔註193〕這裡是說越王勾踐戰敗逃亡、拋棄宗廟。「科弃宗雷，赶才會旨」意指「棄置宗廟，逃到會稽」。

③募（寡）人【四】又（有）繢（帶）甲傘（八千）

原考釋：

〔註190〕清華大學出土文獻與保護中心編、李學勤主編：《清華大學藏戰國竹簡（柒）》，上海，中西書局，2017年4月，頁116，注13。

〔註191〕郭洗凡：《清華簡《越公其事》集釋》，安徽大學碩士學位論文，2018年3月，頁19。

〔註192〕子居：〈清華簡七《越公其事》第一章解析〉，中國先秦史 http://www.xianqin.tk/2017/12/13/415，20171213。

〔註193〕（清）孫詒讓撰，孫啟治點校：《墨子閒詁》，北京中華書局，2001年4月，頁246。

帶甲八千，楚文字鎧甲之「甲」多作「𤰔」或「𩉂」。《國語‧越語
上》作「帶甲五千」。〔註194〕

魏棟本在〈清華簡《越公其事》合文「八千」釋疑〉一文中表示傳世文獻
中皆作「五千」，從字形角度分析，「五」之省體「乂」與作弧狀的「八」之別
體，字形相近易混，簡本合文「八千」是「五千」之訛。〔註195〕後來他又撰
文〈清華簡《越公其事》合文「八千」芻議〉指出裘錫圭先生提及將簡帛古
書與傳世典籍進行對照時要提防不恰當的「趨同」與「立異」傾向。〔註196〕
故又重新對這個問題撰文。他認為清華簡中的「五」的省體還未見到用作基
數詞的用例，所以要將合文「八」視作「五」字訛混的情況值得懷疑。故他
得出結論：《越公其事》的「八千」和傳世典籍的「五千」的應該不是字形訛
混的結果。魏棟說：

> 清華簡《越公其事》與《國語》一樣，同屬於語類文獻，語類文獻
> 的一個重要特點是具有故事化色。故事不等於史實，故事的人物、
> 情節、語言等方面會與真正的史實有一定的差異，就是同一故事的
> 不同版本之間也會存在一些差異。故事與史實之間，同一故事的不
> 同版本之間產生差異的重要原因是故事往往是通過口耳相傳的，在
> 傳播過程中難免會產生變異失真。〔註197〕

汗天山認為此是大夫種柔中帶剛的外交辭令，其實不一定真有八千甲兵，
但實實虛虛中向吳王透露威脅的意味。〔註198〕

子居說《越公其事》中記載「帶甲八千」，和在傳世文獻中記載不同，如
《左傳‧哀公元年》：「越子以甲楯五千，保於會稽。」所記兵力與《國語》
同。而《莊子‧徐無鬼》作「句踐也以甲盾三千棲於會稽」；《戰國策‧魏策

〔註194〕清華大學出土文獻與保護中心編、李學勤主編：《清華大學藏戰國竹簡（柒）》，上
海，中西書局，2017 年 4 月，頁 116，注 14。
〔註195〕魏棟：〈清華簡《越公其事》合文「八千」釋疑〉，「首屆中國古代文明研究前沿論
壇論」會議論文（深圳：深圳大學人文學院，2016 年 12 月 11～12 日），頁 209～
216。
〔註196〕裘錫圭：〈中國古典學重建中應該注意的問題〉，《裘錫圭學術文集‧簡牘帛書卷》，
復旦大學出版社，2012，頁 339。
〔註197〕魏棟：〈清華簡《越公其事》合文「八千」芻議〉，《殷都學刊》2017 年 03 期，頁
37～41。同篇論文也刊在牛鵬濤、蘇輝編《中國古代文明研究論集》，科學出版社，
2018 年 3 月出版，頁 217～224。
〔註198〕簡帛論壇：「清華七《越公其事》初讀」，第 147 樓，20170505。

一》：「臣聞越王勾踐以散卒三千，禽夫差於干遂。」《左傳》、《國語》所稱兵力已有所誇張，而清華簡《越公其事》則更誇張。當時楚國已克胡而又圍蔡，蔡國請求吳國遷居，吳與蔡則因為間隔越國而呼應不便，所以吳國才伐越而又匆匆與越罷兵。吳國伐越其大局上的戰略性質為了讓蔡國能夠遷居州來而進行的前置步驟。〔註199〕

秋貞案：

簡文「仐」，確為「八千」的合文，為「八」字，無誤。《越公其事》簡文「五」🔲（簡30重）「五政」、🔲（簡50）「五兵之利」、🔲（簡51）「五兵之利」、🔲（簡64）「五里以須」、🔲（簡65）「五里以須」，每一「五」字都清楚易判別和「八」字形明顯不同。《越公其事》的帶甲「八千」，和傳世典籍不同的原因複雜，可能如魏棟的考證，因故事化的結果，造成不同之外，也可能是書手傳抄的版本來源不同所致，有待更多的材料印證。「募人又繡甲仐」意指「寡人帶著八千兵甲」。

④又（有）昀（旬）之糧

原考釋在釋文中將「旬」隸作「昀」，未作解釋。

汗天山認為「旬」當是「旬日」的合文，上面的「八千」也是不帶合文符號的。〔註200〕

秋貞案：

查戰國楚文字「旬」字有「🔲」（九店56.105），和本簡「又昀之糧」的「昀」相類，只有偏旁「🔲」不同。《說文》：十日為旬，從勹、日〔註201〕。「🔲」應該和「旬」同一字，非重文，此字應隸作「旬」即可。「又昀之糧」意指「十日左右的糧食」。

⑤君女（如）為惠，交（徼）天陞（地）之福

原考釋：

交，讀為「徼」，求取。《國語‧吳語》：「弗使血食，吾欲與之徼天

〔註199〕子居：〈清華簡七《越公其事》第一章解析〉，中國先秦史 http://www.xianqin.tk/2017/12/13/415，20171213。

〔註200〕簡帛論壇：「清華七《越公其事》初讀」，第149樓，20170503。

〔註201〕旬字從勹，戰國後漸訛成勻形。參見季師旭昇《說文新證》「旬」字條，藝文印書館，2014年9月初版。

之衰。」韋昭注：「徼，要也。」〔註202〕

香油面子認為「君如為惠」就如睡虎地秦簡《為吏之道》簡38-39貳欄「為人君則鬼（惠），為人臣則忠」之「惠」。「惠」有仁愛、寬厚、恩惠，或者施予恩惠之意。〔註203〕

子居以為先秦時往往以福為天賜，如《左傳·成公十一年》：「如天之福，兩君相見。」而《越公其事》這裡稱「天地之福」而非「天之福」，增加了「地」的成分，是較晚出的觀念。《大戴禮記·虞戴德》：「昭天之福，迎之以祥；作地之福，制之以昌。」言天地之福可與《越公其事》對應。〔註204〕

秋貞案：

原考釋及香油面子之說可從。「君女為惠，交天墬之福」意指「吳君如果可以施加恩惠，請求天地賜福」。

⑥母（毋）䋈（絕）雽（越）邦之命于天下，亦茲（使）句戔（踐）屬（繼）萅【五】於雽（越）邦

A.「茲」字考釋：

原考釋：

茲，讀為「使」。〔註205〕

石小力根據《越公其事》篇中「茲」用為「使」的用字現象，認為傳世古書和出土文獻中舊時難以解釋的「茲」字也應該是用為「使」的，這是利用新出楚簡揭示的用字方法，來解讀先秦古籍和其他出土文獻疑難問題的一個典型例子。〔註206〕

王凱博亦認同幾個《越公其事》幾個「茲」的用法與「使」用法相似：

清華簡《越公其事》有幾個與「使」用法相似的「茲」，如簡4～5「母

〔註202〕清華大學出土文獻與保護中心編、李學勤主編：《清華大學藏戰國竹簡（柒）》，上海，中西書局，2017年4月，頁116，注15。

〔註203〕簡帛論壇：「清華七《越公其事》初讀」，第218樓，20180125。

〔註204〕子居：〈清華簡七《越公其事》第一章解析〉，中國先秦史 http://www.xianqin.tk/2017/12/13/415，20171213。

〔註205〕清華大學出土文獻與保護中心編、李學勤主編：《清華大學藏戰國竹簡（柒）》，上海，中西書局，2017年4月，頁116，注16。

〔註206〕石小力：〈據清華簡（柒）補證舊說四則〉，http://www.ctwx.tsinghua.edu.cn/publish/cetrp/6842/2017/20170423064545430510109/20170423064545430510109_.html，20170423。

（毋）醫（絕）雩（越）邦之命于天下，亦茲句戔（踐）屬（繼）蒍
（尊）【5】於雩（越）邦【6】」，整理者注：「茲，讀為使。」據辭例看
非常適合。……又，簡7「勿茲句戔（踐）屬（繼）蒍（尊）於雩（越）
邦已（矣）」、簡16～17「茲虐（吾）式（二）邑之父兄子弟朝夕糡肰
（然），為犲（豺）【16】狼，飤（食）於山林籓（幽）芒（莽）【17】」、
簡20「不茲達气（暨）」、簡28「茲民叚（暇）自相」、簡57「不茲
命朕（疑）」中的「茲」亦皆括讀為「使」，也都是很通適的。〔註207〕

秋貞案：

原考釋、石小力、王凱博之說可從。「茲」讀為「使」。

B.「屬」字考釋

原考釋：

屬，與「絕」反義。疑為「繼」字。〔註208〕

秋貞案：

同簡5的「母醫雩邦之命于天下」中的「醫」（**圖**）從上下文來看應釋
為「絕」。《說文》謂「反蠿為繼」，以醫為繼（小徐本「繼或體作醫」），以蠿為
絕，以斷為斷，此為後世之區別分化。其後以「絕」代「蠿」、以「繼」代「醫」，
「繼」、「絕」兩字遂徹底區分〔註209〕。在這裡的文句為「亦茲句戔屬蒍於悬
邦」，「屬」字從尸從蠿，從上下文來看應釋為「繼」，而不是「絕」，在此和許
慎《說文》的說法不同。

C.「蒍」字考釋

原考釋釋「蒍（**圖**）」在釋文中隸「纂」

圖，疑為「蒍」之訛字，字見望山一號墓八號簡「**圖**」。「**圖**月」即
「爨月」。蒍，讀為「纂」或「纘」，繼承。《禮記・祭統》：「子孫纂
之，至于今不廢。」《詩・閟宮》「奄有下土，纘禹之緒。」鄭玄注：
「纘，繼也。」又見於第七簡，字形不完全相同。〔註210〕

〔註207〕王凱博：《出土文獻資料疑義探》，吉林大學歷史學博士論文2018年6月，頁50。
〔註208〕清華大學出土文獻與保護中心編、李學勤主編：《清華大學藏戰國竹簡（柒）》，上
　　　　海，中西書局，2017年4月，頁116，注16。
〔註209〕季師旭昇：《說文新證》，藝文印書館，2014年9月2日出版，頁889。
〔註210〕清華大學出土文獻與保護中心編、李學勤主編：《清華大學藏戰國竹簡（柒）》，上

趙平安認為簡5「」字下部所从和《六書統》「（寮）」字下部所从相同；簡7「」下部所从和毛公鼎集成2841「（寮）」字下部所从相同。此字應為「从艸寮聲」通「燎」，《詩經‧小雅‧庭燎》毛傳：「庭燎，大燭也。」又引《東維子集》卷三十：「則王者勤政，亦繼燎於夜也，豈惟宣王哉？」認為「繼燎」就是勤奮工作之意。〔註211〕

季寥認為原考釋不確。簡5「」和簡7的「」字是一字異體。他同意趙平安所釋此字下部從「寮」，應隸作「蔡」，為從艸寮聲。「」字所從的「」應為「呂」，「呂」、「者」魚部字與宵部字諧聲或通假。「呂」、「予」一字分化，「予」聲字與「者」聲字亦關係密切，兩者常通假〔註212〕。不過季寥認為趙文的讀法「從文義看并不貼切」，他認為「蔡」應讀為「序」或「緒」，簡文「句後（踐）繼緒於越邦」即「句踐繼業於越邦」，其義乃「句踐繼承先代功業於越邦」〔註213〕。

紫竹道人認為「係僚」，指俘虜和奴隸，讓勾踐在越邦做吳王的奴隸，完全臣服、役使於吳，以此換取吳王留其活命、存其邦族的結果〔註214〕。發言中引網名月下聽泉從趙先生讀，認為「繼燎」指勾踐希望吳王能讓他從事續設火燎一類的卑賤事務，以示臣服：

> 月下聽泉兄認為，「燎」當如趙平安先生所說指庭燎或火燎，「繼燎」的意思是續火燭。《左傳‧昭公二十年》記公孫青奉齊侯之命去聘問逃亡在死鳥的衛侯，「賓將掫」，衛侯堅辭，公孫請說：「寡君之下臣，君之牧圉也。若不獲扞外役，是不有寡君也。……」於是「親執鐸，終夕與於燎」。杜預注：「設火燎以備守。」簡文的意思是勾踐希望吳王能讓他從事續設火燎一類的卑賤事務，以示臣服。此為第一種可能的讀法。

> 我懷疑「繼」讀為「係」或「繫」，指係虜（裘錫圭先生認為「人鬲」

海，中西書局，2017年4月，頁116，注16。

〔註211〕趙平安：〈清華簡第七輯字詞補釋（五則）〉，《出土文獻》第十輯，2017年4月出版，頁142。

〔註212〕陳劍先生曾在《釋造》一文初稿的註釋。

〔註213〕季寥：〈清華簡《越公其事》「蔡」字臆解〉，http://www.bsm.org.cn/show_article.php?id=2781，1060424。

〔註214〕見簡帛論壇「清華七《越公其事》初讀」，第22、23樓，20170425。

之「鬲」即係虜之「係、繫」，見其《說「僕庸」》，《文集·古代歷史、思想、民俗卷》120頁）；「燎」可讀為僚僕之「僚」，《左傳·昭公七年》有一段很有名的講古代十等人的話，其中說到「隸臣僚，僚臣僕」。孔穎達疏所引服虔注指出，「僚」當得義於「勞」，「共勞事也」。「係」和「僚」皆賤稱，指不同的俘虜和奴隸。有意思的是，上引《左傳·昭公二十年》「終夕與於燎」的「燎」，章炳麟即讀為「僚」，「謂與於衛侯之巡夜者」（楊伯峻《春秋左傳注（修訂本）》1412頁）。「茲勾踐繼（係）燎（僚）於越邦」，意思是說讓勾踐在越邦做吳王的奴隸，完全臣服、役使於吳，以此換取吳王留其活命、存其邦族的結果。此為第二種可能的讀法。

月下聽泉兄說：《國語·晉語八》「宋之盟」章所記叔向的話，有「昔成王盟諸侯於岐陽，楚為荊蠻，置茅蕝，設望表，與鮮卑守燎，故不與盟」之語。「與鮮卑守燎」，可為「茲勾踐繼燎於越邦」的讀法補一佐證。〔註215〕

明珍認為「燎」，即燎祭。為古祭名，燒柴以祭天。《逸周書·世俘》：「武王朝至，燎於周。」簡文大概是指，勾踐希望夫差不要滅絕越邦，並使勾踐能夠繼續在越邦祭祀天帝，不至絕祀之意。〔註216〕網名林少平認為「燎」，《廣韻》：「照也。」「繼燎」即「繼照」，即是使勾踐繼續照臨于越國」就是「使勾踐繼續為越國君主」。〔註217〕

蔡一峰認為「句踐繼𤊻於越邦」應該說勾踐可以繼續掌握越國的統治權，只是在政治上臣服於吳國，但是仍保有繼續主政越國的涵義：

趙平安先生讀「𤊻」為「燎」可從。《周禮·天官·閽人》：「設門燎」，鄭玄注：「燎，地燭」。《詩·小雅·庭燎序》「庭燎」陸德明釋文引鄭云：「在地曰燎，執之曰燭。」古人的「燎祭」不僅祭天，與祖先宗廟的關係也相當密切，如卜辭「癸卯，貞：弜唯高祖王亥𢀜，唯

〔註215〕簡帛論壇「清華七《越公其事》初讀」，第22、23樓「紫竹道人」說，「月下聽泉」說亦見「紫竹道人」所引，http://www.bsm.org.cn/forum/forum.php?mod=viewthread&tid=3456&extra=&page=，320170425。

〔註216〕簡帛論壇「清華七《越公其事》初讀」，第118樓「明珍」說，20170501。

〔註217〕簡帛論壇「清華七《越公其事》初讀」，第132樓「林少平」說，20170501。

燎」（《合集》32083）、「辛未，貞：求禾高祖河，于辛巳酒燎」（《合集》32028）（說詳王宇信、楊升南主編：《甲骨學一百年》，社會科學文獻出版社1999年，第599～603頁），西周金文小盂鼎（《集成》02839）有「入燎周廟」，庸伯縣簋（《集成》04169）有「至燎于宗周」。「繼燎」當與「繼祀」相類，並有嗣續之義，《後漢書·章帝八王傳論》：「章帝長者，事從敦厚，繼祀漢室，咸其苗裔。」《書·盤庚》：「若火之燎于原，不可向邇。」按烈火延燒引申而有滋蔓義，「繼燎」似乎也可以看成「繼嗣」結構類似的同義連用，如考慮到和「易火」有對應關係，仍解為燎燭燎祭之「燎」為優。〔註218〕

馮勝君認為「燎」字和「葛」字形體極為相近，顯係一字（燎與葛上博簡《采風曲目》簡1）中間部分形體相同，類似「糸」旁兩邊的飾筆可以省略，如葛（上博簡《季庚子問於孔子》簡8）形。而下部丅形與六形之間的交替，可參考「樂」字下部所從的變化）。「繼葛」，疑當讀為「繼孼」（「葛」、「孼」古音均為喉牙音月部字，音近可通），即延續後嗣的意思〔註219〕。

羅小虎認為或可讀為「祧」。「繼祧」即「繼承宗廟」或「延續宗廟」之意：

> 筆者認為，燎，或可讀為「祧」。燎，從燎得聲，燎為來母宵部字；祧，透母宵部字。韻部相同，來、透二母古可通。如上博一《紂衣》「儥」、「體」相通、前者為來母脂部、後者為透母脂部；上博四《柬大王泊旱》「龍」「寵」相通，龍，來母東部；寵，來母東部，皆是明證。所以，「燎」、「祧」相通在語音上沒有問題。祧，有「宗廟」的意思，古書「宗祧」連文。《左傳·襄公九年》：「以先君之祧處之」，杜預注：「諸侯以始祖之廟為祧。」《周禮·春官·序官》「守祧」，孫詒讓《正義》引金鶚云：「對文則與廟別，散文則祧與廟通。」「繼祧」，「繼承宗廟」或「延續宗廟」之意。雖然不見於傳世典籍，但「繼祧」與「守宗廟」一類的說法，意思大致相同：
>
> 《周易·震》：「出，可以守宗廟社稷，以為祭主也。」與之相反的

〔註218〕蔡一峰：〈清華簡《越公其事》「繼燎」「易火」解〉，http://www.bsm.org.cn/show_article.php?id=2794，20170501。

〔註219〕馮勝君：〈試說清華七《越公其事》篇中的「繼孼」〉，http://www.gwz.fudan.edu.cn/Web/Show/3020，20170502。

便是「失守宗祧」,「失守宗廟」:《左傳‧襄公二十三年》:「臧武仲自邾使告臧賈,且致大蔡焉,曰:『紇不佞,失守宗祧,敢告不弔。』」《左傳‧宣公十年》:「某氏之守臣某,失守宗廟,敢告。」後來有「承祧」一詞,與「繼祧」意思也很接近:沈約《立太子詔》:「自昔哲后,降及近代,莫不立儲樹嫡,守器承祧。」

在古代的表達體系中,「繼承宗廟」或者「守宗廟」,都是表示守住國家社稷,所以有時候也說「守宗廟社稷」。如果國家滅亡,也常常表達為「失宗廟」,如本篇簡文中也有「「亻不」墟宗廟」的表達。或者說「宗廟不血食」等等。此處釋讀為「繼祧」,也是基於這些考慮。簡文中的這段話意思是說,如果夫差不滅絕越國的天命,並且使勾踐在越國能夠繼承宗祧的話,我一定會率領越國的庶民百姓齊膝同心,臣事吳國。〔註220〕

子居認為「籑」字按原字理解即可,「籑」當即「籩」,《說文‧竹部》:「籩,宗廟盛肉竹器也。從竹寞聲。《周禮》:供盆簝以待事。」是「繼籑」可以理解為主持宗廟祭祀之事的謙辭。〔註221〕

郭洗凡認同趙平安的觀點:

> 簡文大意就是勾踐希望夫差不要滅絕越邦,並使勾踐擁有繼續在越祭祀上天的權利,讓越邦不至於滅絕後嗣。〔註222〕

何家歡認同季寥的觀點:

> 「繼」既表繼承,則𥂁字很大程度上當是名詞,整理者和趙平安所訓可商。從搭配上看,「繼緒」、「繼序」先秦古書習見,而簽字在先秦典籍中只見於《周禮》一處,且不與「繼」連言,子居之說未免牽強。〔註223〕

〔註220〕見簡帛論壇「清華七《越公其事》初讀」,第214樓,http://www.bsm.org.cn/forum/forum.php?mod=viewthread&tid=3456&extra=&page=22,20171122。

〔註221〕子居:〈清華簡七《越公其事》第一章解析〉,中國先秦史 http://www.xianqin.tk/2017/12/13/415,20171213。

〔註222〕郭洗凡:《清華簡《越公其事》集釋》,安徽大學碩士學位論文,2018年3月,頁21。

〔註223〕何家歡:《清華簡(柒)《越公其事》集釋》,河北大學碩士論文,2018年6月,頁12。

秋貞案：

簡 5 簡 7 的兩字，一個從日，一個從呂，其實為同一字。「𤐫」應隸作「蒦」，也就是「燎」，表面意思是「火炬」，引申義是「權力象徵」。

各家對「蒦（𤐫）」字的討論如下：

討論者	釋　字	釋　　義
原考釋	為「蒦」之訛字，讀為「纂」或「續」	繼承
趙平安	蔡，從艸尞聲，讀作「燎」	繼燎指勤奮工作
季寥	隸作「蔡」	「蔡」應讀為「序」或「緒」。繼蔡：繼緒
紫竹道人	係僚	指俘虜和奴隸
月下聽泉	繼燎	續火燭。從事續設火燎一類的卑賤事務。
明珍	燎	燎祭。古祭名，燒柴以祭天。
林少平	繼燎即繼照	繼續當越國君主
蔡一峰	繼燎	繼續掌握越國的統治權
馮勝君	繼葛、繼蘖	延續後嗣
羅小虎	繼祧	繼承宗廟或延續宗廟
子居	「蔡」當即「簻」	主持宗廟祭祀之事
郭洗凡	認同趙平安的觀點	不要滅絕越邦，並使勾踐擁有繼續在越祭祀上天的權利
何家歡	認同季寥的觀點	「繼緒」、「繼序」先秦古書習見

原考釋認為𤐫（此字稍訛，應以簡 7 的𤐫為正體）為「蒦」之訛字，即「爨」。但仔細看「爨」字的楚文字作𤔔（戰.楚.包 2.221）、𤔔（戰.楚.包 2.71），上部應從允聲，簡省作𠃊形，和𤐫字上部所從明顯不同。

此字應該以𤐫為正體，上從艸，其下「止」為「木」旁、其下為「火」旁，中間的「吕（呂）」為聲符，隸定為「蒦」，同「𤐫」。甲骨文作𤐫（商.甲 144），羅振玉云：「此字實從木在火上。木旁諸點，象火燄上騰之狀。」周晚毛公鼎「尞」𤐫字所從「尞」又在字形中間加「吕」（呂）聲，「呂（來魚）」、「尞（來宵）」，聲母相同，韻則為旁轉〔註224〕。簡 5 簡 7 的兩字，一個從日，一個從呂，其實為同一字。馮勝君以為「𤐫、𤐫」與「葛、蘖」同

〔註224〕參見季師《說文新證》「尞」字條。季師旭昇：《說文新證》，藝文印書館，2014 年 9 月 2 日出版，頁 753。

字，即「葛」字，讀為「孽」。筆者認為二者字形完全不同，學者未有同意者。

　　屬（繼）薈，趙平安讀為「繼燎」，引《詩經·小雅·庭燎》毛傳：「庭燎，大燭也。」又引《東維子集》卷三十：「則王者勤政，亦繼燎於夜也，豈惟宣王哉？」認為「繼燎」就是勤奮工作之意。筆者認為趙釋「燎」為「庭燎」，可從。但釋為為「勤奮工作」，正如季旭所評，「從文義看並不貼切」。引元楊維楨所著《東維子集》，時代也偏晚。如果釋義稍稍調整，釋為越王句踐請求吳王讓他的朝廷能夠繼續燃燒庭燎，以「繼燎」代替繼續主政，語意較為委婉，也不失為一個合理的詮釋。

　　季旭讀「繼燎」為「繼序」，通讀沒有問題。引《詩經·周頌·閔予小子》「繼序思不忘」為證，毛傳：「序，緒也。」意思是繼承先王的政統，筆者認為此說可從。「繼序」又見《詩經·周頌·烈文》「繼序其皇之」，馬瑞辰《毛詩傳箋通釋》：「序，緒也。繼序，猶云纘緒。謂諸侯世繼其先祖之緒以為君也。」〔註225〕

　　紫竹道人讀為「係僚」，「係」和「僚」皆賤稱，指不同的俘虜和奴隸，句踐希望吳王同意句踐在越邦做吳王的奴隸，完全臣服、役使於吳，以此換取吳王留其活命、存其邦族。筆者認為這個通讀也沒有問題，但「亦茲句踐係僚於惥邦」句的意思是「亦使句踐為吳王之係僚於越邦」，「係僚」之前似乎缺少一個動詞。而且《越公其事》此處的句子是說「君如為惠，徼天地之福，毋絕越邦之命于天下，亦茲（使）句踐屬（繼）薈（燎）於越邦，孤其率越庶姓，齊劄同心，以臣事吳，男女服」，「茲（使）句踐屬（繼）薈（燎）於越邦」承「毋絕越邦之命于天下」，句踐的要求是「毋絕越邦之命」；至於「臣事吳」，那是「毋絕越邦之命」之後的句子。

　　紫竹道人又引月下聽泉之說，認為「繼燎」如同《左傳·昭公二十年》的「親執鐸，終夕與於燎」或《國語·晉語八》的「與鮮卑守燎」，指句踐希望吳王能讓他從事續設火燎一類的卑賤事務，以示臣服。筆者認為「繼燎」和「與於燎」、「守燎」構詞不同，語意也不同。紫竹道人雖然引述了月下聽泉之說，但又另提別解，顯然紫竹道人也沒有接受月下聽泉之說。

　　明珍、蔡一峰釋「薈」為「燎祭」。依照周代的禮制，燎柴祭天應該是天子

〔註225〕馬瑞辰《毛詩傳箋通釋》，北京：中華書局，1989.3，頁1049。

之禮，蔡一峰所舉甲骨文姑且不論（不屬周代），他所舉的西周早期庸伯歔簋（《殷周金文集成》04169）銘文為：

> 唯王伐逨魚，徣伐 / 淳黑，至尞于宗周，/ 賜庸伯歔貝十朋，敢 / 對揚王休，用作朕 / 文考寶尊簋，其萬 / 年子子孫孫其永寶用。
> 〔註226〕

很清楚地，「尞于宗周」的主語是王（周天子）。

他又舉了西周金文小盂鼎（《集成》02839）之例，銘文如下：

> 唯八月既望，辰在甲申，昧爽，三左三右多君入服酒。明，王 / 各周廟，□□□□賓……，告曰：「王令盂以□□ / 伐鬼方，……王呼□□令□□□□厥職入門，獻西旅，以□入 / 燎周廟，盂☒入三門，即立中廷，北嚮，盂 / 告……。〔註227〕

雖然銘文殘缺較多，但是也很清楚地看得出燎的主角是王（周天子）。先秦典籍所記也莫不如此，參周何太老師《春秋吉禮考辨》、季旭昇師《詩經吉禮研究》〔註228〕周代除了魯國因為周公有大功勞於周，宋為前朝之後，能夠享有天子禮樂外，其餘諸侯依禮是不能祭天的。當然，春秋末期吳越並不完全依照周朝的禮制規定，全篇稱夫差為「天王」、稱句踐為「越王」，襲用天子禮制，當然也是完全可能的。

羅小虎讀「薆」為「祧」，聲韻條件沒有問題。「祧」，《說文》釋為「遷廟也」，周代文昭武穆，《禮制‧王制》、〈曾子問〉、〈禮器〉都指出「天子七廟」，三昭三穆，加上太祖廟，共七廟，當天子去世，要依其昭穆入廟，前面同昭穆最早的一位就要被遷入太祖廟，這就叫「祧」，始祖、遠祖廟都在這兒，也都叫「祧」。宗廟、祧廟合稱宗祧，天子、諸侯要「守宗祧」，沒有稱作「繼祧」的。把繼承祖宗的血胤叫「承祧」，最早見於梁簡文帝《上昭明太子集別

〔註226〕參中研院史語所「殷周金文暨青銅器資料庫」（http://bronze.asdc.sinica.edu.tw/rubbing.php?04169），用寬式隸定，少數字隸定稍有調整。「逨」字隸定參考陳劍〈據郭店簡釋讀西周金文一例〉，氏著《甲骨金文考釋論集》，北京，綫裝書局，2007.4，頁 20～38。

〔註227〕參中研院史語所「殷周金文暨青銅器資料庫」。

〔註228〕周何：《春秋吉禮考辨》，臺北：嘉新水泥公司文化基金會研究論文第一〇一種，1970.10，頁 8～65；季旭昇：《詩經吉禮研究》（臺灣師大國文研究所碩士論文，1983.6，頁 10～82。

傳等表》「若夫正少陽之位，主承祧之則，口實為美，唯稱啟誦」〔註229〕；唐代韓愈〈順宗實錄三〉「付爾以承祧之重，勵爾以主鬯之勤。」〔註230〕但這個用法的「祧」字，意義跟先秦已有不同。其餘林少平讀「繼照」、子居讀「繼尞」，都缺少書證。

由簡文「君如為惠，徼天地之福，毋絕邦之命于天下，亦使句踐繼（繼）薟（尞）於雩（越）邦，孤其率越庶姓，齊剴同心，以臣事吳，男女服」來看，「繼（繼）薟（尞）」語承「毋絕邦之命」，應該是讓我句踐「主持國政」這一類的意思。因此釋「薟」為「尞祭」是一個合理的選擇，《白虎通·封禪》：「尞祭天，報之義也，望祭山川，祀群神也。《詩》云：『於皇明周，陟其高山。』言周太平，封太山也。又曰：『墮山喬獄，允猶翕河。』言望祭山川百神來歸也。」〔註231〕此外，季寥讀「繼尞」為「繼序」，讓句踐繼續越國的政統，也是合理的通讀。趙平安釋「尞」為「庭尞」，釋義稍稍調整，釋為越王句踐請求吳王讓他的朝廷能夠繼續燃燒庭尞，以「繼尞」代替繼續主政，語意較為委婉，也不失為一個合理的詮釋。

「毋繼息邦之命于天下，亦茲句踐繼薟於息邦」意指「不要斷絕越國之命脈於天下，讓句踐繼續燃燒庭尞，延續越國的政統」。

⑦孤亓（其）衒（率）雩（越）庶眚（姓），齊剴同心

A.「庶眚」考釋

原考釋：

> 庶，眾也。「庶姓」與「庶官」、「庶民」結構相同，當指越之諸姓。
> 〔註232〕

子居說《越公其事》所說「庶姓」即傳世文獻常稱的「百姓」，《墨子·非命上》：「率其百姓，以上尊天事鬼。」〔註233〕

〔註229〕嚴可均輯：《全梁文》卷九〈梁簡文帝《上昭明太子集別傳等表》〉，北京：商務印書館，1999.10，頁99。

〔註230〕參韓愈著·馬其昶校注《韓昌黎文集校注》，上海：上海古籍出版社，1986.12，頁705。

〔註231〕班固《白虎通·封禪》，盧文弨《抱經堂叢書》本，卷三上，葉二。

〔註232〕清華大學出土文獻與保護中心編、李學勤主編：《清華大學藏戰國竹簡（柒）》，上海，中西書局，2017年4月，頁116，注17。

〔註233〕子居：〈清華簡七《越公其事》第一章解析〉，中國先秦史 http://www.xianqin.tk/2017/12/13/415，20171213。

秋貞案：

原考釋指出「庶姓」就是「越之諸姓」，待商。《國語‧越語上》有一段與本小節類似的話：「越王句踐棲于會稽之上，乃號令于三軍曰：『凡我父兄昆弟及國子姓，有乃助寡人謀而退吳者，吾與之共知越國之政。』」句中的「國子姓」就相當於本簡的「庶眚（姓）」，也相當於西周以前的「百姓」，應該指越國的整個統治階層。裘錫圭在〈關於商代的宗族組織與貴族和平民兩個階級的初步研究〉一文中說金文中的「百姓」一稱既可以指本族族人，也可以泛指全國各宗族的族人，也就是整個統治階級：

> 在（有關「百姓」的）各種說法裡，鄭玄和郭沫若的說法最接近實際。「百姓」在西周、春秋金文裡都作「百生」，本是對族人的一種稱呼，跟姓氏並無關係。在宗法制度下，整個統治階級基本上就由大小統治者們的宗族構成，所以「百姓」同時又成為統治階級的通稱。……
>
> 在宗法制度下，統治者可以把全國各宗族的人都看作自己的親屬。……《國語‧越語上》說句踐「棲於會稽之上」時號令三軍曰：「凡我父兄昆弟及國子姓，有能助寡人謀而退吳者，吾與之共知越國之政。」這裡所說的「我父兄昆弟及國子姓」，甚至於包括了越國國都裡的全部國人。所以「百姓」一稱既可以指本族族人，也可以泛指全國各宗族的族人，也就是整個統治階級，是一點也不奇怪的。
>
> 〔註234〕

到了東周，「百姓」的含義就漸漸和「民」相同了，《墨子‧卷九‧非命上》：

> 子墨子曰：「古者湯封於亳，絕長繼短，方地百里，與其百姓兼相愛，交相利，移則分。率其百姓，以上尊天事鬼，是以天鬼富之，諸侯與之，百姓親之，賢士歸之，未歿其世，而王天下，政諸侯。
>
> 〔註235〕

〔註234〕裘錫圭：〈關於商代的宗族組織與貴族和平民兩個階級的初步研究〉，《裘錫圭學術文集5古代歷史思想民俗卷》，上海：復旦大學出版社，2012.6，頁134～135。原刊《文史》17輯，1982年；又收入氏著《古代文史研究新探》，南京：江蘇古籍出版社，1992.6，頁296～342。

〔註235〕吳毓江：《墨子校注》，北京：中華書局，1993.10，頁401～402。

簡文中的「百姓」應如裘錫圭指的統治階層（廣義的）。子居引之以當簡文的「庶姓」，有待商榷。

B.「齊郤」考釋

原考釋：

> 齊郤指步調一致。〔註236〕

Bulang 因為《性情論》簡 37「俫」對應《性自命出》簡 4 的字是「逆」認為「郤」字可讀為「節」。又，《子產》簡 6 有「桼」，整理者讀為「秩」，故推論「郤」可能讀為「秩」。〔註237〕

蕭旭認為「郤」，讀為輯、集，亦齊也。〔註238〕

子居以為「齊膝」則當是一起膝行，以表示畏服、臣服姿態，如《莊子‧在宥》：「廣成子南首而臥，黃帝順下風膝行而進。」〔註239〕

秋貞案：

𦡊，（上博五.鮑 8.23）釋作「膝」和本簡「郤（）」字應為同字，只是下面多一個「止」。「齊郤」一詞古籍雖未見，但形容越王率領各族一起投降臣服，用「齊郤同心」頗為貼切。投降臣服必須下跪，膝蓋著地，一起投降臣服，就是「齊郤」。「膝」、「心」都是身體部位名稱，「齊」、「同」均為動詞。

「孤亓衒愳庶眚，齊郤同心」，「我將率領著越國的百姓們，齊膝同心」。

⑧以臣事吳，男女備（服）

原考釋在釋文中把「備」讀為「服」，但沒有說明。〔註240〕

王磊以為「備」應以本字讀之，解釋為「充任、充當」。「男女備」，即「兒女充任（雜役、姬妾）」的意思。《國語‧吳語》：「一介嫡女，執箕箒以晐姓於

〔註236〕清華大學出土文獻與保護中心編、李學勤主編：《清華大學藏戰國竹簡（柒）》，上海，中西書局，2017 年 4 月，頁 116，注 17。

〔註237〕見簡帛論壇「清華七《越公其事》初讀」，第 129 樓，20170501。

〔註238〕蕭旭：〈清華簡（七）校補（二）〉，http://www.gwz.fudan.edu.cn/Web/Show/3061，20170605。

〔註239〕子居：〈清華簡七《越公其事》第一章解析〉，中國先秦史 http://www.xianqin.tk/2017/12/13/415，20171213。

〔註240〕清華大學出土文獻與保護中心編、李學勤主編：《清華大學藏戰國竹簡（柒）》，上海，中西書局，2017 年 4 月，頁 114。

王宮。一介嫡男，奉槃匜以隨諸御。」韋昭注：「晐，備也。」正可與「男女備」相佐證。男子充任賤役，女子充任姬妾，是一種謙卑的表述方式，以表示對吳王的尊事。〔註241〕

蕭旭認為「服」即服從、臣服義。〔註242〕

王青認為原考釋釋「男女備」為「男女服」可從。《說文》引《易》「犕牛乘馬」，「犕牛」即「服牛」也。勾踐的承諾是越國每一個身份高貴的男女皆可供吳王役使。在彝銘和簡帛及文獻的用例，皆可說明「備」讀若「服」的時候，「服」字所蘊含的意思裡尚有「備」的盡、皆、咸這項意思。《越公其事》簡文的「男女備（服）」，亦當釋為越國男女盡皆役使于吳王。〔註243〕

秋貞案：

「備」，原考釋釋文為「服」。季師《說文新證》「箙」字條：![字形](商.鐵.2.4《甲》)、![字形](商.父辛卣《金》)甲骨、金文象矢在箙中之形，後來簇部和箙漸訛成「用」形，如![字形](周晚.毛公厝鼎《金》)。從商朝的字形中可以看出是木製的盛矢器，到了周之後就出現囊製或革製，如楚文字![字形](戰.楚.曾37)、![字形](戰.楚.天.策)〔註244〕。本簡「![字形]」字，隸為「備」，讀為「服」，原考釋可從。《國語‧吳語》：「吳王懼，使人行成，曰：「昔不穀先委制於越君，君告孤請成，<u>男女服從</u>。孤無奈越之先君何，畏天之不祥，不敢絕祀，許君成，以至於今。今孤不道，得罪於君王，君王以親辱於弊邑。孤敢請成，<u>男女服為臣御</u>。」本段的「男女服從」及「男女服為臣御」和在本簡的「男女備（服）」應都是同一個意思。故讀為「服」是有《國語‧吳語》的依據。另外，王青在〈從《越公其事》「男女備」的釋讀說到古字通假的一問題〉一文提到「備」和「服」字合乎古無輕唇音的規律之外，也提到本字的一些意義有可能保存在所通假的字裡。如「備」字，本義為慎、為預，亦有盡、皆之義。勾踐的承諾是

〔註241〕王磊：〈清華七《越公其事‧第一章》札記一則〉，http://www.bsm.org.cn/show_article.php?id=2804，20170514。

〔註242〕蕭旭：〈清華簡（七）校補（二）〉，http://www.gwz.fudan.edu.cn/Web/Show/3061，20170605。

〔註243〕王青：〈從《越公其事》「男女備」的釋讀說到古文字通假的一問題〉，「商周國家與社會國際學術研討會」會議論文（北京：北京師範大學歷史學院，2019 年 10 月 12～13 日），頁 478～482。

〔註244〕季師旭昇：《說文新證》，福建人民出版社，2010 年 11 月第一次印刷，頁 259。

越國每一個身份高貴的男女皆可供吳王役使。「服」字往往含有「備」的盡、皆、咸之義〔註245〕。在本簡文「男女服」就是「服從」、「為臣御」的意思。故原考釋讀為「服」是對的，王磊、蕭旭和王青的解釋和補充得很好。

⑨三（四）方者（諸）侯亓（其）或敢不賓於吳邦？

原考釋：

> 或，誰。《詩・鴟鴞》「今女下民，或敢侮予」朱熹《集傳》：「誰敢有侮予者。」賓，賓服。《管子・小匡》：「故東夷、西戎、南蠻、北狄，中國諸侯，莫不賓服。」〔註246〕

ee 認為在此處的「或」應讀為「有」：

> 《越公其事》簡6「四方諸侯其或（有）敢不賓于吳邦？」「或」應讀為「有」。簡20「或（又）抗禦寡人之辭」，「或」應讀為「又」。
> 〔註247〕

子居同意網名 ee 所述，在《國語・越語上》：「子而思報父母之仇，臣而思報君之讎，其有敢不盡力者乎？」即類似句例。〔註248〕

秋貞案：

此處「或敢」一詞，曾出現在《詩經・豳風・鴟鴞》：「迨天之未陰雨，徹彼桑土，綢繆牖戶。今此下民，或敢侮予？」鄭玄注：「今女我巢下之民，寧有敢侮慢欲毀之者乎。意欲恚怒之以喻諸臣之先臣固定此官位土地，亦不欲見其絕奪。」〔註249〕

在《禮記・檀弓下第四》：「公子重耳對客曰：『君惠弔亡臣重耳，身喪父死，不得與於哭泣之哀，以為君憂。父死之謂何？或敢有他志，以辱君義。』稽顙而不拜，哭而起，起而不私。」此處孔疏：「重耳此一句是敍其弔意，言身喪父

〔註245〕王青：〈從《越公其事》「男女備」的釋讀說到古字通假的一問題〉，《商周國家與國際學術研討會論文集》，北京師範大學歷史學院，2019 年 10 月 11～14 日，頁478～482。

〔註246〕清華大學出土文獻與保護中心編、李學勤主編：《清華大學藏戰國竹簡（柒）》，上海，中西書局，2017 年 4 月，頁 116，注 18。

〔註247〕見簡帛論壇「清華七《越公其事》初讀」，第 50 樓，20170427。

〔註248〕子居：〈清華簡七《越公其事》第一章解析〉，中國先秦史 http://www.xianqin.tk/2017/12/13/415，20171213。

〔註249〕清阮元校勘《十三經注疏・詩經》，新文豐出版公司，頁 293。

死不得在國與，於哭泣之哀以為君之憂慮欲納於我，既謝其恩又道不可之意，言以父死謂是何事？豈復敢悲哀之外別有他志，以屈辱君之義事乎？言己無他志，不敢受君勸以反國之義。」〔註250〕

以上兩處的「或敢」均可釋為「誰敢……」。本簡的「或敢不賓於吳邦」也等於「誰敢不賓於吳邦」。原考釋在釋文中以朱熹《集傳》：「誰敢有侮予者。」解釋「或」字為「誰」，可從。

《古代漢語虛詞詞典》「或」與「又」古音相近，意義相同。表示幾件事情同時存在或同時發生，出現種動作行為，一般用於並列複句後一分句的開頭，有時前一分句開頭有連接詞「既」與之相呼應。「或」又可譯為「又」。《禮記・檀公下》：「父死之謂何，或敢有他志以辱君義？」《史記・魏公子列傳》：「物有不可忘，或有不可不忘。」〔註251〕。「或」、「有」古代同音，經常通假，ee 和子居釋「或」為「有」，亦可從。「三方者侯亓或敢不賓於吳邦？」，「四方諸侯有誰敢不賓服於吳國呢？」

2. 整句釋義

寡人不能承受吳君王的威武勇猛之勢，於是棄置宗廟逃亡到會稽。現在寡人帶著八千甲兵，及十日左右的糧食。吳君如果可以施加恩惠，請求天地賜福，不要斷絕越國的命祚，也讓句踐可以在越國繼續主政，那麼我將率領越國所有的百姓，齊心同力，臣事吳國，男子充任賤役，女子充任姬妾，屆時四方諸侯有誰敢不賓服於吳國的呢？

（三）君【六】女（如）曰：『余亓（其）必戲（滅）鼢（絕）雯（越）邦之命于天下①，勿茲（使）句狻屬（繼）蕢於雯（越）邦巳（矣）②。』君乃阵（陣）吳甲③，備征鼓，建【七】帑（旆）曇（旌）④，王親鼓之⑤，以觀句狻（踐）之以此亖（八千）人者死也⑥。」【八】

1. 字詞考釋

①君【六】女（如）曰：余亓（其）必戲（滅）鼢（絕）雯（越）邦之命于天下

〔註250〕清阮元校勘《十三經注疏・禮記》，新文豐出版公司，頁 167。

〔註251〕中國社會科學院語言研究所古代漢語研究室編：《古代漢語虛詞詞典》，北京商務印書館，1999 年出版，頁 251。

原考釋：

　　數，從曼省聲，疑即滅絕之「滅」。數豔，猶滅絕。《管子・牧民》：

　「民惡危墜，我存安之；民惡滅絕，我生育之。」〔註252〕

　　趙嘉仁以為「數」字左上似是从「冒」字，從讀音和意義考慮，頗疑「數」可以讀為「剿」，「但音上有問題，待考」。〔註253〕

　　王寧認為「數」應分析為从攴塈聲，即「斁」字（「縵」之或體），讀為「滅」可從，後或音轉為「泯」。〔註254〕

　　心包提供「數」為「滅」的一個通假案例。《清華簡・祭公之顧命》簡6「茲由襲效于文武之曼德」，今本《逸周書・祭公》對應作：「茲由予小子，追學于文武之蔑」。「蔑」和「滅」作為異文之例。〔註255〕

　　心包再提供一個例證（此由師兄提示）：《筮法》簡43中之「🔲宗」，整理者讀為「滅宗」，正確可從，可徑釋為「曼」（字或從「曼」省）。A上面的三點即可以看作「曼」字構形中的「飾筆」（他處有從兩點者），也可以考慮為借上面的「宀」筆畫，形成上面的「爪」形。〔註256〕

　　水之甘認為這個字（**秋貞案**：指《筮法》簡43中之「🔲」）可能還是讀「泯」，原考釋者認為從曼省的字，實際上應該從「冒」，可能是當「覆」講，文獻上有「冒面死」的說法，「冒」是指一種韜尸的喪具。〔註257〕

　　《清華貳・繫年》簡106-107「吳縵（洩）用（庸）以師逆蔡昭侯」，「縵」字作「🔲」，原考釋隸為「縵」，云：「縵用，《左傳》作『洩庸』。洩，喻母月部；縵，明母元部，韻部對轉。」〔註258〕**魏宜輝**指出楚簡的「曼」字一般都作「🔲」、「🔲」，「目」形上沒有「爪」，此字不是「曼」，應隸定作「縵」，其所從的「🔲」旁當為「受」字（「受」字或寫作「尋」），讀為心母元部字，或

〔註252〕清華大學出土文獻與保護中心編、李學勤主編：《清華大學藏戰國竹簡（柒）》，上海，中西書局，2017年4月，頁116，注19。

〔註253〕趙嘉仁：〈讀清華簡（七）散札（草稿）〉，http://www.gwz.fudan.edu.cn/forum/forum.php?mod=viewthread&tid=7968，20170424。

〔註254〕簡帛論壇「清華七《越公其事》初讀」，第11樓，20170424。

〔註255〕簡帛論壇「清華七《越公其事》初讀」，第185樓，20170523。

〔註256〕簡帛論壇「清華七《越公其事》初讀」，第189樓，20170604。

〔註257〕簡帛論壇「清華七《越公其事》初讀」，第199樓，20170721。

〔註258〕清華大學出土文獻研究與保護中心編：《清華大學藏戰國竹簡（貳）》（上海，中西書局，2011年），頁185。

定母元部字〔註259〕。而〈越公其事〉「斁」字右旁去掉「土」剩下的部分與「」字相同（只是「目」下省略了「又」），疑此字與「洩」音近，應讀作「截」。「截」字上古音在從母月部，而「洩」在心母月部，「受」在心母元部，三者讀音關係近。《尚書・甘誓》「有扈氏威侮五行，怠棄三正，天用剿絕其命。」孔傳：「剿，截也。截絕，謂滅之。」「截絕」之義與「剿絕」相當，故「斁」讀為「截」可通。〔註260〕

子居認為此段文意上可見美化了句踐：

> 與本節內容類似的是《國語・越語上》中夫差所說：「君若曰：『吾將殘汝社稷，滅汝宗廟。』寡人請死。」其下文所接內容為「『余何面目以視於天下乎！』越君其次也，遂滅吳。」是其下文所接內容對應者為《越公其事》第十一章「孤余奚面目以見於天下？越公其事」，由第十一章改「餘」為「孤餘」，改「何」為「奚」可見，《越公其事》第十一章此句的成文時間當是晚於《國語・越語上》末章對應段落句子，反觀「君若曰：『吾將殘汝社稷，滅汝宗廟。』寡人請死。」與「君如曰：『餘其必滅絕越邦之命於天下，勿茲句踐繼纂於越邦矣。』君乃陳吳甲，□□□，□旂旌，王親鼓之，以觀句踐之以此八千人者死也。」也顯然是《國語・越語上》末章的句子更為簡潔，成文時間也更早。考慮到《左傳・哀公二十年》記有夫差所說「句踐將生憂寡人，寡人死之不得矣。」是其在被圍困初期即已了無生意，則《國語・越語上》夫差說「寡人請死」正與其剛愎性格相合，而以句踐的隱忍則不難推知句踐很難說出這樣的話，所以《越公其事》此節或是割裂了《越語上》末章相應段落內容，且以「句踐之以此八千人者死也」來美化句踐。〔註261〕

〔註259〕魏宜輝〈清華簡《繫年》篇研讀四題〉，《出土文獻語言研究》，廣州：暨南大學出版社，2015 年 3 月，第 2 輯。

〔註260〕魏宜輝：《讀〈清華大學藏戰國竹簡（柒）〉札記》，中國文字學會，貴州師範大學，貴陽孔學堂文化傳播中心：《中國文字學會第九屆學術年會論文集》，2017 年 8 月 18〜22 日，頁 680。

〔註261〕子居：〈清華簡七《越公其事》第一章解析〉，中國先秦史 http://www.xianqin.tk/2017/12/13/415，20171213。

秋貞案：

有關各家對「毇」字的討論如下：

討論者	釋　字	釋　義
原考釋	毇	從曼省聲，疑即滅絕之「滅」。
趙嘉仁	毇	讀為「剗」
王寧	毈	此字疑當分析為從攴塻聲，為「縵」之或體，讀為「滅」可從，後或音轉為「泯」。
心包	蔑、曼	「蔑」異文為「滅」。以《筮法》簡 43 中之「A 宗」，A 可釋為「曼」為例。
水之甘	冒，讀為泯	從冒省，當「覆」講。指一種韜尸的喪具
魏宜輝	讀為截	「截絕」之義與「剗絕」相當
子居	毇	此段文意上可見美化了句踐

原考釋隸定為「毇」之字，左上應該是從「曼」省，「曼」字甲骨文作「𢮐」（拾 8.5），所从「目」形或替換為「囧（囧）」，字作「𢮐」（京津 1990）；金文上加「冕」聲作「𤔔」（曼龔父盨），楚文字承之作「𤔔」（郭.老乙 12），漢隸上部改從「冃」；本簡此字左旁上部從戰國「冕」而省「又」，下加「土」。右旁再加「攵」，故原考釋隸作「毇」，字从「曼」聲，通讀為「滅」，聲紐相同，韻部為陽入對轉，釋義亦通暢，應可從。少數學者以為此字從「冒」，應該是只看到此字左上所从的「冃」與「目」，沒有注意到在這兩個偏旁中還有「爪」。「曼」，古音明母元部；「滅」，古音明母月部，聲同韻部對轉，因此讀為「滅」可從。

趙嘉仁讀「剗」，沒有提出任何字形字音說明，只能看成亂畫箭靶。魏宜輝指出《繫年》「𤔔」對應文獻「洩」字，因此以音近通讀為「截」。季師〈近年學界新釋古文字的整理（一）：囧〉詳細探討了「𤔔」的形音義，以為𤔔音曼，明紐元部，通讀為喻四月部的「洩」，並非不可能，元月對轉，明紐與喻四有相通之例，《說文》「寶（余六切，聲屬喻四）」從「𤼌（古文睦）」聲，即為明證〔註262〕。況且讀為「截絕」，文獻也未見其例。

「君女曰：余元必毇𢇛息邦之命于天下」意指「君如果說：我將必滅絕越

〔註262〕季旭昇師〈近年學界新釋古文字的整理（一）：囧〉，中國文字學會「第二十九屆中國文字學國際學術研討會」論文，中國文字學會「第二十九屆中國文字學國際學術研討會」，中央大學中文系，2018.5，頁 18～19。

國於天下」。

②勿茲（使）句戔屬（繼）薁於雩（越）邦巳（矣）

原考釋：「薁（𦰩）」在釋文中隸「纂」

> 巳，已一字分化。已，與「矣」音義並近。又疑屬下讀，句首語氣
> 詞。《書‧大誥》：「已！予惟小子。」〔註263〕

子居認為《越公其事》首尾都未見於「巳！君乃陳吳甲」這樣的語氣詞用法類似的句子，故仍當是讀「巳」為「矣」並斷句於此。〔註264〕

秋貞案：

若「巳」字上讀的情況：「勿茲句戔屬薁於悬邦巳。君乃阵吳甲」，解釋為「勿使句踐繼燎於越國矣，吳王就擺出吳軍陣勢」。《經傳釋詞》「已，為語終之詞，則與『唉』同義」。〔註265〕若「巳」字下讀的情況：「勿茲句戔屬薁於悬邦。巳！君乃阵吳甲」，解釋為「勿使句踐繼燎於越國。唉！吳王就擺出吳軍陣勢」。用在語段之首，單獨成句，表示感嘆。〔註266〕「巳」字擺在不同的位置，均為語氣詞，先秦典籍常見，對簡文的文意的釋義也沒有不妥，故原考釋之說可從。筆者考量「巳」作句末句氣詞的用法上較為常見，故姑且認為「巳」屬上讀。

「勿茲句戔屬薁於雩邦巳」，意指「不使句踐繼續在越國主政」。

③君乃阵（陣）吳甲

原考釋釋文作「君乃阵（陣）吳甲　」

> 阵，《說文》「陳」之古文。楚文字陳列、戰陣之「陳」。簡文中義為
> 陳列。簡尾殘缺，據殘畫和文義，「吳」後面可能是甲兵。〔註267〕

勞曉森認為「▆」殘字，不可能是「甲」或「王」，疑可能是「三」，第

〔註263〕清華大學出土文獻與保護中心編、李學勤主編：《清華大學藏戰國竹簡（柒）》，上海，中西書局，2017年4月，頁116，注20。

〔註264〕子居：〈清華簡七《越公其事》第一章解析〉，中國先秦史 http://www.xianqin.tk/2017/12/13/415，20171213。

〔註265〕中國社會科學院語言研究所古代漢語研究室編：《古代漢語虛詞詞典》，北京商務印書館，1999年出版，頁710。

〔註266〕中國社會科學院語言研究所古代漢語研究室編：《古代漢語虛詞詞典》，北京商務印書館，1999年出版，頁712。

〔註267〕清華大學出土文獻與保護中心編、李學勤主編：《清華大學藏戰國竹簡（柒）》，上海，中西書局，2017年4月，頁117，注21。

十章有關於越國左軍、右軍、中軍的記載。雖然《越公其事》一般用「厽」字表示「三」這個詞，但是本篇寫手可能多異寫，《清華柒》的《子犯子餘》用「晶」、「三」兩字表示「三」這個詞（簡1、10、12），《晉文公入於晉》用「厽」、「三」二字表示「三」這個詞（簡2、7），本篇用「三」字表示「三」這個詞也就不足為怪了。〔註268〕

子居認為書為「阵」的「陳」字目前於先秦出土材料中僅見於本篇和清華簡《良臣》篇，在此與前文的「冑」類似，這裡書為「阵」的「陳」與下文書為「𡔷」的「鼓」寫法都很特殊，應該都有相當大的非楚因素。〔註269〕

秋貞案：

「吳」後面一字的殘筆如：　　　。原考釋認為是「甲」字。筆者比對簡5「甲」字作「　　　」，其上部的筆畫很相似。再者，以詞例看「陳吳□□」為「陳吳甲兵」，文句通順達意。《春秋左傳·桓公六年》：「鬭伯比言于楚子曰：『吾不得志於漢東也，我則使然。我張吾三軍而被吾<u>甲兵</u>，以武臨之，彼則懼而協以謀我，故難間也。』」〔註270〕《詩經·秦風·無衣》：「豈曰無衣？與子同裳。王于興師，修我<u>甲兵</u>。與子偕行！」〔註271〕「甲兵」一詞在古代典籍並不陌生，故原考釋所推斷的缺字是有可能的。至於勞曉森認為的「三」，筆畫上看起來也不無可能性，只是沒有提出詞例的證據。不過筆者認為，因為第7簡下面缺四字，所以還是要綜合下一句的文意做推敲，才比較周延。

④ 備征鼓，建【七】帗（旆）𤪺（旌）

原考釋釋文作「君乃陳吳甲兵，建鉦鼓旆旌」

帗𤪺，旆旌，《詩·車攻》：「蕭蕭馬鳴，悠悠旆旌。」根據文義，闕文大意是「君乃陳吳甲兵，建鉦鼓旆旌。」〔註272〕

〔註268〕勞曉森：〈清華簡《越公其事》殘字補釋一則〉，http://www.gwz.fudan.edu.cn/Web/Show/3019，20170501。

〔註269〕子居：〈清華簡七《越公其事》第一章解析〉，中國先秦史 http://www.xianqin.tk/2017/12/13/415，20171213。

〔註270〕李學勤主編：十三經注疏《春秋左傳正義》，北京大學出版社，1999年12月第一次印刷，頁174。

〔註271〕李學勤主編：十三經注疏《毛詩正義》，北京大學出版社，1999年12月第一次印刷，頁432。

〔註272〕清華大學出土文獻與保護中心編、李學勤主編：《清華大學藏戰國竹簡（柒）》，上海，中西書局，2017年4月，頁117，注22。

子居認為此句或當補為「陳吳甲，備鐘鼓，建斾旌。」傳世文獻中有《周禮‧春官‧司常》：「凡軍事，建旌旗。」《國語‧晉語五》：「伐備鐘鼓，聲其罪也。」《國語‧吳語》：「建旌提鼓，挾經秉枹。」《大戴禮記‧朝事》：「建其旌旗，施其樊纓。」可以參看。〔註273〕

秋貞案：

比對其他簡，第 7 簡最後應缺四個字，原考釋認為缺字和斷句為「陳吳甲兵，建鉦鼓斾旌」。子居認為所缺之字及斷句應該是「陳吳甲，備鐘鼓，建斾旌」。鉦鼓，鉦和鼓。古代行軍或歌舞時用以指揮進退、動靜的兩種樂器。古籍有關「鉦鼓」一字相關資料有：

一、《國語》第十九卷：「大夫皋如進對曰：『審聲則可以戰乎？』王曰：『可矣。』」韋昭注：「聲，謂鉦鼓進退之聲，聲不審則眾惑。」

二、《資治通鑑‧卷一八三‧隋紀七》：「時東都人皆以密為飢賊盜米，烏合易破，爭來應募，國子三館學士及貴勝親戚皆來從軍，器械脩整，衣服鮮華，旌旗鉦鼓甚盛。」

三、《皇明經世文編‧卷第十三》：「皇帝曰吁、卿等所言、愛朕之過也、豈不聞軒轅氏之戰蚩尤於涿鹿乎、朕但知殺賊以安天下、何恤此行勞苦、爾卿等無載言、於是即命將帥、整師旅、齊隊伍、節鉦鼓、禂旗纛、鑿山開道、輓粟飛芻、百物畢備、差日啟行、爰于永樂庚寅二月、春日載陽東風扇和。」

四、《金史卷‧三十六》：「先遣人報，長官即率僚屬吏從，備旗幟音樂綵輿香輿，詣五里外迎。見送赦書官，即於道側下馬，所差官亦下馬，取赦書置綵輿中，長官詣香輿前上香，訖，所差官上馬，在香輿後，長官以下皆上馬後從，鳴鉦鼓作樂導至公廳，從正門入，所差官下馬。」

五、《舊五代史‧卷二十五‧唐書一》：「在姙十三月，載誕之際，母艱危者竟夕，族人憂駭，市藥于雁門，遇神叟告曰：「非巫醫所及，可馳歸，盡率部人，被甲持矛，擊鉦鼓，躍馬大噪，環所居三周而止。」

以上古籍資料中有「節鉦鼓」、「鳴鉦鼓」、「擊鉦鼓」，都是三字一句的整齊形式的排比法，有美文的效果。因為後面有一句「王親鼓之」所以此處合理可有「建征鼓」或「備征鼓」一句。故筆者認為，折衷兩者的意見，在此可以補

〔註273〕子居：〈清華簡七《越公其事》第一章解析〉，中國先秦史 http://www.xianqin.tk/2017/12/13/415，20171213。

「陳吳甲，備征鼓，建旆旌」幾個字。說明《國語》的「鍾鼓」應該是「鉦鼓」的訛誤。

「君乃陣（陣）吳甲，備征鼓，建旆旌」，意指「吳君就陣列甲兵、準備鉦鼓和樹立旌旗」。

⑤王親鼓之

原考釋：

> 「鼓」之表層結構可隸作「鼓」，左側是「壴」之訛變，右側是「攴」之變形音化。鼓，擊鼓使進。《易·中孚》:「得敵，或鼓或罷，或泣或歌。」〔註274〕

子居認為這裡當是表示勾踐欲與八千人共死，因此希望夫差親自指揮吳師進攻，而不是派哪個將領來進攻，以求一個對等的地位。〔註275〕

周陽光認為《越公其事》的「鼓」字形出現的三種形體。其中二形右上部的「」可能是「」（在「鼓」的甲骨金文形體中表示鼓槌）截除性簡化為「」（表示鼓槌纓飾物），又添加短橫飾筆而成。這三種形體的演變除了自身的類化外，又受到同時期竹簡文字中以「竹」為形符的漢字的影響。他認為就以「鼓」字的情形來講，文字的形體改變受書寫者謄寫因素、漢字使用環境因素影響，不應是訛寫，應以變異稱之。〔註276〕

秋貞案：

楚文字中鼓字作「」（上博二.容48）、「」（信二.3）〔註277〕。在本簡中把「鼓」字作「」形，字形的左邊寫成「朝」字的左半。類似字形見《包山》二.270）「一敔～」，字作「」〔註278〕，李家浩釋為从攴、朝省聲，讀為「輖」。〔註279〕又《上博八·有皇將起》3「～蒨與楮今可（兮）」，

〔註274〕清華大學出土文獻與保護中心編、李學勤主編:《清華大學藏戰國竹簡（柒）》，上海，中西書局，2017年4月，頁117，注23。

〔註275〕子居:〈清華簡七《越公其事》第一章解析〉，中國先秦史 http://www.xianqin.tk/2017/12/13/415，20171213。

〔註276〕周陽光:〈談清華簡《越公其事》的「鼓」字〉，《古籍研究》2019年下卷（總70卷），江蘇鳳凰出版社，頁207-211。

〔註277〕滕任生:《楚系簡帛文字編》，湖北教育出版社，20018年10月第一版，頁310。

〔註278〕滕任生:《楚系簡帛文字編》，湖北教育出版社，20018年10月第一版，頁316。

〔註279〕李家浩〈信陽楚簡「樂人之器」研究〉，《簡帛研究》第三輯，1998.12。

字作【字形】，徐在國《上博楚簡文字聲系一～八》頁 736 從子居讀為「稠」。學者都不讀「鼓」。

原考釋把其字釋為「鼓」，認為書手誤書。筆者認為這個觀點有待商榷。在《越公其事》「鼓」字分別：【字形】（簡 8）、【字形】（簡 59）、【字形】（簡 60）、【字形】（簡 65）【字形】（簡 67）共有五例。其中簡 8、59、67 同形，「鼓」字左旁都寫成「朝」形，但簡 60、65 都是一般熟見的楚文字形。筆者認為「鼓」字在一篇中出現三個「朝」形都是誤書嗎？可能要更謹慎判斷才是。針對在同篇《越公其事》中同字出現兩種不同字形的情形，筆者判斷這可能有以下 A、B、C、D 四種情形：

	同一書手	不同書手
正書	（A）有兩種「鼓」字形：【字形】、【字形】	（B）有兩種「鼓」字形：【字形】、【字形】
誤書	（C）其中「【字形】」形為誤書	（D）其中「【字形】」形為誤書

A 情形表示兩種「鼓」字形都是當時的楚文字形，為同一書手寫的兩種字形，只是在《越公其事》前我們未見寫作「【字形】」形的「鼓」字。《越公其事》篇正好提供一種新的「鼓」形的認識。

B 情形表示兩種「鼓」字形都是當時的楚文字形，只是不同書手的習慣所致，我們目前未見寫作「【字形】」形的「鼓」字，而《越公其事》正好提供一種新的「鼓」形的認識。

C 情形表示其中「【字形】」是誤書的話，而且為同一書手錯寫了「鼓」字。筆者認為同一書手寫錯三個字，而且沒有更正，這種情形不太可能。

D 情形表示其中「【字形】」是誤書的話，可能其中一書手寫錯了「鼓」字，而且此書手寫了簡 8（第一章）和簡 59、67（同屬第十章）這些篇章。這是書手程度不好的問題，這種情形不是不可能，但是寫錯三個字，又沒更正也是不太可能。

筆者排除了比較不可能的 C、D 情形，認為這個從「朝」形的「鼓」字，出現在《越公其事》簡文中，正好可以提供我們一種新的「鼓」形的認識。這種情形同樣出現在簡 68 的「疋戰疋北」一句，「疋」字已往學者都不釋為「三」，因為聲韻不通，但是在《上博九‧成人》中的「疋」讀為「三」，可信。所以此

例打破了我們對楚文字既有的觀念，重新認識新的字也是有可能的。

「王親鼓之」，「王親自擊鼓」。

⑥以觀句戔（踐）之以此夅（八千）人者死也∟

原考釋：

> 以，率領。《左傳》僖公五年：「宮之奇以其族行。」結尾一段與《國
> 語·越語上》之「若以越國之罪為不可赦也，將焚宗廟，係妻孥，
> 沈金玉於江，有帶甲五千人，將以致死，乃必有偶，是以帶甲萬人
> 事君也。無乃即傷君王之所愛乎？與其殺是人也，寧其得此國也。
> 其孰利乎？」大意相同。

汗天山認為此句提到所謂的「帶甲八千」其實是在向吳王示強，而非示弱。
〔註280〕

子居從「以觀句踐之以此八千人者死也」一句推論《越公其事》的成文應
該是較《國語·越語上》前幾節為早的：

> 在《越公其事》中，句踐的求成之辭止於「以觀句踐之以此八千
> 人者死也」，既沒有《越語上》前面的「將焚宗廟，係妻孥，沈金
> 玉于江」，也沒有后面的「乃必有偶，是以帶甲萬人事君也。無乃
> 即傷君王之所愛乎？與其殺是人也，寧其得此國也，其孰利乎？」
> 由于句踐此時實實已如《越公其事》所言「播棄宗廟，赶在會稽」，
> 因此《越語上》的「將焚宗廟，係妻孥，沈金玉于江」顯然是後
> 世的畫蛇添足之筆，而與當時的吳越形勢不合，《越語上》後面的
> 「是以帶甲萬人事君也」等更是明顯的詭辭，所以由行文特徵來
> 看，《越公其事》的成文應該是較《國語·越語上》前幾節為早的。

〔註281〕

秋貞案：

第一個「以」字，可當作連接詞用，可釋為「和」、「而又」。〔註282〕第二

〔註280〕見簡帛論壇「清華七《越公其事》初讀」，第147樓，20170505。
〔註281〕子居：〈清華簡七《越公其事》第一章解析〉，中國先秦史 http://www.xianqin.tk/2017/12/13/415，20171213。
〔註282〕中國社會科學院語言研究所古代漢語研究室編：《古代漢語虛詞詞典》，北京商務印書館，1999年出版，頁714。

個「以」字可如原考釋者所言，當作「率領」。此句可為：「王親鼓之，而觀句踐之以此夳人者死也。」第二章第9簡開頭「吳王聞越使柔以剛也」，故汗天山認為這是向吳王示強，所言可從。

「以觀句戔之以此夳人者死也」，意指「和看著句踐率領這八千士兵和你們決一死戰」。

2. 整句釋義

吳君如果說：「我將滅絕越國之天命，不使句踐繼續在越國主政。」吳君就陣列甲兵、準備鉦鼓和樹立旌旗吧！吳王親自擊鼓指揮進攻，看著句踐率領這八千士兵和你們決一死戰。

二、《越公其事》第二章「君臣對話」

【釋文】

吳王龢（聞）雩（越）使（使）徒之柔以弝（剛）也，思道逐（路）之攸（攸）隩（險），乃惥（懼），告繡（申）疋（胥）曰：「孤亓（其）許之成。」繡（申）疋（胥）曰：「王亓（其）勿許！【九】天不呦（仍）賜吳於雩（越）邦之利。虞（且）皮（彼）既大北於坪备（邊）以剫（潰），去亓（其）邦，君臣父子亓（其）未相昜（得）∟。今雩（越）【十】公亓（其）故（胡）又（有）繻（帶）甲夳（八千）以橐（敦）刃皆（偕）死？」吳王曰：「夫=（大夫）亓（其）良慐（圖）此！昔虞（吾）先王盍膚（盧）所以克內（入）郢邦，【十一】唯皮（彼）鯀（雞）父之遠暜（荊），天賜中（忠）于吳，右我先王。暜（荊）帀（師）走，虞（吾）先王遅（逐／邇）之走，遠夫甬（用）夋（殘），虞（吾）先【十二】王用克內（入）于郢。今我道逐（路）攸（攸）隩（險），天命反吳（側）。敗（其）甬（庸）可（何）智（知）自昜（得）？虞（吾）台（始）後（踐）雩（越）墬（地）以夳=（至于）今，凡吳之【十三】善士牅（將）中畔（半）死巳（矣）。今皮（彼）新（新）去亓（其）邦而竺（篤），母（毋）乃豕戰（鬥），虞（吾）於膚（胡）取夳（八千）人以會皮（彼）死？」繡（申）疋（胥）乃【十四】惥（懼），許諾。∟【十五上】

【簡文考釋】

（一）吳王昏（聞）雩（越）使（使）之柔以弜（剛）也①，思道逄（路）之彶（攸）隌（險），乃悳（懼）②，告繻（申）疋（胥）曰：「孤亓（其）許之成。」③繻（申）疋（胥）曰：「王亓（其）勿許！【九】天不冊（仍）賜吳於雩（越）邦之利④。虞（且）皮（彼）既大北於坪备（邊）以勛（潰），去亓（其）邦⑤，君臣父子亓（其）未相昬（得）⑥∟。今雩（越）【十】公亓（其）故（胡）又（有）繻（帶）甲爭（八千）以臺（敦）刃皆（偕）死？」⑦

1. 字詞考釋

①吳王昏（聞）雩（越）使（使）之柔以弜（剛）也

A.「使」字考釋

原考釋：

> 使，使者。簡文「使者」之「使」與「使令」之「使」多異寫。〔註283〕

子居認為在楚簡中的使字寫法可以推斷各篇出土文獻寫成的時段，相關內容還可參看陳英傑先生《談兩周金文中史、事、使、吏等詞的形體使用規範及其分化的時代層次》（《第三屆漢字與漢字教育國際研討會論文集》，2012年8月18日）。而《越公其事》中，明顯第三章的「使」字寫法作「茲」、「事」、「使」最為多樣，因此可推知第三章很可能最為晚出。〔註284〕

金卓對《越公其事》中與「使」有關的字做一分析，結論是用字情況複雜，無有效結論：

> 《越公其事》中與〈使〉有關的字，共計出現六種，分別為雙人旁加上「吏」字的𢓕、同「吏」字的𠶷、同「事」字的𠭥、同「茲」字的𢎘和同「思」字的𢛈。一個字出現如此多的用法，似乎雜亂無規律。漢字為「表語文字」，即使是同樣的字形，所表示的具體的「語」也會存在差異，〈使〉字便有名詞的「使者」和

〔註283〕清華大學出土文獻與保護中心編、李學勤主編：《清華大學藏戰國竹簡（柒）》，上海，中西書局，2017年4月，頁119，注1。

〔註284〕子居：〈清華簡七《越公其事》第二章解析〉，http://www.xianqin.tk/2018/03/09/423，20180309。

作動詞表使役等不同的用法，對簡文中的〈使〉試作分析後，得到如下結果：

（1）雙人旁的 ![字] 字，在前三章都作名詞「使者」、在後面章節皆為表使役的動詞。且皆為「指示」類的使役，意義上與名詞的「使者」存在關聯，可解釋為「派遣使者」。

（2）其他與「派遣使者」無關的非「指示」類使役的動詞，簡文中作 ![字] 字。

（3）同「事」的 ![字] 字，在前三章有通假名詞的「N 使者」的〈使〉的情況。

（![字]、![字] 僅出現一例，難以分析）

綜上，與〈使〉相關的字，用字情況複雜，似根據章節有一定規律，但因例子太少，不能得出有效結論。〔註285〕

秋貞案：

「史」字在楚簡中為 ![字]（上博二‧從政（甲）‧18）上從「![形]」形，在本簡中「使（![字]）」字上從「![形]」，應該是從「吏」，雖兩者明顯不同，但「史」、「吏」本為一字分化，仍有可能把「使」當作「使」字。原考釋只是說到《越公其事》中的「使」字多異寫，但沒有多做說明。筆者認為本簡有很多當「使」字用的字形，共有五種：吏、使、事、思、茲，而非金卓所稱的六種〔註286〕。筆者把《越公其事》中當「使」字用的字形及句例，表列分析如下：

隸定	字形	句　　例	章節
吏	![字]	乃史（使）夫=住行成於吳帀（簡1）	第1章
使	![字]	吳王鼫（聞）雫（越）使（使）之柔以弜（剛）也（簡9）	第2章

〔註285〕金卓：〈清華簡《越公其事》文獻形成初探〉，http://www.bsm.org.cn/show_article.php?id=3340，20190319。

〔註286〕金卓認為在《越公其事》有六種字形作「使」字用，但是行文中只列出五個，不知何來六個？

		君𡊀（越）公不命使（使）人而夫=（大夫）親辱（簡15）	第3章
		孤用內（入）守於宗㫱（廟），以須使（使）人。（簡23）	第3章
		使（使）者反（返）命（簡24）	第3章
		王乃逊（趣）徔（使）人戠（察）腈（省）成（城）市鄁（邊）還（縣）尖=（小大）遠泥（邇）之匓（勾）、茖（落）（簡44）	第7章
		王乃歸使（使）人情（省）䚈（問）群大臣及鄁（邊）鄙（縣）成（城）市之多兵、亡（無）兵者（簡51）	第8章
		乃徔（使）人告於吳王曰：「天以吳土賜𡊀（越），句戈（踐）不敢弗受（簡72）	第11章
事		吳王乃出，新（親）見事（使）者曰（簡15）	第3章
		用事（使）徒遽趔（趣）聖（聽）命於（簡17）	第3章
思		王思邦遊民，厽（三）年，乃乍（作）五=政=（簡30）	第5章
茲		母（毋）嬐（絶）𡊀（越）邦之命于天下，亦茲（使）句戔（踐）圖（繼）簑於𡊀（越）邦（簡5）	第1章
		勿茲（使）句戔圖（繼）簑於𡊀（越）邦巳（矣）（簡7）	第1章
		茲（使）虗（吾）弌（二）邑之父兄子弟朝夕棧（粲）肰（然）為犳（豺）狼（簡16）	第3章
		不茲（使）達（簡20）	第3章
		茲（使）民硪（暇）自相，蓐（農）工（功）夏（得）寺（時）（簡28）	第4章
		不茲（使）命賸（疑）（簡57）	第9章

上表可以看出，《越公其事》作「使」字用的字形以「徔」這種字形最多，共有7例；其次是用「茲」字形作「使」字用；再來兩例以「事」字作「使」字用；還各有1例是以「吏」、「思」作「使」字用。若把「使」字用的字形以章節的分部來看如下表列：

章　節	字　　　形
第 1 章	（字形）
第 2 章	（字形）
第 3 章	（字形）
第 4 章	（字形）
第 5 章	（字形）
第 7 章	（字形）
第 8 章	（字形）
第 9 章	（字形）
第 11 章	（字形）

　　以上表列又可以看出：第 1 章分為兩種「吏」、「茲」；第 3 章的「使」用字最多，也最為多變，分別為「使」、「事」、「茲」三種；其他，第 2、4、5、7、8、9、11 都各為 1 字，分別為「使」、「思」、「茲」三種字形。子居認為第 3 章使用的字形最多，而認為此章最晚出，此一說法是否成立？有待商榷。「使」字的用字最多，是否就構成最晚出的條件呢？筆者認為要得到解答，需要先解決很多問題，譬如《越公其事》一篇的成書年代若在戰國中晚期的話，當時「使」字的用法習慣為何？《越公其事》雖是楚簡，但是內容來源是否是他國的材料傳抄過來的。若是他國材料，那麼書手是否連字形都一併傳抄，還是依書手的用字習慣或當時楚國語法用字習慣，而有所改變呢？若是《越公其事》為楚國人的文本，是否就依楚國人的語法習慣而有呈現這麼多不同的「使」字呢？那麼楚國人在當時會使用這麼多不同的「使」字，是否是我們現代人漢語所能理解的呢？現代的漢語認為「楚人多異寫」，這個問題值得再討論。陳斯鵬在〈論周原甲骨和楚系簡帛中的「囟」與「思」〉也提到楚系簡帛中由「囟」、「思」記錄的「使」，作為動詞，表示派遣、命令、叫讓、使

役等意義。例如：《容成氏》：「凡民俾敝者，教而誨之，欲而飲之，<u>思役百官</u><u>而月請之</u>。」這個「思」字，應讀為「使」，「思役」為「使役」同義複詞，簡文的意思是「使役百官，使他們每月前來朝請，匯報工作。」這裡的「思」作「使」解，有上級對下級或官員的派遣或命令〔註287〕。巫雪如〈楚國簡帛中的「囟／思」、「使」問題新探〉一文提到楚簡中許多寫作「囟／思」之字應讀為使令動詞的「使」，而不讀為「思」，用「囟／思」來記錄使令動詞的「使」是戰國中晚期楚國人的特殊用字習慣〔註288〕。陳英傑〈古文字字編、字典、引得中史、事、使、吏等字目設置評議〉一文中說到這些「史、事、使、吏」在形體上的分化開始於什麼時代及其分化的時代層次如何，學界並沒有給出具體而詳確的答案：

> 史、事、使、吏一字分化，這是文字學或古文字學界公認的意見。
> 但對於古文字資料中史、事、使、吏等字的字際關係的認識，學界
> 給出的都是一些概括性的籠統說法，記錄這些詞的文字形體是否有
> 一定規範，這些詞在形體上的分化開始於什麼時代及其分化的時代
> 層次如何，學界並沒有給出具體而詳確的答案。〔註289〕

沈培檢討了從丁聲樹、裘錫圭、李學勤、于宇信、張玉金、陳斯鵬、夏含夷、陳偉、孟蓬生、劉信芳等各家的說法後，指出周原甲骨文的「囟（思）」當讀為《詩》、《書》裡用作虛詞的「式」，義為「應、當」；到了楚簡，「囟（思）」就有「應當」、「意願」的意思了。「思」（包括「囟」）表示「使令」或「致使」義時就是借為「使」來用的。〔註290〕

筆者和季師在討論「使」字的表列情形時，推測從字形來看，「史、吏、事、使、思、茲」可以分為甲、「史、吏、事、使、思」和乙、「茲」兩種類型，因為此二者從字形來看是截然不同的兩個字；從文法來看，二者的用法

〔註287〕陳斯鵬：〈論周原甲骨和楚系簡帛中的「囟」與「思」──兼論卜辭命辭的性質〉，《文史》2006 年第 1 輯。

〔註288〕巫雪如〈楚國簡帛中的「囟／思」、「使」問題新探〉，臺大文史哲學報第七十五期，2011 年 11 月。

〔註289〕陳英傑：〈古文字字編、字典、引得中史、事、使、吏等字目設置評議〉，《簡帛》第八輯，2012 年 12 月 31 日，頁 556～573。

〔註290〕沈培〈周原甲骨文裡的「囟」和楚墓竹簡裡的「囟」或「思」（連載一）〉，武大簡帛網，2005.2.23；〈周原甲骨文裡的「囟」和楚墓竹簡裡的「囟」或「思」（連載二）〉，武大簡帛網，2005.2.25。

也可能完全不同。以現代的語法來看或許都可以釋作「使」字來用，但是在楚國當時的語法習慣上是有極大的區別。這兩者有什麼樣的不同呢？首先先設定「史、吏、事、使、思、茲」都是作為「使令動詞」的「使」字用的時候，筆者簡單以句例分別說明：

甲、分為（一）意使動詞、（二）名詞，如：

（一）「乃史（使）夫=（大夫）住（種）行成於吳市（師）」（簡1），這個「史（使）」為動詞「派遣」後面加「人或大夫」；「王乃歸徙（使）人情（省）卲（問）群大臣及鄹（邊）鄙（縣）成（城）市之多兵」（簡51），這個「徙（使）」為動詞「派遣」後面加「人」。

（二）「吳王卲（聞）雫（越）徙（使）之柔以弬（剛）也」（簡9），這個「徙（使）」指的是「越國使者」為名詞。「吳王乃出，新（親）見事（使）者曰」（簡15），這個「事（使）」指的是「使者」名詞。

乙、「茲」的字形和「史、吏、事、使」不同。相當於口語的「讓」、「使得」：

如：「勿茲（使）句猲屬（繼）蔶於雫（越）邦巳（矣）」（簡7），這裡的「茲」可以釋作「不要讓句踐斷絕庭燎於越國啊」。「茲（使）虔（吾）或（二）邑之父兄子弟朝夕棧（粲）肰（然）為犲（豺）狼」（簡16），這裡的「茲」也可以作「讓」、「使得」解。當然，「茲」字的這種用法，其他材料未見，似乎是本篇獨見的用法。〔註291〕

由以上的分析，筆者認為不得因為甲、乙都可以語譯為今天口語的「使得」，就把乙當成甲的異體。

B.「弬」字考釋

原考釋：

> 弬，有「強」、「剛」兩讀，音義並近。柔、剛相對。《國語·越語下》：「近則用柔，遠則用剛。」柔剛，古之成語。《山海經·西山經》：「瑾瑜之玉為良，堅粟精密，濁澤有而光，五色發作，以和柔剛。」漢揚雄《法言·君子》：「或問君子之柔剛，曰：『君子於

〔註291〕參曾憲通、陳偉武主編，裴大泉編纂《出土戰國文字字詞集釋》，北京：中華書局，2019.3，冊四，頁2116～2120。

仁也柔，於義也剛』」。〔註292〕

　　子居認為《越公其事》這裡的措辭顯然也是以凸顯越國一方為基調的，比較史載夫差與伍員的行事風格，也不難看出與《越公其事》篇的描述迥然有異。因此上，《越公其事》篇中對夫差和伍員的描寫只能認為是為是一種基於特定傾向的虛構，很難認為有多少真實性。〔註293〕

　　郭洗凡認為「剛」古文有「信」的寫法，整理者的觀點可從：

　　　　按「強」，從蟲，弘聲，孔廣居《疑疑》：「從蟲，口會意，弱省聲。」

　　　　「剛」古文有「信」的寫法，因此整理者的觀點可從，「強」、「剛」

　　　　都可用在簡文中。〔註294〕

　　秋貞案：

　　「弜」字從「弘（強）」聲，也从「強」、「大」義。〔註295〕「黑**罕**死者」（天卜），「弜」即說文古文「剛」。〔註296〕「弜」上古音在群母陽部，「剛」上古音在見母陽部，聲韻可通，又有古代典籍詞例，故原考釋可從。意指文種的發言不卑不亢，柔中帶剛。

②思道迲（路）之攸（攸）隆（險），乃悬（懼）

　　原考釋：

　　　　攸，第十三簡作「攸」，長遠。古書多作「修」。秦李斯《嶧山刻石》：

　　　　「群臣從者，咸思攸長。」〔註297〕

　　子居認為「攸」此字作「修」，古代典籍多稱「修遠」。如清華簡《子儀》：「以不穀之修遠于君，何爭而不好？」《墨子‧非攻中》：「與其塗道之修遠，糧食輟絕而不繼，百姓死者，不可勝數也。」《國語‧吳語》：「今吾道路修遠，

〔註292〕清華大學出土文獻與保護中心編、李學勤主編：《清華大學藏戰國竹簡（柒）》，上海，中西書局，2017年4月，頁119，注1。

〔註293〕子居：〈清華簡七《越公其事》第二章解析〉，http://www.xianqin.tk/2018/03/09/423，20180309。

〔註294〕郭洗凡：《清華簡《越公其事》集釋》，安徽大學碩士學位論文，2018年3月，頁25。

〔註295〕參裘錫圭〈甲骨文字考釋（續）‧釋弘強〉，原載《古文字研究》第十二輯，1985；北京中華書局《古文字論集》、《裘錫圭自選集》、《裘錫圭學術論文集1‧甲骨文卷》；季師旭昇：《說文新證》，藝文印書館，2014年9月2日出版，頁880。

〔註296〕滕任生：《楚系簡帛文字編》，湖北教育出版社，20018年10月第一版，頁1111。

〔註297〕清華大學出土文獻與保護中心編、李學勤主編：《清華大學藏戰國竹簡（柒）》，上海，中西書局，2017年4月，頁119，注2。

無會而歸，與會而先晉，孰利？」《楚辭‧離騷》：「路曼曼其修遠兮，吾將上下而求索。」《越公其事》這裡稱「修險」，當不止是指路遠，且有凸顯路途危險之意。由史實推測，無論是夫差的許越成，還是遷蔡於州來，應皆是因為楚國勢力在安徽西部迅速恢復帶來的壓力使然。不難判斷，夫差既然能大敗勾踐，自然不會擔心勾踐的幾千殘餘兵力拼死相搏，故實際上很可能是擔心楚人乘機東拓漁翁得利，妨礙到中原爭霸的整體計畫。〔註298〕

郭洗凡認為：

「攸」或作「彳」或「亻」，戰國楚簡文字中很常見，《說文解字》：

「攸，行水也，從攴從人，水聲。」〔註299〕

吳德貞認為「攸」或可讀作「幽」，和簡13「攸」字用法相同：

攸或可讀作「幽」。此字應與簡13「攸」用法相同。攸，幽部喻母。幽，幽部影母。「幽險」見於《楚辭‧九歎‧愍命》：「嘉皇既歿終不返兮，山中幽險郢路遠兮……」則簡13「攸」也可讀為「幽」。

〔註300〕

秋貞案：

原考釋認為「攸」字釋作「長遠」義，古書多作「修」。子居把「攸」字作「修」，簡文的「修險」作「修遠」，這樣解釋有待商榷。季師《說文新證》「攸」字條指出，攸字義為以水和某些物件洗滌脩潔身體。《說文》釋為「行水」，不知所出。金文作「𣲔（周早.攸簋）」、「𣲔（周晚.鬲比盨）」形或省中間象水之「｜/丨」作「伎」（見師酉簋）。甲骨文「伎」字，王襄《簠室殷契類纂》第十四葉據金文釋為「攸」。加滕常賢《漢字的起源》以為攸為修之別字，掃糞拭治之意。裘錫圭〈釋𡑋〉以為可從，字從水從攴，表示以某些物件擦洗人身；「𡑋」表示灑掃室屋或庭院。漢碑才把「水」訛成「丨」〔註301〕。所以這個「𣲔」作「攸」字，完全沒有問題。但是古籍中不見「攸險」一詞

〔註298〕子居：〈清華簡七《越公其事》第二章解析〉，http://www.xianqin.tk/2018/03/09/423，20180309。

〔註299〕郭洗凡：《清華簡《越公其事》集釋》，安徽大學碩士學位論文，2018年3月，頁25。

〔註300〕吳德貞：《清華簡《越公其事》集釋》，武漢大學碩士論文，2018年5月，頁20。

〔註301〕季師旭昇：《說文新證》四訂版，待版。

的用法，而「修險」一詞也未見於先秦兩漢典籍，而是年代較晚出現。吳德貞釋「幽」，不妥，因為「幽」字是偏「隱」義，沒有「長遠」義，簡文此處指道途長遠，故筆者認為直接釋「攸」即可，「攸險」即路途長遠而危險。「思道逯之攸隯，乃思」意指「想到一路征戰道途遙遠，於是害怕」。

③告繡（申）疋（胥）曰：「孤亓（其）許之成。」

　　原考釋：

> 《國語·吳語》：「夫申胥，華登簡服吳國之士於甲兵，而未嘗有所挫也。」韋昭注：「申胥，楚大夫伍奢之子，子胥也，名員。魯昭二十年，奢誅於楚，員奔吳，吳子與之申地，故曰申胥。」《左傳》、《史記》皆作伍胥、伍子胥、子胥。〔註302〕

　　子居認為稱伍子胥為申胥最初當是吳越地區的稱法。《國語·吳語》中除最後的「夫差將死，使人說於子胥曰：『使死者無知，則已矣，若其有知，君何面目以見員也！』遂自殺。越滅吳，上征上國，宋、鄭、魯、衛、陳、蔡執玉之君皆入朝。夫唯能下其群臣，以集其謀故也。」一段內容外，皆稱伍子胥為「申胥」，《越公其事》中可與《國語·吳語》對應的內容也恰巧沒有稱伍子胥為「子胥」的最後一段內容，由此可見《國語·吳語》的最後一小段內容當是《國語》編撰者補入的內容，而非原始的《吳語》內容。〔註303〕

　　郭洗凡認為「繡」，從「糸」、「田」聲，「東」省聲，即「紳」之古字。〔註304〕

　　秋貞案：

　　有關子居提到「申胥」、「子胥」人名的觀點，推論以為《國語·吳語》中的一段內容提到「子胥」人名，就認為這是後人增補《國語·吳語》內容的證據，這樣的說法是否成立，有待商榷。筆者試圖從古代典籍（以先秦兩漢為範圍）中找到相關「申胥」、「子胥」人名的文獻資料如下，發現提到「申胥」人名的情況比提到「子胥」人名的情況少，甚至有些典籍中沒有提過「申胥」人

〔註302〕清華大學出土文獻與保護中心編、李學勤主編：《清華大學藏戰國竹簡（柒）》，上海，中西書局，2017年4月，頁120，注3。

〔註303〕子居：〈清華簡七《越公其事》第二章解析〉，http://www.xianqin.tk/2018/03/09/423，20180309。

〔註304〕郭洗凡：《清華簡《越公其事》集釋》，安徽大學碩士學位論文，2018年3月，p26。

名。以下表列搜尋「中國哲學電子書」〔註305〕找到相關資料，因為提到相關人名的資料太多，為了不佔篇幅，就先統計出現的次數，部分在附註列出，不全部一一列出：

古代典籍	申胥	子胥
《國語‧吳語》	8 次〔註306〕	2 次〔註307〕
《左傳》	0 次	2 次〔註308〕
《史記》	0 次	90 次
《晏子春秋》	0 次	1 次〔註309〕
《吳越春秋》	0 次	165 次
《越絕書》	31 次	118 次
《戰國策》	0 次	11 次
《春秋穀梁傳》	0 次	3 次
《春秋公羊傳》	0 次	3 次
《漢書》	0 次	19 次
《前漢記》	0 次	5 次
《楚辭》	2 次	7 次

〔註305〕中國哲學電子書網址：https://ctext.org/zh。

〔註306〕《國語》中 8 處提到「申胥」人名，分別在《吳語》及《越語下》。其中《吳語》有 7 個段落出現「申胥」人名：「夫申胥、華登簡服吳國之士于甲兵，而未嘗有所挫也。」「申胥諫曰：「不可許也。夫越非實忠心好吳也，又非懾畏吾兵甲之強也。」「申胥進諫曰：「昔天以越賜吳，而王弗受。」「吳王還自伐齊，乃訊申胥曰：「昔吾先王體德明聖，達于上帝，譬如農夫作耦，以刈殺四方之蓬蒿，以立名于荊，此則大夫之力也。」「申胥釋劍而對曰：「昔吾先王世有輔弼之臣，以能遂疑計惡，以不陷于大難。」「乃使取申胥之尸，盛以鴟夷，而投之于江。」「吳王夫差既殺申胥，不稔于歲，乃起師北征。」《越語下》有 1 處「申胥」：「今申胥驟諫其王，王怒而殺之，其可乎？」

〔註307〕《國語》中共有 2 處提到「子胥」人名，其一是《吳語》：「夫差將死，使人說于子胥曰：「使死者無知，則已矣，若其有知，君何面目以見員也！」遂自殺。」其二是《越語上》：「夫差將欲聽與之成，子胥諫曰：「不可。夫吳之與越也，仇讎敵戰之國也。」

〔註308〕《左傳》中沒有出現「申胥」人名，但有 2 處提到「子胥」人名，《昭公三十一年》：「秋，吳人侵楚，伐夷，侵潛六，楚沈尹戌帥師救潛，吳師還，楚師遷潛於南岡而還，吳師圍弦，左司馬戌，右司馬稽，帥師救弦，及豫章，吳師還，始用子胥之謀也。」《左傳‧哀公十一年》「吳將伐齊，越子率其眾以朝焉，王及列士，皆有饋賂，吳人皆喜，唯子胥懼曰，是豢吳也夫」

〔註309〕查《晏子春秋》中也無「申胥」人名，但有 1 處提到「子胥」人名。《景公臺成盆成适願合葬其母晏子諫而許》一段「凡在君耳！且臣聞之，越王好勇，其民輕死；楚靈王好細腰，其朝多餓死人；子胥忠其君，故天下皆願得以為子。」

以上有關申胥、子胥人名的統計，在目前有限的文獻資料中，是無法證明子居「《國語·吳語》的最後一小段內容當是《國語》編撰者補入的內容，而非原始的《吳語》內容」的觀點，只是一種推測，我們很難證明《楚辭》二見也是後人補入的。「申」是吳子胥在吳地所受封的爵名，所以在與吳越有關的《國語·吳語》及《越絕書》出現的頻率較高（當然這些材料也會保留原本子胥的稱呼），而吳越以外地區的材料，則多半稱他為子胥，並無任何不合理之處。告繻（申）疋（胥）曰：「孤亓（其）許之成。」意指吳王同意越國的求和。

④繻（申）疋（胥）曰：「王亓（其）勿許！【九】天不㣄（仍）賜吳於雩（越）邦之利

　原考釋：

> 㣄，仍，重覆、再一次。《說文》：「㣄，因也，从人，乃聲。」疑小篆「人」旁為「乃」之訛變。《國語·周語下》：「晉仍無首道而鮮冑，其將失之矣」韋昭注：「仍，數也。」越邦之利，指戰勝越國之利。〔註310〕

蕭旭認為「於」，介詞，猶以也。〔註311〕

子居提供「乃」字古亦通作「仍」的證據：

> 如整理者所言，則「㣄」似即由「乃」字發展出「仍」字的過渡形態，故書「仍」多作「乃」，清代王引之《經義述聞·爾雅上》「郡臻仍迺侯乃也」條云：「鄭仲師注《周官》，既讀乃為仍，而《吳語》邊遽乃至，《左傳》哀十三年《正義》引作邊遽仍至。《大雅·雲漢》箋天仍下旱災亡亂之道，《正義》曰定本集注仍字皆作乃。是仍字古通作乃也。《史記·張耳陳餘傳》乃求得歇，《漢書》乃作仍（舊本如是，宋祁改仍為乃，辯見《讀書雜誌》）。《匈奴傳》，乃再出定襄，《漢書》乃作仍。《淮南·道應》篇，盧敖乃與之語（今本脫乃字，據《蜀志·郤正傳》注引補），《論衡·道虛篇》乃作仍。是乃

〔註310〕清華大學出土文獻與保護中心編、李學勤主編：《清華大學藏戰國竹簡（柒）》，上海，中西書局，2017年4月，頁120，注4。

〔註311〕蕭旭：〈清華簡（七）校補（二）〉，http://www.gwz.fudan.edu.cn/Web/Show/3061，20170605。

字古亦通作仍也。仍乃同聲，而訓仍為乃，猶迺乃同聲，而訓迺為

乃矣。」〔註312〕

王輝認為依《說文》「𠄎」當是乃之籀文。簡文「乃」仍讀為仍。本篇同字

異形或用不同的字表達同一個詞，其例甚多。例如「徒」、「事」、「茲」都可作

「使」；「雫」和「邨」都是「越」；「闔」、「袞」都是「襲」：

> 《說文》：「乃，曳，詞之難也……，𠄎，籀文乃。」依《說文》「𠄎」
>
> 當是乃之籀文。簡文「乃」仍讀為仍。睡虎地秦簡《為吏之道》所
>
> 附《魏戶律》：「故某慮（閭）贅壻某叟之乃孫。」「乃孫」即仍孫。
>
> 《爾雅‧釋親》：「晜（昆）孫之子為仍孫。」（王輝：《古文字通假
>
> 字典》，第 349 頁，中華書局，2008 年。）

> 乃或作乃，或作𠄎，並不奇怪。本篇同字異形或用不同的字表達
>
> 同一個詞，其例甚多。如使或作「史」，簡 1：「乃史夫=（大夫）
>
> 住（種）行成於吳帀（師）。」或作「徒」，簡 9：「吳王䎽（聞）
>
> 雫（越）徒（使）之柔以彊（剛）也。」或作「事」，簡 15：「吳
>
> 王乃出，親見事者曰……」。或作「茲」，簡 28：「茲（使）民叚（暇）
>
> 自相，蓐（農）工昜（得）寺（時）。」又如越或作「雫」（通篇）；
>
> 或作「邨」，簡 71～72：「今天以邨（越）邦賜吳。」又如襲或作「闔」，
>
> 簡 26：「吳人既闔雫（越）邦。」或作「袞」，簡 27：「乃因司袞尚
>
> （常）。」〔註313〕

秋貞案：

「王其勿許」的「其」字表示希望、祈請的語氣，可譯為「還是」、「要」、

「一定」等。《左傳‧閔公元年》：「雖不已，將自斃，君其待之」〔註314〕

「𠄎」，原考釋說「𠄎，仍，重覆、再一次」和子居說的「仍乃同聲，而

訓仍為乃，猶迺乃同聲，而訓迺為乃矣」兩個「仍」的意思是不一樣的。原

〔註312〕子居：〈清華簡七《越公其事》第二章解析〉，http://www.xianqin.tk/2018/03/09/423，
20180309。

〔註313〕王輝：〈一粟居讀簡記（十）〉，「紀念清華簡入藏暨清華大學出土文獻研究與保護
中心成立十周年國際學術研討會」會議論文（北京：清華大學出土文獻研究與保
護中心，2018 年 11 月 17～18 日），頁 373～377。

〔註314〕中國社會科學院語言研究所古代漢語研究室編：《古代漢語虛詞詞典》，北京商務
印書館，1999 年出版，頁 407。

考釋舉例《國語‧周語下》：「晉仍無道而鮮胄，其將失之矣」在此處的「仍」表示動作行為多次重複。可譯為「頻繁」、「多次」等〔註315〕。王輝釋「朸」為「仍」，說法可從。本簡中有不少字是同字不同形的情形，在楚文字中很常見。簡文中申胥向吳王說上天不會再給吳國打敗越國的機會了，言下之意指這次打敗越王勾踐是天大的良機，如果輕縱了越王，之後不會再這麼幸運了。如果釋為「乃」又假通為「仍」，表示先後相繼，相當於「便」、「就」，《左傳昭公‧二十四年》「余左顧而欥，乃殺之」。〔註316〕筆者認為，在本簡中此處「天不朸（仍）賜吳於雩（越）邦之利」應該解釋為「仍復」、「仍再」之義，故原考釋的解釋可從。

蕭旭認為「於」相當於介詞「以」，說法可從。《商君書‧壹言篇》：「今世主皆欲治民而助之於亂。」《國語‧越語》：「而磨厲之於義。」句中的「以」都當介詞「以」用。〔註317〕

「繡疋曰：王亓勿許！天不朸賜吳於雩邦之利」意指「申胥說：王啊！千萬不要答應啊！上天不會再一次賜給吳國打敗越國的機會」。

⑤虘（且）皮（彼）既大北於坪备（邊）以剠（潰），去亓（其）邦

原考釋斷句為「虘（且）皮（彼）既大北於坪备（邊），以剠（潰）去亓（其）邦」。

> 大北，大敗。备，「邊」之省略。平邊，古書多作「平原」，《左傳》桓公元年：「凡平原出水為大水。」當是與會稽山地相對之地貌。〔註318〕剠，讀為「潰」，敗退。《左傳》僖公四年：「齊侯以諸侯之師侵蔡，蔡潰。」又疑讀為「達」。「達」、「去」同義聯用。〔註319〕

Zzusdy 認為疑「剠」讀為「遂」（「胄」聲可讀為「遂」，參看馮勝君《讀

〔註315〕中國社會科學院語言研究所古代漢語研究室編：《古代漢語虛詞詞典》，北京商務印書館，1999 年出版，頁 452。

〔註316〕中國社會科學院語言研究所古代漢語研究室編：《古代漢語虛詞詞典》，北京商務印書館，1999 年出版，頁 380。

〔註317〕參裴學海《古書虛字集釋》，上海書店，2013 年 11 月，頁 51。

〔註318〕清華大學出土文獻與保護中心編、李學勤主編：《清華大學藏戰國竹簡（柒）》，上海，中西書局，2017 年 4 月，頁 119，注 5。

〔註319〕清華大學出土文獻與保護中心編、李學勤主編：《清華大學藏戰國竹簡（柒）》，上海，中西書局，2017 年 4 月，頁 120，注 5。

清華三〈赤鵠之集湯之屋〉札記》），「遂」是逃的意思。「以」猶「而」。〔註320〕

子居認為潰即潰散；此句斷句為「且彼既大北于平原以潰，去其邦」；平原即為夫椒：

> 潰即潰散，《左傳‧文公三年》：「凡民逃其上曰潰，在上曰逃。」可見此時句踐的臣屬多已四散逃亡，而不僅僅是「敗退」那麼簡單。筆者認為，此句當斷句在「以潰」後，讀為「且彼既大北于平原以潰，去其邦」。此平原自然即《左傳‧哀西元年》所記夫椒，因與淮南山地差別明顯，所以這裡被特別提及。上博簡《周易》也書「邍」為「备」，是二者在用字上有一定相似性，這樣的寫法很可能是商文化影響的結果。〔註321〕

郭洗凡認為「邍」多通用「原」字；「刵」指潰敗，大敗的意思：

> 「邍」，從辵备录，元部，《春秋左傳》：「原田每每，故從田。多通用「原」字。刵，整理者觀點可從。「刵」從「刃」，「胃」聲，讀為「潰」，和前文「大北」相對應，指潰敗，大敗的意思。〔註322〕

吳德貞認為「备」（邍），晉侯對盨銘文「邍」原作 ，可參：

> 备，簡文寫作 ，整理者所釋可信。晉侯對盨銘文：「其用田歌，甚樂于邍隰」（鍾柏生、陳昭容、黃銘崇、袁國華：《新收殷周青銅器銘文暨器影彙編》，晉侯對盨，NA853，第 626 頁），「邍」原作 ，可參。傳世文獻中，「邍隰」多作「原隰」，《國語‧周語》：「猶其原隰之有衍沃也。」韋昭注：「廣平曰原，下濕曰隰。」〔註323〕

蔡一峰疑「刵」乃「胃」之訛，可讀為「委」，「委去」猶「委棄」。《孟子‧公孫丑》：「委而去之，是地利不如人和也。」《後漢書‧符融傳》：「少為都官吏，恥之，委去。」「委去其邦」同第一章「播棄宗廟」及第三章「怀（背）

〔註320〕簡帛論壇：「清華七《越公其事》初讀」，第 93 樓，20170429。
〔註321〕子居：〈清華簡七《越公其事》第二章解析〉，http://www.xianqin.tk/2018/03/09/423，20180309。
〔註322〕郭洗凡：《清華簡《越公其事》集釋》，安徽大學碩士學位論文，2018 年 3 月，頁 27。
〔註323〕吳德貞：《清華簡《越公其事》集釋》，武漢大學碩士論文，2018 年 5 月，頁 21。

虛宗廟」相呼應。〔註324〕

秋貞案：

原考釋的斷句為「虞（且）皮（彼）既大北於坪备（邊），以勛（潰）去亓（其）邦」。子居認為斷句為「虞（且）皮（彼）既大北於平备（邊）以勛（潰），去亓（其）邦」。原考釋認為「平原」是地貌，子居認為「平原」是夫椒。原考釋認為「勛」即敗退；Zzusdy 認為「勛」讀為「遂」，是逃的意思；子居認為「勛（潰）」是「潰散」的意思。

筆者認為原考釋的斷句把「勛（潰）去」看做一個詞，所以在「坪原」之後斷句。但先秦時期的典籍未見有「勛（潰）去」一詞連用的例子。在《國語・晉語二》韋昭注有「違去」一詞，「苟違其違，誰能懼之」韋昭注：「苟違，違去也。」這時代稍晚，故原考釋釋為「潰去」或「違去」，並不是最好。

子居認為「勛（潰）」和「去」得分開，意思不同，所以在「以勛（潰）」之後斷句，可從。「以勛（潰）」的「以」當釋作「而」。

Zzusdy 引馮勝君《讀清華三〈赤鵠之集湯之屋〉札記》之說，認為「勛」疑讀為「遂」，「遂」是逃的意思。釋義可從，但嫌曲折。潰字本身就有逃的意思，《左傳文公三年》「沈潰」孔疏：「眾散流遁之辭也。」「大北於坪备（邊）以勛（潰）」即「大敗而逃」之意。「去其邦」就是「離開他的國家」之意。

「虞皮既大北於坪备以勛，去亓邦」意指「且他們既然大敗於平原而潰散，逃離他們的國家」。

⑥君臣父子亓（其）未相旻（得）

原考釋：

> 相得，彼此投合。《史記・魏其武安侯列傳》：「相得驩甚，無厭恨相
> 知晚也。」〔註325〕

子居認為「相得」指「匯合」：

> 勾踐被擊敗時，「君臣父子」逃命尚且惟恐不及，如何會考慮彼此是
> 否投合？故此處的「相得」當相對于上文的「潰」而言，指相匯合，

〔註324〕蔡一峰：〈清華簡《越公其事》字詞考釋三則〉發表於《出土文獻》（第十五輯），2019 年 10 月，頁 155～160。

〔註325〕清華大學出土文獻與保護中心編、李學勤主編：《清華大學藏戰國竹簡（柒）》，上海，中西書局，2017 年 4 月，頁 119，注 7。

如《山海經‧西山經》：「有鳥焉，其狀如鳧，而一翼一目，相得乃飛，名曰蠻蠻。」《戰國策‧燕策二》：「比目之魚，不相得則不能行，故古之人稱之，以其合兩而如一也。」皆是其辭例。〔註326〕

秋貞案：

原考釋為「相得，彼此投合」，引《史記‧魏其武安侯列傳》：「相得驩甚，無厭恨相知晚也。」一句的「相得」指的是「心意相投合」之意。簡文此處的「相得」比較接近子居的說法。子居改釋為「匯合」意思是潰敗之後國君找不到臣子，臣子找不到國君；父母找不到子女，子女找不到父母。其說較為合理。

⑦今雫（越）【十】公亓（其）故（胡）又（有）縥（帶）甲乆（八千）以臺（敦）刃皆（偕）死？

A.「胡」字考釋

原考釋：

故，讀為「胡」。疑問代詞。〔註327〕

王寧認為此句不當是問句，「故」當依字讀，意為「仍然」。〔註328〕

Cbnd 認為「故」字其實應該是「敁」字的誤釋。簡文中的「敁」可讀作「猶」，「尚且」之義。〔註329〕

魏宜輝認為「敁」當為「敁」字的誤釋，簡文中讀作「猶」，表示「尚且」之義。申胥向吳王指出越公現在尚有八千士卒可以為其赴死，這對吳國來說仍是一個不小的威脅：

「敁」字竹簡整理者隸定作「故」，讀作「胡」，此句作「今越公其胡有帶甲八千以敦刃偕死？」我們認為「敁」當為「敁」字的誤釋。《越公其事》篇的抄手對于「古」、「由」兩字的寫法區分得還是比較清楚的。「古」字（旁）上部的橫筆較長，「口」旁中未

〔註326〕子居：〈清華簡七《越公其事》第二章解析〉，http://www.xianqin.tk/2018/03/09/423，20180309。

〔註327〕清華大學出土文獻與保護中心編、李學勤主編：《清華大學藏戰國竹簡（柒）》，上海，中西書局，2017年4月，頁120，注8。

〔註328〕簡帛論壇：「清華七《越公其事》初讀」，第128樓，20170501。

〔註329〕簡帛論壇：「清華七《越公其事》初讀」，第156樓，20170506。

加飾點，如「古」（簡 49）、「𠺝」（簡 55）；而「由」字（旁）上部的橫筆較短，「口」旁中加飾點，如「𠧪」（簡 47）、「𠧪」（簡20）。據這些字例的寫法來看，「𢼸」顯然應該釋作「敁」。「敁」在簡文中讀作「猶」，表示「尚且」之義。「敁」從由聲，「由」、「猶」皆為喻母幽部字，音同可通。傳世古書中「由」、「猶」相通的辭例非常多見。（高亨纂著：《古字通假會典》，齊魯書社，1989 年，第 718 頁）清華簡《金縢》篇簡 6-7：「就後武王陟，成王由幼。」「由」字整理者讀作「猶」。（清華大學出土文獻研究與保護中心編：《清華大學藏戰國竹簡（壹）》，中西書局，2010 年，第 158頁）《越公其事》第一章講述了吳越交戰，越國不敵，向吳求成。第二章講述了吳王夫差同意許成。而申胥進諫，希望吳王勿許成於越。申胥曰：「王其勿許！天不仍賜吳於越邦之利，且彼既大北於平原，以委去其邦，君臣父子其未相得。今越公其（猶）有帶甲八千以敦刃偕死。」他認為上天不會再次賜給吳國戰勝越國的機會，而且越國大敗，割棄土地，士氣低落，吳國應該趁機進軍將越國劓滅。同時，他向君主指出越公現在尚有八千士卒可以為其赴死，這對吳國來說仍是一個不小的威脅。這也是吳國不能與越行成的重要原因。將「𢼸」字釋讀為「猶」，於上下文意非常順暢，而釋讀「胡」則難以通讀。〔註330〕

郭洗凡認為「故」為「胡」，從簡文的語氣上看是疑問句：

整理者讀「故」為「胡」是可取的，從簡文的語氣上看是疑問句，「胡」表示對原因的疑問。〔註331〕

羅云君認為「故」釋作「胡」，何也，作疑問代詞：

「故」可從整理報告意見，「故」釋作「胡」，《廣雅·釋詁三》：「胡，何也。」作疑問代詞，訓為「何」。前面簡文言伍子胥分析越軍此時

〔註330〕魏宜輝：〈讀《清華大學藏戰國竹簡（柒）》札記〉，香港浸會大學饒宗頤國學院，澳門大學中國語言文學系，清華大學出土文獻研究與保護中心：《〈清華簡〉國際會議論文集》，2017 年 10 月 26 日～28 日。

〔註331〕郭洗凡：《清華簡《越公其事》集釋》，安徽大學碩士學位論文，2018 年 3 月，頁28。

境況不佳：「虐（且）皮（彼）既大北於坪（平）備（邊），以勛（潰）去亓（其）邦，君臣父子亓（其）未相（得）」，「今（越）【一〇】公亓（其）故（胡）又（有）繺（帶）甲仐（八千）以鄣（敦）刃皆（偕）死？」是說越公哪裡還有八千甲士殊死抗拒吳國的進攻，正符合伍子胥進言夫差乘勝追擊滅掉越國的語境。〔註332〕

何家歡認為「故」字當從原考釋所釋，作「故」字，尚且、仍然義於句義不完整。讀為「胡」，處理為疑問句，則文意可通，「故」、「胡」音理上雖可通，但文獻中未能發現「故」假借為「胡」的用例。〔註333〕

張新俊「故」字顯然是從「由」非「古」。「古」字一般寫作古形，而「由」一般寫作由形，從不混同，故「故」字讀「猶」，「猶有」連用。〔註334〕

秋貞案：

王寧認為「故」作「仍然」，與上下文義不合；Cbnd認為「敁」（抽），不是「故」。從楚系文字來看，「敁」字從由，「故」字從古，二者字形近似而有不同。魏宜輝也從形音義詳細分析了此字應該作「敁」，義同「猶」。

從字形來看，「古」字甲骨文作「古」（《甲》1389），上象盾形，下加分化符號，表示「堅固」義；金文作「古」（周早.盂鼎），把上部的盾形中間填實；戰國楚文字或作「古」（《上博一·詩》16），承金文而盾形變圓點，或作「古」（《望山》M1），盾形作「十」字形。在偏旁中的變化也大致如此。〔註335〕

而「由」字的甲骨文作「由」，唐蘭《天壤閣甲骨文存考釋》釋「由」，以為象胄形，上象插羽飾之管狀物。楚文字或作「由」（《上博三.狗》1），或作「由」（《上博一·易》22），上部作「十」字形，與「古」字形近易混。一般多以為「古」字下部從「口」不從「曰」，上部橫畫較長；「由」字下部可從「口」，亦可從「曰」，上部橫畫較短（參《上博楚文字聲系（一～八）》頁770綜合各家之說）。但在實際書手的筆下，這種區別並不是那麼嚴格的，

〔註332〕羅云君：《清華簡《越公其事》研究》，東北師範大學，2018年5月，頁19。

〔註333〕何家歡：《清華簡（柒）《越公其事》集釋》，河北大學碩士論文，2018年6月，頁14。

〔註334〕張新俊：〈清華簡《越公其事》釋詞〉，「第十一屆『黃河學』高層論壇暨『古文字與出土文獻語言研究』國際學術研討會」會議論文（開封：河南大學黃河文明與可持續發展研究中心，2019年6月22～23日），頁316～325。

〔註335〕參見季師旭昇：《說文新證》，藝文印書館，2014年9月2日出版，頁154。

「古」字下部從「曰」，或上部橫畫較短、甚至於不加橫畫的也不在少數，如《上博一・緇衣》5「古（故）心以體廌」的「古」字作「古」，跟「由」字實在難以區別；《上博三・中弓》9「是古（故）有司不可不先也」的「古」字作「由」，與上引（《上博三.狗》1）的「由」字簡直一模一樣。在這種情況之下，只能依據上下文來判斷。

本篇此字作「故」，左旁似「古」似「由」，難以判斷。但《上博三・彭祖》8 的「敀」字作「敀」，左旁確實從「由」，與本篇此字左旁不同。其次，伍子胥在這段話中是懷疑越人父子離散不相得，怎麼可能有八千死士呢？原考釋把此字隸為「故」，讀為「胡」，本來就很合理。學者一定要改隸為「敀」，讀為「猶」。變成伍子胥肯定越王仍有八千死士，與前後文的語境較難配合。另外，「故」字作「胡」字或讀為「胡」的古籍文獻很多，如：《諸子評議・荀子三》：「故為蔽」俞樾按：「故猶胡也。」《呂氏春秋・淫辭》：「善者故為不畏」集釋引俞樾曰：「故，讀為胡。」《讀書雜志・管子第六・侈靡》：「故不送公。」王念孫按：「故當為胡。」〔註336〕何家歡說「文獻中未能發現『故』假借為『胡』的用例」為非。

B.「敦」字考釋

原考釋：

> 墓，讀為「敦」。《莊子・說劍》：「王曰：『今日試使士敦劍』」第二十簡作「敦其兵刃」。皆，一同。《書・湯誓》：「時日曷喪，予及汝皆亡！」《孟子》引文作「偕」。〔註337〕

Zzusdy「敦刃」注引《莊子・說劍》「敦劍」，郭嵩燾解「敦」為治。簡20「敦齊兵刃」，「敦齊」整理者已言猶「敦比」，「齊」訓整，即整飭、整治，亦與「飭」義相近。〔註338〕

易泉補充一例「齊刃」見於《尉繚子・制談》：「金鼓所指，則百人盡鬥。陷行亂陣，則千人盡鬥。覆軍殺將，則萬人齊刃。」〔註339〕

〔註336〕宗福邦、陳世鐃、蕭海波主編：《故訓匯纂》，商務印書館，2007 年 9 月，頁 958。
〔註337〕清華大學出土文獻與保護中心編、李學勤主編：《清華大學藏戰國竹簡（柒）》，上海，中西書局，2017 年 4 月，頁 120，注 8。
〔註338〕簡帛論壇：「清華七《越公其事》初讀」，第 61 樓，20170427。
〔註339〕簡帛論壇：「清華七《越公其事》初讀」，第 100 樓，20170430。

王寧認為「敦刃」仍當讀「推刃」。〔註340〕類似報仇。

蕭旭認為「敦刃」為「頓刃」，猶言折刃，指殊死決鬥。〔註341〕

子居認為 Zzusdy「敦刃」所說當是。〔註342〕

郭洗凡認為王寧的觀點可從。「推刃」指用刀劍刺殺：

> 王寧的觀點可從。《國語‧吳語》：「使吾甲兵鈍弊，民人離落。」《公
> 羊傳‧定公四年》「父不受誅，子復讎，可也。父受誅，子復讎，推
> 刃之道也。」何休注：「一往一來曰推刃。」意思是父獲罪處死，其
> 子復仇，仇家之子必然也會報復，形成循環。「推刃」指用刀劍刺殺。
> 〔註343〕

何家歡認為 字，楚文字常作「」。王輝先生討論過該字，並舉例金文寫作「臺」，他認為簡文寫作「臺」有可能是承西周金文書寫之風：

> 字，楚文字常作「」。《說文‧攴部》：「敦，怒也，詆也。一
> 曰誰何也。從攴臺聲。」簡文此字當嚴格隸定當為臺，王輝先生討論
> 過該字，云：「《詩‧魯頌‧閟宮》：『敦商之旅，克咸厥功。』鄭箋：
> 『敦，治。』此一義之敦金文亦或作臺。《寡子卣》：『臺不弔乃邦。』
> 《鐘》：『南或（國）艮（服）孳敢臽（陷）處我土，王臺伐其至，戕
> （翦）伐厥都。』《不嬰簋》：『戎大同，從（縱）追汝，汝及戎大臺戲

〔註340〕簡帛論壇：「清華七《越公其事》初讀」，第 128 樓，20170501。《公羊傳‧定公四
年》：「父受誅，子復讎，推刃之道也。」《後漢書‧虞傅蓋臧列傳》：「惜洪力劣，
不能推刃為天下報仇，何謂服乎？」漢代書多稱「推鋒」，《史記‧秦本紀》：「三
百人者聞秦擊晉，皆求從，從而見繆公窘，亦皆推鋒爭死，以報食馬之德。」

〔註341〕蕭旭：〈清華簡（七）校補（二）〉，http://www.gwz.fudan.edu.cn/Web/Show/3061，
20170605。馬王堆帛書《戰國縱橫家書》：「請為天下顏（雁）行頓刃。」《史記‧
越王勾踐世家》：「越王曰：『所求於晉者，不至頓刃接兵，而況於攻城圍邑乎？』」
又「而頓刃於河山之間。」《淮南子‧齊俗篇》：「其兵（戈）銖而無刃。」許慎注：
「楚人謂刃頓為銖。」《賈子‧制不定》：「屠牛坦一朝解十二牛，而芒刃不頓者。」
又見《漢書‧賈誼傳》，顏師古曰：「頓，讀曰鈍。」皆「頓刃」之證。《左傳‧襄
公四年》：「師徒不勤，甲兵不頓。」本字作「鈍」，不鋒利也。《國語‧吳語》：「使
吾甲兵鈍弊，民人離落。」《戰國策‧趙策二》：「敝甲鈍兵。」《漢書‧陳湯傳》：
「兵刃樸鈍，弓弩不利。」《孫子‧作戰》：「夫鈍兵挫銳，屈力殫貨，則諸侯乘其
弊而起。」《通典》卷 148、《御覽》卷 293 引並作「頓兵」，《淮南子‧修務篇》
亦有「頓兵剉銳」語。

〔註342〕子居：〈清華簡七《越公其事》第二章解析〉，http://www.xianqin.tk/2018/03/09/423，
20180309。

〔註343〕郭洗凡：《清華簡《越公其事》集釋》，安徽大學碩士學位論文，2018 年 3 月，頁 29。

（搏）。』」（王輝《古文字通假字典》，中華書局，2008 年，第 661
頁）以此看來，簡文寫作臺有可能是承西周金文書寫之風。〔註344〕

　　張新俊認為「敦」可讀「蹈」，上古音「敦」屬於定母文部字，「蹈」屬定
母幽部字。二字聲紐相同，幽、文二部關係十分密切。近些年來，根據龍宇純、
孟蓬生、李家浩等多位學者的研究，上古音幽部與微物文部的關係很近，可以
相通。（龍宇純：《上古音芻議》，載《「中央研究院」歷史語言研究所集刊》，
第六十九本第二分 1998 年，第 331～396 頁。孟蓬生著：《上古漢語同源詞語
音關係研究》，北京師範大學出版社 2001 年，第 48～50 頁。李家浩：《楚簡所
記楚人祖先「（鬻）熊」與「穴熊」為一人說——兼說上古音幽部與微、文二
部音轉》，《安徽大學語言文字研究叢書·李家浩卷》，安徽大學出版社 2013 年，
188～238 頁。史傑鵬：《由郭店〈老子〉的幾條簡文談幽、物相通現象及相關
問題》，收入《畏此簡書》，江西高校出版社 2018 年，第 114～132 頁）。「蹈刃」
一詞秦漢典籍中多見，多用來形容勇士們在戰場上衝鋒陷陣、視死如歸的精
神。「蹈刃」意同「蹈白刃」，後者在戰國秦漢時期的典籍中更為常見。《孫臏
兵法·善者》：「故民見進而不見退，蹈白刃而不旋踵。」〔註345〕

　　秋貞案：

　　此處的「繥（帶）甲𨈭（八千）以臺（敦）刃皆（偕）死」的「敦」和
簡 3 的「敦」字解釋不同。「敦刃」若為「治劍」意，較不合理，豈有在兵敗
潰逃時才治劍之理。而「齊刃」的解釋有很多可能性，不一定符合此處「敦
刃」的解釋。若作「推刃」，「敦」上古音在端母文部，「推」上古音在透母微
部，聲韻可通，把「敦刃」作「推刃」也有可能。蕭旭所言「敦刃」作為「頓
刃」、「鈍刃」，有兩種解釋。筆者查「頓刃」有兩義：其一指軍隊駐屯，《史
記·越王句踐世家》：「所求於晉者，不至頓刃接兵，而況于攻城圍邑乎？」
張守節正義：「頓刃，筑營壘也。」其二指鋒刃為之鈍挫。謂征戰殺伐。第一
例張守節解得不妥。「頓刃」就是「接兵」的意思，而不會是「筑營壘」。頓，

〔註344〕何家歡：《清華簡（柒）〈越公其事〉集釋》，河北大學碩士論文，2018 年 6 月，
　　　　　頁 15。
〔註345〕張新俊：〈清華簡《越公其事》釋詞〉，「第十一屆『黃河學』高層論壇暨『古文字
　　　　　與出土文獻語言研究』國際學術研討會」會議論文（開封：河南大學黃河文明與
　　　　　可持續發展研究中心，2019 年 6 月 22～23 日），頁 316～325。

通「鈍」。簡文的「敦刃皆（偕）死」，應該取第二種解釋為好，即征戰殺伐到死為止之意。其實，「敦」依字讀就可以了，《說文》：「敦，怒也。詆也。一曰誰何也。从攴，臺聲。（都昆切，又丁回切）」其釋義不夠精確，但以為从「臺」聲是對的，甲骨文「臺（敦）」就有迫擊之意，《甲骨文字詁林》「臺」字條按語說：

卜辭「臺」字除用作地名外，尚為敦伐之義：

臺召方受又

王臺缶于罗……〔註346〕

𣪘（宗周）鐘「王敦伐其至」，「敦」即「敦伐」之義；《詩經・國風・邶風・北門》「王事敦我」，「敦」也是迫壓的意思。本簡此處「敦刃」就是甲骨文以來的意義，可釋為以兵刃相迫擊。王寧讀為「推」，其實也是從甲骨文這個意義而來，「敦」字的讀音，上引《說文》又「丁回切」，「推」應該就是繼承這個音讀的同義詞。「敦」，甲骨文、金文作「臺」形，戰國文字加義符「攴」為「敦迫」之義造本字。〔註347〕何家歡認為簡文「敦」寫作「臺」可能是承西周金文書寫之風，也可。「今惥公亓故又緜甲牟以臺刃皆死？」意指「今天越公怎麼可能會有帶甲兵八千人一起以兵刃攻擊，拼死一戰？」

2. 整句釋義

吳王聽到越使一番陳詞柔中帶剛，又想到一路征戰道途遙遠，於是害怕。吳王跟申胥說：「我將允許越國的求和。」申胥說：「王啊！千萬不要許成啊！上天不會再一次賜給我們戰勝越國的機會了。而且他們既然大敗於平原，國家潰亂，逃離開他們的城邦。越國的君臣父子未能聚合相得之時，怎麼可能會有帶甲兵八千人一起以兵刃攻擊，拼死一戰？」

（二）吳王曰：「夫=（大夫）亓（其）良惥（圖）此①！昔虗（吾）先王盍膚（盧）所以克內（入）郢邦，【十一】唯皮（彼）鯀（雞）父之遠瑙（荊）②，天賜中（忠）于吳，右我先王。③瑙（荊）帀（師）走，虗（吾）先王邊（逐／邇）之走④，遠夫甬（用）戔（殘），虗（吾）先

〔註346〕于省吾：《甲骨文字詁林》，北京：中華書局，1996.5，頁1938。

〔註347〕季師旭昇：《說文新證》，藝文印書館，2014年9月2日出版，頁243。

【十二】王用克內（入）于郢⑤。

1. 字詞考釋

①吳王曰：「夫＝（大夫）亓（其）良惥（圖）此！

原考釋：

> 良圖，妥善謀畫。《左傳》昭公二十三年：「士彌牟謂韓宣子曰：『子
> 弗良圖，而以孫叔與其讎，孫叔必死之。』」〔註348〕

子居認為此處所擬寫的吳王夫差言行去史實甚遠，所謂「良圖」和前文的
「乃懼」顯然為了著意刻畫夫差的畏難心態。〔註349〕

何家歡認為「惥」字讀作「圖」，見於其他楚簡材料：

> 「惥」又見於他簡。上博簡（一）《紂衣》簡12：「毋以少（小）惥（謀）
> 敗大惥。」（馬承源等編《上海博物館藏戰國楚竹書（一）》，第 56
> 頁）郭店簡《緇衣》簡 22-23 同（荊門博物館編《郭店楚墓竹簡》，
> 第 18 頁）。《緇衣》中之「惥」字讀為「圖」；上博簡（四）《曹沫之
> 陳》：「今邦慰（彌）少而鐘愈大，君其惥之。」上博簡（五）《苦成
> 家父》：「吾子惥之。」其句式正與此處相合，可資比勘。〔註350〕

秋貞案：

先秦兩漢典籍中「良圖」一詞都是當作「善於謀畫」之意。例如原考釋舉
《左傳》昭公二十三年一例外，還有《呂氏春秋·慎行》：「令尹子常曰：『是吾
罪也，敢不良圖。』乃殺費無忌，盡滅其族，以說其國。」《左傳》昭公二十七
年：「今子愛讒以自危也，甚矣其惑也，子常曰，是瓦之罪，敢不良圖，九月，

〔註348〕清華大學出土文獻與保護中心編、李學勤主編：《清華大學藏戰國竹簡（柒）》，上
　　　　海，中西書局，2017 年 4 月，頁 120，注 9。

〔註349〕子居：〈清華簡七《越公其事》第二章解析〉，http://www.xianqin.tk/2018/03/09/423，
　　　　20180309。據《國語·吳語》：「吳王夫差既許越成，乃大戒師徒，將以伐齊。」
　　　　齊之與越相較，遠近、險易差別甚明，夫差不以伐齊為難事，如何會以滅越為難
　　　　事？因此《越公其事》刻意凸顯越人而貶低吳國君臣的描寫傾向，可謂明顯之至。
　　　　從這個角度來說，整理者在《〈越公其事〉與句踐滅吳的歷史事實及故事流傳》所
　　　　說的：「對於《越公其事》的文獻性質，我個人的理解是從總體上看屬於語類文獻，
　　　　但較之其他同類文獻，是一篇更注重歷史事實與經驗教訓的歷史文獻。」（李守奎
　　　　《文物》2017 年第 6 期。）恐怕並不符合實際情況。

〔註350〕何家歡：《清華簡（柒）《越公其事》集釋》，河北大學碩士論文，2018 年 6 月，
　　　　頁 15。

己未，子常殺費無極與鄢將師，盡滅其族，以說于國，謗言乃止。」但簡文此處的「良圖」可以參考上下文意，指的是吳王針對申胥之前的勸說，表示應該要再多考慮考慮清楚再說，因為下文吳王又說吳國之前可以打贏楚國是由於雞父的謀略奏效，而克入郢都，如今情勢不同已往，故應再多加思考才行。「其」作「可以」，「其」與「可」為牙音雙聲字。〔註351〕「吳王曰：夫=亓良慭此！」，意指「吳王說：大夫你可以再好好考慮考慮！」

②昔虘（吾）先王盍膚（盧）所以克內（入）郢邦，【十一】唯皮（彼）雞（雞）父之遠瞽（荊）

原考釋：

> 雞父，又見於清華簡《繫年》第十五章，伍奢之子「伍員、伍之雞」。伍之雞又稱為五雞、雞父。伍之雞在闔閭入郢中發揮過重要作用，其事迹傳世文獻失載。遠，遠離。《孟子‧梁惠王上》：「君子之於禽獸也，見其生，不忍見其死；聞其聲，不忍食其肉。是以君子遠庖廚也。」〔註352〕

李守奎在〈清華簡中的伍之雞與歷史上的雞父之戰〉一文中說到伍雞是連尹伍奢之子，伍員之弟，伍之雞在吳人圍困州來戰役中發揮了重要作用，他利用發掘深溝，利用淮水作戰，出奇制勝，大敗楚國。後人為了紀念他，把他修建的水利工程稱作「雞父之汜」，也因此而得地名「雞父」，但是此地非杜預所注的：楚地安豐縣南有「雞備亭」。清華簡《繫年》與《越公其事》提供了重要資訊，使我們得以重新認識「雞父之戰」。〔註353〕

子居認為，若雞父為地名，則「遠」字應釋為距離；若雞父為人名，則「遠近」當指人際關係的親疏之別。子居認為諸書所記「雞父」都是明確的地名，故《越公其事》此處的「雞父」也當是地名。遠近是空間概念，說「雞父」此地離楚國郢都很遠。安徽鳳台距江蘇淮安直線距離約兩百四十公里，距湖北荊州約五百公里，相較之下，楚都距雞父比吳都距雞父要遠了一倍多，因此《越

〔註351〕裴學海：《古書虛字集解》，上海書店，1933年，頁412。

〔註352〕清華大學出土文獻與保護中心編、李學勤主編：《清華大學藏戰國竹簡（柒）》，上海，中西書局，2017年4月，頁120，注10。

〔註353〕李守奎：〈清華簡中的伍之雞與歷史上的雞父之戰〉，中國高校社會科學，2017.02，頁107～115。

公其事》稱「唯彼雞父之遠荊」。子居認為此處整理者的解釋有過度推崇簡帛材料的嫌疑。〔註354〕

　　吳德貞認為現「伍之雞（雞父）」與「伍子胥」乃兩人已明，李守奎認為伍之雞與伍子胥二人乃兄弟：

> 「伍之雞」於清華簡《繫年》亦作「伍雞」，網友「子居」以為乃因「雞父」這一地名而衍生之人物。（「子居」：《清華簡〈繫年〉12～15章解析》，先秦史論壇2015年12月1日（http://xianqin.byethost10.com/2015/09/11/208））。劉建明以為或是寫手筆誤，或是伍子胥之別名（參見劉建明：《清華簡〈繫年〉研究》，碩士學位論文，安徽大學2014年，第27頁）。蘇建洲引宋人鄧名世《古今姓氏書辯證》中的「伍舉（因食邑於椒，又謂之「椒舉」）」之子「伍鳴（又謂「椒鳴」）」（「伍鳴」與「伍奢」同輩，乃伍子胥之叔伯輩），認為《繫年》作者將「伍鳴」改為「伍雞」，誤為伍奢之子（參見蘇建洲、吳雯雯、賴怡璇合著：《清華二〈繫年〉集解》，萬卷樓出版社2013年，第602頁）。現「伍之雞（雞父）」與「伍子胥」乃兩人已明，李守奎認為伍之雞與伍子胥二人乃兄弟，「在闔閭入郢時都起過十分重要的作用。夫差為強調占領敵國之艱難，強化伍之雞的功勞。……伍之雞早逝，他的一些事跡湮沒無聞了，有些事跡可能疊加在了伍子胥的身上。」（參見李守奎：《〈越公其事〉與句踐滅吳的歷史事實及故事流傳》）。〔註355〕

秋貞案：

　　本簡此處所說的「雞父」在古代典籍所述不清，以致眾說紛紜。李守奎在〈清華簡中的伍之雞與歷史上的雞父之戰〉一文中試圖釐清「雞父」是什麼？他論證它是個人名，即伍員之弟，因為在吳王僚與吳王闔閭時期，率領吳軍打敗楚國立下赫赫功蹟，可惜英年早逝，「雞父之汜（戰）」被不同的古代典籍如《春秋》、《左傳》、《呂氏春秋》、《史記》以不同的面向傳寫，又經過一些傳抄的理解失誤，變得難以理解的複雜。現在出土材料在清華簡《繫

〔註354〕子居：〈清華簡七《越公其事》第二章解析〉，http://www.xianqin.tk/2018/03/09/423，20180309。

〔註355〕吳德貞：《清華簡《越公其事》集釋》，武漢大學碩士論文，2018年5月，頁23。

年》中提到「雞父」：

> 靈王卽世，【八〇】景平王卽位。少師無極讒連尹奢而殺之，其子五（伍）員與五（伍）之雞逃歸吳，五（伍）雞將【八一】吳人以圍州來，為長壑而汜之，以敗楚師，是雞父之汜。景平王卽世，昭王卽【八二】位。五員為吳大宰，是教吳人反楚邦之諸侯，以敗楚師于柏舉，遂入郢。（《繫年》第十五章）

在《越公其事》中本簡此處又提到「雞父」的這一段敘述，提供我們更多相關於「雞父之汜（戰）」的事蹟。李守奎結合《春秋》、《左傳》、《呂氏春秋》、《史記》等材料提到雞父之戰的地方，從不同側面的敘述，再輔以清華簡《繫年》與《越公其事》對雞父之戰的描述，綜合出可信度較高的結論。原考釋在此解釋太過簡略，李守奎之說可以補充本段。簡文說「昔吾先王闔盧所以克入郢邦，唯彼雞父之遠荆」，句中的「雞父」如果是地名，上下文義不好理解。雞父應該就是伍雞（伍之雞）。「昔虛先王盍膚所以克內郢邦，唯皮鬃父之遠暋」，意指「從前我先王闔閭所以能戰勝楚國，就是那個雞父遠離荆楚」。

③天賜中（忠）于吳，右我先王。

原考釋：

> 賜中，《國語》作「降衷」，《吳語》：「今降衷於吳，齊師受服。」或以為與清華簡《保訓》之「中」相近，有更多的文化內涵。〔註356〕

陳偉認為原考釋注釋「賜中」，《國語‧齊語》「降衷」是合適的，但與忠誠之「忠」無涉：

> 整理者以《國語‧齊語》「降衷」說明簡文「賜中」，是合適的。但讀為「賜忠」卻游離了這一思路。《國語‧齊語》「降衷」韋昭注：「衷，善也。」《國語‧晉語二》：「以君之靈，鬼神降衷。」韋昭注亦同。《書‧湯誥》：「惟皇上帝，降衷于下民。」孔傳也說：「衷，善也。」這裏的善，實為吉祥義。（《說文》：「善，吉也。」）降衷、賜衷，都

〔註356〕清華大學出土文獻與保護中心編、李學勤主編：《清華大學藏戰國竹簡（柒）》，上海，中西書局，2017年4月，頁120，注11。

是說上天給予吉祥，與忠誠之「忠」無涉。〔註357〕

子居認為此「中」字，釋文括弧內書「忠」，疑為筆誤。「衷」指內心，這裡即指天心、天意，《說苑・反質》所謂「聖王承天心」。賜中、降衷，即屬意，並非別有「更多的文化內涵」。〔註358〕

郭洗凡認為陳偉先生的觀點可從：

> 陳偉先生的觀點可從。「降衷」，《書・湯誥》：「惟皇上帝，降衷于下民。」孔傳：「衷，善也。」意為降福。〔註359〕

羅云君認為陳偉之說可從。吳、隨與周皆姬姓，楚國滅亡漢陽諸姬，是對姬姓的冒犯，從吳人的角度來看，上天「致罰於楚」，是彰顯其「衷」，即賜「衷」於吳：

> 可從陳說。《左傳》定公四年：「吳人從之，謂隨人曰：『周之子孫在漢川者，楚實盡之。天誘其衷，致罰於楚，而君又竄之，周室何罪？君若顧報周室，施及寡人以獎天衷，君之惠也。漢陽之田君實有之』」。吳、隨與周皆姬姓，楚國滅亡漢陽諸姬，是對姬姓的冒犯，從吳人的角度來看，上天「致罰於楚」，是彰顯其「衷」，即賜「衷」於吳。凡于我有利之事，皆可理解為賜「中」於我。〔註360〕

吳德貞認為「賜衷」比「賜忠」更符合文義，陳說可從。〔註361〕

秋貞案：

原考釋認為「中」為「衷」，可從。子居認為釋文筆誤，則不可信。筆者認為「賜中」意為「降善」、「賜吉」。「善」指「對我們友善」，全句即上天降福於我們。陳偉之說可從。「天賜中（忠）于吳，右我先王」意指「上天賜福給吳國，

〔註357〕陳偉：〈清華簡七《越公其事》校讀〉，http://www.bsm.org.cn/show_article.php?id=2790，20170427。另刊於〈清華簡七《越公其事》校釋〉，「出土文獻與傳世典籍的詮釋國際學術研討會」會議論文集，復旦大學出土文獻與古文字研究中心，2017年10月14〜15日。

〔註358〕子居：〈清華簡七《越公其事》第二章解析〉，http://www.xianqin.tk/2018/03/09/423，20180309。

〔註359〕郭洗凡：《清華簡《越公其事》集釋》，安徽大學碩士學位論文，2018年3月，頁30。

〔註360〕羅云君：《清華簡《越公其事》研究》，東北師範大學，2018年5月，頁21。

〔註361〕吳德貞：《清華簡《越公其事》集釋》，武漢大學碩士論文，2018年5月，頁23。

保佑我們先王。」

④劅（荊）帀（師）走，虡（吾）先王遾（逐／邇）之走

原考釋釋「遾」釋為「逐」：

「遾」字上部與「學」字上部所從相同，「遾」字或可隸作「遾」。
其上部係表音成分，讀為「逐」。走，敗逃。《孟子‧梁惠王上》：
「王好戰，請以戰喻。填然鼓之，兵刃既接，棄甲逸兵而走。」
〔註362〕

趙平安認為「遾」字釋作「邇」，「邇之走」就是「近之走」，指吾先王貼著
荊師跑：

《清華簡（七）‧越公其事》：「劅（荊）帀（師）走，虡（吾）先王
遾之走，遠夫甬（勇）彖（殘），（吾）先王用克內（入）於郢。」
（簡12～13）這個字整理報告隸作「遾」〔註363〕，注【一二】說：「字
上部與『學』字上部所從相同，系表音成分，讀為逐。」原字形作 遾，
從辵，聲符部分下面所從與《越公其事》簡14豕字寫法相同，應隸
作「遾」，看作「逐（邇）」的異體字。「邇之」與「邇樂盈」的狀態
是一樣的，「邇之走」就是「近之走」，指吾先王貼著荊師跑。〔註364〕

王凱博認為趙平安釋「遾」此字為「邇」詞例很合適，但又認為蘇建洲提
出此字為兩聲字可從，並沒有對此字提出個人的看法。〔註365〕

子居認為此處的「逐」字之所以要標出表音成分，蓋因為清華簡《子犯子
餘》篇中不加表音成分的「逐」讀為「邇」。松鼠已指出「《越公其事》與《趙
簡子》及《子犯子餘》、《晉文公入于晉》均為一人所寫」，為了不在閱讀時將此
節的「逐」讀為「邇」，所以加上表音成分。〔註366〕

〔註362〕清華大學出土文獻與保護中心編、李學勤主編：《清華大學藏戰國竹簡（柒）》，上
海，中西書局，2017年4月，頁120，注12。

〔註363〕秋貞按：原報告似乎沒有這麼隸定，依《清華柒》頁119，隸定仍然作「遾」，只
是讀為「逐」，不讀為「邇」。

〔註364〕趙平安：〈試說「邇」的一種異體及其來源〉，安徽大學學報，2017年05期，頁
87～90。

〔註365〕王凱博：《出土文獻資料疑義探析》，吉林大學歷史學博士論文，2018年6月，頁
52～53。

〔註366〕子居：〈清華簡七《越公其事》第二章解析〉，http://www.xianqin.tk/2018/03/09/423，
20180309。

郭洗凡認為「逐」，追也，從辵，從豚省，與簡文意思也相符合。〔註367〕

何家歡認為「遾」當從原考釋所說。他舉郭店楚簡的「」字上部和「遾」字上部相近。認為「逐」與「臼」古音相近，故可通假：

> 當從整理者說。楚文字「學」字，郭店簡中有一種寫法作，其上部確與簡文此字上部形近。《說文‧教部》：「斆，覺悟也。從門。門，尚矇也。臼聲。」「臼」上古是幽部字。逐字上古亦為覺部字。「逐」可與屬幽部的「攸」通，《周易‧頤》：「其欲逐逐。」（（清）阮元校刻《十三經注疏》，第41頁上欄）《釋文》：「逐逐，《子夏傳》作攸攸。」（（唐）陸德明《經典釋文》卷二，第94頁）可見「逐」與「臼」古音相近，故可通假。〔註368〕

秋貞案：

本簡的「」隸作「遾」字，趙平安指出此字應該是「邁」的異體，是從甲骨文（合29341）、（合29332）、（合29334）、（合29335）等字演變而來。郭沫若《粹》991片考釋釋為甲骨文此字從犬、壘（𩁹）聲，奰、犾當是「獨」之古文。裘錫圭〈釋殷墟甲骨文裡的遠犾（邁）及有關諸字〉同意奰、犾一字，謂一般都用作「邁」字。此字清華簡多見，應由甲骨文奰先省作遾，再省兩手作犾，木簡為丨，豕訛為犬。字從豕或犬，應與逐捕獸類有關，聲符為「𩁹」。〔註369〕

由「遾」再一步簡化為「逐」，在楚簡中多見，學者也有很詳細的討論。《上博五‧季庚子問於孔子》簡19「母（毋）詣」，透過季師旭昇及陳劍確認出「逐」字，楊澤生舉《說文》犬部「獼」作「㺊」為例，證明從「爾」和從「豕」相通，確定「」讀作「邁」。後來鄔可晶也從音理上證明「豕」（歌部書母）「邁」（月部日母）聲母相近，韻部陰入對轉。從此「逐」可以作「邁」解，為大家所公認。《上博二‧容成氏》簡19「夫是以者悅怡，而

〔註367〕郭洗凡：《清華簡《越公其事》集釋》，安徽大學碩士學位論文，2018年3月，頁30。

〔註368〕何家歡：《清華簡（柒）《越公其事》集釋》，河北大學碩士論文，2018年6月，頁16。

〔註369〕以上除參見趙平安：〈試說「邁」的一種異體及其來源〉一文外，亦見季師《說文新證》第四版修訂（待出版）。鄔可晶、王凱博、蘇建洲的意見俱參趙文。

遠者自至」，「🔳」字也應讀作「邇」。〔註370〕現在一般都同意楚簡以「逵」為「逐」，以「逐」為「邇」。趙平安認為本簡的「還之走」即「邇之走」就是「近之走」，非常合理。

何家歡認為楚文字「學」的上部「還」的上部一樣，又誤把「臼」作「臼」，又認為「臼」「逐」同為幽部韻相同可通假，以上不確。「臼」和「臼」雖楷書字形相近，但在古文字形和釋義都不同，是兩個不同的字，請參見季師《說文新證》「學」和「臼」字條說明。〔註371〕

「曙市走，虗先王還之走」，「楚師跑，吾先王也跟著貼近他們追」。

⑤遠夫甬（用）戔（殘），虗（吾）先【十二】王用克內（入）于郢

原考釋釋「甬」為「勇」：

> 遠夫，指遠征之兵士。甬，讀為「勇」。戔，讀為「殘」。《戰國策‧秦策五》：「昔智伯瑤殘范、中行，圍逼晉陽，卒為三家笑。」又疑讀為「踐」，赴也。司馬遷《報任少卿書》：「且李陵提步卒不滿五千，深踐戎馬之地。」〔註372〕闔閭入郢在前五〇六年，詳見《左傳》定公四年。〔註373〕

紫竹道人疑斷句有誤，似可改為：「荊師走，吾先王逐（？）之走遠；夫用殘，吾先王用克入於郢。」「夫」為代詞，指代上文出現過的「荊師」：

> 簡12～13原斷讀為：「荊師走，吾先王逐之走，遠夫用（勇）殘，吾先王用克入于郢。」但「遠夫」一詞終覺怪異，「殘」到底如何讀，整理者亦顯猶豫（注釋中又提出疑讀為「踐」）。竊疑斷句有誤，似可改為：「荊師走，吾先王逐（？按此字又見於《清華（伍）‧殷高宗問於三壽》簡15，如何釋讀尚待研究）之走遠；夫用殘，吾先王用克入于郢。」「夫」為代詞，指代上文出現過的「荊師」。大意是

〔註370〕參見趙平安：〈試說「邇」的一種異體及其來源〉，安徽大學學報，2017年05期，頁87～90。

〔註371〕季師旭昇：《說文新證》，藝文印書館，2014年9月2日出版，頁247「學」、頁581「臼」字條。

〔註372〕清華大學出土文獻與保護中心編、李學勤主編：《清華大學藏戰國竹簡（柒）》，上海，中西書局，2017年4月，頁120，注13。

〔註373〕清華大學出土文獻與保護中心編、李學勤主編：《清華大學藏戰國竹簡（柒）》，上海，中西書局，2017年4月，頁121，注14。

說，楚國的軍隊逃跑了，我先王攆得他們逃得遠遠的；他們（指楚
國的軍隊）因而殘滅，我先王因而得以進入郢都。〔註374〕

暮四郎認為「甬」就當讀為「用」，和後面一句「用克內于郢」的句式相
同。〔註375〕

蕭旭認為司馬遷《書》「踐」是踏義。「戔」是「戔」繁構。甬戔，讀為勇
前。〔註376〕

子居認為遠夫當指荊師。同意網友紫竹道人讀「甬」為「用」，「用」可訓
為「因此」，清華簡《趙簡子》篇整理者注已曾指出。子居認為《越公其事》此
處實為混淆了雞父之戰和吳師入郢，所以才會有這樣的時間問題。《越公其事》
此節借夫差之口，把吳師入郢完全說成是天命所佑下的一次僥倖，更顯然是罔
顧史實的。〔註377〕

郭洗凡認為整理者觀點可從。「戔」是「戔」的繁構，「戔」與「踐」、「殘」
都是上古元部字，因此「戔」可以讀為「殘」或「踐」。〔註378〕

吳德貞認為「甬」當從整理者讀為「勇」，「勇氣」之意。「戔」應讀為「散」，
「勇散」意為在長時間的逃亡中，荊師作戰的勇氣和氣勢已經消散：

> 「甬」當從整理者讀為「勇」，整但應理解為「勇氣」之意，名詞。
> 「戔」應讀為「散」。戔，元部從紐，散，元部心紐，可通假，帛
> 書《老子》甲：「其微也，易後也。」今本後作散。《鬼谷子·散勢
> 法鷙鳥》：「推間而形之，則勢散。夫散勢者，心虛志溢，意衰威
> 失……」「勇散」之「散」與「勢散」之「散」用法相同。「遠，
> 夫勇散。」遠意指吳師追逐荊師在距離和時間上都已經夠長了，
> 「夫」指代前文的「荊師」，「勇散」意為在長時間的逃亡中，荊
> 師作戰的勇氣和氣勢已經消散。〔註379〕

〔註374〕簡帛論壇：「清華七《越公其事》初讀」，第 81 樓，20170429。

〔註375〕簡帛論壇：「清華七《越公其事》初讀」，第 82 樓，20170429。

〔註376〕蕭旭：〈清華簡（七）校補（二）〉，http://www.gwz.fudan.edu.cn/Web/Show/3061，20170605。

〔註377〕子居：〈清華簡七《越公其事》第二章解析〉，http://www.xianqin.tk/2018/03/09/423，20180309。

〔註378〕郭洗凡：《清華簡《越公其事》集釋》，安徽大學碩士學位論文，2018 年 3 月，頁 31。

〔註379〕吳德貞：《清華簡《越公其事》集釋》，武漢大學碩士論文，2018 年 5 月，頁 24。

何家歡認為「遠夫」即指楚國之兵士。「戔」字當讀為「殘」，楚文字「甬」常與「用」通。「遠夫甬戔」即「遠夫用殘」，意為「由於楚國的兵士殘破」：

> 上文有「遠荊」連言，指楚國，疑此處「遠夫」亦可連言，且疑二「遠」字義同。夫字，《左傳‧哀公元年》：「夫屯晝夜九日。」杜注：「夫猶兵也。」（（清）阮元校刻《十三經注疏》，第 2154 頁上欄）「遠夫」即指楚國之兵士。若此，戔字當讀為「殘」。甬字，整理者釋為「勇」，有待商榷。楚文字「勇」字常作「」，乃為《說文‧力部》之「戇」，又楚文字「甬」常與「用」通，此處讀「甬」為「勇」，未免失當。「遠夫甬戔」即「遠夫用殘」，意為「由於楚國的兵士殘破」。〔註380〕

秋貞案：

在先秦兩漢的典籍中，確實不見「遠夫」一詞，原考釋釋為「遠征之士兵」，說得不夠明白，又把「甬」釋為「勇殘」、「勇踐」及吳德貞釋為「勇散」，讓人不知道「遠夫」是否確指越國的士兵（說越國的士兵勇，確實有點怪）。因此紫竹道人要改斷句為「荊師走，吾先王逐之走遠；夫用殘，吾先王用克入於郢」，但這麼一改，「夫用殘」更讓人覺得寄怪，「夫」如何可以指「荊師」？也沒有很好的說明及確切的書證。其實，原考釋把「遠夫」釋為「遠征之士兵」指越國的士兵，並沒有什麼不妥，因為「吾先王遍之走」，因此「遠夫」被殲滅，文義通暢，斷句不用更改。「戔」字從三「戈」，原考釋讀「殘」或「踐」，顯然認為同「戔」，這是合理的。楚簡同形字常把二個偏旁寫成三個，最常見的例子就是楚簡把「艸（草）」寫成「卉」（《上博二‧子羔》5「堯之取堥（舜）也，從者（諸）卉（）茅之中、〈容成氏〉16「禽獸肥大，卉（）木晉長」、《上博五‧三德》1「卉（）木須時而後奮」等，都是大家熟知的例子。我們同意「戔」同「戔」，讀為「殘」，義為「殘敗」，楚師殘敗，吾先王因此得以入郢。我們也考慮是否可以讀為「殲」，意義更好，但「戔」屬元部，「殲」屬談部，元談旁轉的例子太少（《漢字通用聲素研究》頁699只舉出了一個例子），因此只得放棄。

〔註380〕何家歡：《清華簡（柒）《越公其事》集釋》，河北大學碩士論文，2018 年 6 月，頁 16。

　　何家歡雖然讀「甬」為「用」，但是沒有進一步說明。筆者認為本簡原考釋者所釋的「勇」字作「」形和同簡的「用」字作「」形，兩者字形分別不同，書手可能作不同字來用，故原考釋以為不同義。其實，楚簡同一篇文本中同一個意思用不同的字形，這種情況是很常見的，如前文討論過的，同樣是「使」的意思，楚簡可以用「吏、使、事、思、茲」五種字形（雖然有些詞義有細微的不同），此處簡文說「荊師走，吾先王邇之走，遠夫甬（用）戔（殘），吾先王用克入于郢」。「吾先王邇之走」一句補充「荊師走」，二者意思是一樣的。「用」作連詞，因此、因而。《墨子・非命下》：「我聞有夏人矯天命于下，帝式是增，用爽厥師。」〔註381〕「由於吾先王邇荊師走，遠夫因此殘敗，吾先王才能入郢」，文義合理。「遠夫甬戔，虗先王用克內于郢」，「遠征的士兵因此殘敗，我先王因此打敗楚國，入於郢都」。

2. 整句釋義

　　吳王說：「大夫你再好好的考慮考慮吧！從前我先王闔閭所以能戰勝楚國，就是那個雞父遠離荊楚，來到吳國幫我們打贏勝仗，上天賜福給吳國，保佑了我先王。荊楚的軍隊逃跑，我先王就緊追著趁勝攻擊，楚國遠征的士兵因此殘敗，我先王才能克勝荊師而入了郢都。

　　（三）今我道逨（路）攸陰（險），天命反吳（側）①。歔（其）甬（庸）可（何）智（知）自旻（得）②？虗（吾）台（始）淺（踐）雪（越）墬（地）以㠯=（至于）今③，凡吳之【十三】善士牆（將）中畔（半）死巳（矣）④。今皮（彼）新（新）去亓（其）邦而笘（篤）⑤，母（毋）乃豕戰（鬥）⑥，虗（吾）於膚（胡）取夲（八千）人以會皮（彼）死？」繡（申）疋（胥）乃【十四】思（懼），許諾。【十五上】⑦。

1. 字詞考釋

①今我道逨（路）攸陰（險），天命反吳（側）

　　原考釋釋「攸」為「修」：

天命反側，《楚辭‧天問》：「天命反側，何罰何佑？」朱熹《集注》：

「反側，言無常也。」〔註382〕

子居認為如整理者所引，此節的「天命反側」句與《楚辭‧天問》幾乎如出一轍。兩文成文時間、地點接近，因此共同使用了當時當地較常見的語句。推論《越公其事》的編撰與《國語》的成編很可能是並行於戰國後期的事件。〔註383〕

秋貞案：

「今我道洛（路）攸隌（險）」的「攸」與簡9的「思道洛（路）之彶（攸）隌（險）」的「彶」雖然用字小別，但意義全同。這裡的「攸」讀如本字即可作「久，長遠」之意。《隸釋‧漢冀州從事張表碑》：「令德攸兮宣重光，仕郡州兮迪民康」。「天命反吳（側）」與《楚辭》「天命反側」全同，子居以此推論《越公其事》的成編和《國語》成編年代相同或接近，這種斷代方法過於簡率，「反側」一詞早見《詩經‧關雎》「輾轉反側」、《小雅‧何人斯》「以極反側」，時代都不可能太晚。原考釋引朱熹《楚辭集注》釋「天命反側」為「天命無常」，可從。

②敳（其）甬（庸）可（何）智（知）自㝵（得）

原考釋釋「敳」為「豈」；「可」照字讀

甬，讀為「庸」，與「豈」同義連用。《左傳》莊公十四年：「子儀在位十四年矣，而謀召君者，庸非貳乎？」得，得勝。銀雀山漢墓竹簡《孫臏兵法‧威王問》：「以輕卒嘗之，賤而勇者將之，期於北，毋期於得。」〔註384〕

暮四郎認為「可」，釋為「何」。「敳甬（庸）可（何）知自得？」似與前文「天不仍賜吳於越邦之利」存在呼應關係。「得」，得勝。〔註385〕

子居認為此節的「甬」仍讀為「用」，用訓為「使」，「豈使可知」即不會讓

〔註382〕清華大學出土文獻與保護中心編、李學勤主編：《清華大學藏戰國竹簡（柒）》，上海，中西書局，2017年4月，頁121，注15。

〔註383〕子居：〈清華簡七《越公其事》第二章解析〉，http://www.xianqin.tk/2018/03/09/423，20180309。

〔註384〕清華大學出土文獻與保護中心編、李學勤主編：《清華大學藏戰國竹簡（柒）》，上海，中西書局，2017年4月，頁121，注16。

〔註385〕簡帛論壇：「清華七《越公其事》初讀」，第84樓，20170429。

人預知。〔註386〕

　　郭洗凡認為「暮四郎」的觀點可從。先秦文獻中「庸何」出現的次數很多：

> 「暮四郎」的觀點可從，先秦文獻中「庸何」出現的次數很多。《左傳・文公十八年》：「人奪女妻而不怒，一抶女，庸何傷？」王引之《經義述聞・春秋左傳中》「庸亦何也」。〔註387〕

　　吳德貞認為「甬可」從「暮四郎」讀為「庸何」。《國語・魯語》：「醉而怒，醒而喜，庸何傷？君其入也！」〔註388〕

　　秋貞案：

　　原考釋以為「庸」義同「豈」，但「豈庸」同義連用，未見書證。暮四郎讀「庸何」，先秦文獻多見。《左傳・文公十八年》：「人奪女妻而不怒，一抶女，庸何傷？」王引之《經義述聞・春秋左傳中》：「庸亦何也。」楊伯峻注：「庸何，同義詞連用。」〔註389〕《左傳・襄公二十五年》「人有君而弒之，吾焉得死之，而焉得亡之，將庸何歸」〔註390〕都是很好的例子。但是依這個讀法，「豈庸何知自得？」仍法無法避免先秦未見「豈庸」連用的問題。從文法分析上來看，「豈庸何」三個字放在一起有冗贅重複的問題，依先秦習慣，「豈甬（庸）可（何）知自得？」一句只要說「豈知自得？」或「庸何知自得？」即可，我以為「敱」字似乎可以讀為「其」。敱，溪紐微部；其，群紐之部，二字聲同屬牙音，韻屬旁轉。「其」訓「而」，《禮記・表記》：「非虞帝，其孰能如此乎？」〔註391〕「敱（豈）甬（庸）可智（知）自旻（得）」意指「而怎麼知道得能勝呢？」。

③虗（吾）台（始）後（踐）雫（越）堕（地）以孛=（至于）今

　　原考釋：

> 始踐越地，《左傳》哀公元年（吳王夫差二年）春：「吳王夫差敗越

〔註386〕子居：〈清華簡七《越公其事》第二章解析〉，http://www.xianqin.tk/2018/03/09/423，20180309。

〔註387〕郭洗凡：《清華簡《越公其事》集釋》，安徽大學碩士學位論文，2018年3月，頁32。

〔註388〕吳德貞：《清華簡《越公其事》集釋》，武漢大學碩士論文，2018年5月，頁24。

〔註389〕（周）左丘明撰，（晉）杜預注，（唐）孔穎達正義：《春秋左傳正義》，北京大學出版社，1999年12月第一次印刷，頁574。

〔註390〕（周）左丘明撰，（晉）杜預注，（唐）孔穎達正義：《春秋左傳正義》，北京大學出版社，1999年12月第一次印刷，頁1015。

〔註391〕裴學海：《古書虛字集解》，上海書店，1933年，頁385。

于夫椒，遂入越。」《史記・吳太伯世家》：「（王夫差）二年，吳王悉精兵以伐越，敗之夫椒。」〔註392〕

子居認為「自得吾始踐越地」即「自吾得始踐越地」。夫差志在中原爭霸而非滅越復仇，所以才會以答應越國的降服請求為第一考量。〔註393〕

秋貞案：

原考釋可從。子居的解釋自成一格，夫差志在中原爭霸與滅越復仇並不衝突。本篇書寫的角度與傳統史書記載頗有不同，全篇夫差畏首畏尾，對滅越的信心似乎不足。

④凡吳之【十三】善士牆（將）中畔（半）死巳（矣）

原考釋：

善士，《孟子・萬章下》：「一鄉之善士，斯友一鄉之善士；一國之善士，斯友一國之善士；天下之善士，斯友天下之善士。以友天下之善士為未足，又尚論古之人。」畔，即畔，讀為「半」。中半，一半。巳，語氣詞，表過程完結。《書・洛告》：「公定，予往已。」古書多作「矣」。〔註394〕

劉偉浠認為 字應隸作「畚」，「八」下是「邊」之省體。〔註395〕

子居解釋善士即良士。此節中寫夫差稱「善士將中半死」，所以會「胡取八千人以會彼死」，是以夫差的將士不足兩萬人，顯然是在故意把夫差的兵力說少，相較于作者將勾踐的剩餘兵力誇大為八千，其揚越抑吳傾向可以說再明顯不過了。〔註396〕

吳德貞認為「將」字用作副詞表示「將近」意，《孟子・滕文公上》：「今滕絕長補短，將五十里也。」《詞詮》：「將，幾也。」〔註397〕

〔註392〕清華大學出土文獻與保護中心編、李學勤主編：《清華大學藏戰國竹簡（柒）》，上海，中西書局，2017 年 4 月，頁 121，注 17。

〔註393〕子居：〈清華簡七《越公其事》第二章解析〉，http://www.xianqin.tk/2018/03/09/423，20180309。

〔註394〕清華大學出土文獻與保護中心編、李學勤主編：《清華大學藏戰國竹簡（柒）》，上海，中西書局，2017 年 4 月，頁 121，注 18。

〔註395〕簡帛論壇：「清華七《越公其事》初讀」，第 54 樓，20170427。

〔註396〕子居：〈清華簡七《越公其事》第二章解析〉，http://www.xianqin.tk/2018/03/09/423，20180309。

〔註397〕吳德貞：《清華簡《越公其事》集釋》，武漢大學碩士論文，2018 年 5 月，頁 24。

秋貞案：

季師《說文新證》「半」字條：「古文字半有兩系，其一从八牛作半，其一从八斗作半，第一類見於晉系和秦系，第二類見於晉系（楚系見於偏旁）」〔註398〕「畔」字从「八斗」甚明。劉偉浠認為「八」下是「邊」的省體，不可從。「將」作為「將近」解，可從。「凡吳之善士牆中畔死巳」，音指「凡吳國的精銳士兵將近死了大半」。

⑤今皮（彼）新（新）去亓（其）邦而笁（篤）

原考釋：

> 笁，從心，竺聲，讀為「篤」。專一不變，《論語·子張》：「子夏曰：『博學而篤志，切問而近思，仁在其中矣。』」〔註399〕

趙嘉仁認為「笁」釋為「篤」，讀為「毒」，毒乃暴烈、猛烈義。〔註400〕

汗天山認為此句疑當讀為：今彼新去其邦而逐，毋乃死鬭？意思是：越國士兵剛剛離開其邦國（銳氣猶存，又思返回故邦國），這時候我們去追逐（消滅）他們，恐怕他們會拼死戰鬭吧？〔註401〕

Zzusdy 認為似當讀為「毒」，痛恨、憎恨義（也有可能取其他義項，看《匯纂》1205頁）。〔註402〕

蕭旭同意趙嘉仁及某氏讀「笁」為毒，憎惡也，怨恨也，苦痛也。馬王堆帛書《戰國縱橫家書》：「怨竺積怒，非深於齊。」《戰國策·趙策一》、《史記·趙世家》「竺」作「毒」。豕鬭，疑指群豕亂鬭。簡文言越軍離開故國，皆有怨恨之心，莫肯為鬭也。〔註403〕

羅小虎認為「篤」應理解為「病」。《楚辭大招》：「察篤夭隱。」王逸注：「篤，病也。」這句話大意是說，因為越國軍隊打了敗仗、剛離開國家，非

〔註398〕季師旭昇：《說文新證》，藝文印書館，2014年9月2日出版，頁89。

〔註399〕清華大學出土文獻與保護中心編、李學勤主編：《清華大學藏戰國竹簡（柒）》，上海，中西書局，2017年4月，頁121，注19。

〔註400〕趙嘉仁：〈讀清華簡（七）散札（草稿）〉，http://www.gwz.fudan.edu.cn/forum/forum.php?mod=viewthread&tid=7968，20170424。

〔註401〕簡帛論壇：「清華七《越公其事》初讀」，第57樓，20170427。

〔註402〕簡帛論壇：「清華七《越公其事》初讀」，第86樓，20170429。

〔註403〕蕭旭：〈清華簡（七）校補（二）〉，http://www.gwz.fudan.edu.cn/Web/Show/3061，20170605。

常疲敝。恐怕會決一死戰吧？〔註404〕

　　子居認為篤當訓「固」，指勾踐「固守會稽山」，而非是「專一不變」，勾踐如果真是專一不變，也就不會「使大夫種行成于吳師」了。〔註405〕

　　郭洗凡認為「笣」應該讀為「毒」，代表痛恨，怨恨的意思：

　　　「毒」，《段注》「從刀者，刀所以害人也，讀若篤」。「毒」古文作「蕫」，「從亯為聲，亯，厚也，讀若篤。」與「篤」是同韻。《尚書·微子》：「天毒降災，荒殷邦……」「笣」應該讀為「毒」，代表痛恨，怨恨的意思。〔註406〕

　　秋貞案：

　　「笣」，通「篤」，作「毒」解。古「竺」、「篤」、「毒」三字通用，蔣驥注《楚辭·天問》「帝何竺之？」各家的通讀，在語音條件上都沒有問題。但從文義來看，此句意為今天他們剛失去國家而心有所怨恨不滿，所以一定會拼死戰鬥。此外，「笣」從「心」旁，應該有表示憎惡、怨恨、苦痛的意思。「今皮新去亓邦而笣」指「他們現在剛沒了國家心中一定有所怨恨」。

　　⑥母（毋）乃豕戲（鬥）

　　原考釋：

　　　豕鬥，大意是如窮途之獸，負隅頑抗。〔註407〕

　　子居認為「豕鬥」當是形容象野豬般的狠鬥，與是否窮途無關。〔註408〕

　　秋貞案：

　　原考釋直接把「戲」隸為「鬥」，嚴格隸定應作「鬥」。「鬥」的本義是「遇合」，《說文》：「鬥，遇也。」戰鬥義應用「鬥」字。豬是雜食性動物，但野豬性情粗暴、攻擊性強，當受到威脅時，公豬會用獠牙來保護自己，沒有獠

〔註404〕簡帛論壇：「清華七《越公其事》初讀」，第200樓，20170724。

〔註405〕子居：〈清華簡七《越公其事》第二章解析〉，http://www.xianqin.tk/2018/03/09/423，20180309。

〔註406〕郭洗凡：《清華簡《越公其事》集釋》，安徽大學碩士學位論文，2018年3月，頁33。

〔註407〕清華大學出土文獻與保護中心編、李學勤主編：《清華大學藏戰國竹簡（柒）》，上海，中西書局，2017年4月，頁121，注20。

〔註408〕子居：〈清華簡七《越公其事》第二章解析〉，http://www.xianqin.tk/2018/03/09/423，20180309。

牙的母豬會咬對方。雖然並非致命的，但這樣的攻擊會導致嚴重創傷。〔註 409〕很多報導指出，老虎與野豬打鬥，老虎未必能贏。家豬如果管理不當，也會打架，但不致於到你死我活的地步。本句說「豕鬥」，應是指野豬當情勢被逼到絕境時，會全力拼命，更能更激起與敵人決一死戰之心。

⑦虗（吾）於膚（胡）取䉼（八千）人以會皮（彼）死？」繡（申）疋（胥）乃【十四】愳（懼），許諾。ㄴ【十五上】

原考釋釋膚，讀為「胡」：

> 膚，讀為「胡」，疑問代詞，用法與前文「故」相同。此篇詞語多異寫，例如「使者」之「使」作「徒」，又作「事」等。〔註 410〕

魏棟以為「膚（胡）」當為疑問副詞。「於」應讀為「烏」，也作疑問副詞用。《呂氏春秋・明理》「烏聞至樂」，高誘注：「烏，安也。」「於（烏）膚（胡）」同義連用，訓為怎樣、哪裡，表反問語氣。句意是我哪裡能取得八千人來應對拼命赴死的八千越國兵士。〔註 411〕

暮四郎認為「於膚」似當讀為「惡乎」。此句大意可能是：我去哪裏找八千人來跟他的死士交戰呢？〔註 412〕

王寧認為「於」讀為「烏」。「膚」字疑當讀為臚列之「臚」，陳列義，「臚取」即陳列而取，猶言選擇、挑選。此句是吳王說「我怎麼挑選八千人去和那些亡命徒交戰？」〔註 413〕

魏宜輝認為魏棟將「於」讀作「烏」非常有道理。「膚」作「略」即為「收羅」義：

> 魏棟先生將「於」讀作「烏」，將句子的意思理解為「我哪裡能取得八千人來應對拼命赴死的八千越國兵士」，都是非常有道理的，但對這一句中的「膚」的釋讀，我們認為還值得進一步探討。我們在上文已經討論指出所謂「故」字其實是「敂」字的誤釋，將其作為「膚」

〔註 409〕參維基百科「野豬」條，https://zh.wikipedia.org/wiki/%E9%87%8E%E8%B1%AC。

〔註 410〕清華大學出土文獻與保護中心編、李學勤主編：《清華大學藏戰國竹簡（柒）》，上海，中西書局，2017 年 4 月，頁 121，注 21。

〔註 411〕石小力整理：〈清華七整理報告補正〉，http://www.tsinghua.edu.cn/publish/cetrp/6831/2017/20170423065227407873210/20170423065227407873210_.html，20170423。

〔註 412〕簡帛論壇：「清華七《越公其事》初讀」，第 4 樓，20170423。

〔註 413〕簡帛論壇：「清華七《越公其事》初讀」，第 176 樓，20170514。

讀作「胡」的參證其實是有問題的，而且連續兩個疑問副詞的情況也非常可疑。「膚」字，我們認為當讀作「略」。「膚」、「略」二字讀音關係很近，可以相通。上博簡《三德》篇簡 6「凡託官於人，是謂邦固；託人於官，是謂邦薦」，陳劍先生指出「薦」字當讀作表示「敗」、「廢」義的「露」，或「路」、「落」。（陳劍：《〈上博〉（五）〉零札兩則》，武漢大學簡帛研究中心「簡帛」網站，2006 年 2 月 21 日，http://www.bsm.org.cn/show_article.php?id=216；收入《戰國竹書論集》，上海古籍出版社，2013 年，第 189～190 頁）其說可從。這條材料可以作為「膚」讀作「略」的旁證。「略」在簡文中當理解為「收羅」之義。《左傳‧成公十二年》：「及其亂也，諸侯貪冒，侵欲不忌，爭尋常以盡其民，略其武夫，以為己腹心、股肱、爪牙。」此例中「略」即為「收羅」義。簡文「吾於（惡／烏）膚（略）取八千人以會彼死？」的意思是：「我怎麼收羅獲得八千人來應對越人的死戰？」此語表明吳王無力組織軍隊抗擊越人的死戰，故而答應了越人的求成。〔註414〕

　　郭洗凡認為王寧的觀點可從。「盧」的籀文為「臚」、「臚」，陵如切，臚陳之義。邵瑛《群經正字》「盧即臚之省變。」〔註415〕

　　羅云君依原考釋的釋讀。此句非謂兵力不足，實指滅越代價太大：

整理報告以「膚」為疑問代詞，訓為「胡」，可解為「何」，如簡【一一】之「故」。如此，「於」作介詞，「於膚」可解為在哪裡或從哪裡。面對越國「今皮（彼）新（新）去亓（其）邦而篤（篤），母（毋）乃豕戰（鬬）」的情況，「虞（吾）於膚（胡）取伞（八千）人以會皮（彼）死」是說我（指吳王）從哪裡派遣八千人和越國殘軍同歸於盡呢，與前面簡文「凡吳之【一三】善士牪（將）中畔（半）死已（矣）」恰好承接，非謂兵力不足，實指滅越代價太大，語法與文意皆通。〔註416〕

〔註414〕魏宜輝：〈讀《清華大學藏戰國竹簡（柒）》札記〉，香港浸會大學饒宗頤國學院，澳門大學中國語言文學系，清華大學出土文獻研究與保護中心：《〈清華簡〉國際會議論文集》，2017 年 10 月 26 日～28 日。

〔註415〕郭洗凡：《清華簡《越公其事》集釋》，安徽大學碩士學位論文，2018 年 3 月，頁 34。

〔註416〕羅云君：《清華簡《越公其事》研究》，東北師範大學，2018 年 5 月，頁 25。

秋貞案：

原考釋讀本句為「吾於胡取八千人以會彼死？」，乍看之下，也很通順。魏宜輝以簡 11 的「故」應隸為「敀」，用來反對原考釋讀「膚」為「胡」。其實這是兩回事，簡 11 與本簡的「膚」沒有任何關聯，如何能以簡 11 的訓讀來否定本句？更何況簡 11 的「故」改隸為「敀」，我們已經仔細分析過了，並不能成立。因此原考釋之說不能成立，必需要有更堅強的理由。從語法來看，原考釋把「膚」讀為「胡」，做為一個疑問代詞，而在先秦典籍中，疑問代詞的前面是不加介詞的，依原考釋的意思，簡文只要寫成「吾胡取八千人以會彼死」就可以了，不會寫成「吾於胡取八千人以會彼死」。所以原考釋之說恐難成立。

魏棟以為「於（烏）膚（胡）」同義連用，訓為怎樣、哪裡，表反問語氣。其缺點，魏宜輝已經辨析得很清楚了。連續兩個疑問副詞的情況確實可疑，文獻找不到這樣的用例。

暮四郎讀「於膚」為「惡乎」，避開了前兩者的缺點。應該是最好的解釋。《論語·里仁》「君子去仁，惡乎成名」、《孟子·梁惠王上》「天下惡乎定」、《荀子·勸學》「學惡乎始？惡乎終」、《墨子·非命下》「惡乎考之？……惡乎原之？……惡乎用之？」《莊子·齊物論》「道惡乎往而不存」……例子非常多，「惡乎」就是「怎樣」、「怎麼」，全句的意思是：「我怎麼找八千人去和越軍一同死？」

王寧讀「膚」為「臚」，與「取」合用為「臚取」，即陳列而取，猶言選擇、挑選。但是臚是臚、取是取，「臚取」並沒有組成複詞的條件，也找不到書證。

魏宜輝對魏棟的解釋提出了很有力的批駁，把「膚」讀為「略」，也費了很大的心力。但是「略」字當「收羅」義時，往往帶有負面義，《左傳·成公十二年》：「及其亂也，諸侯貪冒，侵欲不忌，爭尋常以盡其民，略其武夫，以為己腹心、股肱、爪牙。」說「侵欲」不忌、「爭」尋常以盡其民、「略」其武夫，都帶著把本來不該屬於自己的東西強取過來，歸屬自己。夫差的兵力應該還不至於連八千人都找不到，還要強力爭取。

2. 整句釋義

「今天我們征戰的路途又遠又危險，天命反覆無常，而哪裡可以知道一

定得勝？我從開始踏進越地到現在，吳國的精兵將近死去大半了。今天他們剛失去國家，心中一定很怨恨，可能如窮途之野豬，負隅頑抗，我怎樣去找八千個不怕死的勇士來和他們一戰，陪他們送死？」申胥聽完也害怕了，說：「好」。

三、《越公其事》第三章「吳王許成」

【釋文】

　　吳王乃出，新（親）見事（使）者曰：「君雫（越）公不命使（使）人而夫＝（大夫）親辱，孤敢兑（遂）皋（罪）於夫＝（大夫）。【一五下】孤所旻（得）皋（罪），亡（無）良鄹（邊）人禹（稱）瘴（發）悬（怨）咢（惡），交訨（鬥）吳雫（越），茲（使）虞（吾）戎（二）邑之父兄子弟朝夕糭（粲）狀（然）為犺（豺）【一六】狼，食於山林薗（草）芒（莽）。孤疾痡（痛）之，以民生之不長而自不久（終）亓（其）命，用事（使）徒遽迎（趣）聖（聽）命於【一七】┌……人復（還）雫（越）百里……【一八】┘〔註417〕今厽（三）年亡（無）克又（有）奠（定），孤用惢（願）見雫（越）公，余弃咢（惡）周好，以交（徼）求卡＝（上下）羕（祥）。孤用衝（率）我壹（一）戎（二）子弟【一九】以逩（奔）告於鄹＝（邊。邊）人為不道，或航（抗）御（禦）募（寡）人之詢（辭），不茲（使）達，气（既），羅（麗）甲綏（纓）冨（胄），臺（敦）齊兵刃，以玫（捍）御（禦）【二〇】募（寡）人。孤用匞（委）命疃（僮）昏（臣），闖（馳／觸）冒兵刃，达（匍）遒（匐）豪（就）君，余聖（聽）命於門。君不尚新（親）有（宥）募（寡）人，叩（抑）犿（荒）弃孤，【二一】伓（背）虛（去）宗审（廟），陟柿（棲）於會旨（稽）。孤或（又）忈（恐）亡（無）良僕馸（馭）猤（易）火於雫（越）邦，孤用內（入）守於宗审（廟），以須【二二】使（使）人」。今夫＝（大夫）嚴（儼）狀（然）監（銜）君主之音，賜孤以好曰：『余亓（其）與吳科（播）弃悬（怨）咢（惡）于潜（海）澴（河）江沽（湖）。夫婦交【二三】綏（接），皆為同生，齊執

〔註417〕第18簡調整簡序，依陳劍：〈《越公其事》殘簡18的位置及相關的簡序調整問題之說〉一文調整至第34簡之上，其上再接第36簡上半部，此部分的考釋內容於第五章再討論。

同力，以御（禦）戁（仇）戲（讎）。」孤之悉（願）也。孤敢不許諾，恣志於雩（越）公！」使（使）者反（返）命【二四】雩（越）王，乃盟，男女備（服），帀（師）乃還。∟【二五】

【簡文考釋】

　　（一）吳王乃出，新（親）見事（使）者曰①：「君雩（越）公不命使（使）人而夫＝（大夫）親辱②，孤敢兌（遂）皋（罪）於夫＝（大夫）③【一五下】。孤所旻（得）皋（罪）④，亡（無）良鄹（邊）人⑤再（稱）癍（發）悬（怨）喜（惡）⑥，交斝（鬥）吳雩（越）⑦，茲（使）虗（吾）戈（二）邑之父兄子弟朝夕棧（粲）肰（然）為犴（豺）【一六】狼⑧，食於山林蔮（草）芒（莽）⑨。

1. 字詞考釋

①吳王乃出，新（親）見事（使）者曰

　　原考釋：

> 事，讀為「使」。「史」、「事」楚文字有別。使，楚文字多作「史」。
> 此篇用字多有特別之處。〔註418〕

　　郭洗凡認為「史」從又持中，記事者也。「事」从史，之省聲。二字都是用作記事之意。〔註419〕

　　子居此篇用字的特別處正反應出其材料構成的複雜性，相關內容筆者在《清華簡七〈越公其事〉第二章解析》已有論述，可參看。〔註420〕

　　秋貞案：

　　查滕任生《楚系簡帛文字編》中的「史」在楚文字多作此形 （包山2.159）、（包山2.194）；「史」字也可以作「使」字，例子很多，例如 （郭6.14）「使之足以生」、（郭6.9）「又使人者」，都是同「史」字形。

〔註418〕清華大學出土文獻與保護中心編、李學勤主編：《清華大學藏戰國竹簡（柒）》，上海，中西書局，2017年4月，頁123，注1。

〔註419〕郭洗凡：《清華簡《越公其事》集釋》，安徽大學碩士學位論文，2018年3月，頁34。

〔註420〕子居：〈清華簡七《越公其事》第三章解析〉，http://www.xianqin.tk/2018/04/17/426，20180417。

而「事」字在楚文字多作此形 （包山 2.201）、（包山 2.18），〔註421〕和「史」、「使」字形有別。「事」字上面的部件多呈「」形。今在《越公其事》中的「事」作「使」的情形是比較特別的。筆者在第二章「吳王闔廬使之柔以呂也」時已作說明：本篇用為使役動詞的「使」字用字多達五種之多，可能是楚國書手用字的習慣或是楚國當時的用字習慣，而現代的漢語都把使役動詞的「使」字用字為同一個「使」字，故現代人不能理解，而把它認為是一字多形的異寫。

②君雪（越）公不命使（使）人而夫=（大夫）親辱

原考釋：

> 君越公，夫差對句踐之稱。此外尚有「越公」、「君王」、「君」等多種。稱句踐「越公」，與清華簡《繫年》相同。使人，奉命出使之人。《左傳》襄公二十七年：「趙孟曰：『牀第之言不踰閾，況在野乎？非使人之所得聞也。』」此處為與出使大夫相對的低級別的使役之人。〔註422〕

子居認為此篇作者在戰國中晚時期，使者普遍不是大夫階層的情況下，構擬出春秋時期夫差的口吻，說出「君越公不命使人而大夫親辱」這一句話：

> 此節的「使人」就是使者，作者假夫差之口稱文種行成是「君越公不命使人而大夫親辱」，反映出該節作者觀念中使者普遍不是大夫階層人士的情況。春秋時期國與國之間以大夫為行人是常例，至戰國的《周禮》一書猶言「大行人，中大夫二人」、「小行人，下大夫四人」，由此不難判斷，此節作者假夫差之口所說的「君越公不命使人而大夫親辱」當是說明此節作者自身，處於游士遍天下的戰國後期、末期時段，因此才會構擬出夫差此語。〔註423〕

秋貞案：

〔註421〕參滕任生：《楚系簡帛文字編》，湖北教育出版社，2008 年 10 月，頁 287～291。

〔註422〕清華大學出土文獻與保護中心編、李學勤主編：《清華大學藏戰國竹簡（柒）》，上海，中西書局，2017 年 4 月，頁 123，注 2。

〔註423〕子居：〈清華簡七《越公其事》第三章解析〉，http://www.xianqin.tk/2018/04/17/426，20180417。

原考釋認為「使人」是「奉命出使之人」這是沒有問題的，但是後面又說是「低級別的使役之人」則為誤解。子居亦認為「使人」朝低階方向去想，一樣是走錯了方向。《越公其事》此處的「使人」並無低階之意。簡文這裡的「使人」和前面的「使者」屬於「出使之人」，但用法上也有一些不同。

劉家忠在〈試論古籍中「行人」一詞的同稱異指現象〉〔註424〕一文中指出古籍中「行人」一詞約有九種不同指稱：1. 出行的人。2. 古代官名。3. 古代姓氏。4. 使者的通稱。5. 泛指小吏差役。6. 特指征人。7. 特指修行之人。8. 特指媒人。9. 特指活著的人。對照本簡的「使人」應該是屬於「4. 使者的通稱」，不完全指的是「2. 古代官名」。古代官名的「行人」大致如下的功能：

> 「行人」本是周朝設置的掌管朝覲聘問之官。……春秋戰國時期，諸侯之間也互派使者進行聘問，以互致問候，講信修睦，所以「行人」之官各國都有設置，統稱為「行人」。……「行人」之官，名稱多異，職責範圍大增據《舊唐書‧卷四十四‧職官三》記載：「周曰大行人，秦曰典客，漢景帝曰大行，武帝曰大鴻臚。梁置十二卿，鴻臚為冬卿，去『大』字，置為寺。後周曰賓部，隋曰鴻臚寺，龍朔改為同文司，光宅曰司賓部，神龍複也。」其職責是「掌諸侯及四方歸義蠻夷」。

劉家忠說「行人」在春秋戰國時期慢慢變為「使者的通稱」：

> 春秋戰國時期，隨著各諸侯國之間的相互通使聘問，「行人」之義，也就慢慢的由官名進而變成了使者的通稱。《左傳》、《國語》、《戰國策》等先秦典籍中都記載了許多行人辭令。「行人」作為使者的通稱。「使者」之稱，古籍中多有不同之稱謂。除可稱之為「行人」之外，亦或稱之為「使」、「使臣」、「行介」、「行夫」、「行李」、「行理」等。

鄭旭英在〈《左傳》中「使者」類詞辨析〉〔註425〕一文中指出《左傳》中「使者」一詞雖有不同的詞類，但都是屬「受命出使之人」：

〔註424〕劉家忠：〈試論古籍中「行人」一詞的同稱異指現象〉，濰坊學院學報，2005 年 9 月，頁 36～39。

〔註425〕鄭旭英：〈《左傳》中「使者」類詞辨析〉，《中文自學指導》，1998 年 02 期，頁 25～27。

《左傳》中「使者」類詞包括的「行李、行理、行人、使、使者、使人、使臣、介、上介、命介、王使、客使、天使」13 個詞，放在一個平面上並不完全同義，若從上位概念來說，就都屬「受命出使之人」，因而劃為一組類詞。

再者鄭旭英把「使」、「使人」、「使者」這三個詞作一類分析，他認為這三者有所不同：

「使」釋為「使者」，《春秋左傳辭典》中，釋「使者」為「出使之人」，釋「使人」為「使者」，似乎三者全沒差別。但細讀原文及前人注釋，三者還是有不同。「使」既可作名詞，又可作動詞。作名詞時念作（shǐ）即「出使之人」的意思，作動詞時念作（shì），為「派遣、出使」之意，「使人、使者」就是動詞的「使」加「人」、「者」而成「出使之人」。可見，名詞「使」與「使人、使者」在形成上並不一樣，並且「使人」、「使者」出現應較「使」為晚。在《左傳》中「使（shì）」使用已較少，在全書中僅出現三次，而「使人」出現七次，「使者」出現十八次，從中可見漢語詞彙從單音節向雙音節發展的態勢。

鄭旭英說「使人」和「使者」也有區別的，「使者」使用極廣；「使人」也同於「使者」、「行人」，但意義較為通俗：

「使人」與「使者」二者主要是在用法上有差異。「使者」使用極廣，有出國外交的（大部分屬此例），有在國內執行任務的，代表本國君主到大臣處傳遞資訊，例如；「魏犫束匈見使者曰」（僖 28 年）。此處「使者」就是晉公派往晉臣魏犫家視探情況的人。有作為軍使到對方國之軍隊送信致禮「三肅使者而退」（成 16 年）。該處「使者」就是軍使，而「使人」意義更為通俗，因此在外交來往這樣的大事中用得更少。「使人」在《左傳》中出現七次，二次是作為對「行人」的解釋。「行人，言使人也」（襄 11 年）、《書曰》：「晉人執我行人叔孫蠆，言使人也。」（昭 23 年），可見：「使人」在當時是一個俗語：二次與「使者」意同；三次是作自稱用的。這是「使人」與「使者」的一個最大不同。

　　《越公其事》此處的「使人」應該是「出使之人」的意思。同一句中前面已經有「使者」一詞出現（「吳王乃出親見事（使）者」），若要再用「使者」同一詞類會顯得重覆單調，故在此用了「使人」以做些變化，不致有重覆感。另外後面又接「大夫親辱」一句，此處的「使人」和「大夫」作一個對比，強調句踐派他的心腹大夫文種來求和，是此一行成中所慎重派遣的人選。

　　《周禮‧秋官‧司寇》云：「大行人，中大夫二人。小行人，下大夫四人。」可見得使者的身分也是大夫，原考釋以為使人為低級別的使役之人，不確。

　　《左傳‧襄公‧二十七年》：「趙孟曰：『牀第之言不踰閾，況在野乎！非使人之所得聞也。』」杜注：「使人，趙孟自謂。」趙孟的身分絕不低階，據《周禮》大行人、小行人也都是大夫。本篇說「君越公不命使人而大夫親辱」，「大夫」是對文種客氣的稱呼，相對的其他一般的使者就稱「使人」。

③孤敢兌（遂）皋（罪）於夫＝（大夫）【一五下】

　　原考釋釋為「脫罪」：

> 脫罪，開脫罪責。《戰國策‧齊策四》：「（孟嘗君）謝曰：『文倦於事，憒於憂，而性懧愚，沉於國家之事，開罪於先生。』」〔註426〕

　　悅園認為「兌」當讀為「遂」，「遂罪」即「加罪」之意：

> 簡15下「孤敢兌罪於大夫」，整理者讀「兌」為「脫」，文意似不通順，「兌」當讀為「遂」，參《古字通假會典》555～557頁「隧與說」、「隧與祝」、「襚與稅」、「襚與兌」等條，遂，因此，「孤敢遂罪於大夫」，謂我豈敢因此加罪於大夫。〔註427〕

　　子居認為「脫罪」一詞最早見於《史記‧主父列傳》：「王以為終不得脫罪，恐效燕王論死，乃自殺。」，故判斷《越公其事》一文的成文時間可能會晚至戰國後期之末或戰國末期。〔註428〕

〔註426〕清華大學出土文獻與保護中心編、李學勤主編：《清華大學藏戰國竹簡（柒）》，上海，中西書局，2017年4月，頁123，注3。

〔註427〕簡帛論壇「清華七《越公其事》初讀」，第75樓，20170428。

〔註428〕子居：〈清華簡七《越公其事》第三章解析〉，http://www.xianqin.tk/2018/04/17/426，20180417。「脫罪」一詞不見稱于先秦諸書，較之接近者為《管子‧中匡》：「寡人齋戒十日而飲仲父，自以為脫於罪矣。」傳世文獻中「脫罪」最早可見於《史記‧主父列傳》：「王以為終不得脫罪，恐效燕王論死，乃自殺。」《史記‧張丞相列傳》：「使人執魏丞相，欲求脫罪而不聽。」這一點可說明《越公其事》第三章雖不為

秋貞案：

原考釋說「兌罪」為「開脫罪責」，然後引《戰國策·齊策四》：「（孟嘗君）謝曰：『文倦於事，憤於憂，而性懧愚，沉於國家之事，開罪於先生。』」句中「開罪」一詞更與「脫罪」的意義不同。「脫罪」是指有罪而推卸責任，開脫自己，把過錯推卸於誰就是「脫罪於誰」，而「開罪」是「冒犯」之意，「開罪於先生」就是「冒犯了先生」之意。前一個解釋放在此處似乎都不是很恰當，後一個解釋很恰當，但是「兌皋」為什麼可以讀為「開罪」？原考釋沒有說明，也沒有書證。悅園把「兌罪」通假為「遂罪」較好，但是「遂罪」釋為「加罪」待商，文獻似乎沒有這種用法。筆者認為「遂罪」也可以訓作「成罪」之意。《漢書·董賢傳》：「遂成案。」顏師古注：「遂，成也，成其罪狀。」〔註429〕從簡文此處看來，吳王既然心中決定不再和越國決一死戰，想要接受越國的求和，故態度變得謙和，還親自接見文種說：「那裡敢成罪於文種大夫呢？」這是一種對文種大夫禮貌尊重的態度。

至於子居以「脫罪」而逕斷其成文時間，也有待商榷。「成文時間」指的是此文的創作時間，還是書手傳抄完成的時間？我們看到的《清華簡》依科學證據碳 14 技術測得時間是在戰國中晚期。《越公其事》又是一篇講述春秋時期吳越兩國之間的歷史文獻，應該屬於傳抄的作品。雖然傳抄作品照理要忠於原味。我們現在發現的出土文獻，或多或少會和傳世典籍不一樣的地方，這就牽涉到傳抄的版本的問題。若撇開版本的問題之外，書手本身的素質也是重要的因素。相信在古代能夠書寫文字，而且可以做傳抄工作的書手，應該具有相當的水準。再者，這些出土楚簡得以隨墓葬者入土，表示對這些楚簡的重視，所以假設這些楚簡都具有保存價值的情況下，內容不夠縝密可信，如何能隨墓主入陪葬呢？排除版本的問題、書手的素質問題、楚簡內容的可信及珍貴等因素之外，筆者認為還要考慮當時楚國用字的習慣及語法，不能單憑單一詞彙就可以斷定年代。

秦漢之文，但其成文時間當去秦漢不遠，故《越公其事》第三章的成文很可能會晚至戰國後期之末或戰國末期，此《越公其事》第三章的「脫罪」一詞也可為筆者在《清華簡七〈越公其事〉第二章解析》中提到的「《越公其事》中，明顯第三章的『使』字寫法作『茲』、『事』、『使』最為多樣，因此可推知第三章很可能最為晚出」增一佐證。

〔註429〕宗邦福、陳世鐃、蕭海波：《故訓匯纂》，商務印書館出版，2007 年 9 月，頁 2302。

④孤所愳（得）辠（罪）

原考釋：

> 得罪，冒犯。《國語·吳語》：「昔者越國見禍，得罪於天王。」《孟子·離婁上》：「為政不難，不得罪於巨室。」〔註430〕

子居認為這裡的「得罪」是指「被動獲罪」而不是「主動冒犯」；

> 得罪是指獲罪而不是冒犯，此點有主動與被動的區別，冒犯毋庸置疑往往被視為是主動性的，而獲罪則無論如何都是被動性的。在本節中，若將「冒犯」替換「得罪」，「孤所冒犯」也顯然不辭。〔註431〕

秋貞案：

子居認為這裡的「得罪」是有被動之意，言下之意是吳王被動得罪於無良邊人，非主動冒犯。我認為此處的「得罪」不在於誰主動冒犯，或是誰被動冒犯。吳王對大夫文種的態度是很禮貌性的，因為他想要答應吳國的求和，所以把今日吳國攻克越國的罪責轉嫁到後面提到的「亡良鄹人」身上，吳王言下之意是說：「我要討伐的是亡良鄹人」不是越王或越國。這是一種客外交辭令。

⑤亡（無）良鄹（邊）人

原考釋：

> 無良，不善。《國語·吳語》：「今句踐申禍無良，草鄙之人，敢忘天王之大德，而思邊垂之小怨，以重得罪於下執事？」邊人，《國語·魯語上》「晉人殺厲公，邊人以告」，韋昭注：「邊人，疆場之司也。」〔註432〕

秦樺林疑「亡（無）良」屬上讀，「孤所得辠亡良」為一句。〔註433〕

〔註430〕清華大學出土文獻與保護中心編、李學勤主編：《清華大學藏戰國竹簡（柒）》，上海，中西書局，2017年4月，頁123，注4。

〔註431〕子居：〈清華簡七《越公其事》第三章解析〉，http://www.xianqin.tk/2018/04/17/426，20180417。

〔註432〕清華大學出土文獻與保護中心編、李學勤主編：《清華大學藏戰國竹簡（柒）》，上海，中西書局，2017年4月，頁123，注5。

〔註433〕網友秦樺林在復旦網論壇發表 http://www.gwz.fudan.edu.cn/forum/forum.php?mod=viewthread&tid=7968，20170425。

陳劍對「無良邊人」的解讀為「越國邊人」：

> 於是吳王帶兵到越邊境，即為面見越公而「聽命」，不料越國邊人不理會此好意、不上達使越王得知，反而武力冒犯；於是吳王就不得不硬打進來，到越王門前「聽命」了——當然，此皆「外交辭令」。〔註434〕

子居對比《國語·吳語》：「今句踐申禍無良，草鄙之人，⋯⋯」所說「無良草鄙之人」即對應《越公其事》所稱「無良邊人」。〔註435〕

秋貞案：

這裡的「亡良邊人」所指的是誰？原考釋者並沒有明說。《國語·吳語》「今句踐申禍無良，草鄙之人敢忘天王之大德」，意思是「現在我句踐惹出很多不好的災禍，我這個草鄙之人，哪敢忘記天王您的大恩德呢？」「草鄙之人」指的是句踐。大夫諸稽郢代句踐所說的謙稱。《越公其事》的亡良邊人與《國語。吳語》的草鄙之人完全無關。子居以為《國語·吳語》的「無良草鄙之人」即對應《越公其事》的「無良邊人」，容易引起誤會。簡20還有一句「以奔告於邊，邊人為不道，或抗禦寡人之辭，不使達。」此處的「邊人」就是上文的「亡良邊人」，應是戍守邊疆的「疆場之司」，而不是句踐。

⑥再（稱）癹（發）悁（怨）噩（惡）

原考釋隸「![字形]」為「獌」：

> 獌，或以為當隸作「癹」，均不見於字書。稱獌，《國語》有「稱遂」，意義或相近。《國語·周語下》：「有崇伯鯀，播其淫心，稱遂共工之過，堯用殛之於羽山。」韋昭注：「稱，舉也。舉遂共工之過者，謂鄣洪水也。」〔註436〕

孫合肥認為「![字形]」字應隸作「癹」或「癹」。此字下部不從「犬」，應從「友」，讀作「發」。「稱發怨惡」，與「播棄怨惡」相對：

〔註434〕陳劍：〈《越公其事》殘簡18的位置及相關的簡序調整問題〉，http://www.gwz.fudan.edu.cn/Web/Show/3044，20170514。

〔註435〕子居：〈清華簡七《越公其事》第三章解析〉，http://www.xianqin.tk/2018/04/17/426，20180417。

〔註436〕清華大學出土文獻與保護中心編、李學勤主編：《清華大學藏戰國竹簡（柒）》，上海，中西書局，2017年4月，頁123，注5。

簡文中讀為「發」，義為「起」。《呂氏春秋・音律》「無發大事」，高

誘注：「發，起也。」《國語・周語上》「士氣震發」，韋昭注：「發，

起也。」〔註437〕

王寧認為原考釋釋為「遂」可從。此字下從「犬」無誤，非孫合肥所言之

「犮」。簡文此句之意為「無良邊人稱循舊之怨惡，挑起事端使兩國爭鬥」：

「臭」從自（鼻）、犬，會犬以鼻嗅氣味之意；[首＋犬]者，會

犬出首突冒之意，此字形當為「突」或「猝」字之本字，《說文》：「突，

犬從穴中暫出也。」段注：「引伸為凡猝乍之稱。」《說文》云：「猝，

犬從艸暴出逐人也。」段注亦云：「叚借為凡猝乍之偁。」二字音近

義同，故《玉篇》曰：「猝，突也。」從「疒」之字形，則「瘁」字

也，簡文中讀為「遂」或「述」可知。〔註438〕

汗天山認為「再（稱）瘨悁（怨）咢（惡）」中「稱」字後的「瘨悁（怨）

（惡）」是三字同義連用。「瘨」字可當作「讎」，和「怨惡」同義，或可讀為

「咎」，也是怨仇之義。〔註439〕

蕭旭認為沒有「稱遂」一詞，書傳「遂過」是成語，指原考釋引《國語》

殊為失當。他認為「瘨」從首得聲，讀為「道」，與「稱」同義連文：

① 《國語》「稱遂」不成詞，彼以「遂」與「過」呼應。書傳「遂

過」是成語，《呂氏春秋・審應》：「公子食我之辯，適足以飾非

遂過。」《韓子・難二》：「李子之奸弗蚤禁，使至於計，是遂過

也。」《賈子・過秦論下》：「秦王足己不問，遂過而不變。」也

稱作「遂非」，《逸周書・芮良夫》：「遂非不悛。」《漢書・董賢

傳》：「將軍遂非不改。」也稱作「順過」、「順非」，《孟子・公

孫醜下》：「順過飾非，就為之辭。」又「且古之君子，過則改

之；今之君子，過則順之。」《韓詩外傳》卷4：「順非而澤，

聞見雜博。」「遂」是隨順、放縱義。整理者不達厥誼，《國語》

殊為失當。

〔註437〕孫合肥：〈清華七《越公其事》札記一則〉，http://www.bsm.org.cn/show_article.php?
　　　　id=2786，1060425。

〔註438〕簡帛論壇「清華七《越公其事》初讀」，第90樓，20170429。

〔註439〕簡帛論壇「清華七《越公其事》初讀」，第181樓，20170520。

②「」從首得聲，讀為道，與「稱」同義連文。〔註440〕

子居認為「瘼」字或即「疣」字，可讀為「尤」，訓為怪罪、怨咎，類似將衝突歸於邊陲之臣。〔註441〕

陳曉聰認為「亡（無）良邊人再（稱）惥（怨）啚（惡）」，「」可隸定為「瘼」，从「疒」从「首」从「犬」，從字形線索來看，「莫」字與金文的「猶」應為同一個字，也應是「髮」字異體，文中可讀為「發」訓為「起」，「稱」也應訓為「起」。「稱發怨惡」即「挑起怨惡」，與後文正可互證。他以下圖說明「髮」字演變的脈胳：

![演變圖]

西周時期，「髮」字作「猶」。到了東周時期，尤其是戰國時期，楚系文字和秦系文字的寫法各有不同。楚系文字或作「莫」，將西周金文的左右結構改為上下結構；或作「猶」，將西周金文「蔓」改為上下結構，同時將「犬」聲化為「犮」，此即說文「髮」字或體「猶」的來源；因「首」與「頁」義近常通用，故又作「頒」。秦系文字則將西周金文所從的「首」改為意義相近的「髟」，又將「犬」聲化為「友」，構成從髟友聲的形聲字。〔註442〕

秋貞案：

原考釋隸「瘼」，字不見於字書，从「臭」旁。「瘼」如果以「臭」為聲符

〔註440〕蕭旭：〈清華簡（七）校補（二）〉，http://www.gwz.fudan.edu.cn/Web/Show/3061，20170605。

〔註441〕子居：〈清華簡七《越公其事》第三章解析〉，http://www.xianqin.tk/2018/04/17/426，20180417。見於《新序‧雜事四》：「楚莊王伐鄭，克之。鄭伯肉袒，左執茅旌，右執鸞刀，以迎莊王。曰：寡人無良邊陲之臣，以幹天下之禍，是以使君王昧焉，辱到弊邑。君如憐此喪人，錫之不毛之地，唯君王之命。」區別只在於，《越公其事》中夫差所指責的「無良邊人」並不是己方的，而是越國的。

〔註442〕陳曉聰：〈《越公其事》「瘼」字試解〉，《勵耘語言學刊》，2019 年 6 月，頁 13～18。

的話，「臭」古音在昌母幽部，「遂」古音在邪母微部，聲韻不合；和「述」上古音船母微部，韻不合；汗天山讀「雠」，上古音在禪母幽部，聲近韻同；又以為或可讀「咎」，上古音在見母幽部，韻同，但聲不近；子居讀「疣」，云（為）母之部，韻旁轉，但聲不近。因此，如果以為「臭」是聲符，以讀「雠」最合適。但「雠怨惡」三字義近，「稱雠怨惡」這種構詞法先秦罕見，不是很好。魏宜輝以為從「首」得聲，讀為「道」。顯然也同意此字明明白白地不從「自」，不能理解為從「臭」。但是，認為從「首」得聲，又很難解釋剩下的「犬」旁有何作用？而且「稱道」多半是中性詞語，少數偏正面意義，先秦未見「稱道」與負面意義結合如「稱道怨惡」的用法。

孫合肥以為此字從「髮」是可取的，金文「髮」字作「」（周早.召卣）、「」（周晚.髮鐘），二形都從首從犬，楚文字有很多字形是保留古體的，因此本簡「」字從「首」從「犬」，自然可以視為古體的遺留，看成從「髮」聲，其實是很合理的。孫合肥一定要說此字所從的「犬」旁與楚簡一般常見的「犬」旁不同，堅持此字所從為「犮」，或許這就是學者不同意他隸為從「髮」的原因吧。陳曉聰補充了西周時的「猋／莫」字演變到楚系文字及秦系文字「髮」的脈絡說明清楚。故本簡「癶」字從「髮」聲，應讀為「發」，二字上古同音，同為方伐切，「稱發怨惡」與本篇簡 23 的「播棄怨惡」結構完全相同，意義相反，這是目前最合理的解釋。

⑦交詻（鬥）吳雽（越）

原考釋：

詻，從言，「亞」即「亞」，《廣韻》：「亞，徒口切，音鉏。禮器也。」與「鬭」，古音極近。交鬭，《左傳》昭公十六年：「若屬有讒人交鬭其間，鬼神而助之，以與其凶怒，悔之何及？」〔註443〕

Zzusd 認為「詻」似當讀作「詠」：

即無良邊人往來吳越，用言語讒譻使雙邊怨惡相爭。〔註444〕

子居認為「詻」當「講」字，讀曰「構」，交「詻」，「交鬭」當即「交構」，

〔註443〕清華大學出土文獻與保護中心編、李學勤主編：《清華大學藏戰國竹簡（柒）》，上海，中西書局，2017 年 4 月，頁 123，注 6。
〔註444〕簡帛論壇「清華七《越公其事》初讀」，第 62 樓，20170427。

又作「交搆」、「交遘」：

> 《詩經‧小雅‧青蠅》：「讒人罔極，構我二人。」鄭箋：「構，
> 合也。合，猶交亂也。」孔穎達疏：「構者，構合兩端，令二人
> 彼此相嫌，交更惑亂。」《國語‧晉語三》：「逐之恐構諸侯。」
> 韋昭注：「構，交構也。」《大戴禮記‧千乘》：「以中情出，小曰
> 間，大曰講。」王聘珍《解詁》：「講，讀曰構。本亦作『構』，
> 謂交構也。」〔註445〕

秋貞案：

「𧦧」字从「言」形、「𦎫」聲。原考釋說與「鬭」古音極近，可從，不過，
嚴格地說，應作「鬥」。「鬥」字，甲骨文象兩人徒手相鬥，互持對方頭髮之形。
〔註446〕Zzusd 認為似讀為「諑」字，但沒有說明原因。筆者查《楚辭‧屈原‧
離騷》：「眾女嫉余之娥眉兮，謠諑謂余以善淫。」王逸注：「諑，猶譖也。」《龍
龕手鑑》：「諑，竹角反，詐也。」「鬥」字上古音在定母侯部，「諑」古音在知母
屋部，聲韻可通，但是「交詐」的意義不如「交鬥」為好。

子居讀為「遘」字，上古音在見母侯部，和「鬥」字上古音在定母侯部，
韻雖同但聲不近。查《故訓匯纂》「遘」字有相遇的意思，並沒有交惡之意，
〔註447〕若要詮釋吳越兩國交惡相鬥的情形就不夠合理。故簡文此處「交𧦧吳
越」一詞為應該以「鬥」字較符合文意。

⑧茲（使）虔（吾）弎（二）邑之父兄子弟朝夕粲（粲）肰（然）為犳（豺）
【一六】狼

A.「粲肰」考釋

原考釋：

> 父兄子弟，《左傳》襄公八年：「民死亡者，非其父兄，即其子弟。」
> 粲，疑為「粲」字。戔、粲皆齒音元部字，讀音很近。粲然，眾人
> 聚集貌。《史記‧周本紀》：「夫獸三為群，人三為眾，女三為粲。」

〔註445〕子居：〈清華簡七《越公其事》第三章解析〉，http://www.xianqin.tk/2018/04/17/426，
　　　　20180417。

〔註446〕參見季師旭昇：《說文新證》「鬥」字條，藝文印書館，2014 年 9 月 2 日出版，頁 196。

〔註447〕宗邦福、陳世鐃、蕭海波：《故訓匯纂》，商務印書館出版，2007 年 9 月，頁 2305。

張守節正義引曹大家曰：「群、眾、粲為多之名也。」又疑「粲」讀為「㺦」。《說文》：「㺦，齧也。」㺦然，如豺狼相撕咬貌。豺，《玉篇》：「犲狼也。本作豺。」《楚辭・招魂》：「犲狼從目，往來侁侁些。」〔註448〕

厚予認為「粲」可讀為「殘」：

《孟子・梁惠王下》：「賊義者為之殘」，朱熹《集注》：「殘，傷也。」《大戴禮記・用兵》「以禁殘止暴於天下也」王聘珍《解詁》：「殘，殺害也」簡文中「殘」意即「殘害」、「殘殺」。「然」表示順承關係。

〔註449〕

蕭旭認為把「粲」讀為「殘」，「然」是狀詞。「殘然」為豺狼，言如豺狼之兇殘也。〔註450〕

子居認為「粲」當即「餞」字，謂以酒食相送：

《說文・食部》：「餞，送去食也。從食戔聲。《詩》曰：顯父餞之。」這裡是說父兄子弟如同送給豺狼吃的酒食，也即棄屍荒野，《管子・輕重甲》：「吾國者，衢處之國，饋食之都，虎狼之所棲也。」所用比喻即與《越公其事》此處類似。〔註451〕

何家歡認為「粲」當是戔之異體，通「殘」。楚簡有「戔」通「殘」之例：

簡文此字從米從戔，其表意部分顯係「戔」。《說文・戈部》：「戔，賊也，從二戈。《尚書・周書》：『戔戔巧言。』」《說文解字繫傳》：「臣鍇曰：『兵多則殘也。會意。』」（（南唐）徐鍇《說文解字繫傳》，中華書局，1998 年，第 247 頁）如此，此字則當是戔之異體，通「殘」。楚簡有「戔」通「殘」之例，如上博簡《容城氏》簡 41：「於是虐（乎）亡宗鹿（戮）族戔群馬備（服）。」（蕭旭《清華簡

〔註448〕清華大學出土文獻與保護中心編、李學勤主編：《清華大學藏戰國竹簡（柒）》，上海，中西書局，2017 年 4 月，頁 123，注 7。

〔註449〕簡帛論壇「清華七《越公其事》初讀」，第 38 樓，20170426。

〔註450〕蕭旭：〈清華簡（七）校補（二）〉，http://www.gwz.fudan.edu.cn/Web/Show/3061，20170605。

〔註451〕子居：〈清華簡七《越公其事》第三章解析〉，http://www.xianqin.tk/2018/04/17/426，20180417。

〈越公其事〉校補（二）》，復旦大學出土文獻與古文字研究中心，

2017 年 6 月 5 日）。〔註 452〕

秋貞案：

簡文「」字，原考釋釋「戔」，厚予、蕭旭釋「殘」似乎都可以，但是查先秦兩漢典籍未見「殘然」一詞。子居認為「粆」字讀為「餞」，以食相送的意思。「餞」字大部分意為送行之飲酒，或是郊送飲酒之禮。〔註 453〕如果用在此處為送死之意，不夠貼切，故不作此想。我們就字義上來說，「臤（然）」應是作為修飾動詞或形容詞「戔」字的助詞。《墨子》：「周公貮臤作色曰：『役，夫賤人格上，則刑戮至。』」（信陽簡 1.01）「貮臤作色」作為「愀然變色」，「臤（然）」就是作為修飾「貮」狀態的助詞，所以說本簡的「戔然」若為原考釋釋為「豺狼相撕咬貌」，可從。

B.「茲虗夷邑之父兄子弟朝夕粆臤為豺狼食於山林薗芒」的斷句討論

原考釋在簡文中的斷句為「茲虗夷邑之父兄子弟朝夕粆臤為豺狼，食於山林薗芒」。〔註 454〕

暮四郎以為原考釋的斷句有問題，他認為應該是「茲吾二邑之父兄子弟朝夕戔然，為豺狼食於山林幽冥」，「為豺狼食於山林幽冥」是說戰死者的屍體在山林幽冥之地被豺狼所食。〔註 455〕

陳劍認為「豺狼」下不當讀斷，其斷句為：「使吾二邑之父兄子弟，朝夕粆然為豺狼食於山林薗莽。」〔註 456〕

子居認為句讀則當從暮四郎所說。對「豺狼」的解釋是：

豺，俗稱豺狗，《中國動物志·獸綱·第八卷·食肉目》：「豺屬：

形態，外形似犬屬，而吻略短，耳端甚為圓鈍，尾較短，長度不

〔註 452〕何家歡：《清華簡（柒）《越公其事》集釋》，河北大學碩士論文，2018 年 6 月，頁 17。

〔註 453〕宗邦福、陳世鐃、蕭海波：《故訓匯纂》，商務印書館出版，2007 年 9 月，頁 2324。

〔註 454〕清華大學出土文獻與保護中心編、李學勤主編：《清華大學藏戰國竹簡（柒）》，上海，中西書局，2017 年 4 月，頁 122。

〔註 455〕簡帛論壇「清華七《越公其事》初讀」，第 89 樓，20170429。

〔註 456〕陳劍：〈《越公其事》殘簡 18 的位置及相關的簡序調整問題〉，http://www.gwz.fudan.edu.cn/Web/Show/3044，20170514。

及體長之半，毛色棕紅。」因為外形、習性與狼接近，故往往豺狼並稱。〔註457〕

秋貞案：

原考釋的斷讀為「茲吾二邑之父兄子弟朝夕戁然為豺狼，食於山林幽冥」。暮四郎認為是「茲吾二邑之父兄子弟朝夕戁然，為豺狼食於山林幽冥」，子居認同此說法。陳劍認為斷讀應該是「使吾二邑之父兄子弟，朝夕戁然為豺狼食於山林蓝莽」。蕭旭雖未言及斷讀的問題，但是也說到「戁然為豺狼」一句。筆者認為認為簡文「戁狀」作「豺狼相撕咬貌」當作修飾「為豺狼」的狀態，所以直接是「戁狀為豺狼」一句很合理，所以原考釋、陳劍和蕭旭的斷讀，可從。他們的斷句雖有些微不同，但整句的涵義均相同。原文「茲吾二邑之父兄子弟朝夕戁然為豺狼」因此是兩邑的父兄子弟都是豺狼互相嚙咬，而不是某一邑被另一邑嚙咬。因此全句不須要斷開。

⑨食於山林蓝（草）芒（莽）

原考釋：

> 蓝芒，讀為「草莽」。《國語·晉語二》記載梁由靡告於秦穆公曰：「天降禍於晉國，讒言繁興，延及寡君之紹續昆裔，隱悼播越，託在草莽，未有所依。」《左傳》昭公十二年：「昔我先王熊繹辟在荊山，蓽路藍縷以處草莽。」〔註458〕

孫合肥認為「蓝」字為「幽」字異體，增艸旁繁構。簡文「幽莽」，意為「幽靜隱蔽的草莽」：

> 17 號簡中蓝字作，整理報告隸定作蓝。整理報告的隸定是正確的，報告將其讀為「草」，認為「蓝芒」讀為「草莽」，可商。此字為「幽」字異體，增艸旁繁構。《說文》：「幽，隱也。」《管子》：「蛟龍得水，而神可立也，虎豹得幽，而威可載也。」簡文「幽莽」，意為「幽靜隱蔽的草莽」。〔註459〕

〔註457〕子居：〈清華簡七《越公其事》第三章解析〉，http://www.xianqin.tk/2018/04/17/426，20180417。

〔註458〕清華大學出土文獻與保護中心編、李學勤主編：《清華大學藏戰國竹簡（柒）》，上海，中西書局，2017 年 4 月，頁 123，注 8。

〔註459〕孫合肥：〈清華七《越公其事》札記一則〉，http://www.bsm.org.cn/show_article.php?id=2786，1060425。

厚予認為「山林薗芒」應該讀為「山林幽冥」：

> 例見《越絕書‧計倪內經》：「山林幽冥，不知利害所在」芒為明母
> 陽部字，冥為明母耕部字，聲母相同韻母對轉。〔註460〕

Xiaosong 回應厚予，「芒」似不必讀為「冥」，冥、芒、茫意思相近，都有昏暗迷茫之意。〔註461〕

東潮回應厚予認為「薗」字和甲骨文從「木」從「幽」的字（）是同一字，這裡「幽」充當聲符，疑「薗」字可能最早就是表示幽草、幽林之「幽」：

> 第17號簡從「艸」從「幽」的字，與甲骨文中從「木」從「幽」的
> 字（《合集》27978）很可能就是一字。「屮」與「木」或「艸」與「林」
> 作為意符時可以通用，比如甲骨文中的「莫」、「春」、「莽」、「芻」、
> 「苞」字等等；這裡「幽」也充當聲符。頗疑這個字最早就是表示
> 幽草、幽林之「幽」，「幽草」一詞見於古書，如《詩經‧小雅‧何
> 草不黃》：「有芃者狐，率彼幽草。」「幽林」，如漢班固《西都賦》：
> 「其陽則崇山隱天，幽林穹谷，陸海珍藏，藍田美玉。」〔註462〕

心包回應東潮認為「薗」字可能就是從「絲」得聲的「幽」（）字：

> 東潮兄，這個字也可能就是從「絲」得聲的「幽」字，上部「艸」
> 形是否必須看作與「林」義近的形符，而不看作由【絲】上部變化
> 所具有形體的（參《郭店楚簡》「緇衣」的「緇」的寫法）是可以繼
> 續討論的。（參王蘊智：《「絲」「兹」「茲」「兹」「幺」「玄」同源證
> 說》，首屆古文字與出土文獻語言研究國際學術研討會論文）〔註463〕

東潮回應心包：

> 心包兄的意思，是把簡文分析為從「茲」從「山」，這樣處理恐怕有
> 所不妥。這裡的「艸」可以和後一字「芒」字所從對比。〔註464〕

〔註460〕簡帛論壇：「清華七《越公其事》初讀」，第38樓，20170426。
〔註461〕簡帛論壇：「清華七《越公其事》初讀」，第39樓，20170426。
〔註462〕簡帛論壇：「清華七《越公其事》初讀」，第41樓，20170426。
〔註463〕簡帛論壇：「清華七《越公其事》初讀」，第43樓，20170426。
〔註464〕簡帛論壇：「清華七《越公其事》初讀」，第46樓，20170426。

暮四郎認為應讀為「幽冥」：

> （「幽冥」的讀法參見第 40 樓）。〔註465〕「為豺狼食於山裏幽冥」
> 是說戰死者的屍體在山林幽冥之地被豺狼所食。〔註466〕

蕭旭認為「蕳芒」，讀為幽莽，指幽闇的草叢。眾草曰莽。簡文的意思是：使二邑之父兄子弟朝夕如兇殘的豺狼逐食於山林草莽之中。〔註467〕

子居認為原考釋原讀「蕳芒」為「草莽」當正確的：

> 先秦兩漢文獻未見山林與幽冥並稱者，幽冥也不用來形容山林，而
> 整理者所引《左傳・昭公十二年》下句即是「跋涉山林」，可為「山
> 林」、「草莽」並稱之證。〔註468〕

秋貞案：

「」字當如何分析？從「茲」從「山」或是從「艸」從「幽」？我們看《越公其事》簡 28 的「淵（）」字」，「没淵塗、沟壟之缸」，書手寫的是從「水」從「幽」，此「幽」字形和此「」字的「幽」字一樣，只是前一字加「水」旁，後一字加「艸」旁。但是事實真是如此嗎？

查季師《說文新證》「幺」、「絲」、「幽」三個字的關係，發現很微妙。三個字都有甲骨文、金文和楚文字。「幺」本義是小絲，「絲」在甲骨文時應該是「幺」的異寫，至於「幽」字，羅振玉、李孝定以為從「火」從「絲」，後來陳美蘭〈說「幽」〉認為從「阜」，甲骨文山阜形義俱近，故幽字當為從山從絲會意，文獻幽又與山有關。〔註469〕王蘊智在《「絲」、「茲」、「茲」、「茲」、「幺」、「玄」同源證說》一文中也探討了這幾個字的字形同源分化及字音上演變的關係。他說：

> 「幺」分化出「玄」，「絲」也用用樣方式派生出「茲」。「茲」最早
> 見於秦石鼓文《車工》，其中有辭云：「弓以寺（持）」「弓」下
> 一個字從「二玄」，可隸作茲（茲）當讀為「茲」，由此可見當時

〔註465〕案：應該所指的是網名厚予。

〔註466〕簡帛論壇：「清華七《越公其事》初讀」，第 88 樓，20170429。

〔註467〕蕭旭：〈清華簡（七）校補（二）〉，http://www.gwz.fudan.edu.cn/Web/Show/3061，20170605。

〔註468〕子居：〈清華簡七《越公其事》第三章解析〉，http://www.xianqin.tk/2018/04/17/426，20180417。

〔註469〕季師旭昇：《說文新證》，福建人民出版社，2010 年 11 月第一次印刷，頁 321〜323。

> 茲已脫胎於「**丝**」，而開始獨立成形。將本來的二幺寫成二玄。……
> 茲（茲）本是作為近指代詞由**丝**字變體分化出來，然而這個字在戰
> 國時代還變異作从艸，在郭店楚簡有「好美女（如）好**絀**（緇）
> 衣」之辭，該字亦訛作**絀**形。〔註470〕

綜合以上，由季師的考證，再到王蘊智的同源證說，其實「丝」字本來沒有从「艸」的，至於我們看到戰國時期的「茲」字，應該是後來从「丝」訛變來的字形。故筆者傾向認為「**㟴**」應該从「山」（阜）从「**絀**（丝）」，也就是「幽」字。至於後來楚國文字是否也有可能因為「丝（幽）」和山林有關，而加「艸」部，也不能排除有這種可能，尤其我們把「蓾」字和「**芒**（芒）」比對一下，上面都从「艸」形，形成「蓾芒」一詞，讓人不禁聯想到是以从「艸」部的詞彙。至於「蓾芒」的詞義上，不管「蓾芒」一詞在後來的典籍上是否出現過，依「蓾芒」一詞的字形已經可以意會到是山林裡幽闇之意，故原考釋釋為「草莽」也符合乎簡文的涵意。

2. 整句釋義

吳王於是出來親自接見使者說：「你們越公不派一般的使者來，而由大夫您親自來行成，我豈敢把罪責加諸在大夫您身上。我覺得今日冒犯得罪的人是無良的守邊之人，他挑起怨惡，讓吳越兩邑交鬥，使我們兩地的父子兄弟朝夕像豺狼一樣在山林草莽之間互相傷害。

（二）孤疾痀（痛）之①，以民生之不長而自不夂（終）亓（其）命②，用事（使）徒遽逧（趣）聖（聽）命於③……人儇（還）雪（越）百里……【一八】〔註471〕④今厽（三）年亡（無）克又（有）奠（定），孤用恶（願）見雪（越）公，余弃啻（惡）周好⑤，以交（徼）求卡＝（上下）吉羕（祥）⑥。孤用衒（率）我壹（一）弍（二）子弟【一九】⑦。以逩（奔）告於鄹＝（邊。邊）人為不道，或航（抗）御（禦）募（寡）人之詞（辭）⑧，不茲（使）達，气（既）⑨，羅（麗）甲綏（纓）冒（胄）

〔註470〕王蘊智在《「丝」、「茲」、「茲」、「茲」、「幺」、「玄」同源證說》，首屆古文字與出土文獻語言研究國際學術研討會論文。

〔註471〕第 18 簡調整簡序，依陳劍：〈《越公其事》殘簡 18 的位置及相關的簡序調整問題之說〉一文調整至第 34 簡之上，其上再接第 36 簡上半部，此部分的考釋內容於第五章再討論。

⑩，臺（敦）齊兵刃，以攷（捍）御（禦）〔二〇〕募（寡）人⑪。孤用匜（委）命罐（僮）唇（臣）⑫，閵（馳／觸）冒兵刃⑬，达（匍）遄（匐）臺（就）君，余聖（聽）命於門⑭。

1. 字詞考釋

①孤疾痌（痛）之

原考釋：

> 痌，《玉篇》：「痛也。」亦作「恫」。《詩·思齊》「神罔時怨，神罔時恫」毛傳：「恫，痛也」痌、痛異體字。〔註472〕

子居認為疾痛又作痛疾，《說苑·君道》：「河間獻王曰：堯存心於天下，加志於窮民，痛萬姓之罹罪，憂眾生之不遂也。」〔註473〕其文意與此處頗為相近，也可說明《越公其事》此節成文頗晚。〔註474〕

秋貞案：

「疾」應有「痛」、「苦」之意。《左傳·成公十三年》：「斯是用痛心疾首」杜預注：「疾，亦痛。」《荀子·大略》：「使民疾與」楊倞注：「疾，苦」〔註475〕。原考釋可從。

②以民生之不長而自不夂（終）亓（其）命

原考釋：

> 民生，猶言人生。《國語·吳語》：「因使人告於吳王曰：『天以吳賜越，孤不敢不受，以民生之不長，王其無死！民生於地上，寓也，其於幾何？』」第七十三簡：「民生不仍，王其毋死，民生地上，寓也，其於幾何？」民生不長，大意是人的壽命不長。自不終其命，意謂自己不得令終其命。《楚辭·離騷》：「民生各有所樂兮，余獨好

〔註472〕清華大學出土文獻與保護中心編、李學勤主編：《清華大學藏戰國竹簡（柒）》，上海，中西書局，2017 年 4 月，頁 123，注 9。

〔註473〕子居：〈清華簡七《越公其事》第三章解析〉，http://www.xianqin.tk/2018/04/17/426，20180417。

〔註474〕子居：〈清華簡七《越公其事》第三章解析〉，http://www.xianqin.tk/2018/04/17/426，20180417。

〔註475〕宗邦福、陳世鐃、蕭海波：《故訓匯纂》，商務印書館出版，2007 年 9 月，頁 2807。

修以為常。」朱熹《集注》:「言人生各隨氣習，有所好樂。」〔註476〕

馬楠認為此句似出《高宗肜日》:「降年有永有不永，非天夭民，民中絕命。」〔註477〕

蕭旭認為「民生之不長」句與《書》無涉，《管子‧小稱》:「其生不長者，其死必不終。」可以參證。〔註478〕

子居認為這句即指前文「二邑之父兄子弟，朝夕餕然，為豺狼食于山林草莽」，所說當實為句踐元年勝吳後對吳國的一再侵擾，〔註479〕而且判斷《左傳》相關內容很可能只是晚出的小說家言。

郭洗凡認為整理者的觀點可從。「民生」指的是人的生命，而不是人民的生活。〔註480〕

吳德貞認為是「因為百姓壽命不長而又並非壽終正寢」:

> 以，連詞，表示原因。終其命，壽終正寢，即現代的自然死亡。「終命」見於《尚書‧洪範》:「五福：一曰壽，二曰富，三曰康寧，四曰攸好德，五曰考終命。」孔傳:「各成其長短之命以自終，不橫夭。」這句話大意是「因為百姓壽命不長而又並非壽終正寢……」

〔註481〕

秋貞案:

簡文「民生之不長而自不夂亓命」和《國語‧吳語》:「因使人告於吳王曰:『天以吳賜越，孤不敢不受，<u>以民生之不長，王其無死！</u>民生於地上，寓也，

〔註476〕清華大學出土文獻與保護中心編、李學勤主編:《清華大學藏戰國竹簡（柒）》，上海，中西書局，2017年4月，頁124，注10。

〔註477〕石小力整理:〈清華七整理報告補正〉，http://www.tsinghua.edu.cn/publish/cetrp/6831/2017/20170423065227407873210/20170423065227407873210_.html，20170423。

〔註478〕蕭旭:〈清華簡（七）校補（二）〉，http://www.gwz.fudan.edu.cn/Web/Show/3061，20170605。

〔註479〕子居:〈清華簡七《越公其事》第三章解析〉，http://www.xianqin.tk/2018/04/17/426，20180417。值得注意的是，《越公其事》中夫差此處的敘述中，雖是勝利的一方，卻完全沒有提到《左傳》中替父報仇這樣名正言順的理由，與《左傳‧定公十四年》中「夫差使人立于庭，苟出入，必謂己曰:『夫差！而忘越王之殺而父乎？』則對曰:『唯，不敢忘！』三年，乃報越。」的夫差儼然判若兩人，《左傳》該段的「越王」稱謂也非常可疑，而且《國語》的《吳語》、《越語》也皆不言夫差伐越是復仇，所以《左傳》該段內容很可能只是晚出的小說家言。

〔註480〕郭洗凡:《清華簡《越公其事》集釋》，安徽大學碩士學位論文，2018年3月，頁38。

〔註481〕吳德貞:《清華簡《越公其事》集釋》，武漢大學碩士論文，2018年5月，頁31。

其於幾何？』」的「以民生之不長」一句相類，但是其下接的句子卻完全不同。
《國語・吳語》：「以民生之不長」下句接著說「王其無死」，意思是「吳王你可
以不死」；本篇「以民生之不長」下句接「自不終其命」，意思是「人的自然壽
命已經不長了，而現在受到戰爭的影響，人民往往沒有辦法活到自然的天年」！
原考釋說「民生不長，大意是人的壽命不長。自不終其命，意謂自己不得令終
其命。」後句的解釋語意不夠明白清楚。

　　馬楠把「民生之不長而自不夊亓命」句比《書・高宗肜日》：「降年有永有
不永，非天夭民，民中絕命。」孔傳曰：「言天之下年與民，有義者長，無義者
不長。」意思是人往往不知珍惜天年，都是自己為非作歹而中斷了上天所賜給
的天年。所以這裡的「民生之不長而自不夊亓命」的意義和《高宗肜日》所言
完全不同。蕭旭的批評是對的。但是蕭旭所引《管子・小稱》的句子，其實也
和本簡此句無關。《管子》原文如下：

　　夫易牙以調和事公，公曰：惟烝嬰兒之未嘗，於是烝其首子而獻之
　　公，人情非不愛其子也，於子之不愛，將何有於公？公喜宮而妒，
　　豎刁自刑而為公治內；人情非不愛其身也，於身之不愛，將何有於
　　公？公子開方事公十五年，不歸視其親，齊衛之間，不容數日之行；
　　臣聞之，務為不久，蓋虛不長。其生不長者，其死必不終。」

　　《管子》的意思是，如果不能把自己的生命處理好的人，一定無法過完上
天給他的一生。「其生不長者，其死必不終」的第一句和本篇的「民生之不長而
自不夊亓命」的意思也完全不同。吳德貞認為「不能壽終正寢」還算合理。本
句的意思是「上天給予人民的生命已經不是很長了，而現在人民又無法自主過
完天年」。

③用事（使）徒遽趣（趣）聖（聽）命於

原考釋：

　　用，因此。事，讀為「使」。遽，趣同義連用，猶遽卒。遽，急速。
　　《莊子・天地》：「屬之人夜半生其子，遽取火而視之，汲汲然唯恐
　　其似己也。」成玄英疏：「遽，速也。」趣，即「趣」字。《說文》：
　　「趣，疾也。」〔註482〕

〔註482〕清華大學出土文獻與保護中心編、李學勤主編：《清華大學藏戰國竹簡（柒）》，上

胡敕瑞認為「遽」的本義為傳車，引申則有急速、窘迫義。「遽」字應和「徒」字聯用。指往來的使者，無車馬而使謂之「徒」，有車馬而使謂之「遽」。「徒遽」表示徒步、坐車的使者。簡文「用事（使）徒遽趣聖（聽）命於……」一句意謂「因此派遣徒步的使者、坐車的使者趕緊聽命於……」：

> 《國語‧吳語》記載吳王之事，正有「徒遽」連用例，「徒遽」表示徒步、坐車的使者。如：吳王親對之曰：天子有命，周室卑約，貢獻莫入，上帝鬼神而不可以告。無姬姓之振也，<u>徒遽來告</u>。孤日夜相繼，匍匐就君」韋昭注：「徒，步也。遽，傳車也。」《吳越春秋‧夫差內傳》有一段與《國語‧吳語》相似的內容，文作：「吳王親對曰：天子有命，周室卑弱，約諸侯貢獻，莫入王府，上帝鬼神而不可以告。無姬姓之所振，懼，<u>遣使來告</u>。冠蓋不絕於道。」〔註483〕

耒之認為「徒遽」連用，則泛指使人：

> 「徒遽」一詞見於《國語‧吳語》：「吳王親對之曰：『天子有命，周室卑約，貢獻莫入，上帝鬼神而不可以告。無姬姓之振也，徒遽來告。』」韋昭注：「徒，步也。遽，傳車也。」「徒」本指步行之人，「遽」指驛車、驛馬，《周禮‧秋官‧行夫》：「行夫掌邦國傳遽之小事。」鄭玄注：「傳遽，若今時乘傳騎驛而使者也。」〔註484〕

蕭旭認為「趣」，讀為「促」。〔註485〕

郭洗凡認為胡敕瑞的觀點可從，「遽」，《說文‧辵部》：「遽，從辵從豦。」指送信的很快的車馬。「徒」與「遽」形成進義連用，代指使者的含義。〔註486〕

子居認同胡敕瑞的說法「徒遽」應連用，指使者。還分析了當下吳越的情勢：

海，中西書局，2017 年 4 月，頁 124，注 11。

〔註483〕胡敕瑞：〈《清華大學藏戰國竹簡（柒）‧越公其事》札記三則〉，http://www.ctwx.tsinghua.edu.cn/publish/cetrp/6842/2017/20170429211651149325737/20170429211651149325737_.html，20170429。

〔註484〕簡帛論壇：「清華七《越公其事》初讀」，第 87 樓，20170429。

〔註485〕蕭旭：〈清華簡（七）校補（二）〉，http://www.gwz.fudan.edu.cn/Web/Show/3061，20170605。

〔註486〕郭洗凡：《清華簡《越公其事》集釋》，安徽大學碩士學位論文，2018 年 3 月，頁 38。

句踐元年勝吳後，越強於吳，吳國在恢復實力之前，為擺脫越方的一再侵擾，勢必多次派使者求和於越，此即《越公其事》此處夫差所說「用使徒遽趨聽命」。以形勢論，彼時句踐自恃越強吳弱，自然會屢屢拒絕吳方的求和，所以有「於今三年，無克有定」。〔註487〕

吳德貞認為「用」為順承連詞。他認為「徒遽」可從石小力、胡敕瑞：

> 張玉金先生認為：「就現有的出土文獻而言，原因連詞『用』只見於西周時代，順承連詞『用』只見於戰國時代。」〔註488〕我們懷疑這裏的「用」是順承連詞，下文簡19的「孤用忑見」、「孤用衘我」和簡21的「孤用匡命」、「孤用內守」中的用都是這種用法。「徒遽」可從石小力、胡敕瑞先生之意理解為「使人」。〔註489〕

何家歡反駁原考釋的說法，「遽趨」同義連用，不確。「使徒遽」即「派使者」，把用兵之事隱諱表達為「派使者請示」，符合外交辭令之風格：

> 未之說是。整理者不釋「徒」而以「遽趨」為同意連用，如此，「事（使）徒」只能釋為「派遣兵卒」或「派遣受役之人」。夫差所言皆外交辭令，於此處直言「派兵」，未免不合於外交辭令委婉之風格。余檢索中國基本古籍庫，「遽趨」連言，始見於《後漢書·任文公傳》：「時暴風卒至，文公遽趨白諸從事促去。」〔註490〕直至宋代，祗此一例。故「遽」「趨」戰國時則不至於「同義連用」。「徒遽」連言正見於《國語·吳語》，其意於此處亦通，「使徒遽」即「派使者」，把用兵之事隱諱表達為「派使者請示」，符合外交辭令之風格。

秋貞案：

「用」在這裡作連詞，用在後分句句首，表示下文所述乃是前事導致的結果。例如：《墨子·非命下》：「我聞有夏人，矯天命于下，帝式是增，<u>用爽厥師</u>」。「用」為「因此」、「因而」的意思，簡文「用事徒遽」的「用」也是

〔註487〕子居：〈清華簡七《越公其事》第三章解析〉，http://www.xianqin.tk/2018/04/17/426，20180417。

〔註488〕「用」字用法參見張玉金著：《出土先秦文獻虛詞發展研究》，暨南大學出版社，2016年，頁87。

〔註489〕吳德貞：《清華簡《越公其事》集釋》，武漢大學碩士論文，2018年5月，頁32。

〔註490〕（南朝宋）范曄《後漢書》卷八二上，中華書局，1965年，頁2707。

如此。〔註491〕「徒邊」為使者，以胡敕瑞和耒之的觀點可從。「逜」除了原考釋釋「疾也。」之外，蕭旭釋為「促」均無任何說明，但意思差不多。「逜」也可以是「趨」。《詩經‧大雅‧棫樸》「左右趣之」李富孫異文釋：「晏子內篇問下、賈子新書並引作『趨之』」。〔註492〕《玉篇‧走部》：「趨，疾行貌」。〔註493〕故本句為「因此派使者疾行聽命……」

④ ┌──────────────────────────────┐
   │ ……人儇（還）雫（越）百里〔十二〕……【一八】 │
   └──────────────────────────────┘ 〔註494〕

原考釋：

> 簡首字當是「君」。此殘簡之前之內容當是追述檇李之戰。據《史記‧越王句踐世家》所載，句踐元年，越王句踐敗吳師於檇李，射傷吳王闔閭。〔註495〕

陳劍認為簡 17 與 19 應迤連讀，這其中很難再加進其他的話，簡 17 的末尾「……聽命」可以不再接其他語，而且接「於今三年」文從字順，他說：

> 《詩經‧豳風‧東山》：「自我不見，于今三年。」「於今若干年」之語，《左傳》、《國語》中數見，此各舉一例。《國語‧晉語八》：「子教寡人和諸戎、狄而正諸華，於今八年，七合諸侯，寡人無不得志，請與子共樂之。」《左傳‧昭公元年》：「主相晉國，於今八年，晉國無亂，諸侯無闕，可謂良矣。」與簡文一樣，皆承上文所說之事而言，即「自……到今若干年」之意。後文簡 21 有「余聽命於門」，似乎對整理者「聽命於[君]」的講法有利，但《左傳》、《國語》中亦不乏只說「……聽命」、其後不接其他語者，如《國語‧晉語六》「郤至甲冑而見客，免冑而聽命，曰……」，《左傳‧昭公十四年》：「群臣不忘其君，畏子以及今，三年聽命矣。」《左傳‧襄公八年》：「五月甲辰，會于邢丘，以命朝聘之數，使諸侯

〔註491〕中國社會科學院語言研究所古代漢語研究室編：《古代漢語虛詞詞典》，北京商務印書館，1999 年出版，頁 739。

〔註492〕宗邦福、陳世鐃、蕭海波：《故訓匯纂》，商務印書館出版，2007 年 9 月，頁 4126。

〔註493〕宗邦福、陳世鐃、蕭海波：《故訓匯纂》，商務印書館出版，2007 年 9 月，頁 2208。

〔註494〕第 18 簡調整簡序，依陳劍：〈《越公其事》殘簡 18 的位置及相關的簡序調整問題之說〉一文調整至第 34 簡之上，其上再接第 36 簡上半部，此部分的考釋內容於第五章再討論。

〔註495〕清華大學出土文獻與保護中心編、李學勤主編：《清華大學藏戰國竹簡（柒）》，上海，中西書局，2017 年 4 月，頁 124，注 12。

之大夫聽命。」皆可與簡文說法相印證。〔註496〕

　　另外簡 18「人儇雫百里」之意，大概除了「吳人還給越人百里之地」，也很難有別的讀法和解釋。簡34、簡36有殘缺，故應將簡18置於此間，視為追述的內容。原簡35應提前直接跟簡33連讀。原本的殘簡36，則應拆分開來，不屬同一簡。簡18插入簡36上段與簡34之間，三段應合為一簡。其上下文大概意思是，吳人所返還給越國的百里大小的土地，其上多山陵，本不利於發展農業，但越人仍「因地制宜」，山陵則種「稼」即「旱地種植的植物」，水田則種稻，所有土地皆被利用，再加上前文所述人人勉力務農，最終仍使得越國「大多食」。原考釋所說簡34上缺16字，如果扣掉簡36的「婦皆」及簡18的五字「人儇雫百里」，大約還缺8字（簡34的第一個殘字「得」字不算的話）。剩下簡36也可能可與簡34連讀，因為「乃……乃……」的句法在本簡文中出現過很多次，故有跡可循。陳劍的說法所列出的簡序如下：

> （上略）王聞之，乃以熟食脂醢【31】脯臚多從。其見農夫老弱勤懋者，王必飲食之。其見農夫龇頂足見，顏色順比而將【32】耕者，王亦飲食之。其見有列、有司及王左右，先誥王訓而將耕者，王必與之坐食。【33】凡王左右大臣，乃莫不耕，人有私畦。舉越庶民，乃夫婦皆耕，至於邊縣小大遠邇，亦夫【35】婦皆[耕]。【36上】……[吳]人還越百里【18】……昊（得）於越邦陵陸。陵稼，水則為稻，乃無有閒艸【34】……越邦乃大多食。【36下】〔註497〕

　　郭洗凡認為有《史記・越王句踐世家》等傳世文獻相比勘，整理者的補文應可信從。〔註498〕

　　子居不認同陳劍所說，原因一是吳人歸還土地給越人，不須要強調吳人所還；二是一定要吳人先還土地，越人再建宗廟，故判斷簡18只能放在第四章之前。他還認為簡18可以下接簡69，或是接簡1、簡2缺簡的上半部也可。以目

〔註496〕陳劍：〈《越公其事》殘簡18的位置及相關的簡序調整問題〉，http://www.gwz.fudan.edu.cn/Web/Show/3044，20170514。

〔註497〕陳劍：〈《越公其事》殘簡18的位置及相關的簡序調整問題〉，http://www.gwz.fudan.edu.cn/Web/Show/3044，20170514。

〔註498〕郭洗凡：《清華簡《越公其事》集釋》，安徽大學碩士學位論文，2018年3月，頁39。

前簡 18 殘存內容很難確定：

> 如何句讀歸屬實很難確定，例如若將全文補為「[吳]人還，越百里」
> 而下接簡 69，則「越百里襲吳邦」也可對應於《國語・吳語》的「三
> 戰三北，乃至於吳。」和《國語・越語》的「敗吳於囿，又敗之於
> 沒，又郊敗之。」可見，如何理解簡 18 的殘存文字，與文字是否通
> 假、缺文怎樣補寫、全句如何句讀等閱讀方式有很大關係，並不是
> 「很難有別的讀法和解釋」。另一方面，若將簡 18 插在簡 36 與簡
> 34 之間，首先吳人歸還給越人的土地越人耕種時完全沒有必要特意
> 強調此為吳人所還，其次吳將土地交付越的行為當在越人於此土地
> 建宗廟之前而不能在之後，畢竟先有土地而後有宗廟，庶人即因為
> 無土，所以也無廟，因此這個先後次序是不能反的，也即若按陳劍
> 先生對簡 18 的理解，則簡 18 無論如何只能置於第四章之前，不能
> 插到簡 36 與簡 34 之間。而在筆者看來，簡 18 的內容，以目前殘存
> 文字實際上很難確定，原為《越公其事》篇中上部殘缺的各簡如簡
> 1 或簡 2 也不無可能。〔註499〕

羅云君認為陳劍所說可從，並認為越國的「既建宗廟」當是在舊址上的修
復與建設：

> 簡序的調整方面，以及吳還土越國之事，陳說可從。但認為簡【二
> 六】中所言的「既建宗廟」是由於「其所居之地應是吳王新劃給了
> 一塊地盤，故其上並無原有宗廟」，恐不確。簡【二六】的「既建宗
> 廟」，是「吳人既襲越邦」的結果，另「君不尚（嘗）新（親）有
> （右）募（寡）人，旦（抑）犾（荒）弃孤，【二一】怀（圮）虘（墟）
> 宗寊（廟），陟柿（棲）於會旨（稽）。孤或（又）志（恐）亡（無）
> 良僕馭（馭）㺇（燃）火於寧（越）邦，孤用內（入）守於宗寊（廟），
> 以須【二二】徙（使）人。」說明，越國的宗廟損於戰火或者毀於
> 戰火，越國的「既建宗廟」當是在舊址上的修復與建設。〔註500〕

〔註499〕子居：〈清華簡七《越公其事》第三章解析〉，http://www.xianqin.tk/2018/04/17/426，
20180417。

〔註500〕羅云君：《清華簡《越公其事》研究》，東北師範大學，2018 年 5 月，頁 32。

吳德貞認為陳劍之說可從。〔註501〕

　　金卓認同陳劍對簡序排列的看法，而且對簡 35 接簡 33 提出證據：從簡
35、簡 31-33 下契口的編繩痕跡一致，和第 34 和簡 37、簡 38、簡 39 下契口
編繩痕跡一致。明顯可以分為兩組，他附圖如下：

> 簡 35 似殘斷於契口處。可以看出左右兩組在下契口的高度、形狀上
> 都有明顯的差別。簡 1-33 與簡 35 所屬的一組簡，對比簡 34 加簡
> 36 以後一部分簡，在劃綫分隔、契口狀態、正面字數上，都存在區
> 別。筆者據此主張這兩部分內容是同一抄手分不同時間抄寫而成。
> 〔註502〕

圖 005

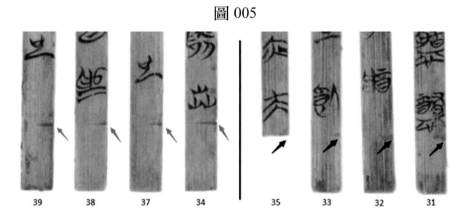

　　金卓在「有關簡序排列」一節中提到簡 18 和簡 34 在形制上綴合吻合外，
在文義上也很適切合理：

> 參考簡 34 與簡 37 上劃綫的左右邊緣高度與斜率關係（由於《越公
> 其事》簡背劃痕相對整齊，沒有錯亂，今假設簡 34 和簡 37 同屬於
> 一條連續的劃痕），兩簡之間很可能僅有一枚竹簡（今已有一枚簡
> 36，情況吻合），這一點，竹田健二在其《清華簡『越公其事』の竹
> 簡排列と劃痕》一文中結合陳劍的推論做了詳細的圖解。而簡 35
> 末字為「夫」，與簡 36 上段殘片二字可構成「夫婦皆〔耕〕」，文義
> 非常吻合。故簡 36 上段緊接於簡 35。所以簡 33．簡 35．簡 36 上
> 三簡依次相連。

〔註501〕吳德貞：《清華簡《越公其事》集釋》，武漢大學碩士論文，2018 年 5 月，頁 32。
〔註502〕金卓：〈清華簡《越公其事》文獻形成初探──兼論其簡序問題〉，http://www.bsm.org.cn/show_article.php?id=3340，20190319。

金卓認為根據各簡契口位置可知，斷裂是由竹簡中部契口導致，契口下脫落一小塊竹簡，其裂紋向上延伸導致簡 18 與簡 34 斷裂。提出在簡文內容上應補上的字及相關內容：

> 簡 18 與簡 34 斷裂處殘缺的可能為 **弖** 字，連接兩簡文字可得：「……人還越百里得于越邦……」整理者將簡 18 置於簡 17 與簡 19 之間，乃因為簡 18 殘存的文字很可能記載的是吳國接受越國求和後，返還以臣事吳的越國以百里土地之事，即「〔吳〕人還越百里」。今簡 18 雖與簡 34 綴合，但整理者的理解方式是可取的。結合前後內容，殘缺文字的字數亦能確定，筆者認為簡文可讀如下：「舉越庶民，乃夫婦皆耕，至于邊縣，小大遠邇，亦夫【35】婦皆〔耕〕。□□□□□□□□，〔吳〕人還越百里，得于越邦。陵陸陵稼，水則為稻，乃無有閒艸【36 上＋18＋34】……越邦乃大多食。」越向吳求和後，吳國返還越國百里的土地，此時的越國國土面積不大，故而必須水陸並行利用好僅有的每一寸土地，發動每一位國民去耕種糧食，最終才得以有了充足的糧食儲備。又《越絕書‧越絕外傳記地傳》記有：「吳王夫差伐越，有其邦，句踐服為臣。三年，吳王復還封句踐於越，東西百里。」這與《越公其事》該章開頭的「王思邦遊民三年，乃作五政。五政之初，王好農功」一句在時間上恰好吻合，而所載土地大小也是百里。可見吳王夫差或在越王求和臣服的第三年，返越以更多的權利，還越百里土地，越王也即在此時開始施行五政第一項的農業政策。〔註503〕

秋貞案：

由於這裡整理者有簡序錯置的問題，在這裡先把簡 18 的簡序問題解決並還原之後，有關簡 18 的考釋內容，留到第五章再探討。

首先，若依子居所說，簡 18 只能置於第四章之前，那麼又如何可以下接簡 69 呢？豈不是置於第十章之後了，故子居所言前後矛盾。還有，如果依子居所言，簡 18 下接簡 69，則簡文順序為「吳師乃大北，疌戰疌北，乃至

〔註503〕金卓：〈清華簡《越公其事》文獻形成初探——兼論其簡序問題〉，http://www.bsm.org.cn/show_article.php?id=3340，20190319。

於吳。越師乃因軍吳，吳人昆奴乃入越師，越師乃遂襲吳▶。【68】人寰雫百里【18】襲吳邦，圍王宮。吳王乃懼，行成，曰：「昔不穀先秉利於越，越公告孤請成，男女【69】」是否可行呢？我模擬子居所言之簡序，將之還原如下圖示 006：

我把簡 69 的第一個殘字「襲」，以簡 68 的「襲」字（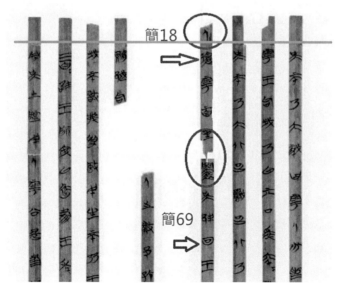）先複製貼上，然後把簡 18 接到簡 69 之上，可以明看到接合地方不契合之處。再者，簡 18 的第一個字「人」如果在簡 69 之上，則已經比其他簡的第一個字的位置更高出許多（見圖 006），故把簡 18 和簡 69 綴合是不妥當的，而內容方面，簡 68 的結尾處有個章節符號，所以「人寰雫百里【18】」是簡 69 的開頭，以此句文意來看，應該是什麼人寰雫百里之意，故以「人寰雫百里【18】」開頭文意不明，再加一證明簡 18 不適合接簡 69。

圖 006　依子居的說法還原圖示

如果依陳劍的說法，簡 18 只剩五字，看所殘的簡尾的部分，似乎有個像編繩的痕跡（下圖 007），這可能也是原考釋者將它放置在編繩處所考量到的關鍵處，請參見下面原圖紅框處，有關編繩的地方，即箭頭所指的地方，它因陳年所留下的痕跡較深。

圖 007　簡 18 斷處箭頭所指處有編繩的痕跡

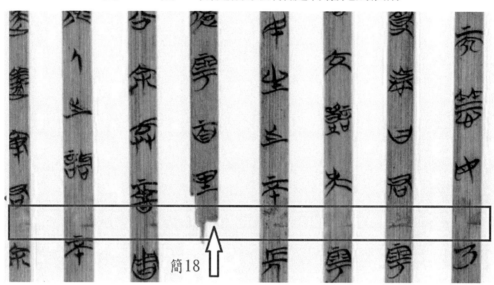

再看簡 34，一般容易斷裂處也可能是在編繩處，如下圖 008：

圖 008　簡 34 斷裂處也可能是在編繩處

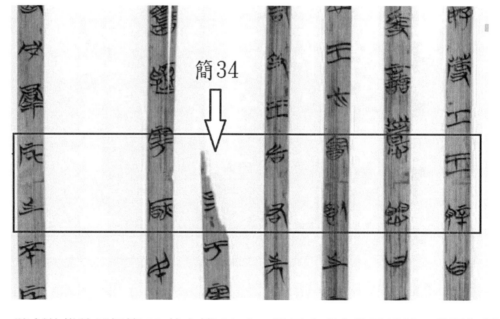

　　陳劍的推論是把簡 18 放在簡 34 上，除了文意上的承接外，我認為還可以從編繩斷裂處考量，也有助於還原簡序的問題。若以我的構想嘗試綴合，結果發現這兩支簡還有聯綴為一簡的可能。筆者分別將簡 18 及簡 34 均依其斷裂的痕跡切割下來，再兩相綴聯，發現其斷裂處居然可以相吻合，如下圖009：

圖 009

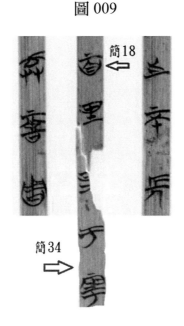

故筆者同意陳劍所言，並且更進一步確認簡 18 可以和簡 34 綴合，故陳劍之說可從。

至於簡 34 的第一個字「◧」，則可能為「得」。雖然「得」字一般從「目」，但在《越公其事》簡 13「得」（◧）字寫作從「日」從「寸」，經比對之後，極為可能作為「得」字，果真如陳劍的說法，則綴聯後合讀起來可為：「婦皆【簡 36 上段】……人㥀雩百里【簡 18】，得于雩邦，陵陸陵稼，水則為稻，乃無有閒艸【簡 34】。」此綴合之簡中所缺的字應該只剩 7～9 個字而已。〔註 504〕

⑤今厽（三）年亡（無）克又（有）奠（定），孤用悉（願）見雩（越）公，余弃啙（惡）周好

原考釋：

三年，《史記‧越王句踐世家》載句踐三年，亦即檇李之戰後之第三年，吳王發兵擊越，敗之夫椒，越王保棲會稽。〔註 505〕棄惡，《左傳》成公十三年：「吾與女同好棄惡，復修舊德，以追念前勳。」周，合。《楚辭‧離騷》：「雖不周於今之人兮，願依彭咸之遺則。」王逸

〔註 504〕參見本論文第五章「□□□□□□〔吳〕人㥀雩百里，得于雩邦」一句考釋。

〔註 505〕清華大學出土文獻與保護中心編、李學勤主編：《清華大學藏戰國竹簡（柒）》，上海，中西書局，2017 年 4 月，頁 124，注 13。

注：「周，合也。」周好，合好。《左傳》定公十年：「兩軍合好，而
裔夷之俘以兵亂之，非齊君所以命諸侯也。」〔註506〕

暮四郎認為「周」當讀為「修」。「周」（幽部章母）當讀為「修」（幽部心
母）。古「周」聲、「攸」聲字通用。〔註507〕

林少平認為「周」字不必它讀：

其中「周」何必用它讀法。《左傳·襄公十二年》：「盟，所以周信
也。」注：「周，固也。」事實上，「周信」與「周好」的用法是
一致的。〔註508〕

Cbnd 認為其中的「周」疑讀作「酬」，報答之義。〔註509〕

高山仰止認為「周」為「親密」之意：

「周」，「親密」之意。《論語·為政》：「君子周而不比，小人比而不
周。」《左傳》文公十八年：「醜類惡物，頑嚚不友，是與比周」。孔
穎達疏：「比是相近也，周是親密也。」周好，即親密友好。〔註510〕

魏宜輝以為「周」有可能讀作「酬」，為「報答、答謝」之意：

這個注釋是值得商榷的。《楚辭·離騷》中的「周」訓作「合」，這
個「合」其實是「適合」的意思，這與《左傳》中「合好」之「合」
的意思是不一樣的。

結合音、義來看，我們認為簡文中的「周」有可能讀作「酬」。「周」
字古音為章母幽部字，「酬」為禪母幽部字，二字讀音關係密切。
古書中亦有「周」、「州」相通的辭例，如《孟子·告子上》中記
載的人名「華周」，《漢書·古今人表》作「華州」。「翕州」一語
見於馬王堆漢墓竹簡《天下至道談》篇簡22，而在簡23又作「翕
周」。銀雀山漢簡1605：「……年而兵出州留天下，不服之國莫之
能拒。」其中的「州留」，竹簡整理者釋作「周流」。這些可以作

〔註506〕清華大學出土文獻與保護中心編、李學勤主編：《清華大學藏戰國竹簡（柒）》，上
海，中西書局，2017年4月，頁124，注14。
〔註507〕簡帛論壇「清華七《越公其事》初讀」，第1樓，20170423。
〔註508〕簡帛論壇「清華七《越公其事》初讀」，第3樓，20170423。
〔註509〕簡帛論壇「清華七《越公其事》初讀」，第156樓，20170506。
〔註510〕簡帛論壇「清華七《越公其事》初讀」，第214樓，20171109。

為「周」讀作「酬」的旁證。簡文中的「酬」為「報答、答謝」

之義。吳王稱「余棄惡周（酬）好，以徼求上下吉祥」，即吳王放

棄與越交惡，答謝對方的友好，以求得上下吉祥。〔註511〕

子居認為此處「周好」表示夫差親自去行成更顯慎重：

因為交戰雙方任何一方的求成都可以說是「合好」行為，所以這

裡的「周好」仍是前文「用使徒遽趨聽命」的延續，只不過這裡

夫差表示他親自來求成了，較之「使徒遽趨聽命」更為鄭重其事。

〔註512〕

秋貞案：

Cbnd 把「周」疑讀作「酬」，「周」的上古音在章母幽部，「酬」的上古

音在禪母幽部，聲韻可通。但就意義上來說，「酬」字多有「報答」或「酬酢」

之意，〔註513〕在此處吳國並沒有因為越國對之有恩情而有所酬答，如何稱之

為「報答」呢？筆者認為此處的「棄惡周好」即單純是吳王主動向越國表示

友好之意。原考釋訓「周」為「合」，所舉《楚辭·離騷》：「雖不周於今之人

兮，願依彭咸之遺則」王逸注為證，魏宜輝以為這個注釋可以商榷，因為《離

騷》的「周」王逸訓為「合」，這個「合」是「適合」的意思，與《左傳》「合

好」之「合」的意思不同。不過，「周」訓為「合」，並不是只見於《離騷》，

也不是只能訓為「適合」，《說文》「周，密也」，「密」與「合」義近，所以典

籍「周」訓為「密合」的例子還是有的，就在《離騷》「雖不周於今之人兮」

下面不遠，還有「背繩墨以追曲兮，競周容以為度」，王逸注：「周，合也。

苟合於世，以求容媚也。」〔註514〕此處王逸注的「合」，應該就是「密合」，

「苟合」即「不論是非對錯，只求密合於對方」。季師以為典籍中「周」還可

以訓為「調」，即「調合」之意，《淮南子·原道》「貴其周於數而合於時也」，

高誘注：「周，調也。」〔註515〕句中「周」與「合」對舉，可知「周」即「調

〔註511〕魏宜輝：〈讀《清華大學藏戰國竹簡（柒）》札記〉，香港浸會大學饒宗頤國學院，
　　　　澳門大學中國語言文學系，清華大學出土文獻研究與保護中心：《〈清華簡〉國際
　　　　會議論文集》，2017 年 10 月 26 日～28 日。

〔註512〕子居：〈清華簡七《越公其事》第三章解析〉，http://www.xianqin.tk/2018/04/17/426，
　　　　20180417。

〔註513〕宗邦福、陳世鐃、蕭海波：《故訓匯纂》，商務印書館出版，2007 年 9 月，頁 2345。

〔註514〕（梁）蕭統編、（唐）李善注：《文選》，台北華正書局，2000 年 10 月出版，頁 457。

〔註515〕參何寧《淮南子集釋》（北京：中華書局，1998.10），頁 53。

合」之意。因此《越公其事》的「周好」也可以釋為「調整為友好」。「周」、「修」、「調」在這層意義上其實並沒有什麼不同，訓為「合」、「密」都是一義之引申。故原考釋說「合好」、暮四郎的「修好」、林少平的「周好」、高山仰止的「親密友好」和子居之所言均可從。因此本文採用原考釋的隸定，至於「周」字的解釋，原考釋釋為「合」、暮四郎讀為「修」、林少平釋為「固」、季師讀為「調」，都很好。

季師以為，更進一步來看，原考釋所引《左傳‧成公十三年》的「同好棄惡」文義與《越公其事》的「棄惡周好」完全相同，兩篇文本的背景也幾乎一模一樣，因此《左傳》的「同好棄惡」極有可能是「周好棄惡」的訛誤。《越公其事》是吳越交惡之後，吳王夫差要調整兩國關係，向越國示好。《左傳‧成公十三年》的背景則是秦桓公與晉景公交惡之後，兩國打了一仗，秦桓公後悔了，想和晉景公恢復友好，「同好棄惡」就是這時說的，《左傳》原文如下：

> 夏四月戊午，晉侯使呂相絕秦，曰：「昔逮我獻公及穆公相好，戮力同心，申之以盟誓，重之以昏姻。天禍晉國，文公如齊，惠公如秦。無祿，獻公即世。穆公不忘舊德，俾我惠公用能奉祀于晉。又不能成大勳，而為韓之師。亦悔于厥心，用集我文公，是穆之成也。文公躬擐甲胄，跋履山川，踰越險阻，征東之諸侯，虞、夏、商、周之胤而朝諸秦，則亦既報舊德矣。鄭人怒君之疆場，我文公帥諸侯及秦圍鄭，秦大夫不詢于我寡君，擅及鄭盟。諸侯疾之，將致命于秦。文公恐懼，綏靜諸侯，秦師克還無害，則是我有大造于西也。無祿，文公即世，穆為不弔，蔑死我君，寡我襄公，迭我殽地，奸絕我好，伐我保城，殄滅我費滑，散離我兄弟，撓亂我同盟，傾覆我國家。我襄公未忘君之舊勳，而懼社稷之隕，是以有殽之師。猶願赦罪于穆公。穆公弗聽，而即楚謀我。天誘其衷，成王隕命，穆公是以不克逞志于我。穆、襄即世，康、靈即位。康公，我之自出，又欲闕翦我公室，傾覆我社稷，帥我蝥賊，以來蕩搖我邊疆，我是以有令狐之役。康猶不悛，入我河曲，伐我涑川，俘我王官，翦我羈馬，我是以有河曲之戰。東道

之不通，則是康公絕我好也。

及君之嗣也，我君景公引領西望曰：『庶撫我乎！』君亦不惠稱盟，利吾有狄難，入我河縣，焚我箕、郜，芟夷我農功，虔劉我邊陲，我是以有輔氏之聚。君亦悔禍之延，而欲徼福于先君獻、穆，使伯車來命我景公曰：『吾與女同好棄惡，復脩舊德，以追念前勳。』言誓未就，景公即世，我寡君是以有令狐之會。君又不祥，背棄盟誓。白狄及君同州，君之仇讎，而我昏姻也。君來賜命曰：『吾與女伐狄。』寡君不敢顧昏姻，畏君之威，而受命于吏。君有二心於狄，曰：『晉將伐女。』狄應且憎，是用告我。楚人惡君之二三其德也，亦來告我曰：『秦背令狐之盟，而來求盟于我：「昭告昊天上帝、秦三公、楚三王曰：『余雖與晉出入，余唯利是視。』」不穀惡其無成德，是用宣之，以懲不壹。』諸侯備聞此言，斯是用痛心疾首，暱就寡人。寡人帥以聽命，唯好是求。君若惠顧諸侯，矜哀寡人，而賜之盟，則寡人之願也，其承寧諸侯以退，豈敢徼亂？君若不施大惠，寡人不佞，其不能諸侯退矣。敢盡布之執事，俾執事實圖利之。」〔註516〕

這是《左傳》中有名的〈呂相絕秦〉，全文由呂相歷數晉秦兩國從晉獻公與秦穆公友好，其後兩國數君屢屢交惡之事，最後秦桓公即位，利用晉國用師滅赤狄之際，攻打晉國，晉景公於是和秦桓公打了輔氏之役，秦桓公後悔了，於是和晉和解，剛好晉景公去世，於是秦桓公和晉國繼位的晉厲公締結了令狐之盟。但締結了友好的盟約之後，秦桓公又想結合狄人與楚人伐晉，幸好狄人與楚人都把這個情況告訴晉侯，晉厲公於是派呂相去斷絕了和秦國的友好關係。

文中的「同好棄惡，復脩舊德」就是在晉秦輔氏之戰後，秦桓公想要和晉景公和解時所說的話。這個背景和《越公其事》極為類似。已往沒有類似的材料比對，大家對「同好棄惡」也都覺得還通，因此沒有人對這個詞有什麼意見。

〔註516〕文字校訂及標點符號都依楊伯峻《春秋左傳注（修訂本）》，北京：中華書局，1981.3），頁861～865。但是文中引號有四重，讀者辨識艱辛，因此本文借用季師《清華大學藏戰國竹簡（壹）》，臺北：藝文印書館，2013.11，新創的體例而稍做調整如下：第一重引號用「」、第二重用『』（與原書同），但是第三重改用“ ”，第四重改用‘ ’。

如今我們看到《越公其事》的「周好棄惡」，就覺得《左傳》的「同好棄惡」的「同」字似乎有點問題。

「周好棄惡」是一個對偶式的句子，「周」與「棄」都是動詞，「好」與「惡」惡則是補語。「好」與「惡」文義相反，則「棄」與「周」也應該文義相反。「棄」是拋棄的意思，那麼「周」字以訓為「取合」、「修補」、「周固」、「調合」等義項較合適。《左傳》「同好」的「同」字與「棄」字的相對性較不明顯。我們可以全理懷疑，《左傳》的「同好棄惡」應該是「周好棄惡」之訛，「同」、「周」二字的歷代字形如下（取自《說文新證》）：

（一）「同」字字形表

1 商.後 2.10.2《甲》	2 周早.沈子它簋《金》	3 周中.同自簋《金》	4 周晚.散盤《金》
5 周晚.元年師兌簋《金》	6 戰.齊.陶彙 3.368	7 戰.晉.中山王響鼎《金》	8 戰.楚.包 126《楚》
9 秦.睡 23.17《篆》	10 西漢.西陲簡 39.3《篆》	11 新嘉量《孫》	12 東漢.曹全碑《篆》

（二）「周」字字形表

1 商.甲 3536《甲》	2 商.乙 7312《甲》	3 商.鐵 36.1《甲》	4 周早.保卣《金》
5 周中.免簋《金》	6 周晚.無更鼎《金》	7 戰.齊.貨系 2659	8 戰.晉.璽彙 423

9 戰.晉.璽彙 3026	10 戰.楚.璽彙 1197	11 戰.楚.信 2.20《楚》	12 戰.楚.秦 1.1《楚》
13 戰.楚.望二策《楚》	14 戰.楚.包 206《楚》	15 秦.泰山刻石《篆》	16 西漢.定縣竹簡 24《木簡》

很明顯的，二字的歷代字形都非常類似，因此「周」訛為「同」是很有可能的。朱駿聲《說文通訓定聲》說：

> 《離騷》叶調同，《韓非·揚權》叶同調，東方朔〈繆諫〉叶同調。
>
> 按：同調亦一聲之轉，如玃之為猱、巘之為猏，自無不可。然此實學〈車攻〉詩而誤，〈車攻〉五章以伙、矢、柴為韻，古人用韻，閒有在句中者，遞數之不能終也。若首尾遙韻，中二句連韻，全詩無此體例。或曰：調者詞之形誤。存疑。〔註517〕

當然，在這兒朱駿聲也提出了另外一種可能，即「周」與「同」音近，「周」（直流切，上古聲屬照／章紐，韻屬幽部），「同」（徒紅切，上古聲屬定紐，韻屬東部），二字上古聲都在舌頭，韻則幽東旁對轉。〔註518〕古代文本的訛誤，往往形音義都有關係，「周」與「同」應該是一個很典型的例子。〔註519〕

⑥以交（徼）求卡=（上下）吉羕（祥）

原考釋：

> 交，讀為「徼」。求取。徼、求同義連用。吉祥，《莊子·人世間》：「虛室生白，吉祥止止。」成玄英疏：「吉者，福善之事；祥者，嘉慶之徵。」〔註520〕

子居認為由「吉祥」兩字判斷《越公其事》第三章成文之晚：

> 「吉祥」一詞雖然看似是習見詞彙，但於文獻最早即是見稱於整理

〔註517〕朱駿聲《說文通訓定聲》（北京：中華書局影印，1984.6），頁 36。

〔註518〕參陳新雄《古音學發微》（臺北：文史哲出版社，1972.1），頁 1085。

〔註519〕以上季師的看法，文章尚未發表，季師先同意在本文中使用。

〔註520〕清華大學出土文獻與保護中心編、李學勤主編：《清華大學藏戰國竹簡（柒）》，上海，中西書局，2017 年 4 月，頁 124，注 15。

者所引《莊子‧人間世》，且已知的先秦文獻中除《越公其事》外也
僅見於《莊子‧人間世》，由於顯然不能認為《莊子‧人間世》的「吉
祥」一詞是承自《越公其事》，故由此亦可見《越公其事》第三章成
文之晚。〔註521〕

秋貞案：

此句是吳王向越國求取吳越雙方都可以得到和平，不再互相爭鬥。原考釋
可從。「交」讀為「徼」，見簡5「君女（如）為惠，交（徼）天陛（地）之福」
考釋。

⑦**孤用銜（率）我壹（一）弍（二）子弟**

原考釋：弍，原考釋隸為「式」，本文依嚴式隸定作「弍」。「弍」、「弍」
等字本從「戍」或「戈」，未有從「弋」者，《說文》及後世隸楷從「弋」，都是
訛體。

> 壹，楚文字文本中首見。一二，少許。《書‧康誥》：「（文王）用肇
> 造我區夏，越我一二邦，以修我西土。」〔註522〕

子居認為這裡寫「一二」，可能是作者擔心被誤解為「三」，故用比較特
殊的「一」，此處的「壹」似也不宜即視為是「楚文字」。再者子居認為此處
當即指五湖之戰，若以《史記‧越王勾踐世家》所記而言，實是勾踐主動挑
起的：《越公其事》用字有若干皆為非楚特徵，所以此處的「壹」似也不宜即
視為是「楚文字」：

> 筆者在《清華簡七〈越公其事〉第二章解析》中曾提及：夫椒之戰，
> 若以《史記‧越王勾踐世家》所記而言，實是勾踐主動挑起的，據
> 《史記‧越王勾踐世家》：「三年，句踐聞吳王夫差日夜勒兵，且以
> 報越，越欲先吳未發往伐之。范蠡諫……越王曰：吾已決之矣。遂
> 興師。吳王聞之，悉發精兵擊越，敗之夫椒。」可見雖然《左傳》
> 認為是「報檇李也」，《史記》也認為是「且以報越」，但當時夫差只
> 是「日夜勒兵」，而由之後夫差的行為來看，此「日夜勒兵」顯然是

〔註521〕子居：〈清華簡七《越公其事》第三章解析〉，http://www.xianqin.tk/2018/04/17/426，
20180417。

〔註522〕清華大學出土文獻與保護中心編、李學勤主編：《清華大學藏戰國竹簡（柒）》，上
海，中西書局，2017年4月，頁124，注16。

為了爭霸中原，而並非專為針對越國的行為。再對照《國語・越語下》：「越王句踐即位三年而欲伐吳……果興師而伐吳，戰於五湖，不勝，棲於會稽。」可見，雖然此戰是吳方求之不得的，但仍然很可能確為越方挑起，因此《越公其事》第三章中夫差稱並非主動挑起此戰不為無由。以形勢論，句踐在元年勝吳後，必然小視吳國，也不會願意坐看吳國壯大，當得知吳國「日夜勒兵」後，出師威懾、彈壓也是很自然的選擇，因此夫差基於爭霸大業所需，乘越師輕率出兵之際以精銳迎戰，先勝於五湖，進而大敗越師於夫椒，或是比為父復仇的傳說更接近於史實。那麼，此節夫差所說「孤用率我一二子弟以奔告于邊，邊人為不道，又抗禦寡人之辭，不茲達氣，被甲纓胄，敦齊兵刃，以捍禦寡人。」當即指五湖之戰。由這個對戰的路線來看，五湖指今洪澤湖及周邊小湖為較可能。〔註523〕

吳德貞認為簡文「壹」和商鞅量「皆明壹之」的「壹」皆帶「吉」形：

「壹」簡文作![字形]。出土材料中，這種寫法的「一」還見于商鞅量「皆明壹之」，字形作![字形]。兩個「壹」字字形中皆帶「吉」形，與《說文》小篆近似。商承祚先生認為小篆從壺吉聲的「![字形]」字與從壺從凶的「![字形]」字同是晚周道家字，為吉凶之別構，作為壹貳之「壹」是借字。〔註524〕

秋貞案：

本簡中的「![字形]」字，首次出現在楚簡中。查季師《說文新證》「一」字條中楚文字代表數字「一」的字出現過：「![字形]（戰楚包135G）、![字形]（戰楚郭《五行》16）」、「![字形]（戰楚葛乙四82）」〔註525〕。在《說文新證》第802頁，「壹」字條，在《說文》：「壹，嫥壹也」，不分散之意，不做數字用，「壹」的意思：

〔註523〕子居：〈清華簡七《越公其事》第三章解析〉，http://www.xianqin.tk/2018/04/17/426，20180417。

〔註524〕吳德貞：《清華簡《越公其事》集釋》，武漢大學碩士論文，2018年5月，頁33。

〔註525〕參見季師旭昇《說文新證》「一」字條，福建人民出版社，2010年12月第一版，頁34。

張舜徽《說文解字約注》謂：「壹本為物在壺中閉塞之名，閉塞則不分散，故引申為專壹之稱。」（冊四卷二十 2076 頁）〔註526〕

本簡的「豊」和秦簡上的「壹（壹 秦商鞅方升《湯》）」〔註527〕相類，均為从壺，吉聲，釋為「壹」正確。本簡此處的「壹」為假借「壹」聲的數字。

⑧以逫（奔）告於鄹＝（邊。邊）人為不道，或航（抗）御（禦）募（寡）人之詷（辭）

原考釋：

此邊人指越之邊人。抗禦，《晉書‧邵續李矩等傳論》：「招集義勇，抗禦仇讎。」〔註528〕

ee 認為簡 20：「或（又）抗禦寡人之辭」，「或」應讀為「又」。〔註529〕

悅園認為「詷」疑讀為「駘」：

疑「詷」當讀為「駘」，參《古字通假會典》392「台與駘」、「佁與駘」，393 頁「駘與邰」、「駘與鮐」、「駘與跆」等，駘，劣馬，謙辭。

〔註530〕

子居認同 ee 所說，「或」讀為「又」。子居認為前文的「無良邊人」也是指「越之邊人」。原考釋在這裡的注解會令人誤以為前面的「無良邊人」不是「越之邊人」。〔註531〕

秋貞案：

「或」作「又」，可參考《古代漢語虛詞詞典》P 251。ee 所說可從。「詷」字从「台」从「ョ」，應是兩聲字，可以直接釋為「詞」就可以了。悅園釋為「劣

〔註526〕參見季師旭昇《說文新證》「壹」字條，福建人民出版社，2010 年 12 月第一版，頁 802。

〔註527〕參見季師旭昇《說文新證》「壺」字條，福建人民出版社，2010 年 12 月第一版，頁 803。

〔註528〕清華大學出土文獻與保護中心編、李學勤主編：《清華大學藏戰國竹簡（柒）》，上海，中西書局，2017 年 4 月，頁 124，注 17。

〔註529〕簡帛論壇「清華七《越公其事》初讀」，第 50 樓，20170427。

〔註530〕簡帛論壇「清華七《越公其事》初讀」，第 78 樓，20170428。

〔註531〕子居：〈清華簡七《越公其事》第三章解析〉，http://www.xianqin.tk/2018/04/17/426，20180417。

馬」，不確。「駘」《說文》：「駘，馬銜脫也」《慧琳音義》卷九十七：「駘足。」注引《玉篇》：「駘，駑馬也。」悅園認為這是吳王的謙詞，那麼就變成「寡人之駑鈍不使達」，於前後文義不合理。故筆者認為本簡的「詞」，釋為「詞」即可，就是吳王的一番求和的告詞。

原考釋者在簡 16 的「亡良邊人」沒有明說為「越之邊人」，但是在簡 20 的「邊人」卻明指為「越之邊人」，原考釋這樣的敍述，子居認為會誤導讀者，但筆者的理解是：原考釋即認為簡 16 的「亡良邊人」和簡 20 的「邊人」均指「越之邊人」。在前面簡 16 的「亡良邊人」，吳王指責因為越之邊人導致兩邑子弟互相殘害；在簡 20 中又提到的「邊人」，因為有前面簡 16 的鋪陳，就更進一步強調「越之亡良邊人」的「不道」又「抗禦」等等後續總總「亡良」的作為了。

⑨不茲（使）達，気（既）

原考釋的釋文斷句為「不茲達気」，「気」屬上讀。

> 達気，通気，猶達意。《鶡冠子・近迭》：「縱法之載於圖者，其於以喻心達意，揚道之所謂。」〔註532〕

王寧認為「気」讀為「既」，猶「即」。又斷句和原考釋不同：

> 「気」讀為「既」，「既」猶「即」也。（裴學海：《古書虛字集釋》，338 頁。）此數句當讀為「邊人為不道，或航（抗）御（禦）寡人之詒（辭）不茲（使）達，気（既）羅甲纓胄，敦（推）齊（擠）兵刃以攼（捍）御（禦）寡人。」〔註533〕

Zzusdy 認為「不茲（使）達気」的「気」讀為「暨」：

> 《用曰》簡 10「恐天高而不概（暨），恐地厚而不達」，「概（暨）」從陳偉先生說。則本篇簡 20「不茲（使）達【気＋火】」之「【気＋火】」恐即讀為「暨」。〔註534〕

子居認為「達気」有陰陽家的特色，「達意」的觀念晚於「達気」，故判斷

〔註532〕清華大學出土文獻與保護中心編、李學勤主編：《清華大學藏戰國竹簡（柒）》，上海，中西書局，2017 年 4 月，頁 124，注 18。
〔註533〕簡帛論壇「清華七《越公其事》初讀」，第 96 樓，20170429。
〔註534〕簡帛論壇「清華七《越公其事》初讀」，第 97 樓，20170429。

《越公其事》第三章成文較晚：

> 強調達氣，本是陰陽家與醫家的特色，這樣的觀念也屬於較晚出現
> 的，如《禮記‧郊特牲》：「天子大社必受霜露風雨，以達天地之氣
> 也。」《呂氏春秋‧重己》：「煇熱則理塞，理塞則氣不達。」由達氣
> 而引申出達意，自然只會晚于達氣觀念本身，凡此都說明《越公其
> 事》第三章成文之晚。〔註535〕

秋貞案：

在先秦兩漢典籍中未見「達氣」一詞，所以這裡原考釋釋為「達氣」，證據比較薄弱。王寧、Zzusdy 都認為「氣」可以讀為「既」，但是沒有說明，那麼「氣」字是否可以釋為「既（暨）」呢？筆者查戰國簡帛「氣」字作「（郭店語叢一48）」、「（郭店語叢一52）」字形從「火」形「既」聲。「既」為的上古音為溪母微部，「氣」的上古音在見母微部，所以「既」和「氣」聲韻可通。所以本簡的「氣」讀為「既」不是不可能的。「既」可以作副詞，當作「不久」、「很快」解。用於句首或謂語前，表示前述事實在前一個動作行為結束後不久發生的。《左傳‧成公二十年》：「新筑人仲叔于奚救孫桓子，桓子是以免。**既**，衛人賞之以邑。」〔註536〕王寧、Zzusdy 之說可從。

⑩羅（麗）甲綏（緌）冒（冑）

原考釋釋「羅」為「罹」

> 羅，讀為「罹」。《書‧湯誥》「罹其凶害」孔傳：「罹，被。」緌《說
> 文》：「冠系也。」古書作「蕤」。冒，冑，見第一章注釋。此處指戴
> 冑結緌。《荀子‧樂論》：「帶甲嬰冑，歌於行伍，使人之心傷。」《墨
> 子‧兼愛下》：「今有平原廣野於此，被甲嬰冑將往戰，死生之權未
> 可識也。」〔註537〕

Xiaoson 認為「羅」讀為「罹」，不確。「羅」應讀為「麗」。著甲即穿上

〔註535〕子居：〈清華簡七《越公其事》第三章解析〉，http://www.xianqin.tk/2018/04/17/426，20180417。

〔註536〕中國社會科學院語言研究所古代漢語研究室編：《古代漢語虛詞詞典》，北京商務印書館，1999 年出版，頁 275。

〔註537〕清華大學出土文獻與保護中心編、李學勤主編：《清華大學藏戰國竹簡（柒）》，上海，中西書局，2017 年 4 月，頁 124，注 19。

鎧甲：

> 「𩁜」所訓之「被」是遭受的意思，與文獻常見的「被甲」之「被」意思顯然不同。我懷疑「羅」讀為「麗」，「麗，著也。」古書多有「著甲」之語，即穿上鎧甲。蔡一峰兄認為「羅」即有包羅之義，似不煩破讀。按，此說似更直接，「羅甲」即將鎧甲網羅于身上（盔甲本身也是連綴的網狀物），也即穿上鎧甲。兩說同好參考。〔註538〕

汗天山認為「羅」當讀為「縭（纚）」為繫物之索帶。「羅甲纓冑」為「v＋n」結構：

> 《說文》：「纓，冠系也。」「縭，以絲介履也。」《爾雅·釋器》：「婦人之褘謂之縭。」注：「即今之香纓也。」《詩·豳風·東山》「親結其縭」，傳：「縭，婦人之褘也。母戒女施衿結帨。」

> 《爾雅·釋水》：「縭，緌也。」疏：「縭訓為緌，緌又為繫。」《詩·小雅·采菽》「紼纚（今毛詩作纚）維之」，馬瑞辰《通釋》：「詩以紼纚平列，紼蓋以麻為索，纚蓋以竹為索，皆所以維舟也。」《集傳》：「纚、維皆繫也。」

> 古代名動相因，「縭（纚）」為繫物之索帶，自然可用作動詞「繫」；猶如「纓」作為名詞是指冠帶或繫於頸之飾物，作動詞則訓為繫結。「羅甲纓冑」是兩個並列的「v＋n」結構，「羅」「纓」二字的意思差不多。〔註539〕

海天遊蹤認為「羅甲纓冑」，讀為「帶甲嬰冑」：

> 「羅」，來紐歌部一等開口；「帶」，端紐月部一等開口，聲韻極近。《荀子·樂論》：「帶甲嬰冑，歌於行伍，使人之心傷」。〔註540〕

汗天山認為「羅」讀為「穿」：

> 本篇簡文「范蠡」寫成「范羅」，二字通假。《說文》蠡從彖聲，彖、川音近可通（例多見）。而川、穿皆昌紐元部（川或歸文部），「羅」

〔註538〕簡帛論壇「清華七《越公其事》初讀」，第51樓，20170427。
〔註539〕簡帛論壇「清華七《越公其事》初讀」，第56樓，20170427。
〔註540〕簡帛論壇「清華七《越公其事》初讀」，第58樓，20170427。

讀為「穿」應該問題不大？《說文》：「摜，貫也。从手𫤙聲。《春秋傳》曰：『摜甲執兵。』」「毌（貫），穿物持之也。」《左傳・成公十三年》：「躬摜甲冑。」《國語・吳語》：「夜中乃令服兵摜甲。」意即穿甲。〔註541〕

蕭旭認為「羅」讀為「罹」訓「被」是遭受義。「罹」讀為「連」，「連甲」謂以組（即絲繩）連綴鎧甲，「羅甲」言戰備也，不是穿戴鎧甲義：

> 《呂氏春秋・去尤》：「邾之故法，為甲裳以帛。公息忌謂邾君曰：『不若以組。凡甲之所以為固者，以滿竅也，今竅滿矣，而任力者半耳。且組則不然，竅滿則盡任力矣。』」高誘注：「以帛綴甲。」《初學記》卷22引「綴」作「連」。《管子・五行》：「組甲屬兵。」尹知章注：「組甲，謂以組貫甲也。」《左傳・襄公三年》：「組甲三百，被練三千。」孔疏引賈逵曰：「組甲，以組綴甲，車士服之。被練，帛也，以帛綴甲，步卒服之。凡甲所以為固者，以盈竅也。帛盈竅而任力者半，卑者所服。組盈竅而盡任力，尊者所服。」又引馬融曰：「組甲，以組為甲裏，公族所服。被練，以練為甲裏，卑者所服。」《初學記》卷22引《左傳》服虔注亦曰：「組甲，以組綴甲。」此自是漢人舊說。以組綴甲謂之「組甲」（動詞），所綴之甲亦謂之「組甲」（名詞），《尉繚子・兵教下》：「國車不出於閫，組甲不出於橐，而威服天下矣。」此即名詞例。簡文「羅甲」言戰備也，不是穿戴鎧甲義。〔註542〕

郭洗凡認為整理者的觀點可從：

> 整理者的觀點可從，「羅」讀為「罹」，遭受戰亂的意思。「羅」、「罹」均為上古歌部字，《書・湯誥》：「罹其兇害」，《孔傳》：「罹，被。」纓，《文》：「冠系也。」古書作「嬰」。〔註543〕

子居認為「羅」字當可逕讀為「被」：

> 羅、麗相通，皮、麗亦相通，而羅、皮的語音關係當較羅與麗或

〔註541〕簡帛論壇「清華七《越公其事》初讀」，第64樓，20170427。

〔註542〕蕭旭：〈清華簡（七）校補（二）〉，http://www.gwz.fudan.edu.cn/Web/Show/3061，20170605。

〔註543〕郭洗凡：《清華簡《越公其事》集釋》，安徽大學碩士學位論文，2018年3月，頁41。

皮與麗為近，故「羅」字當可徑讀為「被」，而不是如整理者的輾
轉為訓。「被甲」典籍習見，除整理者所引外，如《戰國策‧韓策
一》：「山東之卒，被甲冒冑以會戰。」《說苑‧修文》：「被甲攖冑
立於桴鼓之間，士卒莫不勇者。」等皆是。〔註544〕

何家歡認為原考釋讀「羅」為「罹」，不確。「羅甲纓冑」合表戰備，相對
為文：

> 疑當從汗天山釋「羅」為「縭」之說。整理者所釋，正如網友所
> 說，「罹」所釋為「被」，義為「遭受」，而非當「披」講之「被」，
> 故「羅」讀為「罹」，則文意不通。「羅甲纓冑」合表戰備，「羅甲」
> 與「纓冑」則有具體意義，且相對為文，蕭旭先生所說失當。《說
> 文‧糸部》：「纓，冠系也。」又《說文‧冃部》：「冑，兜鍪也。」
> 兜鍪，即頭盔，「纓」為冠系，冑正屬冠類；《說文‧糸部》：「縭，
> 以絲介履也。」《爾雅‧釋器》：「縭，緌也。」郭注：「緌，繫也。」
> 《詩經‧小雅‧采菽》：「汎汎楊舟，紼纚維之。」毛傳：「纚，緌
> 也。」《爾雅》引作「紼縭維之」。「縭」為既為繫物之絲帶，可介
> 履，亦可介甲，即用為組甲之材料。《管子‧五行》：「天子出令，
> 命左右司馬衍組甲厲兵，合什為伍，以修於四境之內。」如此，「縭
> 甲」與「纓冑」則正相對。〔註545〕

張新俊認為「羅」字似可以讀作「摜」。簡文「羅甲纓冑」與文獻中的「帶
甲攖／嬰冑」、「帶甲嬰冑」、「被甲蒙冑」意思相同，所描繪的都是將士們全副
武裝開赴戰場的場景。但「羅甲」一詞，則為以往所無。考慮到《越公其事》
第3號簡已經有「吾君天王以身被甲冑」的說法，「羅」不宜再通作「被」。第
5、11號簡已經有「帶」字，「羅」也不宜再讀作「帶」。我們認為「羅」字似
可以讀作「摜」。上古音「摜」屬匣母元部，「羅」屬來母歌部。歌、元是嚴格
意義上的陰陽對轉，來、匣二母關係密切。「摜甲」、「摜甲冑」在先秦典籍中常
見。如《左傳‧成公二年》：「摜甲執兵，固即死也」。〔註546〕

〔註544〕子居：〈清華簡七《越公其事》第三章解析〉，http://www.xianqin.tk/2018/04/17/426，
　　　　20180417。
〔註545〕何家歡：《清華簡（柒）《越公其事》集釋》，河北大學碩士論文，2018年6月，
　　　　頁29。
〔註546〕張新俊：〈清華簡《越公其事》釋詞〉，「第十一屆『黃河學』高層論壇暨『古文字

秋貞案：

「羅甲纓冑」，汗天山應說是屬「v＋n」結構，可從。原考釋釋「羅」為「罹」，不確。筆者也認為「羅」為「穿」或「披」，但是非「遭受」之意。「羅」可以是「被（披）」、「縭（纚）」、「穿」、「連」、「帶」、「摱」，都有聲韻及義理可通之處。Xiaoson 認為「羅」應讀為「麗」。「麗」，「著」也，著甲即穿上鎧甲，其解最為直接。「麗」有「附、著、依」之義，見《故訓匯纂》頁 2617「麗」字條下第 11～19 條，書證甚多。鎧甲附著、依附於身，也就是穿著的意思。綏即纓，義為冠系，綁帽子、頭盔的帶子，「羅甲纓冑」指越之邊人披上鎧甲繫好兜鍪，準備戰鬥狀態。

⑪臺（敦）齊兵刃，以攺（捍）御（禦）募（寡）人。

原考釋：

> 敦齊，猶敦比，治理。《荀子‧榮辱》：「孝弟原愨，軥錄疾力，以敦比其事業而不敢怠傲。」兵刃，兵器。《孟子‧梁惠王上》：「填然鼓之，兵刃既接，棄甲曳兵而走。」〔註547〕

Zzusdy 認為「齊」訓整，即整飭、整治，亦與「飭」義相近：

> 簡 11「敦刃」注引《莊子‧說劍》「敦劍」，郭嵩燾解「敦」為治。簡 3「敦力」之「力」似當讀作「飭」，亦治也，「力」聲字用作「飭」，楚簡中已有好幾例。簡 20「敦齊兵刃」，「敦齊」整理者已言猶「敦比」，「齊」訓整，即整飭、整治，亦與「飭」義相近。〔註548〕

王寧認為「敦齊」當讀為《荀子‧解蔽》「好相推擠」之「推擠」。〔註549〕

易泉補充一例：「齊刃」見於《尉繚子‧制談》：「金鼓所指，則百人盡鬥。陷行亂陣，則千人盡鬥。覆軍殺將，則萬人齊刃。」〔註550〕

蕭旭認為《尉繚子》「齊刃」與此文義無涉，不得檢索同字形邃謂之同義。他認為敦齊兵刃，謂齊整其兵器，不雜亂也：

與出土文獻語言研究」國際學術研討會」會議論文（開封：河南大學黃河文明與可持續發展研究中心，2019 年 6 月 22～23 日），頁 316～325。

〔註547〕清華大學出土文獻與保護中心編、李學勤主編：《清華大學藏戰國竹簡（柒）》，上海，中西書局，2017 年 4 月，頁 124，注 20。

〔註548〕簡帛論壇「清華七《越公其事》初讀」，第 63 樓，20170427。

〔註549〕簡帛論壇「清華七《越公其事》初讀」，第 92 樓，20170429。

〔註550〕簡帛論壇「清華七《越公其事》初讀」，第 100 樓，20170430。

整理者說「敦齊，猶敦比，治理」不誤，但「治理」是泛言，如何治理，則不明晰。《荀子・榮辱》楊倞注：「敦，厚也。比，親也。言不敢怠惰也。」王引之曰：「楊說亦非。『敦』、『比』皆治也。《魯頌・閟宮》箋云：『敦，治也。』《孟子・公孫醜篇》『使虞敦匠事』，謂治匠事也。比，讀為庀，治也。敦比其事業，猶雲治其事業耳。《彊國篇》『敦比於小事』，義與此同，楊注以為『精審躬親』，亦失之。」《彊國篇》「敦比於小事者」，郝懿行曰：「敦，讀如堆。敦比者，敦迫比近，從集於前也。注似未了。」朱駿聲曰：「敦，叚借為督，敦、督一聲之轉。」王先謙曰：「敦比，治也。」整理者說當本于二王。郝說近臆，朱氏順楊注而說。王引之說近之，然亦未探本。比，齊同也。敦，讀為摶，字亦省作專，音轉又作剬、斷，亦整齊之義。《說文》：「摶，等也。《春秋傳》曰：『摶本肇末。』」《廣雅》：「摶、等、斷，齊也。」P.2011 王仁昫《刊謬補缺切韻》：「摶，齊。」王念孫曰：「《說文》：『摶，等也。』《齊語》：『摶本肇末。』韋昭注與《說文》同。《說文》又云：『剬，斷齊也。』《釋言》云：『專，齊也。』義並與『摶』同。」陳瑑解《國語》曰：「《說文》：『摶，等也。』《廣雅》：『摶齊也。專，齊也。』又《說文》：『剬，斷[齊]也。』義並同。」王、陳說是矣，而猶未盡。《說文》「剬，斷齊也」是聲訓，「斷」、「剬」音近，斷亦齊也。《玉篇》：「摶，等齊也。」《玉篇》、《廣韻》云：「剬，齊也。」字亦作揣，《孟子・告子下》：「不揣其本而齊其末。」揣亦齊也。段玉裁《說文》注曰：「等者，齊簡也，故凡齊皆曰等。《齊語》：『摶本肇末。』韋注：『摶，等也。』按《孟子》曰：『不揣其本而齊其末。』『揣』蓋『摶』之叚借字。耑聲、專聲同部。趙注雲『揣量』，似失之。」又曰：「《國語》：『摶本肇末。』『摶』即《孟子》『揣其本』之揣，其義同也。」焦循從其說，汪遠孫、朱駿聲亦並謂「揣」與「摶」通。字亦作端，《家語・五儀解》：「夫端衣玄裳。」王肅注：「端衣玄裳，齋服也。」「齋」同「齊」。《周禮・春官・宗伯》：「其齊服，有玄端素端。」鄭玄注：「端者，取其正也，士之衣袂皆二尺二寸而屬幅，是廣袤等也。」是「端」有齊等之義也。《廣韻》：「端，等也。」《說苑・

臣術》：「衣服端齊，飲食節儉。」「敦齊」即「端齊」，猶言齊整，故引申訓治理也。敦齊兵刃，謂齊整其兵器，不雜亂也。〔註551〕

子居認為整理者舉《荀子》、《孟子》這些戰國末期的材料，推論第三章是《越公其事》各章中成文時間最晚的。〔註552〕

郭洗凡認為整理者的說法可從，指整理雜亂的兵器，使之排整齊。〔註553〕

張新俊認為簡文中的「敦」，就是「收拾」、「整頓」的意思。「敦」與「整」意思是相近的。簡文中的「齊」字訓「整」，典籍習見。齊、整是同義詞連用，簡文中的敦、齊也屬於同一類現象。「敦齊兵刃以攼御寡人」，就是說吳國的士兵們整頓好武器嚴正以待，時刻準備投身到保護吳王的戰鬥中：

> 《左傳·昭公二十三年》說，吳人伐州來，公子光建議用誘敵之策，先用軍容不整的罪人三千去出擊胡、沈、陳三國之師，然後趁著對手爭搶俘虜的混亂之際，投入王師這樣的正規軍，「請先者去備薄威，後者敦陳整旅」。以往的解釋，都從杜預注把「敦」訓作「厚」（楊伯峻編著：《春秋左傳注》，中華書局1990年，第1446頁。趙生群注：《春秋左傳新注》，陝西人民出版社2008年，第884頁）。我們認為這兩句話中的「去備薄威」與「敦陳整旅」正相對為文，「去」、「薄」都是動詞，指不加防備，軍威不飭。「敦陳整旅」則是訓練有素，紀律嚴明。「敦」、「整」與「去」、「薄」都是動詞。若此，則「敦」與「整」意思是相近的。〔註554〕

秋貞案：

此處的「敦齊兵刃」，和簡3的「敦力銍鎗」都是同一個意思，只是詞彙的變化。我們可以參考第一章的「敦力銍鎗」一則考釋的說明，「敦齊」不是整治、推擠及擺好兵器之意，因為簡文此處內容的情境為兵臨陣下的狀態，

〔註551〕蕭旭：〈清華簡（七）校補（二）〉，http://www.gwz.fudan.edu.cn/Web/Show/3061，20170605。

〔註552〕子居：〈清華簡七《越公其事》第三章解析〉，http://www.xianqin.tk/2018/04/17/426，20180417。

〔註553〕郭洗凡：《清華簡《越公其事》集釋》，安徽大學碩士學位論文，2018年3月，頁42。

〔註554〕張新俊：〈清華簡《越公其事》釋詞〉，「第十一屆『黃河學』高層論壇暨『古文字與出土文獻語言研究』國際學術研討會」會議論文（開封：河南大學黃河文明與可持續發展研究中心，2019年6月22～23日），頁316～325。

如何在此緊張時刻才來治理擺放好兵器呢？「敦齊兵刃」就是奮力拿起兵刃武器以準備抗禦吳軍之意。張新俊以為是保護吳王，非也。季師以為此字與簡11「臺（敦）刃皆（偕）死」的「臺」同義，在第二章簡11已經詳細過了，「臺（敦）」為「迫擊」之義，「齊」字也應該是類似的意義。依照這個思路，「齊」應該釋為「翦」、「截」、「斷」，《儀禮·既夕禮·記》「馬不齊髦」鄭注：「齊，翦也。」〔註555〕《毛詩·魯頌·閟宮》「實始翦商」，毛傳：「翦，齊也。」鄭箋：「翦，斷也。」〔註556〕《爾雅·釋言》「劑翦齊也」，郭璞注：「南方人呼翦刀為劑刀。」邢昺疏：「皆為齊截也。郭云：『南方人呼翦刀為劑刀。』〈釋器〉：『金鏃翦羽謂之鏃。』」〔註557〕齊（徂奚切，從紐脂韻）、翦（即淺切，精紐元部）、截（昨結切，從紐月部）、斷（丁貫切，端紐元部），前三字聲紐都是齒音，後一字屬舌頭，四字聲紐都很接近；韻部則元月為陽入對轉，脂元、脂月都是旁對轉。〔註558〕因此「敦齊兵刃」就是「拿著兵器翦伐斬殺」的意思。「玫御」的「玫」應讀為「抗」。「臺（敦）齊兵刃，以玫（抗）御（禦）募（寡）人」意指「（越國邊人）拿著兵器翦伐斬殺來捍禦寡人（吳王）」。

⑫孤用匛（委）命𣆙（僮）脣（臣）

原考釋釋「𣆙」為「重」

> 匛，見於中山王器大鼎，讀為「委」，委任，屬托。《左傳》成公二年「王使委於三吏」，杜預注：「委，屬也。」委命，任命。《史記·刺客列傳》：「此丹之上願，而不知所委命，唯荊卿留意焉。」脣，即楚之「辰」字，讀為「臣」。《史記·齊太公世家》：「子哀公不辰立」司馬貞索隱：「《系本》作『不臣』，譙周亦作『不辰』。」𣆙脣，疑讀為「重臣」，《管子·明法解》：「治亂不以法斷，而決於重臣……，此寄生之主也。」〔註559〕

馬楠認為𣆙脣似當讀為「董振」：

〔註555〕參《儀禮注疏》（臺北：藝文印書館，1997.8），頁482。
〔註556〕參《毛詩注疏》（臺北：藝文印書館，1997.8），頁777。
〔註557〕參《爾雅注疏》（臺北：藝文印書館，1997.8），頁38。
〔註558〕脂月旁對轉，參陳新雄《古音學發微》頁1080；脂元旁對轉參同書，頁1084。
〔註559〕清華大學出土文獻與保護中心編、李學勤主編：《清華大學藏戰國竹簡（柒）》，上海，中西書局，2017年4月，頁124注21。

昭三年《左傳》「而辱使董振擇之」，杜注「董，正也。振，整也」，
孔疏「言正整選擇，示精審也。」〔註560〕

難言認為「蟑脣」是否指「童侲」，「侲」亦童也，未成年人。〔註561〕

汗天山懷疑戰國文字中應該不會將「脣」字用作「臣」字。他懷疑簡文當
讀為「孤用委命董振」：

> 「董振」一詞，見於《左傳‧昭公三年》：「齊侯使晏嬰請繼室於晉，
> 曰：……君若不忘先君之好，惠顧齊國，辱收寡人，徼福於大公、
> 丁公，照臨敝邑，鎮撫其社稷，則猶有先君之適及遺姑姊妹若而人。
> 君若不棄弊邑，而辱使董振擇之，以備嬪嬙，寡人之望也。」──
> 《經義述聞‧弟三十二‧經傳平列二字上下同義》（高郵王氏四種）：
> 「昭三年傳君若不棄敝邑而辱使董振擇之以備嬪嬙」，解者曰：「董，
> 正也。」「振，整也。」不知「董振」即動震，謂敬謹也。──楊伯
> 峻注：董振，同義詞連用。……董振猶今慎重之意。──然就簡文
> 「孤用委命董振」來看，前人之訓釋於簡文似乎亦可講通，簡文謂：
> 我因此委命將士，整頓軍隊，……

> ──當然，訓為「敬謹」於簡文亦通，意為：我因此委命謹慎恭敬
> 之人，……（附：《經義述聞‧卷十九》「董振擇之」條：引之謹案：……
> 今案：董，當讀為動，動振之言振動也。）〔註562〕

可以比照者，簡文與《左傳》皆屬於外交辭令用詞。〔註563〕

海天遊蹤認為以讀為「重臣」為好，他補充一個例證：

> 《銘圖》6321 王子臣俎、《銘圖續》124 王子臣鼎，董珊先生據《繫
> 年》認為王子臣即「夫檗王晨」。「晨」、「臣」音近可通，《史記‧
> 齊太公世家》：「子哀公不辰立」《索隱》：「不辰，《世本》作不臣，
> 譙周亦作不辰。」是知以上兩種新見銘文的「王子臣」即夫檗王

〔註560〕石小力整理：〈清華七整理報告補正〉，http://www.tsinghua.edu.cn/publish/cetrp/6831/
2017/20170423065227407873210/20170423065227407873210_.html，20170423。

〔註561〕簡帛論壇「清華七《越公其事》初讀」，第 18 樓，20170425。

〔註562〕簡帛論壇「清華七《越公其事》初讀」，第 152 樓，20170505。

〔註563〕簡帛論壇「清華七《越公其事》初讀」，第 153 樓，20170505。

晨。（〈讀《繫年》札記〉，「復旦網」，2011.12.26）亦可參見石小力〈《商周青銅器銘文暨圖像集成續編》釋文校訂〉。鳥蟲書銘文用字與《越公其事》背景相合，可以參考。〔註564〕

范常喜對讀《國語・吳語》中的內容：吳王親對之曰：「天子有命，周室卑約，貢獻莫入，上帝鬼神而不可以告。無姬姓之振也，徒遽來告。<u>孤日夜相繼，匍匐就君</u>……為使者之無遠也，孤用親聽命於藩籬之外」，這段提到「日夜相繼」，和「暲脣閣」相對應，故他說：

> 我們認為，前引《越公其事》簡文末句可重新斷讀作「孤用委命，**暲脣閣，冒兵刃**，匍匐就君，余聽命於門」。其中「**暲脣閣**」三字當讀作「踵晨昏」。〔註565〕

蕭旭認為「暲脣」即清華（六）《管仲》之「脣童」：

> 委命，猶言授命，整理者所引《史記》亦此義（《史記》文本於《戰國策・燕策三》，鮑彪注：「委棄性命，猶言不知死所。」亦誤）。《吳越春秋・勾踐歸國外傳》：「北向稱臣，委命吳國。」「（立童）脣」即清華（六）《管仲》之「脣童」，亦即「㑣童」，指宮中男奴女婢（余于《清華六校補》有詳說）。「委命（立童）脣」即賈誼《過秦論》「委命下吏」之誼，指把自身性命交給卑賤之人。〔註566〕

郭洗凡認為原考釋的說法可從。「委」，委隨也，委曲自得的樣子，在文中指的是任命，委派的含義。〔註567〕

子居認為委命，當指「交出性命、捨棄性命」。「暲」當即竦字，「脣」當讀為震，竦震又作戰竦、震竦，為震驚、驚懼義：

> 由下文「余聽命於門」即可見，整理者將此句理解為「任命重臣」不確，故筆者認為，此處的委命，當指交出性命、捨棄性命，對應下文的「閣冒兵刃，匍匐就君，余聽命於門。」「暲」當即竦字，「脣」

〔註564〕簡帛論壇「清華七《越公其事》初讀」，第 182 樓，20170520。
〔註565〕范常喜：《清華簡〈越公其事〉與〈國語〉外交辭令對讀札記一則》，《中國史研究》，2018 年第 1 期，頁 202。
〔註566〕簡帛論壇「清華七《越公其事》初讀」，第 198 樓，20170703。
〔註567〕郭洗凡：《清華簡《越公其事》集釋》，安徽大學碩士學位論文，2018 年 3 月，頁 42。

當讀為震，竦震又作戰竦、震竦，為震驚、驚懼義，《韓非子·初見秦》：「棄甲兵弩，戰竦而卻。」《爾雅·釋詁》：「戰、栗、震、驚、戁、竦、恐、慴，懼也。」這裡是說夫差表示本是來「棄惡周好」的，故因越之邊人「被甲纓胄，敦齊兵刃」而驚懼捨命，這自然也是一種委婉的外交辭令。〔註568〕

羅云君認為范常喜之說可從。〔註569〕

吳德貞認為原考釋所說可從，當讀為「重臣」不是委命小童：

當從整理者釋讀為「重臣」。若讀為「董振」取「正整」義，則「孤用委命董振」之「委命」缺少賓語。聯繫上下文可知此句意指吳王委派某人歷經重重困難與越王進行友好交談，若「唇」取「童㐱」或「㐱童」意，則與語境不符，吳王不當派遣小童或身份卑賤之人進行外交活動。〔註570〕

何家歡認為原考釋釋為「重臣」不通，當從汗天山所說。「委命董振」即「任用官員、發佈命令、正治教化、整頓風氣」：

疑當從汗天山所說。唇字字形，乃《說文》晨字或體「晨」部件互倒，二形實為一字。海天縱游所引「王子臣」之例，因是人名，固有其特殊之處，則不能僅以此一例而定之。臣字，楚簡多出，意義固定，並無通假。郭店簡《五行》見「![字]」字（荊門博物館編《郭店楚墓竹簡》，文物出版社，頁32），字形為上「晨」下「日」，此字兩見於文，其文為：「金聖（聲）而玉![字]（振）之，又（有）惠（德）者也」；「唯又（有）惠（德）者，肰（然）後能金聖（聲）而玉![字]（振）之」，皆通「振」。從字形來看，「唇」與「![字]」，類似於「晨」與「晨」，似乎是一字之異形。上文「委」訓「任命」，「命」訓「發令」，若「蕫唇」釋為「重臣」，則不通。董振，《左傳·昭公三年》：「君若不棄弊邑，而辱使董振擇之，以備嬪嬙，寡

〔註568〕子居：〈清華簡七《越公其事》第三章解析〉，http://www.xianqin.tk/2018/04/17/426，20180417。

〔註569〕羅云君：《清華簡《越公其事》研究》，東北師範大學，2018年5月，頁37。

〔註570〕吳德貞：《清華簡《越公其事》集釋》，武漢大學碩士論文，2018年5月，頁35。

人之望也。」杜注：「董，正也，振，整也。」（（清）阮元校刻《十三經注疏》，第 2030 頁下欄）「委命董振」即「任用官員、發佈命令、正治教化、整頓風氣」，據下文可知，此皆用以備戰。故「董振」以杜注可通，不煩釋為「謹慎」。〔註571〕

張新俊認為「委命」除了「任命」義之外，還有把命運交付給別人，任人處置的意思。簡文中的「𤝗」，與中山王鼎中的「寡人幼𤞚」，」之「𤞚」，為一字之異體。何琳儀讀鼎銘「幼𤞚」為「幼沖」，可信（何琳儀：《中山王器考釋拾遺》，《安徽大學漢語言文字研究叢書・何琳儀卷》，安徽大學出版社 2013 年，第 128～138 頁）「委命」一詞，應該與「委命下吏」意思相當，都是職位比較低下的官吏，這個意見是正確的。或認為「吳王不當派遣小童或身份卑賤之人進行外交活動」，疑簡文中的「𤝗唇」可以讀作「童齓」。上古音「唇」屬禪母文部，「齓」屬初母真部，禪、初均為齒音，真、文二部關係密切，二者讀音比較接近。「童齓」一詞首見於《後漢書・皇后紀下》。〔註572〕

秋貞案：

原考釋和海天遊蹤釋為「委命重臣」、馬楠和汗天山釋為「委命董振」、難言釋為「委命童㑌」、蕭旭釋為「委命童唇」、子居釋為「委命㑦震」。范常喜認為整個句子的斷讀為「𤝗唇𢜳」釋讀為「蹎晨昏」，日夜相繼之意。

筆者認為先從斷句的問題來看。簡文的這一段為「孤用匢命𤝗唇𢜳冒兵刃达逪稾君余聖命於門」，與其「𤝗唇𢜳」、「冒兵刃」三個字為句，不如以「匢命𤝗唇」、「𢜳冒兵刃」、「达逪稾君」、「聖命於門」剛好化分為四字一句來得好。另外「匢（委）命」一詞後面應該加個賓語，否則少了什麼，語意不清，故筆者認為應以原考釋的斷句為佳。

再從簡文上下文來看，「𤝗唇」此處如果釋為重臣，雖然聲韻上沒有問題，但是吳王委命重臣去做什麼呢？後面接「𢜳冒兵刃、达逪稾君」，吳王的處境若是那麼卑微，還要任命重臣跟著他去做這些事嗎？這很不好解釋。如果釋為「董振」意思是「敬謹」，那麼「委命敬謹」應該指的是一種態度，但是汗

〔註571〕何家歡：《清華簡（柒）《越公其事》集釋》，河北大學碩士論文，2018 年 6 月，頁 20。

〔註572〕張新俊：〈清華簡《越公其事》釋詞〉，「第十一屆『黃河學』高層論壇暨『古文字與出土文獻語言研究』國際學術研討會」會議論文（開封：河南大學黃河文明與可持續發展研究中心，2019 年 6 月 22～23 日），頁 316～325。

天山指「委命敬謹」是指「委命謹慎恭敬之人」。子居釋為「竦震」，竦字上古音在心紐東部，童字上古音在定紐東部，聲韻還可通，尚可解釋為一種恐懼害怕的態度。以上各家都只是形容委命的態度，卻是不夠具體的。看到蕭旭和難言的說法帶給我一些啟發。在《清華簡六‧管仲》有一個詞——「唇童」（簡26.10、11），原考釋釋為「蠢動」，蕭旭在《清華六校補》認為是「侲童」，指宮中男奴女婢。順者這個方向思考，首先簡文的「㼸唇」和「童侲」的聲音上沒有問題，「童侲」在古代是相當於奴隸、罪人身份的人。參考黎國韜的〈侲子考〉〔註573〕，他說「侲子」就是童子：

> 《東京賦》李善注云：「侲子，童男童女也。朱，丹也。玄制，皂衣也。」（《文選》卷三《賦乙》，第123頁）《後漢書志‧禮儀中》劉昭注引薛綜曰：「侲之言善，善童幼子也。」（《後漢書》，第3128頁）《後漢書‧皇后紀》李賢注云：「侲子，逐疫之人也，音振。」（《後漢書》卷十上，第425頁）

從聲韻上來看「侲」和「童」的關係，「侲子」和「童子」可以同音通假，他說：

> 曾運乾先生《音韻學講義》曾指出：古無舌頭、舌上之分，知、徹、澄三母，以今音讀之，與照、穿、床無別也；求之古音，則與端、透、定無異。《說文》：「沖，讀若動。」《書》：「惟予沖人」《釋文》：「直沖切。」古讀直如特，衝子猶童子也。……「衝子」與「童子」在古代可以同音通假，非常可信；至於侲子與童子也可以同音通假，道理與此正相仿。〔註574〕

若從意義上來看「童」，他說《說文》上可以看出「童」字本釋為「辠」人，其字從「辛」，本義是有罪的奴隸：

> 《說文》：「童，男有辠（罪）曰奴，奴曰童，女曰妾。從辛，重省聲。」（段注：「女部曰：『奴婢皆古之辠人也。』《周禮》：『其奴，男子入於辠隸，女子入於舂稿。』今人童僕字作僮，以此為僮子字。蓋經典皆漢以後所改。」）（許慎撰，段玉裁注《說文解字注》三篇

〔註573〕黎國韜：〈侲子考〉，《藝術探索》，2010年。
〔註574〕曾運乾《音韻學講義》，中華書局1996年，頁430。

上，上海古籍出版社 1988 年，第 102 頁）《說文》：「僮，未冠也。

從人，童聲。」（段注：「辛部曰：『男有辠曰奴，奴曰童。』按《說

文》僮童之訓，與後人所用正相反。如穜、種二篆之比。今經傳僮

子字皆作童子。非古也。」）（《說文解字》八篇上，第 365 頁）由此

可知，童字本釋為「辠」人，其字從「辛」，代表古之刑具。由於古

人習慣上以罪人充奴隸，所以妾、童、僕諸字含奴隸義者亦皆從

「辛」。（參見郭沫若《甲骨文字研究·釋支幹》之「辛」字，《郭沫

若全集·考古編》（第一卷），科學出版社 1982 年，頁 184）既然童

子本有奴隸、罪人之意，與《周禮》中的百隸特別是「罪隸」之身

份就更接近了。雖然《段注》說今人以童為小兒（童子）義，以僮

為僮僕義，與漢以前用法相反，但童、僮二字顯然是同源字，其本

義當是一樣的。

　　季師《說文新證》「童」字條釋義男性罪犯，引申為僮僕，再引申為兒童。

甲骨文 𥄕 （商.屯南 650），上從辛，中從目，下從人形。楚文字 𥪖 （戰.楚.

包 276），〔註575〕和本簡的「𥪖」無別，本簡的「𥪖」只是多加「立」的形符，

應該還是「童」字。

　　伝和童，聲為舌頭音，可，但韻部文（諄）、東不通（參陳新雄《古音學

發微》1038 頁「陽聲諸部之旁轉」）黎國韜說「伝和童聲音可通」，不可從。

伝，應讀為「臣」，「臣」的本義也是奴隸，甲骨文「目」字作「𫞩」人俯則

目作「臣」形。西周早期金文應監甗「監」字作「𨒥」，象人俯身監看之形，

「臣」以俯身之目形代表俯身之人，如此才符合奴隸之形〔註576〕。故「𥪖伝」

應該是個同義複詞，「𥪖」「伝」可以互訓。那麼「𥪖伝」指的應該是低階或

有罪之人。簡文的「委命𥪖伝」的釋讀可參考《吳越春秋·句踐歸國外傳》：「於

是范蠡乃觀天文，擬法於紫宮，築作小城，周千一百二十二步，一圓三方。

西北立龍飛翼之樓，以象天門，東南伏漏石竇，以象地戶；陵門四達，以象

八風。外郭築城而缺西北，示服事吳也，不敢壅塞，內以取吳，故缺西北，

〔註575〕參見季師旭昇《說文新證》「一」字條，福建人民出版社，2010 年 12 月第一版，
　　　　頁 815。

〔註576〕參見季師旭昇《說文新證》「臣」字條，藝文印書館，2014 年 9 月 2 日出版，頁
　　　　224。

而吳不知也。北向稱臣，<u>委命吳國</u>，左右易處，不得其位，明臣屬也。」「委命吳國」是指句踐把自己當作吳王的臣屬，把命交給吳國來支配，這點張新俊也作如是說。所以簡文「委命噇唇」應該指的是吳王把自己當作越王的臣屬般的「僮臣」，可以為此「闃冒兵刃」，他冒著被兵刃刺殺的威脅，就如他的命可任由越王使喚支配一樣，於是後文才有「达（匍）遳（匐）豪（就）君，余聖（聽）命於門」。吳王自己把身段放到最卑，以屈尊就駕之意。從這裡所描寫的夫差形象太過卑躬屈膝，明明是戰勝越國，卻如此低聲下氣，這裡可見其外交術語。

⑬闃（馳／觸）冒兵刃

原考釋釋「闃」待考。

闃，《玉篇》：「門也。」甲骨文有字（《甲骨文合集》二六九二七），待考。冒，頂著。司馬遷《報任少卿書》：「張空拳，冒白刃」。〔註577〕

趙嘉仁認為「」為「蒙」字的異體，與《玉篇》訓為「門」的「闃」為同形異字，「闃冒」是同義複詞，相當於「冒」：

「蒙」從「冡」聲，古音在明紐東部，「闃」從豕門聲，門古音在明紐文部。近年的古文字研究表明，上古東部與文部可以相通，因此「蒙」可改換為從「門」得聲。如此簡文「冒」就是「蒙冒」，也就是「冒蒙」，為同意複合詞。蒙、冒皆為頂著、冒著的意思。《左傳·襄公十四年》：「乃祖吾離被苫蓋、蒙荊棘以來歸我先君。」杜預注：「蒙，冒也。」《淮南子·脩務》：「昔者南榮疇恥聖道之獨亡於己，身淬霜露，軟蹻趺，跋涉山川，冒蒙荊棘，百舍重跰，不敢休息。」文中「冒蒙」就相當於簡文的「冒」。〔註578〕

難言認為「闃」可能是「突」字異體。檢文獻有「冒鋒突刃」、「冒突白刃」，但時代較晚。〔註579〕

〔註577〕清華大學出土文獻與保護中心編、李學勤主編：《清華大學藏戰國竹簡（柒）》，上海，中西書局，2017年4月，頁124，注22。

〔註578〕趙嘉仁：〈讀清華簡（七）散札（草稿）〉，http://www.gwz.fudan.edu.cn/forum/forum.php?mod=viewthread&tid=7968，20170424。

〔註579〕簡帛論壇「清華七《越公其事》初讀」，第27樓，20170425。

悅園認為「闂」讀為「逐」,「逐冒兵刃」,謂冒著兵刃追逐。[註580]

易泉認為「闂」讀作「蹈」,訓作踐踏:

> 從門從豕,以豕為聲,可讀作蹈。豕(支,書),蹈(幽,定),
> 紐同為舌音,韻為旁轉,音近可通。文獻中從豕之字與從攸之字
> 通作,從攸之字與從舀之字可通作(《古字通假會典》第738頁)。
> 豕(從門),疑可讀作蹈。蹈,訓作踐踏。《說文》:「蹈,踐也。」
> 《管子·法法》:「蹈白刃,受矢石,入水火,以聽上令」。《呂氏
> 春秋·禁塞》:「蹈白刃」。《商君書·慎法》:「且先王能令其民蹈
> 白刃,被矢石,其民之欲為之,非好學之,所以避害。」[註581]

王寧認為「闂」所從的「豕」可能是「豩」的省寫,在簡文中讀為「奮」;
若「闂」字從「門」聲,可能讀為「敃」:

> 「豩」字《說文》有伯貧、呼關二切,由其從「門」看,可能「門」
> 為綴加的聲符,則伯貧切當是,在簡文中可能是讀為「奮」。如果
> 必由「門」聲求之,也可能讀為「敃」,《書·康誥》:「敃不畏死」,
> 孔傳:「敃,彊也。自彊為惡而不畏死。」《疏》:「自彊為之而不
> 畏死。」《說文》訓「冒也」,昏冒義,在簡文中不合適。[註582]

黔之菜比較認同王寧的看法,認為「闂」字從門豩聲。檢《甲骨文合集》,
其圖版作下圖。他認為「闂冒」可讀為「坌冒」,「坌冒兵刃」就是觸犯兵刃、
觸犯荊棘之義:

> 從豩得聲的字,《說文》有豳、燹、闋等字。《說文》:「闋,闞闋,鬥
> 連結繽紛相牽也。闞,闞闋也。」而「闋」、「紛」並撫文切,古音
> 相同;又鄭司農注《周禮·春官·司几筵》「紛讀為豳」;又西周
> 青銅器狱簋有「燹夆馨香」語,「燹夆」,吳鎮烽、裘錫圭兩先生
> 皆讀為「芬芳」;凡此皆可證從豩或燹與從分聲的字讀音相近而通
> 假,所以我們認為簡文之「闂冒」可讀為「坌冒」。……《淮南子·
> 脩務》有類似的語句作:「昔者南榮疇恥聖道之獨亡於己,身淬霜

〔註580〕簡帛論壇「清華七《越公其事》初讀」,第75樓,20170428。
〔註581〕簡帛論壇「清華七《越公其事》初讀」,第104樓,20170430。
〔註582〕簡帛論壇「清華七《越公其事》初讀」,第106樓,20170430。

露，欺蹻趹【步】，跋涉山川，冒蒙荊棘，百舍重跰〈趼〉，不敢
休息。」蔣禮鴻先生指出：坴冒之坴與逢同，觸犯之義也。……
坴、逢聲近義通。然則簡文之言「閨（坴）冒兵刃」與《賈子》之
言「坴冒楚棘」，文例相類，用意相近，就是觸犯兵刃、觸犯荊棘
之義。〔註583〕

圖010　《合集》（第九冊），3323頁〔註584〕

26927

　　潘燈認為黔之菜先生所述「坴（一本或作坌）冒」，或即為楚厲王熊眴，乃
楚霄敖熊坎之子，又作蚡冒。〔註585〕潘燈又說「閨（坴）冒兵刃」可否理解為：
楚厲王蚡冒的兵員裝備，即蚡冒之武力。他說：

「閨（坴）冒兵刃」所言「兵刃」當指兵器，與《賈子》之言「坴
冒楚棘」之「棘」，似乎也應為兵器，《左傳‧隱公十一年》：「子都
不拔棘以逐之」杜預《注》：「棘，戟也。」（白於藍：《戰國秦漢簡
帛古書通假字彙纂》846頁）「楚棘」或謂「楚戟」。「楚棘」概言楚
國兵力或武力。把「閨（坴）冒兵刃」可否理解為：楚厲王蚡冒的
兵員裝備，即蚡冒之武力。〔註586〕

　　心包認為未見從「豕」的「闗」：

金文裡明確從門從豕（或從三豕或者從門從豕從攴）的形體難道不
應該結合起來考慮嗎？〔註587〕

　　水之甘回應心包，後世字書有從門從豳的字。另，汗簡認為從二豕也讀為

〔註583〕黔之菜：〈清華簡柒《越公其事》篇之「閨冒」試解〉，http://www.bsm.org.cn/show_
　　　　article.php?id=2802。1060510。
〔註584〕引用黔之菜此文附圖。
〔註585〕簡帛論壇「清華七《越公其事》初讀」，第168樓，20170512。
〔註586〕簡帛論壇「清華七《越公其事》初讀」，第169樓，20170512。
〔註587〕簡帛論壇「清華七《越公其事》初讀」，第170樓，20170512。

郤。〔註588〕

心包再回應水之甘：

> 問題是，更早的形體，鹵從的不是二豕。換句話說，必須提出從二
> 豕的字讀音上的證據，即使它跟鹵所從沒關係。從門從鹵的字，即
> 使是個雙聲字，能跟從門從豕的字建立聯繫嘛，請舉證。〔註589〕

水之甘再回應心包：

> 也是，從門從豕，二者都可以是聲，不過這是戰國文字，說文已認
> 為鹵從豕聲，至於甲骨上的可能並不是一個字。〔註590〕

萧旭認為「闟」讀若「弛」、「地」或作「陸」、「墜」，從豕得聲，字又作
「墼」、「墜」，「象」誤作「豕」。簡文「闟」讀為「馳」，奔也。《史記・秦本紀》：
「馳冒晉軍。」〔註591〕

許文獻認為黔之菜先生將「兵刃」解作「荊棘」，而萧旭先生釋「象」讀
「馳」之說，皆有一定之啟發性。「闟」字的「豕」頭比較接近是「象」，此
字從「象」得聲，而據陳劍先生對從象諸例音讀所作之界定，即上述所云
「『闟（金文「象」）』字應當與本從『它』聲的『地』和『施』讀音相近」，
「闟冒」即為「馳冒」解作「車馬疾行衝擊」之意：

> 則疑簡文此例應可讀為「馳」，「馳」字上古音屬定母歌部，與「象」、
> 「它」、「地」、「施」與「弛」等字，俱韻近可通，而「馳」字在此
> 可訓作「車馬疾行」，即《說文》釋「馳」所云「大驅也」，故簡文
> 所謂「馳冒」，或猶《史記・秦本紀》中所云「於是岐下食善馬者
> 三百人馳冒晉軍，晉軍解圍，遂脫繆公而反生得晉君」，「馳冒」在
> 此可解作「車馬疾行衝擊」之意，倘置於此簡中，並依據黔之菜先
> 生將「兵刃」或解作「荊棘」之說，則簡文「馳冒兵刃」或可引申
> 作「疾速力克兵刃或荊棘」之意，甚至可呼應下文「匍匐就君」語，
> 殆其所謂「匍匐」，即訓作「急遽、盡力」，其猶《詩經・邶風・谷

〔註588〕簡帛論壇「清華七《越公其事》初讀」，第172樓，20170512。
〔註589〕簡帛論壇「清華七《越公其事》初讀」，第173樓，20170512。
〔註590〕簡帛論壇「清華七《越公其事》初讀」，第174樓，20170512。
〔註591〕萧旭：〈清華簡（七）校補（二）〉，http://www.gwz.fudan.edu.cn/Web/Show/3061，
20170605。

風》所云「凡民有喪，匍匐救之。」也。〔註592〕

一上示三王認為「閹」字，讀若「觸」：

> 閹，上門下豕。頗疑豕是豕之訛，字原當作閹，從門豕聲，讀若觸。
> 「閹冒」即「觸冒」。「觸冒」古書常見，《後漢書‧劉茂傳》：「茂與
> 弟觸冒兵刃，緣山負食，臣及妻子得度死命，節義尤高。」〔註593〕

林少平回應一上示三王。他認為「閹」與「閣」為混同字：

> 整理者釋為「閹」無誤，另據文獻「閹」與「閣」為混同字，該字當
> 上讀，當斷句為「孤用委命，（立童）晨（門豕），冒兵刃」，已撰文。
> 〔註594〕

林少平認為這句的斷句為「孤用委命，踵晨閣，冒兵刃」大概意思說，「我
以性命相托，登城門，冒兵刃」：

> 「用委命」即「以性命相托」。（立童），讀作「踵」，又作（止童）。
> 「晨（門豕）」即文獻所說「晨門」。本指出入都邑之城門，又引申
> 為守門之人。《論語‧憲問》：「子路宿於石門。晨門曰：『奚自？』
> 子路曰：『自孔氏。』」何晏《集解》：「晨門者，閹人也。」邢昺《疏》：
> 「晨門，掌晨昏開閉門者，謂閹人也。」「踵晨（門豕）」即「登城
> 門」。〔註595〕

子居認同一上示三王所說「閹」字讀若「觸」；他又認為「閹」字可能從
豕門聲，讀為冢；或還可以考慮「閹」字是從豕聲，則似可讀為「抵」，並其
補充辭例：

> 《史記‧司馬相如列傳》：「夫邊郡之士，聞烽舉燧燔，皆攝弓而
> 馳，荷兵而走，流汗相屬，唯恐居後，觸白刃，冒流矢，義不反
> 顧，計不旋踵。」除這個可能外，筆者認為，閹也可能從豕門聲，
> 讀為冢（《古字通假會典》第 29 頁「蒙及閹」條，濟南：齊魯書
> 社，1989 年 7 月），文獻多書為蒙，銀雀山漢簡《民之情》：「士卒

〔註592〕許文獻：〈清華七《越公其事》簡21「象（從門）」字補說〉，http://www.bsm.org.
cn/show_article.php?id=2820，20170606。

〔註593〕簡帛論壇「清華七《越公其事》初讀」，第 192 樓，20170608。

〔註594〕簡帛論壇「清華七《越公其事》初讀」，第 193 樓，20170608。

〔註595〕簡帛論壇「清華七《越公其事》初讀」，第 197 樓，20170619。

共甘苦，赴艱難，冒白刃，蒙矢石，民難敵，民之情也。」《史記·貨殖列傳》：「故壯士在軍，攻城先登，陷陣卻敵，斬將搴旗，前蒙矢石，不避湯火之難者，為重賞使也。」皆可與此處「闌冒兵刃」類觀。或還可以考慮闌字是從豸聲，則似可讀為抵，抵冒猶言觸冒，睡虎地秦簡《語書》：「無公正之心，而有冒抵之治。」即其辭例。
〔註596〕

肖曉暉認為「闌冒」的「闌」和簡14「豸鬥」的「豸」是同一字。「豸」和「豕」為同源字，「豕」是「豸」的變形分化字。〈越公其事〉的「豸鬥」和「闌冒」就是「豸鬥」和「豸冒」可以讀為「觸鬥」和「觸冒」。〔註597〕

郭洗凡認為趙嘉仁的觀點可從。從下文得知「冒」是「頂著」的含義。
〔註598〕

何家歡認為許文獻的觀點可從：

> 許說是也。從整篇簡文書寫習慣來看，有一部分字的寫法楚文字並不常見，但卻可以在西周金文中找到根據，如前文已考的敦字、桼字。另外還有彔字，楚文字多作左右結構，而此篇多作上下結構，乃是西周金文的書寫習慣。而此字「門」內所從之「豸」，楚文字常作許文（（漢）司馬遷《史記》卷五，第188頁）獻先生所說的第一類，即「頭下無橫」，如「（包山227）」、「（包山146）」、「（包山168）」、「（包山211）」、「（清華說命上6）」（徐在國等編《戰國文字字形表》），而此處字形明顯為第一類，說明此篇寫手確實承襲了西周時期的文字書寫習慣。「馳冒」，義為馳馬衝擊。《史記·秦本紀》：「於是岐下食善馬者三百人馳冒晉軍。」可資比勘。
> 〔註599〕

〔註596〕子居：〈清華簡七《越公其事》第三章解析〉，http://www.xianqin.tk/2018/04/17/426，20180417。

〔註597〕〔註591〕肖曉暉：〈清華簡七《越公其事》「豸鬥、闌冒」解〉，《古文字研究》，2018年，頁401～411。

〔註598〕郭洗凡：《清華簡《越公其事》集釋》，安徽大學碩士學位論文，2018年3月，頁43。

〔註599〕何家歡：《清華簡（柒）《越公其事》集釋》，河北大學碩士論文，2018年6月，頁21。

王青認為「闍」字是從豖聲當讀若「執」，「冒刃」字義相連：

> 此四字，冒刃字義相連。《六韜・犬韜・練士》：「武王問太公曰：練
> 士之道奈何？太公曰：軍中有大勇，敢死、樂傷者，聚為一卒，名
> 為冒刃之士。」（孔德騏：《六韜淺說》，北京：解放軍出版社，1987
> 年，第 183 頁）。《後漢書》卷 61「昔白公作亂于楚，屈廬冒刃而前」
> （《後漢書・左周黃列傳》，《後漢書》，北京：中華書局，1965 年，
> 第 2041 頁）。「闍」，當以豖（審紐、支部）為音，簡文裡當讀若「執」
> （照紐，緝部），審、照兩紐皆正齒全清，聲紐非常接近。支、緝兩
> 部常陰入對轉而通，所以「闍」讀若「執」，在音訓上是可以的。古
> 語常有執兵、執銳之辭。《左傳》成公二年「擐甲執兵」（楊伯峻：《春
> 秋左傳注》（修訂本），北京：中華書局，1990 年第 2 版，第 792 頁），
> 《墨子・非攻》中篇「奉甲執兵」，《墨子・魯問》「被堅執銳救諸侯
> 之患」（以上分別見於（清）孫詒讓：《墨子間詁》，北京：中華書局，
> 2001 年，第 135、474 頁），皆為其例。〔註600〕

張新俊認為從傳世文獻來看，以上說法中，讀作「突」、「逐」、「蹈」、「奮」、「坒」、「馳」等意見恐怕都不可信。讀作「觸」，似乎可備一說。因為文獻中確實有「觸白刃」、「觸兵刃」的說法。我們懷疑簡文中的「闍」字很有可能讀作「觸」或者「犯」。如果說「闍」讀作「犯」的話，簡文「犯冒兵刃」與《後漢書》「冒犯兵刃」的措辭是幾乎完全相同的。〔註601〕

秋貞案：

「闍」字，原考釋未釋出，各家眾說紛紜，莫衷一是。筆者認為「闍」字形从門从豖。季師《說文新證》「豖」字條，〔註602〕甲骨文為「𣎴（商.佚43《甲》）」，金文為「𧰧（周晚.皇函父簋）」，楚文字「𧰧（戰.楚.包168）」。「豕」字甲骨、金文未見，秦文字「𧰧（秦.璽彙3266）」，「豕」字下加一點為

〔註600〕 王青：〈清華簡《越公其事》補釋〉，「出土文獻與商周社會學術研討會」會議論文
集，2019 年，頁 323～332。

〔註601〕 張新俊：〈清華簡《越公其事》釋詞〉，「第十一屆『黃河學』高層論壇暨『古文字
與出土文獻語言研究』國際學術研討會」會議論文（開封：河南大學黃河文明與
可持續發展研究中心，2019 年 6 月 22～23 日），頁 316～325。

〔註602〕 參見季師旭昇《說文新證》「豖」字條，福建人民出版社，2010 年 12 月第一版，
頁 760。

絆足，原本「豕」和「豕」是分別清楚的，但到後來卻混用了。〔註603〕在字音上來看，《玉篇》：「式旨切，閾，門也。」〔註604〕既然是「式旨切」，故判斷此字從「豕」聲而不從「門」聲，更非雙聲字。《玉篇》：「豕，火類切。」〔註605〕和「豕」聲也不屬，故可以排除「閾」字是從「豕」聲之字。若以「閾」字從「豕」聲，「豕」的上古音在書母支部，筆者把各家釋字的上古音、詞例及釋義分別整理出以下表格：

討論者	釋讀字上古音〔註606〕	詞　　例	釋　　義
難言	突（定母微部）	冒鋒突刃、冒突白刃	這個詞出現時代較晚
悅園	逐（澄母覺部）	<u>逐冒</u>兵刃	謂冒著兵刃追逐
易泉	蹈（定母幽部）	《管子·法法》：「<u>蹈白刃</u>，受矢石，入水火，以聽上令」。《呂氏春秋·禁塞》：「<u>蹈白刃</u>」。《商君書·慎法》：「且先王能令其民<u>蹈白刃</u>，被矢石，其民之欲為之，非好學之，所以避害。」	蹈，踐踏
蕭旭	弛（書母歌部）、馳（澄母歌部）、隉、墊（書母支部）	《史記·秦本紀》：「<u>馳冒</u>晉軍。」	馳，奔也。
許文獻	馳（澄母歌部）	《史記·秦本紀》中所云「於是岐下食善馬者三百人<u>馳冒</u>晉軍，晉軍解圍，遂脫繆公而反生得晉君」	「兵刃」或解作「荊棘」。「馳冒兵刃」或可引申作「疾速力克兵刃或荊棘」
一上示三王	觸（昌母屋部）	《後漢書·劉茂傳》：「茂與弟<u>觸冒兵刃</u>，緣山負食，臣及妻子得度死命，節義尤高。」	豕是豕之訛。「觸冒」古書常見
林少平	「閾」與「閻」為混同字	我以性命相托，登城門，冒兵刃	斷句為「孤用委命，踵晨閾，冒兵刃」
子居	抵（端母脂部）	睡虎地秦簡《語書》：「無公正之心，而有<u>冒抵</u>之治。」	「抵冒」猶言「觸冒」

〔註603〕參見季師旭昇《說文新證》「豕」字條，福建人民出版社，2010年12月第一版，頁761。
〔註604〕（梁）顧野王《大廣益會玉篇》，中華書局，2008年8月北京第三次印刷，頁55下右。
〔註605〕（梁）顧野王《大廣益會玉篇》，中華書局，2008年8月北京第三次印刷，頁111上左。
〔註606〕參考漢字古今音資料庫 http://xiaoxue.iis.sinica.edu.tw/ccr，http://xiaoxue.iis.sinica.edu.tw/ccr，由行政院國家科學委員會經費補助，臺灣大學中國文學系和中央研究院資訊科學研究所共同開發。

肖曉暉	觸（昌母屋部）	「觸冒」一詞古書常見，有時作「冒觸」如《後漢書‧蘇章傳》：「（蘇）不韋毀身燋慮，出於百死，冒觸嚴禁，陷族禍門」。	就音義而言，「豕」是「豕」為一字分化。「豕」上古音端母屋部和「觸」聲紐為舌音，韻相通。
王青	執（章母緝部）	古語常有執兵、執銳之辭	執冒兵刃
張新俊	觸（昌母屋部）、犯（奉母談部）	文獻中有「觸白刃」、「觸兵刃」的說法。若「闌」讀作「犯」，《後漢書》有「冒犯兵刃」一詞	犯冒兵刃

以上「突」、「逐」、「蹈」、「弛」、「馳」、「觸」、「抵」、「執」和「犯」等幾個字，從文獻詞例上都有相涉，就聲母來看，上古音聲母在舌音和齒音都有相關，錢大昕云：「古人多舌音，後代多變為齒音。」[註607] 就韻部來看，若能和支部符合旁轉或旁對轉關係者只有「突」、「逐」、「弛」、「馳」和「抵」等字。[註608] 如果把「豕」當是「豕」之訛，如一上示三王所言，則「觸」字也有可能，子居、肖曉暉及張新俊認為「觸冒」就有了依據。就字義上再推敲：「冒突白刃」，它出現在《全三國文‧卷十一‧魏十一》：「夫顯爵所以褒元功，重賞所以寵烈士。整、像召募通使，越蹈重圍，冒突白刃，輕身守信，不幸見獲，抗節彌厲，揚六軍之大勢，安城守之懼心，臨難不顧，畢志傳命。」時代出現較晚，但也不能排除其可能；文獻中不見「逐冒兵刃」、「弛冒兵刃」的相關文例，但有「軍政廢弛冒濫」之例，其斷句為「軍政廢弛，冒濫」和「弛冒」一詞不同。文獻上有「馳冒晉軍」之例，《史記‧秦本紀》中所云「於是岐下食善馬者三百人馳冒晉軍，晉軍解圍，遂脫繆公而反生得晉君。」至於「抵冒」一詞的詞例，如《周禮注疏‧卷二十六》：「辨事者考焉，不信者誅之。謂抵冒其職事。」疏注：「謂抵冒其職事」釋曰：此謂助祭之人。大史掌禮，知行事得失。所行依注謂之事，則與人考焉。抵冒職事、詐欺不信者，刑誅之。」在此「抵冒」是什麼意思？似乎沒有抵冒兵刃的意涵。故筆者認為，以上排除聲韻不合及缺乏有力的文獻佐證者，就以蕭旭、許文獻釋作「馳冒」一詞及一上示三王的「觸冒」一詞比較接近「闌冒兵刃」的

〔註607〕陳新雄：《古音研究》，五南圖書出版有限公司，2000 年 11 月初版二刷，頁 544。

〔註608〕陳新雄：《古音學發微》，文史哲出版社，1972 年 1 月出版，頁 1045～1056。以上幾個字：「豕」是書母支部，和「突」支微旁轉，和「逐」支覺旁對轉，和「弛」、「馳」歌支旁轉、和「抵」支脂旁轉。

涵意。「馳冒」和「觸冒」在聲韻上及詞例上都有證據，但是「」字要讀為「馳」或「觸」似乎還要更多楚文字的例子來證明才好。筆者認為「馳冒／觸冒」在簡文此處的意思是「以性命抵觸」之意較為通順。

⑭达（匍）遖（匐）㝵（就）君，余聖（聽）命於門

原考釋：

> 达遖，讀為「匍匐」。《詩・生民》：「誕實匍匐，克岐克嶷，以就口食。」朱熹《集傳》：「匍匐，手足並行也。」《國語・吳語》：「王覺而無見也，乃匍匐將入於棘闈，棘闈不納。」〔註609〕

郭洗凡認為原考釋觀點可從：

> 整理者觀點可從。「达」，從辵夫聲，「夫」和「匍」均為上古魚部字，二字韻部相同，可以通假。「匍」，手行也，從勹，甫聲。「遖」從辵㚇聲，「㚇」與「匐」均為上古職部字，韻部相同可通假。「匐」，伏地也，從勹，畐聲。〔註610〕

子居引《國語・吳語》的「吳王親對之曰：……徒遽來告。孤日夜相繼，匍匐就君。……孤用親聽命於藩籬之外。」判斷《越公其事》與《吳語》二者關係可謂明顯：〔註611〕

> 對照《國語・吳語》的「吳王親對之曰：……徒遽來告。孤日夜相繼，匍匐就君。……孤用親聽命於藩籬之外。」即不難看出，《越公其事》第三章作者在此段「使徒遽趨聽命……孤用委命竦震，蒙冒兵刃，匍匐就君，餘聽命於門。」中顯然借鑒了《吳語》中吳王對話內容，不惟用詞、句意相似，且「徒遽」于傳世文獻僅見稱於《吳語》，他書則往往作「傳遽」或「遽傳」，「匍匐就君」一句《越公其事》與《吳語》也完全相同。

秋貞案：

「匍匐」為「手足並行」及之意。《慧琳音義》卷五十四，「匍匐」注引鄭

〔註609〕清華大學出土文獻與保護中心編、李學勤主編：《清華大學藏戰國竹簡（柒）》，上海，中西書局，2017年4月，頁124，注23。

〔註610〕郭洗凡：《清華簡《越公其事》集釋》，安徽大學碩士學位論文，2018年3月，頁44。

〔註611〕子居：〈清華簡七《越公其事》第三章解析〉，http://www.xianqin.tk/2018/04/17/426，20180417。

注《禮記》云「伏地肘膝行也」。〔註612〕在簡文此處含有伏首稱臣之意。

2. 整句釋義

　　我很痛心這種情形，想到人的生命不長，而且命運長短也不是自己可決定的，所以我派遣使者去越國聽命，至今三年，但是之前的情形仍未克定，我願親自面見越公，拋棄過去的怨惡，想要和好，以求上下吉祥。我率領一兩個親信子弟奔告於守邊之人，守邊之人不講道理，又違抗我求和的告詞，讓我的心意不能傳達給越王，之後，他們還穿上鎧甲戴上兜鍪，拿起兵刃來抗禦我。我把自己當作您的臣屬，可由您支配，冒著受兵刃的威脅，向越王伏地稱臣，聽命於越王之門前。

　　（三）君不尚新（親）有（宥）募（寡）人①，曰（抑）犷（荒）弃孤②，【二一】伓（背）虚（去）宗𡩜（廟）③，陟柿（棲）於會旨（稽）④。孤或（又）志（恐）亡（無）良僕馭（馭）𤞤（易）火於雫（越）邦，孤用內（入）守於宗𡩜（廟），以須【二二】使（使）人⑤。」

1. 字詞考釋

①君不尚新（親）有（宥）募（寡）人

　　原考釋釋「尚」為「嘗」，釋「有」為「右」：

> 不尚，讀為「不嘗」，不曾。《史記‧刺客列傳》：「於是襄子乃數豫讓曰：『子不嘗事范、中行氏乎？』」有，通「佑」，佑助。《墨子‧非命下》「天有顯德，其行甚章。」孫詒讓《閒詁》引莊述祖曰：「『有』當為『右』，助也。」〔註613〕

　　石小力認為原考釋釋「不嘗」為「不曾」是正確的，但「有」當讀為寬宥、赦宥之「宥」：

> 《左傳》莊公二十二年「幸若獲宥」，杜預注：「宥，赦也。」「親宥寡人」與簡15「孤敢脫睾於大夫」正相對應。本句大意是越王過去不曾親自寬宥寡人，卻反而拋棄寡人，毀棄宗廟，登處於會稽之山。

〔註612〕宗邦福、陳世鐃、蕭海波：《故訓匯纂》，商務印書館出版，2007年9月，頁260。
〔註613〕清華大學出土文獻與保護中心編、李學勤主編：《清華大學藏戰國竹簡（柒）》，上海，中西書局，2017年4月，頁124，注24。

這是吳王的外交辭令，本應是吳王赦免越王，卻說成越王赦宥自己。
〔註614〕

悅園認為「尚」如字讀即可。不尚，「不以……為尚」。〔註615〕

Zzusdy認為「親」與「有」連，且與「荒棄」相對，此「有」也可能不破讀：

> 「有」，有「親」、「善」的意思，如《左傳》「是不有寡君也」，注：「有，相親有。」（參看《匯纂》P1053，或《經義述聞》「我尚有之」、「我皇多有之」條，《通說》部分「有」條）這與前面「匍匐就君」、「聽命於門」也相承應（吳王是「熱臉貼了冷屁股」，越王拋棄宗廟躲進會稽不接見）〔註616〕

汗天山引用 Zzusdy 之說認為這種義項的「有」大概是與「友善」之「友」同源？〔註617〕

王寧認為可能讀「親友」為是，即《漢書・楚元王傳》「與相親友」的「親友」，動詞。《子犯子餘》簡4的「不敝又（有）善」可能也當讀「友善」。〔註618〕

心包回應汗天山，他認為「親有」和「親友」不一樣：

> 「親有」的「有」與「相得」、「相能」這樣的詞類似（如《荀子・正論》「不應不動，則上下無以相有也」，類似「你中有我，我中有你」。）似是由「有無」的「有」引申而來，與文獻常見的「孝友」的「友」來源可能不同。【但是它們都著落到「親」這個意項上，且又音近，這是沒有問題的】

> 北大秦簡《善女子之方》「慈愛婦妹，有與兄弟」，挺斌兄讀「有與兄弟」為「友于兄弟」，正確可從。（復旦網論壇：http://www.gwz.fudan.edu.cn/forum/forum.php?mod=viewthread&tid=7417&extra=page%3D2%26filter%3Ddigest%26digest%3D1%26digest%3D1）。「有」經常用於上下級之間的親近關係，放在這裡非常合適。更進一步：

〔註614〕簡帛論壇「清華七《越公其事》初讀」，第45樓，20170426。
〔註615〕簡帛論壇「清華七《越公其事》初讀」，第78樓，20170428。
〔註616〕簡帛論壇「清華七《越公其事》初讀」，第143樓，20170503。
〔註617〕簡帛論壇「清華七《越公其事》初讀」，第145樓，20170505。
〔註618〕簡帛論壇「清華七《越公其事》初讀」，第146樓，20170505。

「親友」這個詞與「親有」不完全一樣（除非是假借），「親有」
因為「親」的限定，使得「有」的意義可以偏向粘連上「親」，而
「親友」可以看作同義複詞。

PS：個人認為，不能讀「友」。（是否如此，得請教詞彙學方面的專
家看看）〔註619〕

王寧回應心包，他認為「有」讀「友」二字通假，並說明理由：

畢竟典籍裡有二字通假的例子（《古字通假會典》，370 頁），出土文
獻里甚至用「侑」為「友」（《戰國秦漢簡帛古書通假字彙纂》，83
頁。），也不過都是音同假借。正如 zzusdy 先生在 150 樓說的，王
引之在《經義述聞》卷三十一裡說得都很明白了，他說「有」的時
候，開始引他老爸（念孫）的話就說「有與友古字通，故友訓為親，
有亦可訓為親。友訓為愛，有亦可訓為愛。」「有」、「友」同訓親、
愛的前提是二字通假。如果必定要摳字眼，「友」與「有」寫法迥異，
「友」古書裡說「同志為友」、「善兄弟曰友」，自然是有親、愛義；
而「有」卻本沒有親愛義，古字書裡訓「有」沒見有「親」、「愛」
的義項，如《玉篇‧有部》裡釋「有」是「不無也，果也，得也，
取也，質也，案也」，羅列了一堆，也沒有親、愛的義項，這也是很
多人不明白「有」有親愛義的原因。由此而言，古書裡用為親、愛
義的「有」可能都是「友」的假借字，故王引之在論述「有」有親、
愛義的時候開頭先引王念孫說「有與友古字通」這個前提，他的論
述是看到「說經者多誤以有為有無之有，故略言之」，因為「有」本
字固不訓「親」或「愛」。二字通假的情況在先秦書裡已經這樣了，
所以如果僅就用例而言，「有」依字讀也可，而其所訓還是「友」的
義項，如果說「『有』不能讀『友』」，個人認為就太絕對了。〔註620〕

子居回應石小力所說的為是，這裡的「有」是「宥」的意思，呼應前面的
「委命」：

前面吳王所稱「委命」即是表示自知已獲死罪，所以才要交出性

〔註619〕簡帛論壇「清華七《越公其事》初讀」，第 150 樓，20170505。
〔註620〕簡帛論壇「清華七《越公其事》初讀」，第 151 樓，20170505。

命。因為這只是一種外交辭令，所以才象徵性地謙稱希望對方赦宥自己。先秦材料中「委命」僅見於《鶡冠子》與《戰國策》，可見該詞出現之晚，這也是《越公其事》中第三章最為晚出的辭證之一。〔註621〕

秋貞案：

本簡的「不尚」，原考釋讀為「不嘗」，不曾之意，其說可疑，但是沒有學者提出懷疑。季師以為，「不嘗」、「嘗」基本上都是說的過去發生的事，而本章此句講的是夫差當下與越國的交涉，在這樣的交涉中插入一句「越公過去不曾……」，應該是不太合理的。「尚」有「願」、「希望」的意思。古人多釋為「庶幾」，但「庶幾」的解釋很複雜，大體分為二類，一類是客觀外物自然而然形成，用白話文來說就是「應該會……吧」，如《禮記・大學》：「《秦誓》曰：『若有一个臣，斷斷兮無他技，其心休休焉，其如有容焉，人之有技，若己有之；人之彥聖，其心好之，不啻若自其口出，寔能容之，以能保我子孫黎民，尚亦有利哉。』」鄭注：「尚，庶幾也。」〔註622〕屬於第一類用法。第二類用法是主體對外物的希望、願望，先秦文獻中前人訓為「庶幾」的「尚」，大部分都是這種，如《尚書・湯誓》「爾尚輔予一人」，傳：「汝庶幾輔成我。」〔註623〕便是屬於第二類用法。有趣的是：先秦典籍屬於這一類用法的「尚」，書證很多；而屬於這一類用法的「不尚」卻極少，所以學者們都沒有朝這個解釋去思考吧。屬於這一類用法的「不尚」只見於《毛詩・小雅・菀柳》「有菀者柳、不尚息焉」、「有菀者柳、<u>不尚</u>愒焉」，季師採用馬瑞辰《毛詩傳箋通通釋》釋「菀」為萎菸（枯萎），全句的意思是「枯萎的柳樹，人們<u>不願意</u>在其下休息」（次句義同）。〔註624〕

如果接受這個解釋，此處的「有」，Zzusdy認為有「親」、「善」的意思，

〔註621〕子居：〈清華簡七《越公其事》第三章解析〉，http://www.xianqin.tk/2018/04/17/426，20180417。

〔註622〕（東漢）鄭玄注，（唐）孔穎達疏：《禮記注疏》，臺北：藝文印書館，1997.8，頁988。

〔註623〕參《尚書注疏》（臺北：藝文印書館，1997.8），頁108。

〔註624〕季師此解將另文發表。另外，《逸周書・大匡》「二三子尚助不穀」，孔晁注：「不尚，尚也。」參黃懷信、張懋鎔《逸周書彙校集釋》（上海：上海古籍出版社，1995.12），頁159。從清華簡看到的《逸周書》諸篇，可知現在流傳的《逸周書》版本訛誤非常多，孔晁所注本未必是完全正確的，所以本文不取《逸周書》此例。

王寧也順勢補充了「有」和「友」通假的證明，其說當然可從。但季師以為語意太弱，石小力認為「有」當讀為寬宥、赦宥之「宥」，應該才是最好的解釋。本章是吳王夫差以認錯的態度，詳細說明由於「無良邊人稱發怨惡」，因此導致「交鬥吳越」，夫差決定「棄惡周好」，語氣態度極其謙卑，但是越王卻「不肯親宥寡人」，即不肯親近、寬宥我。

②归（抑）犷（荒）弃孤

原考釋釋「归」為轉折連詞：

> 归，讀為「抑」，轉折連詞。《左傳》襄公二十三年：「多則多矣，抑君似鼠。」犷弃，讀為「荒棄」，廢棄。〔註625〕

郭洗凡認為原考釋的觀點可從。「抑」、「印」二字古代為一字。「荒」，荒蕪之義：

> 「抑」、「印」二字古代為一字。羅振玉《增訂殷墟書契考釋》：「反印為抑，殆出晚季，所以別於印信字也。」「荒」，從艸荒聲，荒蕪之義。「犷」從犬亡聲，「荒」上古陽部字，「亡」也是上古陽部字，二字可通假。〔註626〕

吳德貞認為「荒棄」見於《尚書‧蔡仲之命》：「嗚呼！小子胡，汝往哉！無荒棄朕命！」〔註627〕

子居認為原考釋未舉「荒棄」辭例，「犷」字可能別讀。《越公其事》此處的「犷」可讀為「遐」：

> 整理者未舉「荒棄」辭例，蓋因為該詞較早的用例是見於《後漢書‧馬融列傳》：「陛下戒懼災異，躬自菲薄，荒棄禁苑，廢弛樂懸。」及偽古文《尚書》的《蔡仲之命》：「汝往哉！無荒棄朕命。」筆者以為，雖然整理者將「犷」讀為「荒」在通假上很直接，但仍不能排除「犷」讀為別的字的可能。「犷」字又見於甲骨文和上博簡《性情論》，葉玉森《殷契鉤沉》：「殷契所載卜田之辭，屢紀

〔註625〕清華大學出土文獻與保護中心編、李學勤主編：《清華大學藏戰國竹簡（柒）》，上海，中西書局，2017年4月，頁124，注25。

〔註626〕郭洗凡：《清華簡《越公其事》集釋》，安徽大學碩士學位論文，2018年3月，頁45。

〔註627〕吳德貞：《清華簡《越公其事》集釋》，武漢大學碩士論文，2018年5月，頁39。

獲犾之數。王簠室釋為狼，謂良亡一聲之轉，古狼字或從亡。森
按：卜辭之亡，均讀為無。如亡艱，亡又（佑），亡它，亡戾，亡
戋，亡犾巛，亡彐，亡囚，亡不若可證。則從犬從亡，疑即初文狐
字。狐，袄獸也，鬼所乘之，有時而亡，故古人謂之犾。其音當
為無，後世始轉為狐，乃循弧瓠之例制狐字。《易‧解‧九二》『田
獲三狐』，古人田游，固以獲狐為貴，以其皮可制裘也。」是認為
「犾」音「無」，上博簡《性情論》：「人之□然可與和安者，不有
夫奮犾之情則侮。」對照《詩經‧大雅‧常武》：「王奮厥武，如
震如怒。」《左傳‧昭公五年》：「奮其武怒，以報其大恥。」是「奮
犾」當讀為「奮武」，則《越公其事》此處的「犾」可讀為「逪」，
《周南‧汝墳》：「既見君子，不我逪棄。」毛傳：「逪，遠也。」
鄭箋：「知其不遠棄我而死亡。」是「犾棄」即「遠棄」。〔註628〕

　　何家歡認為網友 zzusd〔註629〕說是，「親有」與「荒棄」對文，乃為反義相
對：

網友 zzusd 說是。「親有」與「荒棄」對文，乃為反義相對。「荒棄」
連言，見於《尚書‧蔡仲之命》：「汝往哉，無荒棄朕命。」孔傳：
「無廢棄我命。」（（清）阮元校刻《十三經注疏》，第 227 頁中欄）。
可知荒棄二字同義連言，則親有二字亦為同義連言。《尚書‧秦
誓》：「番番良士，旅力既愆，我尚有之。」（（清）阮元校刻《十
三經注疏》，第 256 頁中欄）。王引之《經義述聞》引王念孫曰：「有
之，謂親之也。古者謂相親曰『有』。」可資比勘。〔註630〕

秋貞案：

　　「印」即「印」，原考釋認為轉折連詞，表示前後兩項相對，情況相反，在
這裡語境不合，原考釋不可從。筆者認為這裡「抑」應該作副詞，用於後一分
句，表示有了上一分句敍述的情況，就有後一分句表述的結果，例如：《國語‧

〔註628〕子居：〈清華簡七《越公其事》第三章解析〉，http://www.xianqin.tk/2018/04/17/426，
　　　　20180417。

〔註629〕何家歡誤值，應該是 Zzusdy。

〔註630〕何家歡：《清華簡（柒）《越公其事》集釋》，河北大學碩士論文，2018 年 6 月，
　　　　頁 22。

魯語下》：「若盟而棄魯侯，信抑闕矣。」﹝註631﹞越王不肯寬宥吳王，就「荒棄」了他。「犿」字從「亡」聲，上古音在微母陽部，原考釋釋「荒」上古音在曉母陽部，兩字聲韻可通，《尚書》的《蔡仲之命》：「汝往哉！無荒棄朕命。」似乎可以做為佐證。原考釋釋「荒」，可從。子居釋「犿」字為「遐」上古音在匣母魚部，和「犿」韻部對轉，不如釋「荒」來得簡捷。

③伓（背）虗（去）宗畲（廟）

原考釋釋「伓」為「圯」，釋「虗」為「墟」。

> 伓，讀為「圯」。《書‧堯典》「方命圯族」，孔傳：「圯，毀。」虗，讀為「墟」，毀為廢墟。《墨子‧非攻中》：「今萬乘之國，虗數於千，不勝而入。」圯、墟，同義詞連用。﹝註632﹞

朱之認為「伓」讀為「背」，「虗」讀本字：

> 下文言「孤用入守於宗廟，以須使人」，如果勾踐將宗廟毀為廢墟，就不能再有下文「入守於宗廟」了，故「伓虗」讀為「圯墟」可商。疑「伓」讀為「背」，二字古書屢見通假，可以通用（參白於藍《戰國秦漢古書通假字彙纂》第1～2頁），「虗」勿煩破讀，用為本字，「背虗」就是拋棄使虗空的意思，「背虗宗廟」與「播棄宗廟」、「委去其邦」意思相類。﹝註633﹞

易泉認為「伓虗宗廟」，虗如字讀：

> 「虗宗廟」之說，見於《荀子‧解蔽》：「昔人君之蔽者，夏桀殷紂是也。桀蔽於末喜斯觀，而不知關龍逢，以惑其心，而亂其行。紂蔽於妲己、飛廉，而不知微子啟，以惑其心，而亂其行。故群臣去忠而事私，百姓怨非而不用，賢良退處而隱逃，此其所以喪九牧之地，而虗宗廟之國也。」伓，疑屬上讀作附，指依附、親附。這裡指的是上文提及的「……匍匐就君，余聽命於門」一段話。此處斷句當作：君不尚（嘗）親有（宥）寡人，抑荒棄孤伓（附），虗宗廟，

﹝註631﹞中國社會科學院語言研究所古代漢語研究室編：《古代漢語虛詞詞典》，北京商務印書館，1999年出版，頁727。

﹝註632﹞清華大學出土文獻與保護中心編、李學勤主編：《清華大學藏戰國竹簡（柒）》，上海，中西書局，2017年4月，頁124，注26。

﹝註633﹞簡帛論壇「清華七《越公其事》初讀」，第52樓，20170427。

陟於會稽。〔註634〕

林少平認為此處「伓虘」作「圮壙」有誤。簡文並無「毀壞宗廟」之義。「伓虘」當讀作「背去」，與簡四「播棄宗廟」之「播棄」近義。〔註635〕

陳劍讀作「倍虛」。〔註636〕

蕭旭認為整理者句讀不誤，「虘」、「壙」古今字，整理者所釋亦不誤，不是「虛空」義。伓，讀為仆，字亦作踣，倒覆也。〔註637〕

子居認為耒之所說甚確：

> 由前文夫差言「余聽命於門」可見，《越公其事》的作者是認為夫椒之戰越王並未親歷，勾踐是在聽聞夫椒大敗且吳師已迫至城下後逃去會稽的，此時勾踐與夫差尚不曾見面。〔註638〕

秋貞案：

原考釋釋「圮壙」，「伓」和「圮」上古音都在唇音之部字，可通，但文獻無此一詞例。而且耒之也說了「如果勾踐將宗廟毀為廢墟，就不能再有下文『入守於宗廟』了」。「背虛」一詞，先秦未見。易泉的「虛宗廟」和本簡文「伓虘宗廟」最接近，但是他認為「伓」屬上讀，讀為「仆」，沒有釋義，有待商榷。林少平讀為「背去」，和「伓虘」的聲韻可通，沒有問題，《漢字通用聲素研究》頁396也有「虎通去」的例子（「虛」與「虎」同從「虍」聲）；《東觀漢記·列傳七·梁商》有「孰云忠侯，不聞其音。<u>背去</u>國家，都茲玄陰。幽居冥冥，靡所且窮」〔註639〕的書證。陳劍讀作「倍虛」，但未釋原因。蕭旭讀作「踣虘」，未見文獻詞例，有待商榷。筆者認為簡文的「伓虘宗廟」的「伓虘」應該是如「大位虛曠，社稷無主」之意，如唐令狐德棻《周書·卷四帝紀第四》：「今<u>大位虛曠，社稷無主</u>。朕兒幼稚，未堪當國。魯國公邕，朕之介弟，寬仁大度，海內共聞，能弘我周家，必此子也。夫人貴有始終，

〔註634〕簡帛論壇「清華七《越公其事》初讀」，第117樓，20170501。

〔註635〕簡帛論壇「清華七《越公其事》初讀」，第163樓，20170506。

〔註636〕陳劍：〈《越公其事》殘簡18的位置及相關的簡序調整問題〉，http://www.gwz.fudan.edu.cn/Web/Show/3044，20170514。

〔註637〕蕭旭：〈清華簡（七）校補（二）〉，http://www.gwz.fudan.edu.cn/Web/Show/3061，20170605。

〔註638〕子居：〈清華簡七《越公其事》第三章解析〉，http://www.xianqin.tk/2018/04/17/426，20180417。

〔註639〕見《東觀漢記》（四庫全書本），卷十二，葉十二下至十三下。

公等事太祖，輔朕躬，可謂有始矣，若克念世道艱難，輔邕以主天下者，可謂有終矣。哀死事生，人臣大節，公等思念此言，令萬代稱歎。」吳王此說應該是指越公逃離自己的國家，使國家社稷的大位空虛無君。各家的解釋大致是朝向「拋棄宗廟」這個意思，讀為「背虛」、「背去」、「倍虛」，大抵都是這個意思，今以「背去」語義明白，音韻、書證具全，採用「背去」一讀。

④陟柿（棲）於會旨（稽）

原考釋：

柿，讀為「棲」。「帀（師）」與「妻」皆為齒音脂部。〔註640〕

子居認為「陟」是「登」，並據本簡的「陟棲於會稽」推論該章成文于戰國後期末段至戰國末期。古代文獻典籍中有關句踐逃至會稽的敘述有三個傳承時段，一是「保於會稽」在戰國後期；二是「棲於會稽」在戰國後期末段至戰國末期；三是「困於會稽」最為晚出，遲至漢朝時曾出現：

《說文‧𠂤部》：「陟，登也。」會稽為山名，因此稱「陟」。先秦時述及勾踐逃至會稽事，明顯分為三個措辭系統，當是分屬三個傳承時段使然。一種是稱「保於會稽」，如《墨子‧非攻》：「東而攻越，濟三江五湖，而葆之會稽。」《左傳‧哀西元年》：「越子以甲楯五千，保於會稽。」《戰國策‧韓策三‧謂鄭王》：「昔者，吳與越戰，越人大敗，保於會稽之上。」是較早的傳承措辭，大致時間範圍約為戰國後期，三者中當以《韓策三》的《謂鄭王》篇為最晚，約在戰國末期初段，由《墨子‧非攻》猶可見雖然吳國已滅，戰國時人尚有越曾在吳東的記憶；第二個措辭系統即稱「棲於會稽」，如《墨子‧魯問》：「吳王東伐越，棲諸會稽。」《國語‧越語上》：「越王句踐棲於會稽之上。」《國語‧越語下》：「果興師而伐吳，戰於五湖，不勝，棲於會稽。」《鶡冠子‧世兵》：「越棲會稽，勾踐霸世。」《莊子‧徐無鬼》：「句踐也以甲楯三千棲於會稽。」《戰國策‧秦策五》：「吳王夫差棲越於會稽。」《戰國策‧燕策一》：「越王勾踐棲於會稽，而後殘吳，霸天下。」馬王堆帛

〔註640〕清華大學出土文獻與保護中心編、李學勤主編：《清華大學藏戰國竹簡（柒）》，上海，中西書局，2017年4月，頁124，注27。

‧212‧

書《戰國縱橫家書》：「句淺棲會稽，其後殘吳，霸天下。」這個措辭系統大致皆屬於戰國後期末段至戰國末期；第三種稱「困於會稽」，應該是最為晚出的，如《戰國策・中山策》：「臣人一心，上下同力，猶勾踐困於會稽之時也。」可對應于漢時的《韓詩外傳》卷六：「越王勾踐困於會稽，疾據范蠡、大夫種、而霸南國。」《說苑・雜言》：「句踐困於會稽。」相較之下，《越公其事》第三章稱「陟棲於會稽」，亦可證前文所推測的該章成文于戰國後期末段至戰國末期。〔註641〕

秋貞案：

簡1「赶陞（登）於會旨（稽）之山」、本簡3「陟枺於會旨」、簡4「赶在會稽」都是同一個意思，不同的寫法。作用是讓敍事不流於呆板。至於子居所言本章之簡文成於戰國後期末段至戰國末期的說法，未能就此定論，因為成文時代，不見得等同於抄寫的時代。即使本文的抄寫時代是戰國末期，但是成文的時代應早於這個時期，至於多早之前，仍不能冒然斷定。

⑤孤或（又）志（恐）亡（無）良僕馱（馭）燹（易）火於雪（越）邦，孤用內（入）守於宗審（廟），以須使（使）人。∟

原考釋釋「燹」為「燃」：

燹，疑讀為「燃」。燃火，猶縱火。〔註642〕

馬楠認為燹，疑即焍字，讀為次第之第，「燹火」為鑽燧改火之意：

燹火猶云改火。上句說越國已經圯虛宗廟，陳師會稽，所以吳王辭令說：恐懼越國沒有良僕馱鑽燧改火（承祀宗廟），故而入守宗廟，以待使人。〔註643〕

程燕認為此字應釋為「狄」，可讀作「敵」，「狄」、「敵」二字古通，「敵火」應指敵方之火：

〔註641〕子居：〈清華簡七《越公其事》第三章解析〉，http://www.xianqin.tk/2018/04/17/426，20180417。

〔註642〕清華大學出土文獻與保護中心編、李學勤主編：《清華大學藏戰國竹簡（柒）》，上海，中西書局，2017年4月，頁124，注28。

〔註643〕石小力整理：〈清華七整理報告補正〉，http://www.tsinghua.edu.cn/publish/cetrp/6831/2017/20170423065227407873210/20170423065227407873210_.html，20170423。

此字應釋為「狄」，右上所從「弟」乃贅加聲符。「狄」，定紐錫部；「弟」，定紐脂部，二者聲同韻亦近。「逖」的《說文》古文從「易」聲，「易」可與定紐脂部的「夷」相通（參《會典》467 頁），可資佐證。「𤺁」在簡文中可讀作「敵」，「狄」、「敵」二字古通，《左傳·昭公四年》：「衛邢無難敵亦喪之。」《新序·善謀》「敵」作「狄」。「敵火」應指敵方之火。〔註644〕

石小力認為「𤺁」的字形如程燕分析，即「狄」字贅加聲符「弟」之異體。讀法上認為應該讀為「施」，施火，即縱火：

「𤺁」字從字形來看，應如程燕先生分析，即「狄」字贅加聲符「弟」之異體。從讀法來看，整理者對文意的把握是正確的，但讀「燃」（日母元部），與「狄」（定母錫部）古音差別較大，恐難相通。今疑讀為書母歌部之「施」，二字聲紐皆為舌音，韻部旁轉，讀音相近，可以通假。古書中「狄」字常見與「易」字通用（參《古字通假會典》第 467 頁），而「易」字與「施」字可以通用，如《詩·小雅·何人斯》：「我心易也。」《釋文》：「易，韓詩作施。」《戰國策·韓策二》：「易三川而歸。」《史記·韓世家》「易」作「施」。故「狄」字可以讀為「施」。施火，即縱火。《荀子·大略》：「均薪施火，火就燥；平地注水，水流濕。」《墨子·備穴》：敢問古人有善攻者，穴土而入，縛柱施火，以壞吾城，城壞，或中人為之奈何？」〔註645〕

易泉認為「良僕馭」的「馭」讀作「御」，用作名詞的話，「施火」便是中性的動詞，指主動的去用火、管控火。另一種情形是「馭」讀作「御」，作動詞，則「𤺁火」應解為意外之火，包括縱火、失火，此時「𤺁」似可讀作「失」：

「良僕馭」之「馭」讀作御，《晏子春秋》有「今子長八尺，迺為人僕御」。「良僕御」似當連皆用作名詞。如然，施火，便要理解為中性的動詞，這種情況下似指主動的去用火、管控火。還有一種情況，讀作禦，用作動詞，那麼這裡的狄（從弟）火，理解為意料外之火，包含縱火、失火，後一種情況下，從狄從弟，以弟為聲，似可讀作

〔註644〕程燕：〈清華七箚記三則〉，http://www.bsm.org.cn/show_article.php?id=2788，20170426。
〔註645〕簡帛論壇「清華七《越公其事》初讀」，第 48 樓，20170426。

失。弟（脂，定），失（質，書），韻為對轉，紐皆為舌音。《古字通假會典》第 534 頁有齹、秩通作之例。〔註646〕

蔡一峰認為狄字聲系和弟字聲系都可以和以母錫部的易字聲系發生聯繫，故推論出「燚火」應解為「易火」，簡文中的「易火」猶言「延火」，宗廟香火長明必須有專人負責侍奉續火，「易火」即指這類差事，宗廟火燭的燃與滅直接與邦國存亡聯繫在一起：

> 文獻中狄字聲系和弟字聲系都可以和以母錫部的易字聲系發生聯繫，如《詩·泮水》：「桓桓于征，狄彼東南。」鄭玄箋：「狄，當作剔。」《左傳·僖公二十八年》：「糾逖王慝。」「逖」漢《都鄉正街碑》作「剔」。《集韻·霽韻》：「鬄，或作剃、剔。」《韓非子·顯學》：「夫嬰兒不剔首則腹痛。」《淮南子·說山訓》：「刀便剃毛。」〔註647〕易聲字恰好是「燚」字兩個聲符音理依據的中間環節〔註648〕。竊以為「燚火」當讀「易火」，按古書中的「易火」同「改火」，一般是指古人鑽木取火會按照四季的不同選用不同木材，如《論語·陽貨》：「君子三年不為禮，禮必壞；三年不為樂，樂必崩。舊穀既沒，新穀既升，鑽燧改火，期可已矣」《管子·禁藏》：「當春三月，萩室熯造，鑽燧易火，杼井易水，所以去茲毒也。」但「易火」置于簡文則另有內涵，「火」當為宗廟祭祀之火，「易」當訓延，《書·盤庚》：「我乃劓殄滅之，無遺育，無俾易種於茲新邑。」曾運乾《正讀》云：「易，延易也。」《左傳·隱公六年》：「《商書》曰：惡之易也，如火之燎于原，不可鄉邇，其猶可撲滅。」《經義述聞》王引之按引王念孫曰：「易者，延也。」「易火」猶言「延火」，宗廟香火長明必須有專人負責侍奉續火，「易火」即指這類差事，宗廟火燭的燃與滅直接與邦國存亡聯繫在一起。馬楠女士認為此句與承祀宗廟有關，誠為卓見，但釋為「改火」則未達一間。「孤又恐無良僕御易火於越邦，孤用入守於宗廟，以須使人」就是說：我（夫

〔註646〕簡帛論壇「清華七《越公其事》初讀」，第 49 樓，20170427。
〔註647〕更多例證可參見張儒，劉毓慶：《漢字通用聲素研究》，山西古籍出版社 2002 年，第 530、768 頁。
〔註648〕蔡一峰云：退一步講，如該字與「狄」字無關，釋「燨」也同樣可以讀為「易」。

差）又擔心沒有好的僕役可以侍奉延續越邦的宗廟之火，我因而進
入越邦（替勾踐你）看管宗廟，等待（你的）使者來〔註649〕。連
詞「用」將前後文的因果關係貫穿起來。吳王夫差這段話其實是一
種錦裡藏針帶有要挾性的外交托辭，將他攻佔越邦的事實講得曲折
婉轉。〔註650〕

　　馮勝君認為此字疑隸作「㹓」，釋作「然」，簡文「㹓火」即「然／燃火」。
蔡一峰說關於「易火」的討論不可信及「繼燎」與「繼祀」相類而有嗣續之義，
就更加難以信從：

「㹓」不成字，其實右上所從類似「弟」的形體，當即「虍」旁之
譌。戰國竹簡文字「虍」旁或作 ✦、✦ 等形（馮勝君：《郭店簡與
上博簡對比研究》294～295 頁，綫裝書局，2007 年），與 ✦ 右上
所從相近。故此字當隸定作「㹓」，釋為「然」。戰國竹簡文字中「肰」
字或從「虍」，寫作 ✦（語叢 1-30）、✦（語叢 1-63）、✦（語叢 1-67）
等形，《古文四聲韻》引《古孝經》「然」字寫作 ✦，所從「虎」旁
有所譌變。故「㹓」字應分析為從「虗（肰）」省從「火」，可直接
釋為「然」，從整理者讀為「燃火」之「燃」。我們曾經討論過上博
五《季庚子問於孔子》篇中的 ✦ 字，認為應分析為從犬臒（肑）省
聲，釋為「狎」；或分析為從肉獂（狎）省聲，釋為「肑」。「臒／獂」
在字形組合中將所從「㸚」旁省去，正可與「㹓」字將所從「肉」
旁省去相類比（馮勝君：《讀簡隨記（二題）》，《古文字研究》第三
十輯，331～333 頁，中華書局，2014 年）。因此簡文「㹓火」即「然
／燃火」，蔡說中關於「易火」的討論不可信。在此基礎上認為「繼

〔註649〕蔡一峰云：「無良僕御」不是「無良的僕御」，前文已言勾踐「播棄宗廟」（簡4）、
　　　　「怀虗宗廟」（簡22），這裡應該是指越國沒有好的僕役，猶《子犯子餘》「無良
　　　　左右」（簡4）。章首簡16有「孤所得辠，無良邊人稱愧怨惡……」，按《國語·吳
　　　　語》：「今句踐申禍無良，草鄙之人，敢忘天王之大德，而思邊垂之小怨，以重得
　　　　罪於下執事？」疑「無良」當屬上讀，秦樺林先生亦持此意見，見復旦大學出土
　　　　文獻與古文字研究中心論壇學術討論版「讀清華簡（七）散札（草稿）」，第2樓，
　　　　2017年4月25日。
〔註650〕蔡一峰：〈清華簡《越公其事》「繼燎」、「易火」解〉，http://www.bsm.org.cn/show_
　　　　article.php?id=2794，20170501。

· 216 ·

蔡」與「繼祀」相類而有嗣續之義，就更加難以信從了。〔註651〕

蕭旭認為此字疑讀為「肆」，縱也。「亡（無）良」成詞，某氏以「良僕馭」為詞，非也：

> 「亡（無）良」成詞，某氏以「良僕馭」為詞，非也。程燕、蔡一峰的字形分析，石小力的文意把握，都可取。但石小力所引二例「施火」猶言加火，不是縱火義。獙（狄），疑讀為肆，縱也。「勞（別）」或作「肆」，是其比也。《周禮・小子》：「羞羊肆。」鄭玄注：「肆，讀為鬢。」〔註652〕

羅小虎認為此字當讀為「施」。「施火」之說，古籍常見。石小力先生有說，可從。〔註653〕

子居認同石小力說，並認為此處夫差說「孤用入守於宗廟，以須使人」，自然還是委婉地表示並沒有讓越國亡國絕祀的想法，也即是說自己仍然很願意求成。〔註654〕

子居認為「僕馭」一詞帶有齊文化的特徵的戰國後期、末期詞彙，本簡出現此一詞彙即是受齊文化影響：

> 「僕」與「馭」同義連稱，《左傳・哀公二年》：「衛侯游於郊，子南僕。」杜預注：「僕，禦也。」「僕禦」一詞在先秦文獻中見於《晏子春秋・內篇雜上》：「今子長八尺，乃為人僕禦。」《太平御覽》卷六四二引《太公金匱》曰：「文王問太公曰：天下失道，忠諫者死。予子伯邑考為王僕禦，無故烹之，囚予於羑裡，以其羹歠予。」可見這是個有齊文化特徵的戰國後期、末期詞彙，越國鄰于齊，《越公其事》第三章出現「僕馭」一詞或即是受齊文化影響。〔註655〕

〔註651〕馮勝君：〈試說清華七《越公其事》篇中的「繼孽」〉，http://www.gwz.fudan.edu.cn/Web/Show/3020，20170502。

〔註652〕蕭旭：〈清華簡（七）校補（二）〉，http://www.gwz.fudan.edu.cn/Web/Show/3061，20170605。

〔註653〕簡帛論壇「清華七《越公其事》初讀」，第201樓，20170724。

〔註654〕子居：〈清華簡七《越公其事》第三章解析〉，http://www.xianqin.tk/2018/04/17/426，20180417。

〔註655〕子居：〈清華簡七《越公其事》第三章解析〉，http://www.xianqin.tk/2018/04/17/426，20180417。

秋貞案：

「」字於古文字第一次出現，原考釋釋「燃」但沒有解釋為何？筆者查《說文新證》楚文字：弟「（戰‧楚‧包 86）」〔註656〕和本簡「」字所從的「弟」字一樣，楚文字：虎「（戰‧楚‧包 271）」〔註657〕和本簡「㺁」字形不同，明顯有別，故「」字所從「弟」字，無誤。程燕認為「㺁」字有「狄」和「弟」雙聲符，但筆者查「狄」字上古音在定紐錫部，「弟」在定紐脂部，二者聲同，但是韻不近，可能有點困難〔註658〕。石小力認為古書中「狄」字常見與「易」字通用，然後再說「易」字與「施」字可以通用，所以推論「㺁」讀為「施」，輾轉相通的結果，不夠直接的證據，有待商榷。筆者認為「㺁」字若從「狄」聲，和「易」古音相近，《管子‧戒篇》：「易牙」《大戴禮記‧保傅篇》《論衡‧譴告篇》均作「狄牙」〔註659〕。「㺁」字若從「弟」聲，和「易」古音也相近，「弟」上古音在定母脂部，「易」在以母支部，上古音喻母四等古隸舌聲定母〔註660〕，脂部和支部有旁轉關係，〔註661〕故把「㺁」字和「易」字聯繫起來於理有據。「㺁火」就是「易火」。《管子‧禁藏》：「當春三月，萩室熯造，鑽燧易火，杼井易水，所以去茲毒也。」《論語‧陽貨》宰我問：「三年之喪，期已久矣。君子三年不為禮，禮必壞；三年不為樂，樂必崩。舊穀既沒，新穀既升，鑽燧改火，期可已矣。」「鑽燧易火」即是「鑽燧改火」，如此一來，則馬楠、蔡一峰所言較為可信。宰我回答孔子說「鑽燧改火」，就是不遵守父母喪而君子守孝三年之禮，「鑽燧改火」應該是個比喻，表示那是過去的老方法，現在要加以改變它。在本簡的「㺁火」指的是「易火」的意思。「亡良僕馭㺁火於雩邦」，「㺁火」就是改變宗廟的香火之意。

另外有關「亡良僕馭」一詞和簡 16 的「亡良邊人」應是同一類型的組成結

〔註656〕參見季師旭昇《說文新證》「弟」字條，福建人民出版社，2010 年 12 月第一版，頁 489。

〔註657〕參見季師旭昇《說文新證》「虎」字條，福建人民出版社，2010 年 12 月第一版，頁 418。

〔註658〕參考陳新雄：《古音學發微》，文史哲出版社，1972 年 1 月出版，頁 1080。脂部和錫部不近。

〔註659〕陳新雄：《古音研究》，五南圖書出版有限公司，2000 年 11 月初版二刷，頁 574。

〔註660〕參見陳新雄：《古音研究》，五南圖書出版有限公司，2000 年 11 月初版二刷，頁 572。

〔註661〕參見陳新雄：《古音學發微》，文史哲出版社，1972 年 1 月出版，頁 1049。

構，以方便閱讀理解。簡 16 的「亡良」是形容「邊人」，故在此處的「亡良」
應該也是形容「僕馭」。「亡良僕馭」指的是「不好的僕役」。

2. 整句釋義

越公卻不肯親近原諒寡人，還拋棄我，背去宗廟，登棲於會稽山。我又擔
心不好的僕役來改變了宗廟祭祀的香火，於是我就入內看守越國宗廟，以等待
你派人來。

（五）今夫=（大夫）嚴（儼）肰（然）監（銜）君主之音①，賜
孤以好曰：『余亓（其）與吳科（播）弃悬（怨）啚（惡）于滯（海）溫
（河）江沽（湖）②。夫婦交【二三】綏（接），皆為同生③，齊執同力，
以御（禦）戁（仇）戠（讎）④。』孤之忞（願）也⑤。孤敢不許諾，
恣志於雪（越）公⑥！」使（使）者反（返）命【二四】雪（越）王，乃
盟，男女備（服），帀（師）乃還【二五】⑦。┘

1. 字詞考釋

①今夫=（大夫）嚴（儼）肰（然）監（銜）君主之音

原考釋：

> 嚴然，即儼然、莊重。《荀子・正論》「今子宋子嚴然而好說」楊
> 倞注：「嚴，讀為儼。」監，讀為「銜」。《墨子・非攻下》：「赤烏
> 銜珪，降周之岐社」又與「嗛」音義並近。《說文》：「嗛，口有所
> 銜也。」《晏子春秋・外篇上一》：「嗛酒嘗膳，再拜，告羼而出。」
> 君王之音，古人以德音喻善言，此處也是說君王之善言。〔註662〕

子居認為「儼然」一詞出現在戰國末期詞彙，故推論《越公其事》成文於
戰國末期的可能性。「君王之音」是「君命」之意：

> 「儼然」是標準的戰國末期詞彙，故相較于成文于戰國後期末段
> 的可能，《越公其事》第三章成文于成于戰國末期的可能性要大得
> 多。「君王之音」即君命，無關善言與否。《禮記・檀弓》：「銜君
> 命而使，雖遇之不鬥。」《晏子春秋・內篇問下》：「晏子聘于魯，

〔註662〕清華大學出土文獻與保護中心編、李學勤主編：《清華大學藏戰國竹簡（柒）》，上
海，中西書局，2017 年 4 月，頁 124 注 29。

魯昭公問曰：子大夫儼然辱臨敝邑，竊甚嘉之。」皆可與此處「今

大夫儼然銜君王之音」對觀。〔註663〕

秋貞案：

「儼然」是莊重嚴肅之意。《爾雅‧釋詁下》：「儼然，敬貌。」郭璞注：

「儼，敬也。」〔註664〕「監」上古音在見母談部，「銜」在匣母談部，「嗛」

在溪母談部，喉牙音近，故聲韻可通。《玉篇‧口部》：「嗛，銜也。」《淮南

子‧說林》：「嗛，銜也。口有所銜食也。」〔註665〕簡文「銜君王之音」在此

是指大夫種莊重敬慎地帶著越公的命令來行成的。

②賜孤以好曰：『余亓（其）與吳科（播）弃悬（怨）噩（惡）于渻（海）

盠（淮）江沽（湖）

原考釋釋「盠」為「濟」又疑讀為「裔」：

怨惡，怨恨憎惡。《墨子‧尚同上》：「是以內者父子兄弟作怨惡，離

散不能相和合。」盠，與「海」、「江」、「湖」為類義詞，疑讀為「濟」。

古四瀆之一。又疑讀為「裔」。皆，見母脂部。裔，喻母月部。衣，

影母微部。音理可通。《淮南子‧原道》：「游於江潯海裔。」江湖，

《莊子‧大宗師》：「泉涸，魚相與處於陸，相呴以濕，相濡以沫，

不如相忘於江湖。」〔註666〕

孫合肥釋「渻盠江沽」為「海河江湖」：

典籍或見「江湖」連言，《莊子‧逍遙遊》：「今子有五石之瓠，何

不慮以為大樽而浮乎江湖，而憂其瓠落無所容？」《莊子‧至樂》：

「夫以鳥養養鳥者，宜棲之深林，遊之壇陸，浮之江湖，食之鰍

鰷，隨行列而止，委蛇而處。」《管子‧侈靡》：「若江湖之大也，

求珠貝者不令也。」或見「江海」連言，《荀子‧勸學》：「不積小

流，無以成江海。」《荀子‧正論》：「譬之，是猶以塼塗塞江海也，

〔註663〕子居：〈清華簡七《越公其事》第三章解析〉，http://www.xianqin.tk/2018/04/17/426，
20180417。

〔註664〕宗邦福、陳世鐃、蕭海波：《故訓匯纂》，商務印書館出版，2007年9月，頁170。

〔註665〕宗邦福、陳世鐃、蕭海波：《故訓匯纂》，商務印書館出版，2007年9月，頁375。

〔註666〕清華大學出土文獻與保護中心編、李學勤主編：《清華大學藏戰國竹簡（柒）》，上
海，中西書局，2017年4月，頁125，注30。

以焦僥而戴太山也，躓跌碎折，不待頃矣。」或見「河海」連言，《孟子・公孫醜上》：「麒麟之於走獸，鳳凰之於飛鳥，太山之於丘垤，河海之於行潦，類也。」《禮記・中庸》：「今夫地，一撮土之多，及其廣厚，載華嶽而不重，振河海而不泄，萬物載焉。」《荀子・富國》：「若是則萬物得其宜，事變得應，上得天時，下得地利，中得人和，則財貨渾渾如泉源，汸汸如河海，暴暴如丘山，不時焚燒，無所臧之。」簡文則為「海河江湖」連言。簡文重新讀為：今夫=（大夫）嚴（儼）肰（然）監（銜）君王之音，賜孤以好曰：「餘亓（其）與吳（播）棄㤅（怨）䛂（惡）於湇（海）濫（河）江沽（湖）。」〔註667〕

汗天山認為「濫」似讀作「淵」，「海淵江湖」似泛指浩淼無垠或幽深難測之大水：

「海淵」一詞古書亦有見（雖然多相對晚出），如：

1. 《文選注》引《家語》：齊大夫子與，適魯見孔子，曰：「乃今而後，知泰山之為高，海淵之為大。」

2. 《道藏・上清靈寶大法》：「藏金玉以鎮五嶽，投龍璧於海淵，鑄九鼎以安九州。」

3. 《道藏・太上洞玄靈寶宣戒首悔眾罪保護經》：「罪高山嶽，過積海淵。」

4. 《道藏・還真集》：「於此時則當閉關，飛戊土塞于海淵之底，潛龍不可便用。」〔註668〕

王寧認為「濫」當讀作「淢」，指溝淢：

此字右旁下面的「皿」當是「血」之省，故[皆＋皿（血）]這部分當是雙聲符字，「皆」、「血」見曉旁紐雙聲、脂質對轉疊韻音相近。此字讀「濟」恐不確，當讀「淢」，指溝淢，禹理水既言「疏三江五湖」，又言「盡力乎溝淢」者是。「海淢江湖」均水蓄積、通流

〔註667〕孫合肥：〈清華七《越公其事》札記二則〉，http://www.bsm.org.cn/show_article.php?id=2787，20170425。

〔註668〕簡帛論壇「清華七《越公其事》初讀」，第34樓，20170426。

之處。〔註669〕

蕭旭認為「澨」是「湝」增旁字，乃「淒」改易聲符的異體字，亦讀作「濟」；又疑讀為「涯」，「海涯」猶「海濱」，與「江」、「湖」為類：

> 「澨」從皆得聲，整理者讀為濟，可備一說。楚簡「濟」作「淒」。《易》之「未濟」，馬王堆帛書同，上博簡（三）58作「淒」字。類例尚多。清華簡（七）《趙簡子》簡9「河淒之間」，整理者括讀為「河濟」。此簡「澨」是「湝」增旁字，乃「淒」改易聲符的異體字，亦讀作濟。《詩‧風雨》：「風雨淒淒。」《說文》：「湝，一曰湝湝，寒也。《詩》曰：『風雨湝湝。』」《詩‧綠衣》：「淒其以風。」毛傳：「淒，寒風也。」是「湝」即「淒」也。馬王堆帛書《五十二病方》：「節（即）復欲傅之，淒傅之如前。」又「即以[其]汁淒夕（腋）下。」原整理者曰：「淒，疑讀為揩，摩也。」《帛書集成》整理者從其說。《五十二病方》殘片有「☐皆傅之，以☐」四字，「皆」乃「揩」省借，可證「淒傅」\「揩傅」，整理者說不誤。又疑「澨」讀為涯，「海涯」猶「海濱」，與「江」、「湖」為類。〔註670〕

陳偉認為「潛澨江沽」釋為「海裔江浦」。他認為原考釋讀「澨」為「裔」更為合理。《淮南子‧原道》：「游於江潯海裔。」高誘注：「潯，崖也。裔，邊也。」「海裔」正與吳、越之地相符。他認為「沽」讀為「浦」。郭店簡《窮達以時》簡2-3「舜耕於歷山，陶拍於河匠」。「匠」，袁國華、李家浩讀為「浦」。「河沽」即「河濱」。「浦」從「甫」，上古音「古」和「甫」都是魚部字，聲母見母和幫母似相隔，但「古」的古音似和幫母字有密切關係。「江浦」、「海裔」對舉正好指向長江下游南案、瀕臨東海的吳越之地。〔註671〕

子居認為「澨」讀為「濟」，海、濟、江、湖即指吳的四方邊裔：

> 此處的海、濟、江、湖即指吳的四方邊裔，皆為實指而非泛稱，《左傳‧文公十八年》：「流四凶族：渾敦、窮奇、檮杌、饕餮，投諸四

〔註669〕簡帛論壇「清華七《越公其事》初讀」，第91樓，20170429。

〔註670〕蕭旭：〈清華簡（七）校補（二）〉，http://www.gwz.fudan.edu.cn/Web/Show/3061，20170605。

〔註671〕陳偉：〈清華簡七《越公其事》校釋〉，「出土文獻與傳世典籍的詮釋國際學術研討會」會議論文集，復旦大學出土文獻與古文字研究中心，2017年10月14～15日。

裔，以禦螭魅。」所言「投諸四裔」即類似與此處所說「播棄怨惡於海濟江湖」。〔註672〕

袁金平認為「潛澅江沽」釋為「海淮江湖」。本簡「澅」字「▨」和新蔡葛陵楚簡甲三 322「溫父」地名的「▨」類似，左從水右下從皿，另外「▨」可能是「皿」形。他認為要正確釋讀「澅」字不能脫離簡文語境及相關事件發生的歷史背景。吳越兩國積怨殊深，兩國所楚的地理特徵是典型的水澤之國，根據《國語・吳語》、《越語》等資料可知主要有東海、三江、五湖、江淮等。他認為「東海」指春秋時，吳越東臨之海；「三江」、「五湖」學界的意見分歧，不過可以視作吳越境內的眾多水道以及太湖流域周邊的大小湖泊應無爭議；「江淮」即長江、淮水。所以簡文的「海淮江湖」應非虛指，而是春秋末期吳越疆域特徵及範圍的大致反應。袁金平認為依當時史籍，吳王夫差繼位之前，其父闔閭通過系列戰爭，已經控制淮河流域大片區域（《史記・越王句踐世家》所載句踐滅吳後以「淮上地與楚」亦可與此相應）在江南地區也把疆域擴展到太湖南岸一線，從而使吳成為縱橫江淮之間的強國（參見吳志鵬：《吳越史新探》，河南大學博士學位論文，2012 年，頁 201～207）。〔註673〕

子居認為「播棄」一詞見於《墨子・明鬼下》、《國語・吳語》。《墨子》與《吳語》的「播棄黎老」當皆是源自某篇《書》系逸文，而參照前文分析可知，《越公其事》的「播棄」則當是源自《吳語》：

> 「播棄」于先秦傳世文獻見於《墨子・明鬼下》：「昔者殷王紂，貴為天子，富有天下，上詬天侮鬼，下殃傲天下之萬民，播棄黎老，賊誅孩子，楚毒無罪，刳剔孕婦，庶舊鰥寡，號咷無告也。」《國語・吳語》：「今王播棄黎老，而孩童焉比謀。」不難看出，《墨子》與《吳語》的「播棄黎老」當皆是源自某篇《書》系逸文，而參照前文分析可知，《越公其事》的「播棄」則當是源自《吳語》。〔註674〕

〔註672〕子居：〈清華簡七《越公其事》第三章解析〉，http://www.xianqin.tk/2018/04/17/426，20180417。

〔註673〕袁金平：〈「海淮江胡」臆解〉，安徽大學出版，徐在國主編《戰國文字研究》第一輯，2019 年 9 月，頁 39～48。

〔註674〕子居：〈清華簡七《越公其事》第三章解析〉，http://www.xianqin.tk/2018/04/17/426，20180417。

秋貞案：

「潛（）」字為「海」字，楚文字的「海」字大部分作「（包二.147）」從水從母〔註675〕。本簡上此字形應該是疊加「甘」形的「海」字（「甘」形訛為「日」形）。在楚簡中疊加「甘」的字形多見，如「友」字，本作「（郭.語四23）」也作「（郭.六30）」〔註676〕。所以簡文「潛」字為「海」字，原考釋可從。「瀘」字，原考釋釋為「濟」又疑讀為「裔」，蕭旭讀「瀘」為「涯」，陳偉讀「瀘」為「裔」，認為「沽」為「浦」，子居讀「瀘」為「際」，袁金平認為「淮」，以上在音理及文例都有可能，但筆者認為簡文這裡是四個「水」旁的字並陳較佳，故可排除「裔」和「際」。王寧讀為「洫」指溝洫，則較不妥。洫，古代井田制指田間的水溝。《周禮·考工記·匠人》：「九夫為井，井間廣四尺，深四尺，謂之溝。方十里為成，成間廣八尺，深八尺，謂之洫。」《左傳·襄公十年》：「子駟為田洫。」杜預注：「洫，田畔溝也。」簡文這裡可以和「海」、「江」相比類的詞，不可能是像田間的水溝這麼淺小的水道而已，故釋「瀘」為「洫」不合理。

楚文字出現過這個字「（上博二.容成氏24）」，詞例為「開塞潛流」〔註677〕。「瀘」為從「潛」從「皿」，「皿」為疊加字形，如「（九.五六.47）」，「居之不～（盈）志」，此字從「涅」聲，「皿」是疊加的字形，可能是形符。故「瀘」字應該看作從「潛」聲，「皆」字上古音在見母脂部，「可」上古音在溪母歌部，同為牙音脂歌旁轉〔註678〕。所以「潛」字可以為「河」字，孫合肥的推想可從。「皆」、「可」聲韻相通，可以釋為「河」字。袁金平認為「瀘」字可以讀為「淮」，上古音在匣母微部。「皆」和「淮」聲為喉牙音近，韻為脂微旁轉，〔註679〕袁金平從聲音和文獻研究釋「淮」也是有可能的。筆者認為的「潛瀘江沽」在簡文中並不是指地名，而是指四方廣大的水域，故還是釋以「海河江湖」為佳。

〔註675〕參滕任生：《楚系簡帛文字編》，湖北教育出版社，2008年10月，頁941。

〔註676〕參滕任生：《楚系簡帛文字編》，湖北教育出版社，2008年10月，頁286。

〔註677〕參季師旭昇主編、陳美蘭、蘇建洲、陳嘉凌合撰：《上海博物館藏戰國楚竹書（二）讀本》，萬卷樓圖書股份有限公司，2003年7月初版，頁137。

〔註678〕陳新雄：《古音學發微》，文史哲出版社，1972年1月出版，頁1046。

〔註679〕陳新雄：《古音學發微》，文史哲出版社，1983年二月三版，頁1049。

③夫婦交綏（接），皆為同生

原考釋：

> 交綏，即交接。見於《馬王堆漢墓帛書・十六經・五正》：「外內交接，乃正於事之所成。」夫婦交接指鄰國男女聯姻。同生，一起生活。〔註680〕

海天遊蹤認為這裡「同生」的意思是同母所生，即所謂一家人，之後要同心協力抵禦仇敵：

> 整理者所說「同生」恐不合理，夫婦結婚自然是共同生活，不用多說。田煒先生〈說「同生」、「同產」〉一文指出：「先秦文獻中的『同生』是否可以指同父所生尚不清楚，但至少可以指同母所生。」頗疑這裡的「同生」就是喻指同母所生，即所謂一家人。如《詩・邶風・谷風》：「宴爾新昏，如兄如弟。」又《詩・小雅・角弓》：「兄弟昏姻，無胥遠矣。」的解釋向有異說，但以「兄弟」、「昏姻」並舉仍可參考。簡文意思是說：鄰國男女聯姻之後，大家都像是同姓的兄弟一樣，要同心協力抵禦仇敵。〔註681〕

王磊認為「夫婦」指的是百姓的意思，不是夫妻關係，並認同海天遊蹤的看法加以補充：

> 句中的「夫婦」指匹夫匹婦，即百姓的意思，不可理解為夫妻關係。《禮記・中庸》：「君子之道費而隱，夫婦之愚，可以與知焉。及其至也，雖聖人亦有所不知焉。」鄭玄注：「言匹夫匹婦愚耳，亦可以其與有所知，可以其能有所行者，以其知行之極也。」《晏子春秋・景公從畋十八日不返國晏子諫》：「吾為夫婦獄訟之不正乎？」《晏子春秋・景公有疾梁丘據裔款請誅祝史晏子諫》：「民人苦病，夫婦皆詛。」《管子・君臣下》：「有道之國發號出令，而夫婦盡歸親於上矣。」這些書證之中，「夫婦」皆與該簡文中的詞義一致，表示百姓、平民。「夫婦交接」即「百姓相交往」。《越公其

〔註680〕清華大學出土文獻與保護中心編、李學勤主編：《清華大學藏戰國竹簡（柒）》，上海，中西書局，2017年4月，頁126，注31。

〔註681〕簡帛論壇「清華七《越公其事》初讀」，第83樓，20170429。

・225・

事》第四二簡：「庶民交接」，正與此意同。海天遊蹤先生疑「同
生」喻指同母所生的一家人，此說當是，「皆為同生」當解釋為「皆
是兄弟」。《國語‧晉語四》：「其同生而異姓者，四母之子別為十
二姓。」《左傳‧襄公三十年》：「罕、駟、豐同生，伯有汏侈，故
不免。」《後漢書‧鄭玄傳》：「諮爾煢煢一夫，曾無同生相依。」
楊樹達云：「同生，謂兄弟。（楊樹達《積微居讀書記‧讀〈後漢
書〉札記》，中華書局，1963 年 9 月，第 118 頁）」而在先秦兩漢
的典籍中，「同生」未見有表示「一起生活」的書證。根據以上的
分析，「夫婦交接，皆為同生」應該理解為「百姓相交往，皆是兄
弟」。此句不難讓我們聯想到《詩‧常棣》：「兄弟鬩于牆，外禦其
務」的句子。「夫婦交接」等的內容，是吳王引述越王的話，但明
顯地改變了勾踐「孤其率越庶姓，齊 同心，以臣事吳，男女備」
等詞句，而是尊揚對方，稱吳越為「同生」兄弟。〔註682〕

　　林少平認為「交接」和「同生」結合起來理解為「交配」。「同生」為後來
秦漢所說的「同產」：

　　　評王磊先生《箚記》一則，簡文「夫婦交接，皆為同生」。「交接」
　　　解釋為「交往」，不符合文意。對「交接」的解釋應與後文「同生」
　　　結合起來理解，故應解釋為「交配」。《弘明集》卷五引漢桓譚《新
　　　論》：「猶人與禽獸昆蟲，皆以雌雄交接相生。」「同生」解釋為「同
　　　母所生的一家人」無誤，清華簡貳《系年》第五章「以同生之故」，
　　　整理者解釋為「同姓」。據《左傳》記載，應解釋為「同母所生」，
　　　應包括兄弟姐妹在內。「同生」一詞，就是後來秦漢所說的「同產」。
　　　在秦統一以前，「生」、「產」二者並存，睡虎地秦簡《編年記》生子
　　　作「產」，但《法律問答》「同生」作「同牲」。秦統一後，統一改「生」
　　　為「產」，可參見《裡耶秦簡》「更名方」中「曰產曰族」。〔註683〕

　　子居認同海天遊蹤的看法，認為「同生」並不是如整理者所說的「一起

〔註682〕王磊：〈清華七《越公其事》札記六則〉，http://www.bsm.org.cn/show_article.php?
　　　id=2806，20170517。
〔註683〕簡帛論壇「清華七《越公其事》初讀」，第 178 樓，20170517。

生活」：

> 上博簡《逸詩》：「多薪多薪，莫如雚葦。多人多人，莫如兄弟。多
> 薪多薪，莫如蕭茅。多人多人，莫如同生。多薪多薪，莫如松梓。
> 多人多人，莫如同父母。」以「兄弟」、「同生」、「同父母」並舉，
> 尤其可見「同生」並不是如整理者所說的「一起生活」。〔註684〕

秋貞案：

海天遊蹤及王磊所言甚是。楊樹達《積微居讀書記・讀〈後漢書〉札記・
張純曹褒鄭玄傳》：「同生，謂兄弟。」晉陸機《贈弟士龍》詩之五：「依依同
生，恩篤情結。」《上博四・逸詩・多薪》簡 2 也有「莫如同生」句。「夫婦
交綏皆為同生」指的是兩國百姓結為夫婦，同為一家人親如兄弟一般之意。

④齊執同力，以御（禦）戵（仇）戲（讎）

原考釋：

> 齊執同力，第六簡有「齊執同心」。齊執猶共舉，齊執猶步調一致，
> 皆同心協力之調。又，執、執皆脂部字，或疑音近假借。戵戲，讀
> 為「仇讎」。《國語・越語上》：「夫吳之與越也，仇讎敵戰之國也。」
> 《左傳》哀公元年：「（越）與我同壤而世為仇讎。」〔註685〕

ee 認為「齊執同力」的「執」疑為「執」或「執」之訛，讀為「齊執（勢）
同力」。〔註686〕

單育辰認為「齊執同力」的「執」（🔲）和本篇的「執」字形不同，這個
字應該釋讀為「執（勢）」，「齊勢」一詞用于此處甚為通順：

> 本篇「執」字見簡 45、46，作「🔲」、「🔲」形，🔲和「執」的
> 寫法並不完全一樣，最大不同是🔲左下加了個「土」旁。參照簡
> 57「執」作「🔲」，🔲應是處于「執」和「執」之間的一種訛形，
> 因為🔲釋為「執」不可通，則🔲更可能用為「執」字。相關字讀
> 為「齊執（勢）同力」，「勢」古人多訓為力（宗福邦、陳世鐃、蕭

〔註684〕子居：〈清華簡七《越公其事》第三章解析〉，http://www.xianqin.tk/2018/04/17/426，
　　　　20180417。
〔註685〕清華大學出土文獻與保護中心編、李學勤主編：《清華大學藏戰國竹簡（柒）》，上
　　　　海，中西書局，2017 年 4 月，頁 126 注 32。
〔註686〕簡帛論壇「清華七《越公其事》初讀」，第 20 樓，20170425。

海波主編：《故訓匯纂》，商務印書館，2003 年 7 月，第 254 頁），
用于此處甚為通順，《春秋繁露·保位權》「則比肩齊勢」正有「齊
勢」一詞。在秦漢簡帛和傳世典籍中，「執」、「埶」二字經常訛混（參
單育辰：《楚地戰國簡帛與傳世文獻對讀之研究》，中華書局，2014
年 5 月，第 216～217 頁），但在楚簡中卻是第一次見到，是很珍貴
的材料。〔註687〕

蕭旭認為「執」讀為「集」，合也，聚也。〔註688〕

子居認同 ee 所言，「執」為「埶」之訛，並補充說明：

執為緝部字，膝為質部字，整理者所說「執、漆皆脂部字」，不知何
據。網友 ee 在《清華七〈越公其事〉初讀》帖 20 樓指出：「《越公
其事》簡 24：『齊執（勢）同力』，『執』和正常的寫法不一樣，疑
為『埶』或『埶』之訛，讀為『齊執（勢）同力』。」所說當是，《戰
國策·秦策一》：「夫徒處而致利，安坐而廣地，雖古五帝、三王、
五伯，明主賢君，常欲坐而致之，其勢不能，故以戰續之。」高誘
注：「勢，力也。」因此「齊勢」、「同力」連稱。〔註689〕

秋貞案：

「執」的本義為「捕拿罪人」甲骨文 ![字形]（商.粹 947《甲》）的字形可以會
意。金文 ![字形]（周晚.散盤）人形和卒形分離，或在人形下加一個「止」形。楚
文字「執」，如「 ![字形]（戰.楚.包 81）」字形一直都承甲骨、金文，從「卒」的
這種字形都保留著「執」字的本義。〔註690〕徐在國《上博楚簡文字聲系（一～
八）》：「執」![字形]（上博一.緇 10）「～我仇仇」、![字形]（上博二.容 24）「禹親～畚
（畚）耜」、![字形]（上博六.競 10）「一丈夫～尋之幣」〔註691〕以上字形都有「卒」
形。

〔註687〕單育辰：〈《清華大學藏戰國竹簡（柒）》釋文訂補〉，〈清華簡〉國際會議論文集.
澳門.浸會，20171026。

〔註688〕蕭旭：〈清華簡（七）校補（二）〉，http://www.gwz.fudan.edu.cn/Web/Show/3061，
20170605。

〔註689〕子居：〈清華簡七《越公其事》第三章解析〉，http://www.xianqin.tk/2018/04/17/426，
20180417。

〔註690〕季師旭昇：《說文新證》「執」字條，藝文印書館，2014 年 9 月 2 日出版，頁 774。

〔註691〕見徐在國：《上博楚簡文字聲系（一～八）》，合肥，安徽大學出版社，2013 年 12
月，頁 3119。

　　「埶」的本字是種草木的「藝」，甲骨文字形 （商.甲981《甲》）雙手持中或木種上，如金文 （周中.盠方尊《金》），楚文字「埶」，如「（戰.楚.郭.尊7）」還是从木从土旁〔註692〕。《上博楚簡文字聲系（一～八）》「埶」：（上博一.性3）「～（勢）也」、（上博三.彭1）「可～可行」、（上博六.用3）「亦不～於惻」〔註693〕。筆者認為「埶」和「執」的字形有別，本簡的「」和我們所習見的「執」形不一樣在多了下面的「土」形，讓ee、單育辰、子居認為此字是「埶」。單育辰說：「在秦漢簡帛和傳世典籍中，「執」、「埶」二字經常訛混」或許這個加了「土」形的「執」字有訛成「埶」的過渡形體，但是我們仍把它釋作「執」。「執」的上古音在章母緝部，「茢」在心母脂部〔註694〕，原考釋說都在脂部，所說有誤。「集」在從母緝部〔註695〕，「執」和「集」兩字聲近而且韻母均在緝部，可通。「執」有「執一」之意，故筆者認為「齊執同力」或是「齊集同力」都有齊同一力的意思。

　　「仇讎」連用成一同義複詞，見《管子・法法》「惠者民之仇讎也，法者民之父母也」、《晏子春秋・外篇上・景公置酒泰山四望而泣晏子諫》「賦斂如掊奪，誅僇如仇讎」、《墨子・號令》「諸有怨仇讎不相解者，召其人，明白為之解之」。

⑤孤之忨（願）也。

　　原考釋：

　　　　忨，楚文字「願望」之「願」。《詩・野有蔓草》：「邂逅相遇，適我願兮。」《說文》有「忨」字：「貪也，從心，元聲。《春秋傳》曰：『忨歲而瀨日。』」二者構字部件相同，可能是同形字。〔註696〕

　　子居認同「忨」即是「願」：

　　　　忨即忨字，二者並非僅是同形字關係，《詩經・大雅・桑柔》：「民之

〔註692〕見季師旭昇：《說文新證》「埶」字條，藝文印書館，2014年9月2日出版，頁194。

〔註693〕見徐在國：《上博楚簡文字聲系（一～八）》，合肥，安徽大學出版社，2013年12月，頁2820。

〔註694〕參考「漢字古今音資料庫」，http://xiaoxue.iis.sinica.edu.tw/ccr#。

〔註695〕參考「漢字古今音資料庫」，http://xiaoxue.iis.sinica.edu.tw/ccr#。

〔註696〕清華大學出土文獻與保護中心編、李學勤主編：《清華大學藏戰國竹簡（柒）》，上海，中西書局，2017年4月，頁126，注33。

貪亂，寧為荼毒。」鄭玄箋：「貪，猶欲也。」《廣韻‧願韻》：「願，欲也。」《一切經音義》卷十四：「羨，涎箭反，《韓詩》『羨，願也』，《考聲》『愛也，慕也』，《說文》『貪欲也』。」《太平御覽》卷七四五引《屍子》：「荊莊王命養由基射青蛉，王曰：吾欲生得之。」同書卷九五〇所引「欲」字作「願」，可見在欲求義上，願與貪同義，故「忨」即「願」。〔註697〕

秋貞案：

「㤝」字从心元聲，「元」字和「願」字上古音均在疑母元部，故可通。

⑥孤敢不許諾，恣志於雫（越）公

原考釋：

許諾，《國語‧晉語二》：「申生許諾，乃祭於曲沃，歸福於絳。」《儀禮‧鄉射禮》：「司正禮辭，許諾，主人再拜，司正答拜。」恣，《說文》：「縱也。」《呂氏春秋‧適威》：「驕則恣，恣則極物。」恣志，《國語‧晉語四》：「君若恣志，以用重耳，四方諸侯，其誰不惕惕以從命！」〔註698〕

子居認為「恣」為「放任、聽任、滿足」之意：

恣，放任、聽任、滿足，《戰國策‧趙策四》：「太后曰：諾。恣君之所使之。」《戰國策‧燕策三》：「恣荊軻所欲，以順適其意。」皆是類似表述，相較之下也可以看出，「恣志」、「恣欲」這類說法出現得很晚，這也是《越公其事》第三章成文時間很晚的一個證據。〔註699〕

秋貞案：

「許」字為「聽從」之意，《廣雅‧釋詁四》：「許，聽也。」王念孫疏證。〔註700〕「恣」有放任、滿足義，原考釋所舉《呂氏春秋》、《國語》都屬「放任」義，子居所舉《戰國策》則屬「滿足」義，子居所舉書證較好。

〔註697〕子居：〈清華簡七《越公其事》第三章解析〉，http://www.xianqin.tk/2018/04/17/426，20180417。

〔註698〕清華大學出土文獻與保護中心編、李學勤主編：《清華大學藏戰國竹簡（柒）》，上海，中西書局，2017年4月，頁126，注34。

〔註699〕子居：〈清華簡七《越公其事》第三章解析〉，http://www.xianqin.tk/2018/04/17/426，20180417。

〔註700〕宗邦福、陳世鐃、蕭海波：《故訓匯纂》，商務印書館出版，2007年9月，頁2106。

⑦使（使）者反（返）命雩（越）王，乃盟，男女備（服），帀（師）乃
還。∟」

原考釋：

反命，復命。《周禮·都宗人》：「國有大故，則令禱祠，既祭，反命
于國。」〔註701〕

子居說這裡出現「乃盟」一詞表示《國語·吳語》首章非一時之事；從「男
女服」一詞判斷《越公其事》的措辭是承自《繫年》、《吳語》一系的，與《左
傳》一系在措辭上區別明顯：

由這裡的「乃盟」也不難看出與《國語·吳語》首章非一時之事，
因此清代馬驌《繹史》卷九十六「越滅吳」條引《國語·吳語》
首章後言：「此語似勾踐反國以後事，不當在哀元年也。如云『無
庸戰』，則非戰敗而棲會稽矣。如云『口血未乾』，則指會稽之盟
矣。且會稽行成者種也，非郢也，吳王曰：『將有大志于齊』，必
是將討伐齊時事，宜在哀八九年。」正因為有會稽之盟在先，夫
差二次伐越獲成時才會有《吳語》中「越王又使諸稽郢辭曰：『以
盟為有益乎？前盟口血未乾，足以結信矣。以盟為無益乎？君王
舍甲兵之威以臨使之，而胡重於鬼神而自輕也？』吳王乃許之，
荒成不盟。」的情況。將「男女服」一句比較清華簡《系年》第
二十二章：「齊與越成，以建陽邸陵之田，且男女服。」《國語·
吳語》：「君告孤請成，男女服從。……孤敢請成，男女服為臣禦。」
及《左傳·襄公二十五年》：「慶封如師，男女以班。……使其眾，
男女別而累，以待於朝。」《左傳·哀西元年》：「蔡人男女以辨，
使疆于江汝之間而還。」顯然《越公其事》的措辭是承自《系年》、
《吳語》一系的，與《左傳》一系在措辭上區別明顯。〔註702〕

秋貞案：

清華簡的成書年代在戰國偏晚期的時代，楚簡《越公其事》是否是當時的

〔註701〕清華大學出土文獻與保護中心編、李學勤主編：《清華大學藏戰國竹簡（柒）》，上
海，中西書局，2017年4月，頁126，注35。

〔註702〕子居：〈清華簡七《越公其事》第三章解析〉，http://www.xianqin.tk/2018/04/17/426，
20180417。

創作或是抄本，這都是不能確定的事，故因「男女服」一詞而斷定傳承至《繫年》、《吳語》一系的，有待商榷。

2. 整句釋義

「今天大夫您儼然帶著君王的訊息，給我求和的善意，說：『我將和吳國拋棄過去的怨惡到海河江湖中，百姓可以婚配，像一家人親兄弟一般，一起同心協力，來抵抗仇讎。』這也是我的願望啊！我怎敢不許成，以滿足越公的心意呢？」越國使者返國向越王復命，於是結盟，百姓都順服了，吳國軍隊於是退散離開。

四、《越公其事》第四章「越謀復吳」

【釋文】

吳人既閣（襲）峷（越）邦，峷（越）王句戈（踐）酒（將）忎（惎）逿（復）吳。既畫（建）宗宮（廟），攸（修）柰（崇）厄，乃大鷹（薦）紅（攻），以忻（祈）民之盉（寧）。王乍（作）【二六】安邦，乃因司袁（襲）尚（常）。王乃不咎不忎（惎），不毀不罰，蔑弃悬（怨）皐（罪），不再（稱）民咅（惡）。縱（總）經遊民，不【二七】再（稱）貣（貣／貸），沒（役）湎（汩）塗、洵（溝）陽（塘）之紅（功）。王趺（集）亡（無）好攸（修）于民厽（三）工之堵（圖／築），茲（使）民砭（暇）自相，蓆（農）工（功）旻（得）寺（時），邦乃砭（暇）【二八】安，民乃蕃芓（滋）。孚=（至于）厽（三）年，峷（越）王句戈（踐）女（焉）訇（始）复（作）絽（紀）五政之聿（律）。⌐【二九】

【簡文考釋】

（一）吳人既閣（襲）峷（越）邦①，峷（越）王句戈（踐）酒（將）忎（惎）逿（復）吳②。既畫（建）宗宮（廟），攸（修）柰（崇）厄③，乃大鷹（薦）紅（攻）④，以忻（祈）民之盉（寧）⑤。王乍（作）【二六】安邦⑥，乃因司袁（襲）尚（常）⑦。王乃不咎不忎（惎），不毀不罰⑧，蔑弃悬（怨）皐（罪），不再（稱）民咅（惡）⑨。

1. 字詞考釋

①吳人既闒（襲）雫（越）邦

原考釋：

> 闒，讀為「襲」。《國語・晉語二》「大國道，小國襲焉曰服；小國傲，大國襲焉曰誅」，韋昭注：「襲，入也。」疑「闒」為破國入侵之專名。〔註703〕

王寧認為從「吳人既襲越邦，越王句踐將甚復吳」的敘述看，本篇篇題應是《越王復吳》比較合適：

> 王輝先生指出「越公其事」非本篇篇題（王輝：《說「越公其事」非篇題》，復旦網 2017/04/28.），諸家贊同。根據傳世典籍記載和簡26說「吳人既襲越邦，越王句踐將甚復吳」的敘述看，該篇可能稱《越王復吳》比較合適。〔註704〕

子居認為「闒」應理解為「出其不意的攻擊」：

> 韋昭注中訓為「入」的「襲」本身並沒有破國入侵義，所以不是很理解整理者在引韋昭注後如何跳躍到「疑『闒』為破國入侵之專名」的。此處的「襲」其實應理解為出其不意的攻擊，《左傳・莊公二十九年》：「凡師有鐘鼓曰伐，無曰侵，輕曰襲。」杜注：「掩其不備。」孔疏：「《釋例》曰：『侵、伐、襲者，師旅討罪之名也。鳴鐘鼓以聲其過曰伐，寢鐘鼓以入其境曰侵，掩其不備曰襲，此所以別與師用兵之狀也。』然則春秋之世，兵加於人，唯此三名。擊鼓斬木俱名為伐，鳴鐘鼓聲其罪，往討伐之，若擊鼓斬木然。侵者，加陵之意，寢其鐘鼓，潛入其境，往侵陵之。襲者，重衣之名，倍道輕行，掩其不備，忽然而至，若披衣然。」在之前各章的解析中筆者已提到，因為《國語》、《史記》都有此次吳的伐越是越方先出兵的記載，因此對於勾踐而言，本是未預

〔註703〕清華大學出土文獻與保護中心編、李學勤主編：《清華大學藏戰國竹簡（柒）》，上海，中西書局，2017年4月，頁127，注1。
〔註704〕簡帛論壇「清華七《越公其事》初讀」，第186樓，20170526。

料到吳師會攻至越都的，故《越公其事》此處言「吳人既襲越邦」。
〔註705〕

王青認為「闞」釋「褻」為優，似可讀若「許」。第 27 簡「袞」和此字不同：

> 門內之重衣，以釋「褻」（心紐，月部）為優，似可讀若「許」（曉紐、魚部）。「吳人既闞（許）越邦」，即吳人已經同意越國求和。第 27 簡「袞」（襲），字不從「門」，與此不同。〔註706〕

劉信芳認為原考釋之說不必。《左傳》莊公二十九年「凡師有鐘鼓曰伐，無曰侵，輕曰襲」注：「掩其不備。」〔註707〕

秋貞案：

原考釋認為「闞」為「破國入侵」之意，其實並沒有問題，不必他讀。子居、劉信芳再引《左傳・莊公二十九年》：「凡師有鐘鼓曰伐，無曰侵，輕曰襲。」杜注：「掩其不備。」及孔疏一段，可以補充更加周延。「吳人既襲越邦」，指的是吳國入侵越國的意思。至於王寧認為「越公其事」一詞是不是篇題的爭議，留到第十一章中討論。

②雩（越）王句戔（踐）牁（將）忎（㤅）遝（復）吳

原考釋：

> 㤅，憎惡，怨恨。《說文》：「㤅，毒也。」《左傳》哀公二十七年：「知伯不悛，趙襄子由是㤅知伯。」復，報仇。袁康《越絕書・外傳記計倪傳》：「（子胥）三年自咎，不親妻子，飢不飽食，寒不重綵，結心於越，欲復其仇。」〔註708〕

薛后生認為「忎」疑訓為「謀」，傳世及出土文獻多見：

〔註705〕子居：〈清華簡七《越公其事》第四章解析〉，http://www.xianqin.tk/2018/05/14/440，20180514。

〔註706〕王青：〈清華簡《越公其事》補釋〉，「出土文獻與商周社會學術研討會」會議論文集，2019 年，頁 323～332。

〔註707〕劉信芳：〈清華簡柒《越公其事》第四章釋讀〉，「中國文字學會第十屆學術年會」會議論文（鄭州：鄭州大學，2019 年 10 月 12～13 日），上冊，頁 502～509。

〔註708〕清華大學出土文獻與保護中心編、李學勤主編：《清華大學藏戰國竹簡（柒）》，上海，中西書局，2017 年 4 月，頁 127，注 2。

簡 27：「吳人既襲越邦，越王勾踐將忎復吳」。〔註709〕整理者注：忎，
憎惡，怨恨。似不確，此疑訓為「謀」，傳世及出土文獻多見，不贅。
〔註710〕

蕭旭認為薛后生所言為是，又補充相關文獻證據，「忎」訓為「謀」：
〔註711〕

《吳越春秋・勾踐陰謀外傳》：「越王又問相國范蠡曰：『孤有報復
之謀。』」P.2011 王仁昫《刊謬補缺切韻》：「惎，一曰謀。」《左傳・
定公四年》：「管蔡啟商，惎間王室。」王引之曰：「惎之言基。基，
謀也。間，犯也。謂謀犯王室也。《爾雅》曰：『基，謀也。』《廣
韻》：『惎，一曰謀也。』《玉篇》：『諆，謀也。』《廣韻》：『誮，謀
也。』諆、惎、基，並字異而義同。」（王引之《經義述聞》卷 19，
江蘇古籍出版社 1985 年版，第 472 頁）郝懿行曰：「基，通作『諆』，
《玉篇》、《廣韻》並云：『諆，謀也。』又別作『諶』，《爾雅釋文》：
『基，本或作諶。』蓋『基』為本字，『諆』為叚音，『諶』為或體
耳。」（郝懿行《爾雅義疏》，上海古籍出版社 1983 年版，第 40
頁）《玉篇殘卷》：「諆，《爾雅》：『諆，謀也。』野王案：謂謀謨也。
今亦為『基』字，在《土部》也。」《集韻》：「諆、諶：謀也，或
從基，通作基。」字亦作期，《金樓子・自序》引曾生曰：「誦《詩》
讀《書》，與古人居；讀《書》誦《詩》，與古人期。」《意林》卷
1 引《尸子》引孔子語「期」作「謀」。《亢倉子・農道》：「天發時，
地產財，不與人期。」《呂氏春秋・任地》「期」作「謀」。字亦省
作「其」，《禮記・孔子閒居》「夙夜其命宥密，無聲之樂也。」鄭
玄注：「《詩》讀其為基，聲之誤也。基，謀也。」《詩・昊天有成
命》、《國語・周語下》、《家語・論禮》作「基」，上博簡（二）《民
之父母》簡 8 作「晵」。「晵」即「誮」古字。毛傳：「基，始也。」
「基」訓謀者，謂謀事之始，鄭注、毛傳二合之，斯為善矣。《詩・

縣》：「爰始爰謀，爰契我龜。」馬瑞辰曰：「始亦謀也。始謀謂之始，猶終謀謂之究。『爰始爰謀』猶言『是究是圖』也。《爾雅》『基』、『肇』皆訓為始，又皆訓謀，則『始』與『謀』義正相成耳。」（馬瑞辰《毛詩傳箋通釋》，中華書局 1989 年版，第 816～817 頁）〔註712〕

易泉認為「忢」訓為「教」，指越王勾踐將教越人復吳國之法：

《玉篇‧心部》：「惎，教也。」《左傳》宣公十二年：「晉人或以廣隊，不能進；楚人惎之脫扃。」杜預注：「惎，教也。」「惎復吳」之「惎」，對應《韓非子‧內儲說上》：「故越王將復吳而試其教，燔台而鼓之，使民赴火者，賞在火也，臨江而鼓之，使人赴水者，賞在水也」、《左傳》襄公二十六年「通吳于晉，教吳叛楚」、中山王鼎銘文「昔者，吳人并越，越人修教備信，五年復吳，克并之至于含（今）」之「教」。簡文「越王句踐將惎復吳」，指越王勾踐將教越人復吳國之法。〔註713〕

吳德貞認為「忢」訓為「謀」：

訓「謀」可從。《清華伍‧湯處於湯丘》：「乃與小臣惎（基）謀夏邦。」整理者注曰：「惎，本義訓為毒，……，『惎』通『基』，《爾雅‧釋詁》：「基，謀也。」〔註714〕

子居認為薛后生所言為是，因為前一字是「將」字，故「忢」訓為「謀」比較好：

憎恨、怨恨無法稱「將」，若按整理者注將「惎」訓為憎恨、怨恨則「將惎復」明顯不辭，故據前文的「將」字可知，「惎」確當訓「謀」。……本節的首句「吳人既襲越邦，越王句踐將復吳。」和末句「至於三年，越王句踐焉始作起五政之律。」當皆是編撰者所加，類似的加入句子以補充、連綴材料的情況，在《左傳》、《國

〔註712〕蕭旭：〈清華簡（七）校補（二）〉，http://www.gwz.fudan.edu.cn/Web/Show/3061，20170605。

〔註713〕簡帛論壇「清華七《越公其事》初讀」，第 217 樓，20180122。

〔註714〕吳德貞：《清華簡《越公其事》集釋》，武漢大學碩士論文，2018 年 5 月，頁 67。

語》和清華簡《系年》中都很常見。〔註715〕

劉信芳認為吳德貞，可從，訓「謀」是也。〔註716〕

秋貞案：

「㥌」字从「其」从「心」，《故訓匯纂》「其」字條，《禮記・孔子閒居》：「夙夜其命宥密」鄭玄注：「《詩》讀其為基，聲之誤也。基，謀也。」〔註717〕簡文的這個「㥌」字从「心」，顯然是表達一種心理狀態，如果作為「怨恨」義，那麼「牆㥌」釋為「將怨恨」豈不怪哉？若把「㥌」字釋為「謀」，則為「策謀」之意，較能表示越王將要策謀復仇的計畫的心態。

③既畫（建）宗窑（廟），攸（修）柰（祟）壓

原考釋：

柰，讀為「祟」。壓，包山卜筮簡作「𥨫」。祟壓，安置鬼祟之處，禳除鬼祟之禍的建築。〔註718〕

Zzusdy 認為所謂「柰」是否是上下結構的「社」，有一借筆？下「示工」字就寫作上下結構。〔註719〕

陳偉武認為 Zzusdy 所說為是。「柰」字當析為从示从土，土之長橫與示共用，應改釋為「社」。「社位」指社神之位：

「社位」指社神之位。《周禮・春官・肆師》：「凡師甸，用牲於社宗，則為位。」「社宗」之「位」可稱「社位」。〔註720〕

郭洗凡認為整理者觀點可從。「柰」，從木，示聲，上古月部字，「祟」上古物部字，二字對轉。〔註721〕

〔註715〕子居：〈清華簡七《越公其事》第四章解析〉，http://www.xianqin.tk/2018/05/14/440，20180514。

〔註716〕劉信芳：〈清華簡柒《越公其事》第四章釋讀〉，2019 鄭州《中國文字學第十屆學術年會論文集》，頁 506。

〔註717〕宗福邦、陳世鐃、蕭海波主編：《故訓匯纂》，商務印書館，2007 年 9 月，頁 196。

〔註718〕清華大學出土文獻與保護中心編、李學勤主編：《清華大學藏戰國竹簡（柒）》，上海，中西書局，2017 年 4 月，頁 127，注 3。

〔註719〕簡帛論壇「清華七《越公其事》初讀」，第 66 樓，20170428。

〔註720〕陳偉武在《清華簡第七冊釋讀小記》，（香港浸會大學饒宗頤國學院，澳門大學中國語言文學系，清華大學出土文獻研究與保護中心：《〈清華簡〉國際會議論文集》，2017 年 10 月 26 日～28 日，頁 153。

〔註721〕郭洗凡：《清華簡《越公其事》集釋》，安徽大學碩士學位論文，2018 年 3 月，頁 52。

吳德貞認為「奈」，借筆之說存疑，暫從原考釋之說。「虘」在金文裡多見，即是指臨時朝廷：

> ⊕字借筆之說無字形例證，存疑。此暫從整理者讀為奈。虘字金
> 文多見，唐蘭先生認為：「金文裏常常說『王在某虘』，『虘』就是《尚
> 書‧召誥》裏『太保乃以庶殷攻位於洛汭』的『位』，就是臨時蓋的
> 行宮；師虎簋說：『王在杜虘，各於太室』，蔡簋說：『王在雍虘，旦，
> 王各廟。』可見在『虘』裏還是有廟和太室的。」（參見李圖主編：
> 《古文字詁林》，上海教育出版社 2004 年，此乃轉引唐蘭在《西周
> 銅器斷代中的「康宮」問題》的內容，詳見《考古學報》1962 年第
> 一期）「『虘』即是指臨時朝廷，『虘』就是『位』，凡朝廷裏，不論
> 君臣都有固定的位。王到一個地方，需要舉行典禮，就是建立臨時
> 的位，所以周成王要到新建的洛邑去，召公就『以庶殷攻位于洛汭』，
> 攻是製作的意思。到第五天位建成了，王才去看洛邑（見《尚書‧
> 召誥》）」（參見李圖主編：《古文字詁林》，此乃傳引唐蘭先生在《五
> 省出土重要文物展覽圖錄》的序言）。〔註722〕

子居提出文獻證據，說明越國在被吳國打敗後遷居新址，首先先立宗廟：

> 由「既建宗廟」可見，此時越國已非居於故地，而是被吳王遷至新
> 居地了，《禮記‧曲禮》：「君子將營宮室：宗廟為先，廄庫為次，
> 居室為後。」故遷居之後，宗廟總是首先要建起的，而該地既然原
> 無宗廟、居室，自然並非越人故地。「崇位」當即傳世文獻中的「菆
> 位」，又作「叢社」、「叢祠」。《墨子‧明鬼下》：「且惟昔者虞夏商
> 周三代之聖王，其始建國營都日，必擇國之正壇，置以為宗廟；必
> 擇木之修茂者，立以為菆位。」孫詒讓《墨子閒詁》：畢云：「菆，
> 藭字假音。《說文》云『藭，朝會束茅表位曰藭，《春秋國語》曰：
> 茅藭表坐』。韋昭曰：『藭，謂束茅而立之，所以縮酒』」。劉云：「菆
> 位，社也」。王云：「畢說非也。菆與叢同，『位』當為『社』字之
> 誤也。隸書『社』字，漢魯相韓敕造孔廟禮器碑作『社』，史晨祠

孔廟奏銘作『社』，因訛而為『位』。《急就篇》『祠祀社稷叢臘奉』，『叢』，一本作『菆』。顏師古曰『叢，謂草木岑蔚之所，因立神祠』，即此所謂『擇木之修茂者，立以為菆社』也。秦策『恒思有神叢』，高注曰『神祠叢樹也』。《莊子‧人間世》篇曰：『見櫟社樹，其大蔽牛』。《呂氏春秋‧懷寵》篇曰：『問其叢社大祠，民之所不欲廢者，而復興之』。《太玄》『聚次四日牽羊示于叢社』。皆其證也。置以為宗廟，承上賞于祖而言；立以為菆社，承上僇於社而言。則『位』為『社』字之誤明矣。《史記‧陳涉世家》『又間令吳廣之次近所旁叢祠中』，《索隱》引《墨子》云『建國必擇木之修茂者以為叢位』。則所見本『社』字已誤作『位』，而『菆』字作『叢』則不誤也。又《耕柱》篇曰『季孫紹、孟伯常治魯國之政，不能相信，而祝於禁社』。禁社，乃菆社之誤。菆亦與叢同」。洪云：「《史記‧陳涉世家》，索隱引墨子作『叢位』。『菆』即『叢』字，叢位謂叢社之位」。案：王說是也。《六韜‧略地》篇云「塚樹社叢勿伐」，社叢，即叢社也。」雖然孫詒讓以「位」為「社」之說不確，但所引諸書內容皆可參考，且文中提到的《墨子‧耕柱》之「禁社」的「禁」顯然也當是對應於《越公其事》此處的「奈」。〔註723〕

劉信芳和 Zzusdy 意見相同，贊成「奈」是「社」字，再補一些例證說明：

兹改釋「社」，（論者：「所謂『奈』是否是上下結構的『社』，有一借筆？下『示工』字就寫作上下結構。」簡帛論壇《清華七〈越公其事〉初讀》，簡帛網 http://www.bsm.org.cn，17/04/28）楚簡社亦作「祇」，葛陵簡甲三 250：「王盧二祇（社）一猎、一豜（豵）。」251：「☒祇（社）一猎、四豜（豵）。」葛陵簡乙二 16：「☒祇（社）一滕（豢）☒。」乙三 53、65：「☒禱於亓（其）祇（社）一滕（豢）☒。」祇，「社」之古文（《說文》）。上博藏五《鬼神之明》2 背：「此呂（以）桀折於鬲山，而受（紂）膺於只（岐）祇（社）。」〔註724〕

〔註723〕子居：〈清華簡七《越公其事》第四章解析〉，http://www.xianqin.tk/2018/05/14/440，20180514。

〔註724〕劉信芳：〈清華簡柒《越公其事》第四章釋讀〉，2019 鄭州《中國文字學第十屆學術年會論文集》，頁 506。

王青認為「祟」，當依于省吾先生所釋讀為「塞」，報祭也。（於省吾：《甲骨文字詁林》二，北京：中華書局，1996 年，第 1065 頁）。「应」，金文習見，當讀若「居」。〔註 725〕

秋貞案：

本簡「祟」字，季師《說文新證》中列出甲骨文為「（商.河 472《甲》）」從示從木，《戰典》會燃木於示前卜問神祇之意。在戰國時期為「（戰.楚.包 236）」形，小篆上訛為「出」形，段注本逕改作「」，又以「出」為聲，不可從。古音應在月部（參見林澐《包山楚簡札記七則》）〔註 726〕。在這裡原考釋認為讀為「祟」，可從。王青之說為從于省吾所釋，也可參考。

至於「应」字，原考釋以為是「安置鬼祟之處，禳除鬼祟之禍的建築」，應該是對的。吳德貞所引為天子在外時所建的行宮，但是簡文此處顯然不是行宮的意思，這裡指的是神位。金文中所見「应（应）」字如下：

金 文	出　處	文 例
	中甗（摹本）西周早期（《集成》00949）	「王令中先省南或（國）貫行，氒（執/設）/应在岜（曾），史兒至」
	㭪叔鼎（璟叔鼎，唯叔鼎，唯叔鬲鼎）（摹本）西周早期（《集成》02615）	「月才（在）䣸宔」
	中鼎（中方鼎，南宮中鼎二，中齍齍）西周早期（《集成》02751）	「氒（執/設）/王应，在夒陼真」
	中鼎（南宮中鼎三，中齍）西周早期（《集成》02752）	「氒（執/設）王应，在夒陼真山」
	小臣夌鼎（季娟鼎）西周早期（《集成》02775）	「小臣夌先省楚应。王至于泌应，無遣（譴）」
	不栺鼎（不栺方鼎）西周中期（《集成》02735）	「才（在）上侯应」
	不栺鼎（不栺方鼎）西周中期（《集成》02736）	「才（在）上侯应」
	曶鼎（曶鼎）西周中期（《集成》02838）	「王才（在）邇〔註 727〕应」

〔註 725〕王青：〈清華簡《越公其事》補釋〉，「出土文獻與商周社會學術研討會」會議論文集，2019 年，頁 323～332。
〔註 726〕季師旭昇：《說文新證》，福建人民出版社，2010 年 11 月第一次印刷，p47。
〔註 727〕此字各家隸定不同，此處姑且依郭沫若《兩周金文辭大系考釋》葉九六隸定。

	師虎簋西周中期（《集成》04316）	「王在杜宊，各於太室」
	農卣西周中期（《集成》05424）	「王才（在）隮应」
	長由盉西周中期（《集成》09455）	「才（在）下淢应」
	元年師旋簋西周晚期(《集成》04279)	「才（在）淢应」
	元年師旋簋西周晚期(《集成》04280)	「才（在）淢应」
	元年師旋簋西周晚期(《集成》04281)	「才（在）淢应」
	元年師旋簋西周晚期(《集成》04282)	「才（在）淢应。」
	揚簋西周晚期（《集成》04294）	「揚，乍（作）𤔲（司）工，官／𤔲（司）量田甸、眔𤔲（司）空、眔𤔲（司）芻／、眔𤔲（司）寇、眔𤔲（司）工司（事）」
	揚簋西周晚期（《集成》04295）	「官𤔲（司）量田甸、眔𤔲（司）空、眔𤔲（司）／芻、眔𤔲（司）寇、眔𤔲（司）工事」
	蔡簋西周晚期（《集成》04340）	「王在雍应，旦，王各廟。」

西周早期五件銅器中，有四件从「广」，一件从「宀」，西周中期以下，从「厂」的有三件，从「广」的有七件，从「宀」的有三件。因此此字早期似乎主要从「广」，从「广」的意義是在山壁構築房子，一邊有山壁可以借為牆壁，沒有山壁可借的从「宀」，从「广」和从「厂」大概到西周後期開始相混用，因此《金文編》隸定此字為「应」[註728]，查《說文・卷九下・厂部》:「应，石聲也。从厂，立聲。」[註729]與金文此字的意義完全無關。據此，金文此字雖然可以依形隸定作「应」，不應隸定作「应」，依字義則應相當於說文的「廙」字，《說文・卷九下・广部》:「行屋也。从广，異聲。」為王出行在外所蓋的行宮。

楚簡此字顯然是指神位或神廟，與金文或為同形異字，或者是詞義有所轉

〔註728〕容庚編著，張振林、馬國權摹補：《金文編》，北京，中華書局，1985年7月，頁662。

〔註729〕（漢）許慎撰，（宋）徐鉉校定：《說文解字》，北京，中華書局，2007年4月重印，頁194上

變，行宮、行屋本來是在外地的，而楚簡「安置鬼祟之處，禳除鬼祟之禍的建築」一般也是建在戶外。原考釋說：「压，包山卜筮簡作「踪」。祟压，安置鬼祟之處，禳除鬼祟之禍的建築」，基本釋義可從。指安置鬼祟之處，禳除鬼祟之禍的建築。但是引包山卜筮簡作「踪」，可能不太合適，《包山簡》205：「東之客響（許）經歸胙於藏郢之歲（歲）冬栾之月癸丑之日，罷禱於邵（昭）王。哉（特）牛，大鬠，饋之。邵吉為𧍪，既禱至（致）福。」注解40「𧍪」：

> 原考釋：讀如「位」。《周禮‧春官‧肆師》「凡師甸用牲於社宗，則為位」，孫詒讓云：「位與『辨方正位』同。」李零（1993，427頁）讀為「涖」，以為涖祭。邴尚白（1999，105頁）：《周禮‧春官‧大宗伯》：「若王之與祭祀則攝位。」就是代理主祭之位。邵吉為位，臧敢為位，邵吉、臧敢很可能就是主祭者。李家浩（2001B，29頁）：「為位」就是《周禮‧春官‧肆師》和《周禮‧春官‧小宗伯》所說的「為位」，據《大宗伯》孫詒讓疏，包括設神位和主祭者之位。類似包山祭禱簡「為位」的「位」，還見於天星觀簡「享祭惠公於穆之位」，應該是指神位。今按：邴氏之說與「致福」合。《左傳》昭公六年「涖之以強」，杜注：「施之於事為涖。」孔疏：「涖謂有所施為，臨撫其事。」依李零讀作「為（替邵佗）涖」，似亦通。[註730]

依包山簡的文義，邵吉為踪，顯然是邵吉主祭的意思。而《越公其事》此處不會是誰主祭，因此《越公其事》此字與包山楚簡該字二者的意義應該是不同的。李家浩說此字「還見於天星觀簡『享祭惠公於穆之位』，應該是指神位」，這個解釋比較符合《越公其事》此處的用義。

《越公其事》說「既建宗廟，修祟位」，宗廟應該指天神、地祇、人鬼等正規的神，祟位則祭禱的是民間信仰中不在正規禮儀中的鬼怪。《清華肆‧筮法》中有關祟的記載特別多，可以參看。

④乃大膚（薦）祡（攻）

原考釋：

> 膚，疑為「薦」。《左傳》隱公三年：「可薦於鬼神，可羞於王公。」
>
> 祡，讀為「攻」，六祈之一。《周禮‧大祝》：「掌六祈，以同鬼神示：

〔註730〕《包山》卜禱簡205，《楚地出土戰國簡冊〔十四種〕》，頁105注40。

一曰類，二曰造，三曰襘，四曰禜，五曰攻，六曰說。」薦、攻當與前面的宗廟、祟厄相對應。薦於宗廟，攻於祟厄。〔註731〕

Zzusdy 認為「廌」似可讀作「解」，包山簡有「攻解」可參：

> 簡26「乃大廌礻（攻）」，「廌」似可讀作「解」（參單育辰先生《古文字研究》31 文），包山簡有「攻解」可參。〔註732〕

Zzusdy 又認為整理者讀為「薦」也有可能，不過這時「礻」似不可理解為「攻」，而讀為與「薦」詞義相近的「貢」。〔註733〕

陳偉武提到：讀「廌」為「薦」可從，「廌」讀為「廌貢」，指祭告宗廟社神時進薦奉獻。〔註734〕

郭洗凡認為：「薦」，古者決訟，令觸不直，指的是一種神獸。「攻」作攻擊，文中為古代禱告鬼神以消除災難的一種祭祀。〔註735〕

子居認為「薦」表達崇敬，「攻」以表示懲治：

> 薦以表達崇敬，凡賜福祉者則禮敬薦獻，古人認為先祖會庇佑本族，是以薦於宗廟；攻以表示懲治，凡為禍祟者則攻治聲討，攻治者多為異類，所以攻於祟位。因此，這實際上還是「非我族類，其心必異」的原始宗族血緣觀念投射。《周禮·秋官·庶氏》：「庶氏掌除毒蠱。以攻說襘之，嘉草攻之。」鄭玄注「攻說，祈名。祈其神，求去之也。」孫詒讓《周禮正義》：「蓋亦鳴鼓攻之，複以辭責其神，故兼有二名，詳彼疏。云『祈其神，求去之也』者，以毒蠱亦有神憑之，故攻說聲其罪除去之。」是凡為祟者則鳴鼓而治，因此稱「攻」，對應於「祟位」。〔註736〕

〔註731〕清華大學出土文獻與保護中心編、李學勤主編：《清華大學藏戰國竹簡（柒）》，上海，中西書局，2017 年 4 月，頁 127，注 4。

〔註732〕簡帛論壇「清華七《越公其事》初讀」，第 66 樓，20170428。

〔註733〕簡帛論壇「清華七《越公其事》初讀」，第 67 樓，20170428。

〔註734〕陳偉武：《清華簡第七冊釋讀小記》，（香港浸會大學饒宗頤國學院，澳門大學中國語言文學系，清華大學出土文獻研究與保護中心：《〈清華簡〉國際會議論文集》，2017 年 10 月 26 日～28 日，頁 153。

〔註735〕郭洗凡：《清華簡《越公其事》集釋》，安徽大學碩士學位論文，2018 年 3 月，頁 52。

〔註736〕子居：〈清華簡七《越公其事》第四章解析〉，http://www.xianqin.tk/2018/05/14/440，20180514。

劉信芳認為這是戰亂之後採取的安民舉措，猶天災之後有荒政：

> 簡文「大鷹（薦）𥛜（攻）以忻（祈）民之寧」乃戰亂（人禍）之後採取的安民舉措，猶天災之後有荒政也。《周禮·春官·大司徒》「以荒政十有二聚萬民，一曰散利」「十有一曰索鬼神」，鄭司農注：「索鬼神，求廢祀而脩之，《雲漢》之詩所謂『靡神不舉，靡愛斯牲』者也。」〔註737〕

秋貞按：

「乃大鷹（薦）𥛜（攻）」目前可以有兩種主要的思考，第一種是原考釋以為是兩種動作，「鷹（薦）」是針對宗廟，𥛜（攻）是針對崇匨。第二種思考以為是一種動作，即 Zzusdy 認為「鷹」似可讀作「解」，包山簡有「攻解」，其主要依據是單育辰在〈由清華四《別卦》談上博四《柬大王泊旱》的「鹿」字〉一文中提出「鷹」、「解」可以通讀。此文先探討上博四《柬大王泊旱》的「鹿」字）隸為「鹿」字應如何釋讀？在《柬大王泊旱》的「鹿」字出現四次的段落如下：（寬式隸定）當訟而卜之於【三】大夏，如鹿，將祭之。」贅尹許諾，訟而卜之，鹿。贅尹致命於君王：「既訟【四】而卜之，鹿。」王曰：「如鹿，速祭之，吾燥，一病。」贅尹答曰：「楚邦有常故，【五】焉敢殺祭？以君王之身殺祭，未嘗有。」單育辰認為這些「鹿」字的上部是從「鷹」頭，不是從「鹿」頭的。原因是上博三《周易》：「上九：或賜鞶帶【5】朝三（字）之。【6】」此（字）從「鷹」從「衣」，和今本《周易》對比為「褫」。「鷹」的上古音在定紐支部，「褫」在透紐支部，所以判定「（字）」應該是由「鷹」得聲。清華四《別卦》簡 4 有一字「（字）」對應今本的《周易》為「解」。從聲韻來看「鷹」在定紐支部，「解」在見紐錫部，韻部對轉，《左傳·宣公十七年》：「余將老，使郤子逞其志，庶有豸乎？」杜預注：「豸，解也。」「豸」與「解」音同，故「鷹」、「解」相通，若讀為「鹿」，上古音在來紐屋部與見紐錫部的「解」聲韻不通，故不可能是「鹿」。所以上博三《周易》的「（字）」讀為「褫」，清華四《別卦》的「（字）」讀為「解」，其實可以說是同一詞，有時讀為「褫」有時讀為「解」，都是由「鷹」得聲的字。再看上博四《柬大王

泊旱》的「麂（）」字也是讀為「襦」或「解」音相近的字，最後單育辰認為「麂」字作「解」當作「免除」義比較合適。〔註738〕

　　單文花了很大的力氣，證明「庴」與「解」可以通讀，並解決了一些楚簡的疑難字。這些部分大體是沒有問題的。但是要把這個結論用在解釋本簡的「大庴紅」可能還是不很恰當。首先，本簡的原文是「大庴紅」，而楚簡都作「攻解」，二者詞序不同，未必能等同。其次，本章提到「（句踐）既畫（建）宗審（廟），攸（修）柰（祟）匜，乃大庴（薦）紅（攻），以忻（祈）民之窓（寧）」，句踐的動作有兩個，一是「建宗廟」，二是「修祟匜」，其後的「大庴攻」似乎應襲承以上兩個動作比較合理，否則建宗廟之後就沒有動作，其意義便無法凸顯。故筆認為原考釋說「庴」對應於「宗廟」，「紅」對應於「祟匜」，這是對的。

⑤以忻（祈）民之窓（寧）

原考釋：

> 忻，讀為「祈」。祈的目的是實現其所期望，具體的方式有薦享與攻除的不同。〔註739〕

　　子居認為越人被迫遷至新居，因為越人濃厚的先神後人的觀念，所以要「乃大薦攻」以「祈民之寧」：

> 之所以要「以祈民之寧」自然是因為越人被吳師所敗而被迫遷至新居地使然，而此節以「民之寧」的關鍵在於「乃大薦攻」，且將其事置於「五政」之前，由此即不難看出彼時越人尚擁有濃厚的先神後人觀念，這種觀念無疑是比《左傳·桓公六年》「夫民，神之主也」和《左傳·莊公三十二年》「國將興，聽於民；將亡，聽於神」的觀念要原始的。〔註740〕

　　秋貞案：

〔註738〕參見單育辰：〈由清華四《別卦》談上博四《東大王泊旱》的「麂」字〉，《古文字研究》第三十一輯，北京中華書局 2016 年 10 月，頁 312～315。

〔註739〕清華大學出土文獻與保護中心編、李學勤主編：《清華大學藏戰國竹簡（柒）》，上海，中西書局，2017 年 4 月，頁 128，注 5。

〔註740〕子居：〈清華簡七《越公其事》第四章解析〉，http://www.xianqin.tk/2018/05/14/440，20180514。

原考釋其實已經說得很清楚了，越國大敗之後，現在勉強得到封地百里，要圖謀復仇，先祭祀宗廟祖先，然後祭祀死去的軍民，原考釋說「具體的方式有薦享與攻除的不同」，薦享是正面意義的進薦祭祀，攻除則是較負面的消除兵死、冤死等枉死者的怨念，用以撫平百姓倖存者的哀痛，並鼓舞倖存者，為國而死，國家並沒有忘記他們。子居說這是先神後人，失之稍偏，祭享攻解的目的，本來就在撫平倖存者的哀痛，鼓舞倖存者的奮鬥意志。

⑥王乍（作）安邦

原考釋：

> 乍，讀為「作」，始。《詩‧駉》「思馬斯作」，毛傳：「作，始也。」安邦，使國家安定。焦贛《易林‧家人之渙》：「解商驚惶，散我衣裝，君不安邦。」〔註741〕

子居認為「王作安邦」的「作」不當訓為「始」，而當訓為致力於、從事於。「安邦」于傳世文獻多稱「安國」：

> 對照下文的「越王句踐焉始作起五政之律」和「乃作五政」可知，此處「王作安邦」的「作」不當訓為「始」，而當訓為致力於、從事於。「安邦」于傳世文獻多稱「安國」，如《孫子兵法‧火攻》：「故明君慎之，良將警之，此安國全軍之道也。」《墨子‧號令》：「安國之道，道任地始。」《左傳‧襄公十年》：「子產曰，眾怒難犯，專欲難成，合二難以安國，危之道也。」《國語‧齊語》：「桓公曰：安國若何？」《禮記‧鄉飲酒義》：「此五行者，足以正身安國矣。」〔註742〕

劉信芳認為原考釋釋「乍」為「始」，不必。參簡30「作政」。〔註743〕

秋貞案：

「王乍安邦」的主動詞應該是「安」，因此原考釋把「乍」釋為「始」，其

〔註741〕清華大學出土文獻與保護中心編、李學勤主編：《清華大學藏戰國竹簡（柒）》，上海，中西書局，2017年4月，頁128，注6。

〔註742〕子居：〈清華簡七《越公其事》第四章解析〉，http://www.xianqin.tk/2018/05/14/440，20180514。

〔註743〕劉信芳：〈清華簡柒《越公其事》第四章釋讀〉，2019鄭州《中國文字學第十屆學術年會論文集》，頁507。秋貞案：「作政」應該是「作五政」。

實是很合理的。《墨子・兼愛下》：「乍照光於四方。」孫詒讓《閒詁》引孫星衍云：「乍，古與作通。」《說文・人部》：「乍，起也。」段玉裁注：「古文假借乍為作」。〔註744〕「乍」可以是起、始之意，在此簡文「王乍安邦」，指的是越王開始安定國家的措施，故以原考釋的說法可從。

⑦乃因司衺（襲）尚（常）

原考釋：

> 因司襲常，因襲常規。這段話包括民與官師之申訴與進諫。大意是過去的政令不像現在這樣，當今政令苛重，完成不了，這樣的政令不可施行，要想安民就得因襲常故。

魏棟認為原考釋的意見可從。他認為「司」古通「嗣」，「因司（嗣）襲常」四字的結構為「三個同義 V＋N」：

> 「因司襲常」不是兩個並列的「V＋N」結構，而是「三個同義 V＋N」結構。「司」古通「嗣」，訓繼承、延續。《爾雅・釋詁》：「嗣，續也。」「因」、「司（嗣）」、「襲」三字為同義連用。〔註745〕

汗天山認為「因司襲常」還是要看作兩個並列的「V＋N」結構，「司」或可以當為「事」：

> 《越公其事》27 簡：乃因司襲常。——可能還當看作是兩個並列的「V＋N」結構？「司」或當讀為「事」，因事襲常，即循故襲常、因循故常之義？〔註746〕

心包認為「司」讀為「事」不妥。「事」似乎沒有「故舊」的意思，讀為「乃因嗣襲常」，應該可信：

> 「司」讀為「事」，感覺怪怪的，不知道是否有例證支援，《秦公簋》的「虩事蠻夏」及《詩經》裡的「三事大夫」，這些讀為「司」的「事」，要考慮一定的時代性（謝明文先生的碩士學位論文可供參考。《利簋》「又吏」或讀「有司」，從用字上看自然也不對。看

〔註744〕宗福邦、陳世鐃、蕭海波主編：《故訓匯纂》，商務印書館，2007 年 9 月，頁 39。
〔註745〕石小力：〈清華七整理報告補正〉，http://www.tsinghua.edu.cn/publish/cetrp/6831/2017/20170423065227407873210/20170423065227407873210_.html，20170423。
〔註746〕簡帛論壇「清華七《越公其事》初讀」，第 2 樓，20170423。

田煒先生《說利簋銘文中的「又吏」》，古文字論壇第二輯），《補
正》讀為「乃因嗣襲常」，應該可信。「故」可訓為「事」，但是反
過來，「事」似乎沒有「故舊」的意思。〔註747〕

暮四郎認為「司」指官司之義，「因司」、「襲常」是兩個動賓短語，意為因
襲舊日之官僚機構、規章制度等：

> 我們懷疑，此處的「司」是官司之義，「因司」、「襲常」是兩個動賓
> 短語，存在互文關係，意為因襲舊日之官僚機構、規章制度等，亦
> 即不煩費改作之意。《書‧立政》有「百司庶府」，「司」即指官僚機
> 構。〔註748〕

王寧認為「司」是「治」的假借字：

> 「司」是「治」的假借字，《爾雅‧釋詁》：「治、肆、古，故也。」
> 「因司（治）襲常」即因故襲常。〔註749〕

明珍認為此句應是一個「動賓＋動賓」結構的句式，簡文此句意指因襲過
往的職責與法度：

> 此句應是一個「動賓＋動賓」結構的句式，即因（v）司（n）習（v）
> 常（n）。因、襲，承襲之義；司，職責（舊的職掌，與「常」為互
> 文）；常，舊法。《國語‧越語下》「肆與大夫觴飲，無忘國常。」韋
> 昭注：「常，舊法。」簡文此句意指因襲過往的職責與法度。〔註750〕

苦行僧認為「因司襲尚」當讀為「因司襲掌」，意思就是沿襲官吏所職掌之
事，也就是使官吏的職位不發生變動，與下文所說的無為而治的治國之道正相
符合：

> 此處下文說勾踐對本應加以處罰的民眾如何寬大處理，如何休養
> 生息，有點無為而治的意思。這種治國之道非常道，那麼將「因
> 司襲尚」理解為「因襲常規」就不太合適了。我們認為「因司襲
> 尚」當讀為「因司襲掌」，「因」、「襲」同義，「司」、「掌」同義，

〔註747〕簡帛論壇「清華七《越公其事》初讀」，第6樓，20170424。
〔註748〕簡帛論壇「清華七《越公其事》初讀」，第94樓，20170429。
〔註749〕簡帛論壇「清華七《越公其事》初讀」，第108樓，20170430。
〔註750〕簡帛論壇「清華七《越公其事》初讀」，第123樓，20170501。

「因司襲掌」的意思就是沿襲官吏所職掌之事，也就是使官吏的職位不發生變動。這樣理解與下文所說的無為而治的治國之道正相符合。〔註751〕

王磊將「因司襲常」解釋為「因襲常規」，意義大致是正確的，但「司」並無「常規」之義，「司」可讀為「始」：

各家之說，雖然從文理上多可通，但苦于沒有書證的支持。筆者以為，這裏的「司」可讀為「始」。「司」古音在心紐、之部，「始」在書紐、之部，音近可通。楚簡中，假「司」為「始」也是一種常見的現象。郭店楚簡《五行》第八一簡：「又（有）與司，又（有）與冬（終）也。」馬王堆帛書本「司」作「始」。《性自命出》第三簡：「司者近青，終者近義。」「司」「終」相對，也當讀為「始」，故兩字通假是沒有問題的。「始」即「初始、本來的」。《史記·曆書》：「王者易姓受命，必慎始初。」《漢書·李尋傳》：「竊以日視陛下志操，衰於始初多矣。」其中「始初」，多都包含有美好、正確的意味。《越公其事》第六章云：「初日政勿若某，今政重，弗果。」這當是說，現今的賦稅重，最初並不如此，是以初始的為標準。《孟子·滕文公上》：「夏后氏五十而貢，殷人七十而助，周人百畝而徹，其實皆什一也。」趙歧注：「民耕五十畝，貢上五畝；耕七十畝者，以七畝助公家耕；百畝者，徹取十畝以為賦。」孟子亦以古代的賦稅標準為說，提倡對百姓薄賦，可相參證。《越公其事》第六章又云：「昔日與己言云，今不若其言。」此當是說，最初的話語如何，如今所做的違背了其說的話。故筆者認為，這裏的「因始」當即「因襲初始」的意思。越王勾踐能夠與民休息，修正了後世的亂政，而采取初始相對寬鬆的政策。因此，將「因司」解釋為「因始」，放在整篇話語背景之中，是比較合適的。

古籍中「襲」「習」相通，《史記·樂書》：「孝惠、孝文、孝景無所增更，於樂府習常肄舊而已。」「肄舊」即「沿襲舊有」。「習常肄舊」在結構上與「因始襲常」一致。又《漢書·杜欽傳》：「將軍輔政，

〔註751〕簡帛論壇「清華七《越公其事》初讀」，第154樓，20170505。

宜因始初之隆，建九女之制。」「因始初」即「因襲始初的……」，也可作為一條證據。〔註752〕

蕭旭認為王磊和王寧的說法是對的：

> 王磊說是也，王寧說亦是，書傳未見「治」訓「故」者，《爾雅》郭璞注：「治，未詳。」鄭樵注：「『治』疑為『始』。」二字古通，非誤也，古亦省作「台」。始，初也，指初法。〔註753〕

郭洗凡認為王寧的觀點可從。簡文的意思是越王勾踐能夠讓人民休養生息採取初始相對寬鬆的政策。〔註754〕

子居認為原考釋之說恐不可從。他認為「尚」讀為「嘗」，則此處「司」似可讀「祠」，「因司襲尚」即「因襲祠嘗」，禴、祠、烝、嘗為四種祭祀，此處當是舉祠嘗以涵蓋之，指沿襲舊有的四時常祀傳統：

> 整理者所說「這段話包括民與官師之申訴與進諫。大意是過去的政令不像現在這樣，當今政令苛重，完成不了，這樣的政令不可施行」云云，《越公其事》本節原文完全沒有任何體現，整理者此說似是倒置時間關係將第六章的「初日政勿若某，今政重，弗果」與本節內容強行聯繫的結果，因此所說恐不可從。因為本節的時間段是對應于勾踐為臣于吳三年，所以實際上「縱經遊民」等所有描述都是勾踐在這三年中未在越國親自施行任何政治舉措的一種掩飾，而整理者注所說「因襲常規」提到的「常規」，也必然是曾經存在過的一種剝削方式，若是「因襲常規」，則必然不是「縱經遊民」，故整理者的理解應是不成立的。筆者以為，對照《越公其事》第三章「尚」讀為「嘗」，則此處「司」似可讀「祠」，「尚」仍可讀「嘗」，「因司襲尚」即「因襲祠嘗」，禴、祠、烝、嘗為四種祭祀，《詩經·小雅·天保》：「禴祠烝嘗，于公先王。」《周禮·春官宗伯·大宗伯》：「以祠春享先王，以禴夏享先王，以嘗秋享

〔註752〕王磊：〈清華七《越公其事》札記六則〉，http://www.bsm.org.cn/show_article.php?id=2806，20170517。

〔註753〕蕭旭：〈清華簡（七）校補（二）〉，http://www.gwz.fudan.edu.cn/Web/Show/3061，20170605。

〔註754〕郭洗凡：《清華簡《越公其事》集釋》，安徽大學碩士學位論文，2018年3月，頁54。

先王，以烝冬享先王。」《越公其事》此處當是舉祠嘗以涵蓋之，指沿襲舊有的四時常祀傳統。「建宗廟，修崇位，乃大薦攻」為初遷時的寧民之舉，「因祠襲嘗」為寧民後的安邦之舉，二者正相延續，皆為重祀守舊，無所創制。《國語・越語》稱「令大夫種守于國」，《史記・越王句踐世家》也稱「舉國政屬大夫種」，因此本節的所有舉措當皆是大夫種以越王句踐的名義施行的臨時安置措施。〔註755〕

吳德貞認為可從整理者讀「因司襲常」，釋意可從「暮四郎」之說。「司」疑即簡33的「有司」，這裏指「管理機構」，為名詞。「襲常」亦見於馬王堆帛書《老子》甲篇：「用其光，復歸其明，毋道身央，是謂襲常。」〔註756〕

何家歡認為整理者說當從。據文意，下文「王乃不咎不惎」迄「農功得時」乃為「因司襲常」之具體內容。若此，「因司襲尚」乃指越王句踐，而非指官民，即休養生息，無為而治之義。〔註757〕

劉信芳認為「司」參簡33的「有司」；「襲常」的解釋從吳德貞說。他認為是維持句踐質吳之前的各種措施：

> 司，參簡33「有司」。襲常，吳國貞（吳德貞）指出見於馬王堆帛書《老子》甲篇：「用其光，復歸其明，毋道身央，是謂襲常。」（吳德貞《集釋》，第48頁）論者已指出「因司」、「襲常」互文，引《書・立政》「百司庶府」。（簡帛論壇《清華七〈越公其事〉初讀》，簡帛網 http://www.bsm.org.cn，17/04/29）百司猶百官。有必要說明，「因司襲常」出於特殊歷史背景。句踐質吳之前，「舉國政屬大夫種」（《史記・越世家》），自吳歸越，百官依舊，政令不改常故，體現的是撫慰，是應該的。倘若另行任命，會令患難期間為邦效力的官員寒心。（因不明背景，整理者注、論者諸多歧說皆未能說明，因司襲常之所以然。請參論壇《清華柒〈越公其事〉

〔註755〕子居：〈清華簡七《越公其事》第四章解析〉，http://www.xianqin.tk/2018/05/14/440，20180514。

〔註756〕吳德貞：《清華簡《越公其事》集釋》，武漢大學碩士論文，2018年5月，頁48。

〔註757〕何家歡：《清華簡（柒）《越公其事》集釋》，河北大學碩士論文，2018年6月，頁26。

初讀》相關學者的意見）〔註758〕。

王青認為「司」當通「事」。「因司（事）」者，因循故事也。此句意不在輕罰，而是不總結對越之戰，不賞有功，不罰有過，實乃懶政之表現也：

> 此句意不在輕罰，而是不總結對越之戰，不賞有功，不罰有過，實
> 乃懶政之表現也。「乃因司」，整理者此注不言「司」字之義，疑漏。
> 「司」當通「事」，《尚書‧康誥》「汝陳時臬司」，「臬司」即「臬事」
> （參見劉起釪：《尚書校釋譯論》，北京：中華書局，2005 年，1329
> 頁注 2）。「因司（事）」者，因循故事也。〔註759〕

秋貞案：

「因司襲尚」一詞各家眾說紛紜，筆者先整理諸家之說，為下表列：

各家說法	釋　讀	釋　意
原考釋	因司襲常	因襲常規
魏棟	因司（嗣）襲常	「司」古通「嗣」，訓繼承、延續。同意原考釋的釋意。「三個同義 V＋N」結構。
汗天山	因事襲常	並列的「V＋N」結構
心包	因嗣襲常	「事」似乎沒有「故舊」的意思
暮四郎	「司」指官司之義，「因司」、「襲常」是兩個動賓短語	因襲舊日之官僚機構、規章制度等
王寧	因司（治）襲常	因故襲常
明珍	「動賓＋動賓」結構的句式，即因（v）司（n）習（v）常（n）	因襲過往的職責與法度
苦行僧	因司襲掌	沿襲官吏所職掌之事
王磊	「因司」解釋為「因始」；「襲」「習」相通	因襲常規
蕭旭	認為王磊和王寧之說是也。始，初也，指初法。	因故襲常、因襲常規
郭洗凡	認為王寧之說可從。	越王勾踐能夠讓人民休養生息采取初始相對寬鬆的政策。
子居	「因襲祠嘗」，禴、祠、烝、嘗為四種祭祀	沿襲舊有的四時常祀傳統

〔註758〕劉信芳：〈清華簡柒《越公其事》第四章釋讀〉，2019 鄭州《中國文字學第十屆學術年會論文集》，p507。

〔註759〕王青：〈清華簡《越公其事》補釋〉，「出土文獻與商周社會學術研討會」會議論文集，2019 年，頁 323～332。

吳德貞	從原考釋：因司襲常	從暮四郎：因襲舊日之官僚機構、規章制度等
何家歡	從原考釋：因司襲常	指越王勾踐，而非指官民，即休養生息，無為而治之義
劉信芳	因「司」：有司。從吳德貞：襲常	維持句踐質吳之前的各種措施
王青	因司：因事	因循故事也

各家對「司」的解釋有所不同，通假條件大都沒有問題，可是在釋義方面，各家所提出的解釋都和「襲常」的「常」無法完全對應。其實問題就在這裡，「因司襲常」不必看成兩個完全對等的詞組，它們也可以看成兩個相承的詞組，「因司」而「襲常」，「因」不必釋為「因襲」，「因」應該釋為「依」，依著不同的「司」而因襲各自的舊規，不做改變。「司」可以是官府、官吏、職事，或全部都包含在內。季師以為讀為「事」似乎較周延，但與各家所說的「事」的具體含意並不相同。據我們現在所知，春秋末期各國已經有一定的法規，如果是全部襲常，「因司」就變成多餘的了。很多規定會因人因事而有不同的斟酌，這些斟酌也全部「襲常」，也就是依慣例，大家都可以接受。

⑧王乃不咎不惎（惎），不戮不罰

原考釋：

> 咎，責怪。《論語・八佾》：「遂事不諫，既往不咎。」惎，讀為「惎」。戮，懲罰。《左傳》僖公二十七年：「楚子將圍宋，使子文治兵於睽，終朝而畢，不戮一人。」[註760]

王寧認為「惎」疑讀「忌」較合適。[註761]

吳祺認為簡文「戮」與「罰」為同義連用，而簡文「不咎不惎」與「不戮不罰」句式相同，故「咎」與「惎」意義也應相同。簡文「咎」字似當讀為「仇」。「咎」，上古音為群母幽部，「仇」為見母幽部字，兩者聲母同為牙音，韻母相同。《詩・小雅・大東》：「有冽氿泉」。《經典釋文》：「氿，字又作晷。」郭店簡本《緇衣》18-19：「《寺（詩）員（云）：『皮（彼）求我則，女（如）不我得；执我戕=（仇仇），亦不我力。』」「戕」此字整理者隸作「戗」

〔註760〕清華大學出土文獻與保護中心編、李學勤主編：《清華大學藏戰國竹簡（柒）》，上海，中西書局，2017年4月，頁128，注8。

〔註761〕簡帛論壇「清華七《越公其事》初讀」，第187樓，20170526。

（馬承源主編：《上海博物館藏戰國楚竹書（一）》，上海古籍出版社，2001年，頁54）徐在國、黃德寬認為此字為从「戈」「咎」省聲之字，簡文「戮」當讀為「仇」，今本《緇衣》此字正作「仇」（徐在國、黃德寬：《〈上海博物館藏戰國楚竹書（一）緇衣‧性情論〉釋文補正》，《古籍整理研究學刊》，2002年第2期，頁2），此為从「咎」聲字與从「九」聲字相通的案例，故他認為《越公其事》之「咎」當讀為「仇」。〔註762〕

　　郭洗凡認為按整理者的觀點，「惎」讀為「毒」或者「謀」都不通。「惎」通「忌」，指的是責怪與怨恨。「戮」，殺也，簡文中指的是懲罰有罪的人。〔註763〕

　　羅云君認為「咎」可從整理報告意見，「不咎不惎」之語，當與越國戰敗之事有關聯，不追究相關人員的責任以安撫民心。〔註764〕

　　子居認為這裡所述的「不咎不惎，不戮不罰，蔑棄怨罪，不稱民惡」對越王有刻意美化的痕跡：

> 以刑加身為戮，以財抵罪為罰，雖然都可以引申出懲罰義，但二者還是略有輕重程度上的區別的。此節所謂「不咎不惎，不戮不罰，蔑棄怨罪，不稱民惡」實則是因為勾踐在吳，大夫種不宜擅自裁奪的緣故，由此即可見《越公其事》本章作者無視史實而對越王所作的刻意美化。〔註765〕

　　劉信芳提供例證：《左傳》定公四年「管蔡啓商，惎閒王室」，注：「惎，毒也。」〔註766〕

　　大西克也認為「不咎不惎（惎）」此字原篆作𢧤，整理者讀作「惎」意為忌恨、憎惡。但這個解釋與上下文「不咎」、「不戮」、「不罰」等語不協調，此字疑讀為「劾」。《說文》：「劾，法有辠也。」《段注》云：「法者，謂以法施之。」「不劾」即「不施加刑法。」〔註767〕

〔註762〕吳祺：〈清華竹書訓詁拾遺〉，《勵耘語言學刊》，2018年1月，頁247-253。
〔註763〕郭洗凡：《清華簡《越公其事》集釋》，安徽大學碩士學位論文，2018年3月，頁54。
〔註764〕羅云君：《清華簡《越公其事》研究》，東北師範大學，2018年5月，頁49。
〔註765〕子居：〈清華簡七《越公其事》第四章解析〉，http://www.xianqin.tk/2018/05/14/440，20180514。
〔註766〕劉信芳：〈清華簡柒《越公其事》第四章釋讀〉，2019鄭州《中國文字學第十屆學術年會論文集》，頁508。
〔註767〕大西克也：〈《清華柒‧越公其事》「坳塗溝塘」考〉，國立成功大學《第30屆中國文字學學術研討會》會議論文，2019年5月24～25日，頁285～294。

秋貞案：

咎，原考釋釋「責怪」，此字形 。《論語·八佾》：「遂事不諫，既往不咎」。「咎」，即追究罪責之意。吳祺再把它讀作「仇」，雖然音理及訓詁都有依據，但實則不必。因為在越國戰敗之際，越王為使國祚安寧，不僅不和人民仇視為敵，更須要不追究戰敗罪責，讓人民安心，故依原考釋釋讀即可。「戡」字從「忌」從「戈」，原考釋只說讀為「惎」，沒有再說明字義。筆者看「惎」在簡 26 第 12 個字和本簡的「戡」同一字，但多一個「戈」部，應該是個「忌」聲「戈」形的形聲字，原考釋所說的應該沒有錯，簡 26 的「惎」，原考釋釋為憎惡、怨恨。筆者依照前後文義判斷，在這裡也可以作此意。王寧認為「惎」疑讀「忌」，但沒有說明意義。大西克認為「戡」字讀為「劾」意思雖合理，但缺乏聲音的依據。至於子居所說過於美化越王，因為簡帛材料來源複雜，則暫時無法斷定。在這裡「王乃不咎不戡（惎），不戮不罰」指的是越王就不咎責，不怨恨，不誅殺，不處罰。

⑨蔑弃息（怨）皋（罪），不再（稱）民喜（惡）

原考釋：

> 蔑棄，拋棄。《國語·周語下》：「上不象天，而下不儀地，中不和民，而方不順時，不共神祇，而蔑棄五則。」怨，責怪。《書·康誥》：「爽惟天其罰殛我，我其不怨。」罪，懲罰。稱，興，追究。民惡，民之過錯。〔註768〕

王挺斌認為「再」指言說、稱說：

> 「再」讀為「稱」，指的是言說、稱說，「稱惡」構詞亦見於郭店簡，如《魯穆公問子思》1 號簡「恆再（稱）其君之亞（惡）者，可胃（謂）忠臣矣」。〔註769〕

子居認為「蔑」、「棄」並稱個用法很可能是戰國後期時段的措辭特徵；「民惡」即民所厭惡的，非原考釋說的「民之過錯」：

> 「蔑」、「棄」並稱是《左傳》、《國語》共有的措辭特徵，如《左傳·

〔註768〕清華大學出土文獻與保護中心編、李學勤主編：《清華大學藏戰國竹簡（柒）》，上海，中西書局，2017 年 4 月，頁 128，注 9。

〔註769〕石小力：〈清華七整理報告補正〉，http://www.tsinghua.edu.cn/publish/cetrp/6831/2017/20170423065227407873210/20170423065227407873210_.html，20170423。

襄公二十五年》：「蔑我大惠，棄我姻親。」《國語‧周語中》：「鄭未失周典，王而蔑之，是不明賢也。平桓莊惠皆受鄭勞，王而棄之，是不庸勳也。」《國語‧晉語四》：「故二王之嗣，世不廢親，今君棄之，不愛親也。晉公子生十七年而亡，卿材三人從之，可謂賢矣，而君蔑之，是不明賢也。」因此大致可推知這個用法很可能是戰國後期時段的措辭特徵。「稱」即「舉」，「惡」當訓為厭惡、憎惡而非「過錯」，「民惡」即民所厭惡的，《管子‧牧民》：「政之所興，在順民心；政之所廢，在逆民心。民惡憂勞，我佚樂之；民惡貧賤，我富貴之；民惡危墜，我存安之；民惡滅絕，我生育之。」《國語‧吳語》：「越國之中，吾寬民以子之，忠惠以善之。吾修令寬刑，施民所欲，去民所惡。稱其善，掩其惡，求以報吳。」皆可參看，《吳語》中勾踐所說「施民所欲」即「稱其善」，「去民所惡」即「掩其惡」，相較之下，不難看出，皆是以民意為己意，所以《越公其事》的「民惡」是指民之所惡，而不是說民的過錯。無論是怨恨于民還是刑罪於民，皆是民之所惡的行為，所以「蔑棄怨罪」即屬於「不稱民惡」。〔註770〕

秋貞案：

原考釋認為「再」為「追究」，王挺斌認為「再」為「言說」，亦可。「惡」雖然可以有「過錯」和「厭惡」兩種含意，但是「再惡」一詞看作「動賓結構」為佳。筆者認為以原考釋的意思較好，「再」的本義就是「再舉」，受詞為「民惡」，因此釋為「追究民惡」，沒有任何問題。王挺斌改釋「再」指言說、稱說，則嫌太輕，也沒有必要去稱說民惡。簡文「蔑弃恳（怨）皋（罪），不再（稱）民喜（惡）」這裡的意思是拋棄過去的怨罪，不提人民的過錯。子居讀「民惡」為「民所厭惡」，也可通，但與上句的關係較不緊密。

2. 整句釋義

吳國破國入侵了越國後，越王句踐將要策謀復仇的計畫。他既建立宗廟，也修建祭拜鬼神的神位。大力薦祭宗廟，攻解於崇位，以祈求人民安寧。越王

〔註770〕子居：〈清華簡七《越公其事》第四章解析〉，http://www.xianqin.tk/2018/05/14/440，20180514。

開始安定國家的措施，把過去好的舊規再沿襲下來。越王不咎責，不怨恨，不誅殺，不處罰，拋棄過去的怨罪，不提人民的過錯。

（二）縦（總）經遊民，不【二七】爯（稱）貣（貣／貸），𨑹（役）𣹨（泑）塗、泃（溝）𡑆（塘）之𥘵（功）①。王𧿒（集）亡（無）好攸（修）于民厽（三）工之堵（圖／築）②，茲（使）民砓（暇）自相，蓐（農）工（功）㝵（得）寺（時）③，邦乃砓（暇）【二八】安④，民乃蕃茡（滋）⑤。𦤹=（至于）厽（三）年⑥，雩（越）王句戔（踐）女（焉）𠭁（始）复（作）絽（紀）五政之聿（律）。ㄴ【二九】⑦

1. 字詞考釋

①縦（總）經遊民，不爯（稱）貣（貣／貸），𨑹（役）𣹨（泑）塗、泃（溝）𡑆（塘）之𥘵（功）

原考釋釋「縦」為「縱」、「經」疑讀為「輕」、隸「」為「貣」：

> 縦，讀為「縱」，《說文》：「緩也。」經，疑讀為「輕」。遊民，《大戴禮記．千乘》：「太古無遊民，食節事時，民各安其居，樂其宮室，服事信上，上下交信，地移民在。」王聘珍《解詁》：「不習士農工商之業者。」〔註771〕
>
> 稱，舉行、實施。《書．洛誥》：「王肇稱殷禮，祀於新邑。」貣，《說文》：「從人求物也。」通作「貸」，借貸。《孟子．滕文公上》：「又稱貸而益之，使老稚轉乎溝壑，惡在其為民父母也。」役，為，施行。《禮記．表記》：「是故君子恭儉以求役仁，信讓以求役禮。」鄭玄注：「役之言為也。」泑塗溝塘之功，指各種水利工程。𣹨，疑讀為「泑」。《說文》：「泑澤，在昆侖下。」簡文泛指澤塘。塗，《說文》：「泥也。」泃，《集韻》音溝。溝，水瀆。泑、塗、溝、塘皆為溝塘沼澤之類。此句大意是不耗費民力興建水利工程。〔註772〕

明珍認為「縱經遊民」，即掌握管理遊民，役使他們做「泑塗溝塘」之事。

〔註771〕清華大學出土文獻與保護中心編、李學勤主編：《清華大學藏戰國竹簡（柒）》，上海，中西書局，2017年4月，頁128，注10。

〔註772〕清華大學出土文獻與保護中心編、李學勤主編：《清華大學藏戰國竹簡（柒）》，上海，中西書局，2017年4月，頁128，注11。

又認為後一章的章首都和前一章的末尾有關聯，即後一章的章首總結前章：

> 縱，讀為「總」，掌握、統率之意，如《管子‧兵法》：「定一至，行
> 二要，縱三權。」郭沫若等集校：「此『縱』亦應讀為『總』。」縱、
> 總，同屬東韻精母字，故可通用。經，即治理、管理之意。縱經遊
> 民，即掌握管理遊民，役使他們做「泑塗溝塘」之事。因此，第五
> 章首句應該釋讀為「王思（使）邦遊民三年」，即越王役使邦之遊民
> 三年。

> 最堅強的證據是，自第 5 章起，簡文前面幾句都是概括前一章的事
> 情，「乃」以後就是接著做的事情。每一章關聯如下：

> （第五章末）越邦乃大多食 → （第六章始）越邦服農多食，王「乃」
> 好信……

> （第六章末）舉越邦乃皆好信 → （第七章始）越邦服信，王「乃」
> 好徵人……

> （第七章末）越地乃大多人 → （第八章始）越邦皆服徵人，多人，
> 王「乃」好兵……

> （第八章末）越邦乃大多兵 → （第九章始）越邦多兵，王「乃」
> 敕民修令審刑，「乃」出恭敬……

> （第九章末）無敢不敬，循命若命，禁御莫躐 → （第十章始）王監
> 越邦之既敬，無敢躐命，王「乃」〔犭弋〕民……

> （第十章末）越師乃遂襲吳 → （第十一章始）【越王勾踐遂】襲吳
> 邦……

> 所以（第五章始）「王使邦遊民三年」，即是總結四章「縱經遊民」、
> 「役泑塗溝塘之功」之事。〔註773〕

曾浩嘯認為「越王役使邦之遊民三年」，能被王役使三年的這些人，還是

〔註773〕簡帛論壇「清華七《越公其事》初讀」，第 123 樓，20170501。又見駱珍伊：〈《清
華柒‧越公其事》補釋〉，《第二十九屆中國文字學國際學術研討會論文集》，2017
年 5 月 19 日發表。

「遊民」嗎？是不是有矛盾？〔註774〕

　　ee「貣役」不如讀為「力役」：

> 《越公其事》簡 28 整理者釋為「貣（貸）役」者，「貣」實從戈從
> 貝，參《晉文公入於晉》簡 4（松鼠已言，清華七的四篇皆為一人
> 所書）所謂的「貣」亦從「戈」，但為「貣」之訛形，讀為「飾」或
> 「飭」的情況，則《越公其事》簡 28 的「貣役」不如讀為「力役」，
> 「貸役」一詞先秦兩漢典籍未嘗一見，而「力役」多見。又，本簡
> 所謂的「三工」疑即「貣（力）役、幽塗、溝塘之功」。〔註775〕

　　季師旭昇認為「遊民」指的是游手好閒，不工作的人；「稱貸」是「向人借
貸」或「借債與人」的意思。「縱經遊民不再貣」即「總經不需要向人稱貸的
遊手好閒之人」：

> 「稱貸」古書多見，意思是「向人借貸」或「借債與人」的意思。
> 原考釋所舉《孟子・滕文公上》「又稱貸而益之，使老稚轉乎溝壑，
> 惡在其為民父母也」，句中的「稱貸」是「向人借貸」的意思。《管
> 子・輕重丁》「令衡籍吾國之富商、蓄賈、稱貸家，以利吾貧萌」，
> 句中的「稱貸」是「借債與人」的意思。〈越公其事〉本章的「不稱
> 貣」，應該是「不必向人借貸」的意思。〔註776〕

　　魏宜輝認為清華簡《晉文公入於晉》簡 4 有簡文作「命鑫（蒐）攸（修）
先君之鞏（乘）𡙁車𨍷（甲）」，其中「𡙁」整理者釋為「貣」、讀為「式」而
無說。這個「𡙁」和《越公其事》「𡙁」訓為「借貸」的字同形，他認為此字
應釋為「賦」之省文，「貣役」即「賦役」，指的是兵賦和徭役：

> 《晉文公入於晉》簡 4-5：又明日朝，命曰：「以吾晉邦之間處仇讎
> 之間，命蒐修先君之乘貣車甲，四封之內皆然。」「貣」字整理者隸
> 定作「貣」。此字竹簡寫作「𡙁」，上部明顯從「戈」而非從「弋」，
> 故當隸定作「貣」。戰國文字中「戈」、「弋」兩字的字形非常接近，

〔註774〕簡帛論壇「清華七《越公其事》初讀」，第 142 樓，20170502。

〔註775〕簡帛論壇「清華七《越公其事》初讀」，第 177 樓，20170515。

〔註776〕季師旭昇：〈《清華柒・越公其事》第四章「不稱貣」、「無好」句考釋〉，澳門大學
　　　　中國語言文學系，香港浸會大學饒宗頤國學院：《「上古音與古文字研究的整合」
　　　　國際研討會論文集》，2017 年 7 月 15～17 日。

過去學者往往將「弋」字誤為「戈」。李家浩先生最早釋出了戰國文字中的「弋」字（旁），並指出「弋」橫畫下邊的一筆寫得較平，與「戈」字一般寫作斜筆者略有不同。〔註777〕這是非常正確的。「資」字又見於《越公其事》篇，簡文作：「縱輕遊民，不稱⟨武⟩役、沿塗、溝塘之功，……。」（簡 27-28）結合《越公其事》中「⟨祋⟩（祋‧簡55）」、「⟨犾⟩（犾‧簡 59 下）」字所從「弋」旁來看，「⟨首⟩」、「⟨武⟩」字顯然是從戈的。據此，竹簡整理者依據「資」字所作的釋文和注釋恐怕是不妥的。

古文字中這個的「資」字，我們懷疑是「賦」字之省體。古代按田畝出車徒，故稱兵卒、車輛為賦。《左傳‧襄公八年》：「乃及楚平，使王子伯駢告于晉，曰：『君命敝邑：「修而車賦，儆而師徒，以討亂略。」』」楊伯峻注：「車賦猶言車乘。」軍隊亦稱「賦」。《左傳‧襄公八年》：「蔡人不從，敝邑之人不敢寧處，悉索敝賦，以討于蔡。」《國語‧魯語下》：「我先君襄公不敢寧處，使叔孫豹悉帥敝賦，踦跂畢行，無有處人，以從軍吏。」「敝賦」是對自己軍隊的謙稱。

簡文中的「乘資（賦）車甲」也應指晉國的戰車及軍隊。《越公其事》簡 27-28：「縱輕遊民，不稱資役、沿塗溝塘之功，……。」其中的「資役」即「賦役」，指的是兵賦和徭役。〔註778〕

易泉認為「遊」可分析為從辵從孝，讀作「教」，訓作「令」。「縱輕教民，不稱力役、沿塗、溝塘之功」大意是以縱輕令民，不興力役、沿塗、溝塘之功：

《越公其事》27「縱輕遊民，不稱力役、沿塗、溝塘之功」、29-30號簡「越王句踐焉始作紀五政之律，王思（使）邦遊民三年，乃乍（作）五政」之「遊民」二見，整理者訓作流離失所之民，在文意上較難說通。這二「遊」，可分析從辵從孝，讀作「教」，訓作「令」。

〔註777〕李家浩：《戰國𢎩布考》，《古文字研究》第三輯，中華書局，1980 年，頁 160～165；後收入《著名中年語言學家自選集‧李家浩卷》，安徽教育出版社，2002 年，頁 160～166。

〔註778〕魏宜輝：〈讀《清華大學藏戰國竹簡（柒）》札記〉，《古典文獻研究》第二十輯下卷，鳳凰出版社，2017 年 12 月第 1 版，頁 259～266。

《集韻‧爻韻》：「教，令也。」27 號簡「縱輕教民，不稱力役、泑塗、溝塘之功」大意是以縱輕令民，不興力役、泑塗、溝塘之功。這是越王句踐體恤休息民力之策。30 號簡「越王句踐焉始作紀五政之律，王思（使）邦教民厽（三）年，乃乍（作）五政」，大意是越王句踐開始作紀五政之律，王使邦號令民三年，乃作五政。〔註779〕

郭洗凡認為整理者和「明珍」的觀點可從，「縱經」與下文的「游民」指的就是越王經營、帶領越國流失的人民，意思相符。〔註780〕「再」凡手舉字當作「再」，凡詮衡當作「稱」，因此「再」可讀為「稱」。「貸」字從整理者觀點。「貸」從貝，弋聲，從別人那裡乞求物品。「泑塗、沟陽」，從整理者觀點，但釋為「泑淦溝溏」。「淦」，水滲入船中，還有一種說法泥巴，《段注》：「浸淫隨理之義。」因此「泑」也與水利有關。〔註781〕

羅云君認為此處「遊民」也當指流離失所之民；「不稱貸役」，即向「遊民」提供糧食等必要的生活物資以助其安居乃至恢復生產。即越王句踐給予因戰爭破壞等原因流離失所的民眾糧食等生活物資，維持其生存、助其安居生產，但不要求「遊民」償還，並且若非必要的工程，不過度役使剛剛安頓下來的民眾，是「縱輕遊民」的具體措施之一：

此處「遊民」也當指流離失所之民，越國「遊民」的產生與吳越兩國交戰有關，簡【一】言「赶陞（登）於會旨（稽）之山」，簡【二二】夫差言越王句踐「怀（圮）虛（墟）宗宙（廟），陟柿（棲）於會旨（稽）」，可見戰爭對越國的衝擊之大，越王句踐尚且難保宗廟，何況越國境內的民眾，上至大夫，下至庶人，流離失所者必不在少數。第四章總體上主要為後文「五政」的實施鋪陳：吳國退軍以後，在越王句踐的帶領下，穩定國政，安撫民眾，醫治戰爭的創傷。因此對因戰爭產生的「遊民」，採取的是「不稱貸役」的措施，即向「遊民」提供糧食等必要的生活物資以助其安居乃至恢復生產。《左傳》中有因災而「貸」於民的事例，〔註782〕如襄

〔註779〕簡帛論壇「清華七《越公其事》初讀」，第 216 樓，20180122。
〔註780〕郭洗凡：《清華簡《越公其事》集釋》，安徽大學碩士學位論文，2018 年 3 月，頁 55。
〔註781〕郭洗凡：《清華簡《越公其事》集釋》，安徽大學碩士學位論文，2018 年 3 月，頁 56。
〔註782〕另有國君向民間借貸的情況，如文公十四年載「公子商人驟施於國。而多聚士，

‧261‧

公九年載「晉侯歸，謀所以息民，魏絳請施舍，輸積聚以貸」，〔註783〕這是有「貸」有還的情況；昭公三年載齊國陳氏「以家量貸，而以公量收之」，這是「貸」多「還」少的情況；甚至存在有「貸」無還的事例，〔註784〕襄公二十九年載「司城氏貸而不書」〔註785〕是也。簡文所言「不稱貸役」似可理解為「司城氏貸而不書」之舉的別稱，即越王句踐給予因戰爭破壞等原因流離失所的民眾糧食等生活物資，維持其生存、助其安居生產，但不要求「遊民」償還，並且若非必要的工程，不過度役使剛剛安頓下來的民眾，是「縱輕遊民」的具體措施之一，「縱」、「輕」的解釋可從整理報告意見，從前後文句式來看，「王乃不咎不戮（惎），不戮不罰；蔑弃惥（怨）辠（罪），不再（稱）民㤼（惡）；縱（縱）經（輕）遊民不【二七】再（稱）貣（貸），迻（役）、湖（沏）塗泃（溝）隁（塘）之社（功），王趺（並）亡（無）好，攸（修）于民𣌭（三）工之渚，兹（使）民破（暇）自相，蓐（農）工（功）㝵（得）寺（時），邦乃段（暇）【二八】安，民乃蕃芓（滋）。」〔註786〕

　　羅云君認為「役」可解為征發力役。越國征發力役修建水利工程時，越王句踐不以個人所好為要，而致力於修建有關民生和農業的工程，讓百姓團結協作，不誤農時：

　　　　盡其家，貸於公有司以繼之」，楊伯峻注曰：「公有司為一詞，謂掌公室之財物者」，見楊伯峻：《春秋左傳注》（修訂本），北京：中華書局，2009 年，頁 602～603。因此，越王句踐為了應對戰後恢復所需舉貸於民是可能的，「不稱貸」以減輕大夫及庶民的負擔也可構成其安撫民眾促進戰後恢復的措施，但結合前後文，這種可能性較小。

〔註783〕楊伯峻注曰：「出其財物借貸於民」。見楊伯峻：《春秋左傳注》（修訂本），北京：中華書局，2009 年，第 972 頁。

〔註784〕另有宋國公子鮑禮於國人的記載：」宋饑，竭其粟而貸之」，楊伯峻注曰：「貸有兩義，一為施與之義，《說文》「貸，施也」，《廣雅‧釋詁》「貸予也」是也。一為借貸之義，十四年《傳》「貸於公有司以繼之」、昭三年《傳》「以家量貸而以公量收之」是也。此貸字兩義皆可通。王念孫《廣雅疏證》則引此文證施予之義」。見楊伯峻：《春秋左傳注》（修訂本），北京：中華書局，2009 年頁 620。此處「貸」的事例兩說均可通，故不列於正文。楊伯峻注曰：「不書，不書借約，即不求歸還」。見楊伯峻：《春秋左傳注》（修訂本），北京：中華書局，2009 年，頁 1157。

〔註785〕楊伯峻注曰：「不書，不書借約，即不求歸還」。見楊伯峻：《春秋左傳注》（修訂本），北京：中華書局，2009 年，頁 1157。

〔註786〕羅云君：《清華簡《越公其事》研究》，東北師範大學，2018 年 5 月，頁 51。

「役」可解為征發力役。結合「縱輕遊民不稱貸」，相關簡文可句讀為「迻（役）泑（泑）塗沟（溝）隍（塘）之杠（功），王欴（並）亡（無）好，攸（修）于民厽（三）工之堵，茲（使）民砐（暇）自相，蓐（農）工（功）昰（得）寺（時），邦乃砐（暇）【二八】安，民乃蕃莘（滋）。」越國征發力役修建水利工程時，越王句踐不以個人所好為要，而致力於修建有關民生和農業的工程，讓百姓團結協作，不誤農時，越國因此安定，人口恢復。〔註787〕

子居認為「經」當訓為「法治」，「縱經」近似于傳世文獻所說「寬政」，「遊民」即不以賦役等事勞民：

> 整理者所說當不確，整理者將「遊民」理解為「不習士農工商之業者」，將「經」讀為「輕」，則被「縱輕」的自然只有「遊民」，也即非遊民都沒有被「縱輕」，且不說這只會讓社會更加動盪，就是驗於文獻，也是不合的，據《國語・越語上》：「十年不收于國，民俱有三年之食。」可見，並不是劃分為「遊民」與「非遊民」的區別。因此筆者認為，「經」當訓為法治，《左傳・宣公十二年》：「兼弱攻昧，武之善經也。」杜注：「經，法也。」《周禮・天官・大宰》：「一曰治典，以經邦國，以治官府，以紀萬民。」鄭注：「典，常也，經也，法也。」縱經近似于傳世文獻所說寬政，《管子・五輔》：「薄征斂，輕征賦，弛刑罰，赦罪戾，宥小過，此謂寬其政。」《左傳・昭公二十年》：「公說，使有司寬政，毀關、去禁、薄斂、已責。」「遊民」當謂遊其民，即不以賦役等事勞民，《禮記・學記》：「故君子之學也，藏焉，修焉，息焉，遊焉。」鄭玄注：「遊謂閒暇無事之游，然則遊者不迫遽之意。」〔註788〕

子居認為 ee 的「貣役」讀為「力役」為是：

> 所說的「『貣役』不如讀為『力役』」當是，《龍龕手鏡・戈部》：「戝，音賊。戔戝，虛用財物也。」春秋時期《蔡侯紐鐘》「不惎不忒」的

〔註787〕羅云君：《清華簡《越公其事》研究》，東北師範大學，2018年5月，頁52。

〔註788〕子居：〈清華簡七《越公其事》第四章解析〉，http://www.xianqin.tk/2018/05/14/440，20180514。

「弎」字、《呂大叔斧》「呂大叔以新金為飾車之斧十」的「飾」字、侯馬盟書 319「則永亙覒之」的「則」字，皆書作「賎」。「湖」無澤塘義，故整理者所說「簡文泛指澤塘」當不確。筆者以為，「湗」當讀為「坳」，《莊子·逍遙遊》：「覆杯水於坳堂之上，則芥為之舟，置杯焉則膠，水淺而舟大也。」陸德明《釋文》：「崔云：『堂道謂之坳。』司馬云：『塗地令平。』支遁云：『謂有坳垤形也。』」成玄英疏：「坳，汙陷也，謂堂庭坳陷之地也。」整理者言「湗、塗、溝、塘皆為溝塘沼澤之類」顯然是以「塘」為現在所說的池塘，但先秦「塘」字義為堤岸，並無池澤義，《國語·周語下》：「陂塘汙庳，以鐘其美。」韋昭注：「畜水曰陂；塘，堤也。」《莊子·達生》：「被髮行歌而游於塘下。」成玄英疏：「塘，岸也。」由下文「王親涉溝淳坳塗，日靖農事」可見，坳塗、溝塘皆與農事有關，故必皆無沼澤義，所以這裡的坳塗當只是指田間的坑窪小路，溝為田間水道，塘為擋水的堤壩。〔註789〕

　　何家歡認為「縱經遊民」從整理者說是。上文「因司襲常」表明越國目前的政策是「無為而治」，重在休養生息，明珍之說則違背此意。「縱輕」，寬緩。《史記·魏公子列傳》：「且公子縱輕勝，棄之降秦。」（（漢）司馬遷《史記》卷七七，頁 2379）「縱輕遊民」大義為：對無固定職業的人寬緩包容，不做處罰。〔註790〕「不再（稱）貣（力）設（役）、湗（坳）塗、泃（溝）陸（塘）之𦓝（功）」他認為 ee 所說近是。「力役」連言，古書習用。《孟子·盡心下》：「孟子曰：有布縷之征，粟米之征，力役之征。」（（清）阮元校刻《十三經注疏》，第 2778 頁上欄）《荀子·王霸》：「省刀布之斂，罕舉力役，無奪農時。」（（清）王先謙撰，沈嘯寰等點校《荀子集解》，第 229 頁）「力役」即「勞役」。「不稱力役坳塗溝塘之功」，大義為：不勞役百姓興建建坳塗溝塘。〔註791〕

〔註789〕子居：《清華簡七《越公其事》第四章解析》，http://www.xianqin.tk/2018/05/14/440，20180514。

〔註790〕何家歡：《清華簡（柒）《越公其事》集釋》，河北大學碩士論文，2018 年 6 月，頁 26。

〔註791〕何家歡：《清華簡（柒）《越公其事》集釋》，河北大學碩士論文，2018 年 6 月，頁 27。

　　翁倩認為原考釋觀點可從。「縱經」和「縱」、「輕」意思相近；「遊民」是「流離失所之民」；「縱經遊民」是越王勾踐實行休養生息，安邦定國政策之一：

> 整理者觀點可從。縱，讀為縱，訓為緩。經，讀為輕。《說文》：「輕，引申為凡輕重之輕。作音者乃以經之輕車讀，遣政反。古無是分別矣。」（段玉裁：《說文解字注》，上海古籍出版社，2012年，第 721 頁）「經」為耕部見母，「輕」為耕部溪母，二者疊韻，見溪旁紐可通假。（王輝：《古文字通假字典》，2008 年，中華書局，第 356 頁。）「縱」、「輕」意思相近，指越王實行寬鬆的政策。「遊民」，非整理者所言「不習士農工商之業者」，而是流離失所之民。勾踐兵敗幾近滅國，雖求和成功，但面臨即將入吳服役。《越公其事》第三章中夫差曾在許越成時言道，「孤用入守於宗廟，以須使人」。第四章《越公其事》第四章載勾踐「既建宗廟，修崇位，乃大薦攻，以祈民之寧。」出現如此矛盾，第三章夫差之言乃外交辭令，有美化，掩飾其已經毀掉越國宗廟一事。子居也曾言道，「由『既建宗廟』可見，此時越國已非居於故地，而是被吳王遷至新居地了，勾踐以遷徙越民於另一地，才需要建宗廟。遷居之後，宗廟總是首先要建起的，而該地既然原無宗廟、居室，自然並非越人故地。」〔註 792〕因此，勾踐稱呼越民為「遊民」也是情理之中的。

> 「縱經遊民」是越王勾踐實行休養生息，安邦定國政策之一。上文提到「王乃不咎不惎，不戮不罰；蔑棄怨罪，不稱民惡。」皆是以民為出發點，此句也也不例外。「越王寬緩民力，不舉力役修建幽途、溝隍」以勞民，這是勾踐體恤百姓，休息民力之策。整個政策就是在於無為而治，對百姓不予太多管理和干涉，予其自由。《國語·吳語》王曰：「越國之中，吾寬民以子之，忠惠以善之。吾修令寬刑，施民所欲，去民所惡，稱其善，掩其惡，求以報吳，願以此戰。」

〔註 792〕子居：《清華簡七〈越公其事〉第四章解析》，中國先秦史網，2018 年 5 月 14 日，http://www.xianqin.tk/2018/05/14/440。

與《越公其事》第四章勾踐之策有很高的一致性。〔註793〕

劉成群認為「遊民」非流離失所之民，手工業者和商賈亦在其中。《管子》、《商君書》中把手工業和商賈理解為「遊民」的觀念其來有自。《越公其事》中句踐之所以作「五政」，很重要的一個原因就是為了應對遊民，所謂「王思邦遊民，三年，乃作五政」。句踐為了解決「遊民」的問題，用政權的強制力將遊民固定在具體的居住地，因為「勞動人口不再附庸於特定的土地，宗法國家就無法對統治對象進行有效的控制了。（王學泰：《游民與中國社會》，北京，學苑出版社，1999 年版，第 35 頁）。〔註794〕

劉信芳認為「縱」，放也，順從也；「經」，行也，過也：

> 縱，放也，順從也，經，行也，過也。遊民，參簡 30「王思邦遊民
> 厽（三）年」，整理者解為流離失所之民，經史或作「游民」，《禮記‧
> 王制》：「無曠土，無游民，食節事時，民咸安其居。」〔註795〕

劉信芳認為「不稱貸」是利民政策，「不再（稱）貣」，「不再（稱）役（役）」，不稱役猶上引《周官》注「息繇役」：

> 《孟子》「稱貸而益之」是高利貸，坑人之舉，與其相對，簡文「不
> 稱貸」乃利民政策，屬「散利」，「貸種食」之類。《周禮‧春官‧大
> 司徒》「以荒政十有二聚萬民，一曰散利，二曰薄征，三曰緩刑，四
> 曰弛力，五曰舍禁，六曰去幾……」鄭司農注：「救飢之政十有二品，
> 散利，貸種食也。薄征，輕租稅也。弛力，息繇役也。去幾，關市
> 不幾也。」役，整理者注：「為，施行。《禮記‧表記》『是故君子恭
> 儉以求役仁，信讓以求役禮。』鄭玄注：『役之言為也。』」按役謂
> 繇役。原簡本例可析為「不再（稱）貣」，「不再（稱）役（役）」，
> 不稱役猶上引《周官》注「息繇役」。

越國歷經戰亂，對遊民實行寬鬆政策，減其賦稅，輕其繇役，猶《商

〔註793〕翁倩：〈釋清華簡《越公其事》的「遊民」〉，http://www.gwz.fudan.edu.cn/Web/Show/4284，20180806。

〔註794〕劉成群：〈清華簡《越公其事》與句踐時代的經濟制度變革〉，「紀念徐中舒先生誕辰 120 周年國際學術研討會」會議論文（成都：四川大學歷史文化學院，2018 年10 月 20～21 日），頁 1066～1077。

〔註795〕劉信芳：〈清華簡柒《越公其事》第四章釋讀〉，2019 鄭州《中國文字學第十屆學術年會論文集》，頁 508。

君書》之「徠民」也。(《商君書‧徠民》:「諸侯之士來歸義者,今使復之三世,無知軍事,秦四境之內陵阪丘隰不起十年征。者(諸)於律也足以造作夫百萬。」)但凡實行增加人口的政策,有儲備納稅群體,增強國力的效應。

整理者以「不再(稱)貣迻(役)泑(泑)塗洘(溝)陽(塘)之紅(工)」為句,茲改在「迻(役)」後點句號。〔註796〕

劉信芳認為「泑(泑)塗洘(溝)陽(塘)之紅(工)」整理者解義有欠缺。句踐所廢的是與民務農衝突的「圖」:

> 整理者解義有欠缺。簡30「王親涉洘(溝)淳(泑)塗」,句踐發奮興越,興建水利工程必不可少。句踐所廢者,與民務農「三時」相衝突之「圖」也。說參下。〔註797〕

大西克也認為駱珍伊的「總經遊民」是合乎事理的,對「不稱貣」的「不」造成上下文不聯貫。「不稱貣役」釋為「不稱忒役」即「不起惡役」;「三功」指「春、夏、秋三時之功」,簡文意為越王在規劃農功的春、夏、秋三時不願意啟動水利墾田工程:

> 「貣」讀「忒」。《尚書‧洪範》:「民用僭忒」(《尚書‧洪範》(臺北:藝文印書館,民國71年,嘉慶二十年江西南昌府學開雕重栞宋本尚書注疏影印本),卷十二,頁174上),《經典釋文》:「忒,他得反,馬云:『惡也』」(唐‧陸德明撰:《經典釋文‧尚書音義下》(北京中華書局,1983年,徐乾學通志堂本影印本),卷四,頁46上)」「惡役」見《清華伍‧湯在啻門》:「美役奚若?惡役奚若?……起役不時,大費於邦,此謂惡役。」「不稱忒役」即「不起惡役」,越王句踐啟動工程,一方面動員遊民,一方面徵發勞役時考慮是否合乎時宜,以免損害國家財政。〔註798〕

〔註796〕劉信芳:〈清華簡柒《越公其事》第四章釋讀〉,2019鄭州《中國文字學第十屆學術年會論文集》,頁508。

〔註797〕劉信芳:〈清華簡柒《越公其事》第四章釋讀〉,2019鄭州《中國文字學第十屆學術年會論文集》,頁508。

〔註798〕大西克也:〈《清華柒‧越公其事》「坳塗溝塘」考〉,國立成功大學《第30屆中國文字學學術研討會》會議論文,2019年5月24～25日,頁285～294。

　　大西克也認為本章的「洿、塗、溝、塘」和第五章的「淳」這五個字最關鍵在「隍」這個字原考釋說「洿、塗、溝、塘」皆為溝塘沼澤之類，似乎把「塘」解釋為池塘，但他認為先秦「塘」字確實如子居指的是堤岸或堤壩，但是古書中有些「塘」字實際上是指農用水塘，也就是貯水池。他引據邱志榮等〈古越吳塘考述〉，紹興湖塘鄉古城村所存一條古塘就是《越絕書》所記「吳塘」，其作用主要為御鹹蓄淡（邱志榮、陳鵬兒、沈壽剛：〈古越吳塘考述〉，《中國農史》1989 年第 3 期，頁 83）此文很好地說明簡文「溝塘之功」出於用水和灌溉的需要，「塘」並不是防止水災的「擋水堤壩」。「溝」為水道，給田地或人畜提供湖塘裡的淡水。《越公其事》「塘」字與「溝」並稱，字面上的意思雖是堤壩，但實際上指的是蓄水池。《越公其事》的出土證明了「塘」字早在戰國時期就有「堤壩到池塘」的語義。他引張芳說「坳塗」，中國南方沿海地區自古以來築塘墾田。張芳說：「兩浙的平原低窪地區，圍墾歷史很早，據記載春秋時吳、越國已在太湖流域圍湖墾田了」（張芳：〈宋代兩浙的圍湖墾田〉，《農業考古》1986 年第 1 期，頁 192）。「坳塗」指低窪的泥地。山會平原的「坳塗」經過水利工程變成耕田。故《越公其事》中的「坳塗溝塘之功」指越人築塘，實際上兼有墾田和灌溉兩種功能。〔註 799〕

　　王青認為原釋文說與《孟子》同，此簡「禼貣」與《孟子》之義有別。其意思是以工代賑，指國家出錢讓民修築水利。〔註 800〕

　　秋貞案：

　　本條的異說非常多，主要問題集中在「遊民」及「禼貣」二詞。大部分學者都以「遊民」為因為吳越戰爭而導致離家逃亡、流離失所的人民。筆者認為「遊民」非游離失所之民。

　　「遊」，簡文字形為「![字形]」，从辵从「子」从「![字形]」，非「教」字的「![字形]」（郭店緇衣 27 號簡）的字形，故不可能釋為「教」，易泉所釋「遊」可分析為从辵从孝，讀作「教」，訓作「令」，所釋為非。至於「遊民」的解釋，原考釋引《大戴禮記‧千乘》：「太古無遊民，食節事時，民各安其居，樂其宮室，服事信上，

〔註 799〕大西克也：〈《清華柒‧越公其事》「坳塗溝塘」考〉，國立成功大學《第 30 屆中國文字學學術研討會》會議論文，2019 年 5 月 24～25 日，頁 285～294。

〔註 800〕王青：〈清華簡《越公其事》補釋〉，「出土文獻與商周社會學術研討會」會議論文集，2019 年，頁 323～332。

上下交信，地移民在。」又引王聘珍《解詁》：「不習士農工商之業者。」其實以上諸說都沒有把「遊民」的意思解釋清楚。

「遊民」一詞最早出現在《禮記‧王制》：「凡居民，量地以制邑，度地以居民。地、邑、民、居，必參相得也。無曠土，<u>無游民</u>，食節事時，民咸安其居，樂事勸功，尊君親上，然後興學。」此處的「游民」應該指的是「不從事農耕者」。田艷妮在〈「游民」一詞之考證〉中提到「遊民」，她說「脫離土地不務農的人們視為遊民」：

> 這個「遊民」是指離開其特定土地的居住地區，沒有固定職業的人們，實際上是一種寬泛稱謂，指代那些脫離土地的人。把脫離土地不務農的人們視為遊民的看法幾乎支配了整個皇權專制社會的主導輿論。〔註801〕

王學泰在〈游民、游民文化與游民文學（上）〉一文中提到「什麼是游民」？游民的來由是在既有的宗法制度下，因為動亂或災荒而被拋出社會秩序正常的軌道之外，成為脫序的人們。他說：

> 中國古代社會是由垂直的等級序列構成的宗法社會，其基礎是由士農工商四民組成的。他們的工作與職業是世代相傳，又有大體不變的世代居址，因此「四民」又稱為石民，這反應了統治階級的欲望：希望這種既定的社會結構堅如磐石，萬古不變。當然，這是不可能的。由於人口的增加，社會的運動與震盪，時時把「石民」中的一部分拋出社會秩序正常的軌道之外，成為脫序的人們。在城鎮發達以前，脫序的個體或小團體很難長期存在，只有當社會發生大的動盪時（如大動亂、大災荒），大量脫序的人們匯聚成流民，在「渠帥」或「渠魁」的帶領下就食於豐饒地區，他們沖擊現存的社會秩序，有的甚至建立了流民政權。〔註802〕

他在〈歷史上的游民治理〉一文中提到，經過一些大的動亂之後，統治者為了要讓這些遊民不再到處「遊」，也會採取一些措施，讓他們有田地可耕，重建小農制度、重建宗法制度：

〔註801〕田艷妮：〈「游民」一詞之考證〉，《文學教育（上）》，2008 年 3 月，頁 153。
〔註802〕王學泰：〈游民、游民文化與游民文學（上）〉，《文史知識》，1996 年 11 期，頁 11。

統治者也懂得，脫離主流社會秩序的遊民往往是社會的動亂之源，面對大量宗族解體和遊民激增，宋代思想家李覯寫了《驅遊民說》——回到社會初始狀態中去，實行占田制，每人有一小塊土地。

遊民的多少往往是封建社會的危機指標。如果遊民激增，再有波及面大的天災人禍，農民揭竿而起，那麼，遊民馬上就會成為領袖和骨幹，大規模的社會戰亂不可避免。其結局往往是改朝換代。經過數十年、甚至上百年的戰爭，人口劇烈縮減，其中嚴重的，有減少百分七、八十、甚至百分之九十的。生者每人又能分到一小塊土地，於是重建小農制度、重建宗法制度，一個新的朝代開始了。〔註803〕

以上這些解釋大抵是漢代以後的解釋。季師以為這個思考方向是有問題的。先秦典籍的「遊（游）民」並沒有這種意義，查「中國哲學書電子化計畫站」，「遊（游）民」只有以下三條：

《禮記‧王制》：無曠土，無游民，食節事時，民咸安其居。

《大戴禮記‧千乘》：太古無遊民，食節事時，民各安其居，樂其宮室。

《申鑒‧政體》：國無遊民，野無荒業，財不虛用，力不妄加

《漢語大詞典》對「遊民」的解釋是：

指無固定職業的人。《大戴禮記‧千乘》：「太古無遊民，食節事時，民各安其居，樂其宮室，服事信上，上下交信，地移民在。」王聘珍解詁：「游民，不習士農工商之業者。」

對「游民」的解釋則是：

1. 古代指無田可耕，流離失所的人。《禮記‧王制》：「無曠土，無游民，食節事時，民咸安其居。」《新唐書‧康承訓傳》：「出金帛募兵，游民多從之。」《清史稿‧食貨志一》：「編審五年一舉，雖意在清戶口，不如保甲更為詳密，既可稽察游民，且不必另查戶口。」

2. 今指沒有正當職業的人。葉聖陶《隔膜‧恐怖的夜》：「本鎮的現狀何等危險！若是游民無賴乘機騷動，誰能去對付呢？」

〔註803〕王學泰：〈歷史上的游民治理〉，《小康》，2006年09期，頁34。

　　二者的解釋容或小有不同，但沒有一條是因為戰亂而導致流離失所的人。在先秦，春秋結束之前，戰爭是以車戰為主，車戰的戰士都是訓練有素的貴族子弟，搭配的徒卒是從民間徵調，《周禮・夏官・司馬》：「凡制軍，萬有二千五百人為軍。王六軍，大國三軍，次國二軍，小國一軍。軍將皆命卿。二千有五百人為師，師帥皆中大夫。五百人為旅，旅帥皆下大夫。百人為卒，卒長皆上士。二十五人為兩，兩司馬皆中士。五人伍，伍皆有長。一軍則二府、六史、胥十人、徒百人。」〔註804〕鄭注：「軍、師、旅、卒、兩、伍，皆眾名也，伍一比，兩一閭，卒一旅，旅一黨，師一州，軍一鄉，家所出一人。」〔註805〕講得更詳細的是《司馬法》：「六尺為步，步百為畝，畝百為夫，夫三為屋，屋三為井，四井為邑，四邑為丘，丘有戎馬一匹，牛三頭，是曰匹馬丘牛，四丘為甸，甸六十四井出長轂一、乘馬四匹、牛十二頭、甲士三人、步卒七人二人。」〔註806〕這些甲士、步卒都是鄉遂中的人民（主要是農民），平時耕田，戰時出征，戰畢返鄉。被佔領的地方的住民，也仍然只能操其舊業，歸順新主。因此遊民不會指因為戰爭而產生無家可歸，無事可做的人，此其一。再者，如果真有這些人，也會儘量安排他們開始工作。因此真正的遊民應該是指那些「指無固定職業的人」，這些沒有固定工作的人也分兩種，一種是很窮很弱勢，沒有能力工作，這種人只能等待救濟；另外一種人是家中較為富饒，不需要工作，小人閒居為不善，《越公其事》中越公要利用的人應該是指後者。劉成群對「遊民」的看法可從。那些從事手工業者或商賈的人，因為不務農，不能固定於一地之人是挑戰宗法制度的威脅者，越王要先控制這一群人，才能讓後面的五政得以順利進行。

　　第二個難以處理的問題是簡文「不稱貸」。魏宜輝舉出《清華七・晉文公入於晉》簡4有簡文作「命蒐（蒐）攸（修）先君之乘（乘）賦車虢（甲）」，其中的「賦」從貝、從戈（「武」省），應隸為「賦」，又引楊伯峻《春秋左傳注》的意見，以為「乘賦」就是「車乘」，因此《越公其事》本篇的「賦」字也應隸為「賦」，「不再貣（賦）」就是「免除稅收」。問題是，把這個字隸

〔註804〕（東漢）鄭玄注，（唐）賈公彥疏：《周禮注疏》，臺北：藝文印書館，1997.8，頁429。

〔註805〕（東漢）鄭玄注，（唐）賈公彥疏：《周禮注疏》，頁429。

〔註806〕（漢）鄭玄箋（唐）孔穎達疏：《毛詩注疏・信南山》正義，中華書局，頁460。其餘異文很多，這裡不詳細列舉。

為「賦」，並沒有堅強的證據。金宇祥博士論文《戰國竹簡晉國史料研究》把「《清華七・晉文公入於晉》簡 4 讀為「命蒐修先君之乘，𩤖（飭）車甲」，釋云：

> 「乘」字諸家未說，此「乘」可能是指「乘車」。先秦「車」可分為乘車、兵車、棧車三大類，簡文「𩤖（飭）車甲」的「車」應是兵車，所以「先君之乘」的「乘」是「乘車」。而在山西北趙晉侯墓地正好有相關出土文物可供佐證，據〈山西北趙晉侯墓地一號車馬坑發掘簡報〉一文，一號車馬坑屬晉侯蘇墓，是該墓地最大的一座車馬坑。其中 11 號車附有類似鎧甲的銅甲片，形如「裝甲車」（見圖一）。21 號車的圍板布滿彩繪（見圖二）。劉永華認為這兩輛車是戰車和乘車。一號車馬坑的墓主「晉侯蘇」也就是晉獻侯，是晉文公的先祖，所以簡文「蒐修先君之乘」的「乘」指「乘車」有實物可證。……就見於 21 號車的銅戈、矢來看，「乘車」應該有兵器的配置。……簡文「乘」（乘車）之意應如《管子・大匡》：「桓公受而行，近侯莫不請事。兵車之會六，乘車之會三，饗國四十有二年。」尹知章注：「乘車之會，謂結好息人之會也。」綜合上述，此處釋文作「命𧒽（蒐）攸（修）先君之𩍅（乘）、𩤖（飭）車𨤍（甲）」，此句晉文公之所以要下屬修治乘車和兵車甲兵，其意可能是晉國處在同盟和敵國之間，一方面要強化軍事力量，另一方要以和平手段同盟鄰國。〔註807〕

先費了這麼大力氣解釋「乘」，主要是說明「乘」上是有「兵甲」的，所以接下去簡文說「𩤖（飭）車甲」才沒有重複之嫌。至於《越公其事》「𢧵」字，原考釋隸「賦」，學者討論的很多，這裡引用與《越公其事》有關的部分——魏宜輝以為從「戈」應隸為「賦」。金宇祥論文說：

> 此句學者們的討論集中在「賦」字上，「賦」字原圖版作𢧵（後以△字表示），△字上半部原考釋釋為「弋」有其道理，因包山簡「賦」字有從「弋」：𧵅（簡 106），也有從「戈」：𧵅（簡 53）。或者將

〔註807〕金宇祥：《戰國竹簡晉國史料研究》，臺灣師範大學國文研究所博士論文，2019 年 2 月，頁 137。

△字釋為「敗」,「敗」字楚簡一般从「攵」,但也有从「戈」,如
《清華貳‧繫年》簡 121,但「敗」字在此文意不合,故不考慮。
楚簡「賦」字作 《上博二‧容成氏》簡 18,字从「貝」从「武」,
但目前未見省成△字,加上釋為「賦」與文意不合,故武漢網帳號
「cbnd」之說不合適。在斷句方面,因前面簡文「命訟獄拘執釋,
懲責毋有塞」、「命肥芻羊牛、豢犬豕,具黍稷酒醴以祀」、「命瀹舊
溝、增舊防」,「命」字後皆至少有兩個行為,故從武漢網帳號「ee」
之說在「乘」字下斷讀。「貧」字在此應作為動詞,武漢網帳號「暮
四郎」、林少平之說雖符合,但用於「車甲」文意稍欠,故從武漢網
帳號「ee」之說讀為「飭」。〔註808〕

金宇祥論文所分析很有道理,「賦」字在西周毛公鼎中作 ;三晉文字多
見,如《古璽》303 作 ,都是从「武」聲,沒有省从「戈」的。戰國楚文
字也不例外,因此原考釋隸為「貧」,《晉文公入於晉》讀為「飭」、《越公其
事》讀為「貸」,都是合理的。

除了金宇祥所舉《清華柒》之例外,楚簡還有幾個「貧」字,也都不能讀
為「賦」:

1. 越公與齊侯貧(貸)、魯侯衍……(《清貳.繫》120)

2. 晉公獻齊俘馘於周王,遂以齊侯貧(貸)……(清貳.繫 124)

3. 以其珪璧嘉幣不貧(忒)於其時(清玖.治政 27)

4. 又聚厚為征貧(貸)(清玖.治政 37)

5. 其民乃賅位賈貧(貸)(清玖.治政 37)

6. 毋或乞匃假貧(貸),間執事之人(清玖.迺命一 9)

7. 毋或譖愬毀貧(慝),免身相上(清玖.迺命二 6)

根據文獻(齊侯貸)或上下文(假貸、毀貸)。《清玖‧治政 37》「又聚厚

為征貣（貸）」是最有可能被質疑要讀為「征賦」的，原考釋也說：「征，徵收。貣，借貸。睡虎地秦簡《法律答問》：『府中公金錢私貣用之，與盜同法。』徵收與借貸是兩種聚斂財物的手段。」上面所列 1、2、5、6 四形中「弋」旁的最後一筆飾筆是標準寫法，自左向右做短橫筆；但是 3、4、7 三形中的「弋」旁最後一筆飾筆確的很明顯地由右向左做撇筆，與「戈」字的字形完全相同。所以楚簡中寫成「貣」形的字，目前看來都應該視為上部从「弋」的「貣」字。

但是，「不稱貸」是什麼意思？學者們意見紛歧，認為是政府不稱貸的，沒什麼道理，政府財政不夠用，一般就是加稅，沒有向人民稱貸的道理。至於說不稱貸是如漢初政府儘量無為，與民休息，又與上下文不合，越公要鼓勵人民生產，要疏通溝渠水道，這都不是「無為」。而本節把「遊民不稱貸役汹塗溝塘之功」，和「使民暇自相，農功得時」相對為文，可見得「遊民」也不是「民」，因此這裡的遊民只能是家中富裕，不稱貸，可以游手好閒的人。這種人徵調過來挖溝渠，不會妨害農民耕種，應該是比較合理的解釋。〔註809〕

原考釋釋「縱經遊民」的「縱」：「縱，讀為『縱』，《說文》：『緩也。』」「縱」有沒有「緩」之意？「縱」在《說文·糸部》：「絨屬」。在《國語·楚語下》：「夫民氣縱則底。」韋昭注：「縱，放也」。〔註810〕如果依原考釋所說「縱」通「縱」字，查《故訓匯纂》，大部分解為「放」，若作「緩」則為「頓綱縱網」，李善注：「縱，緩也。」〔註811〕在這裡筆者認為解為「緩」還不如解為「放」的好，「縱網」應該是放開網子的意思。所以原考釋把「縱」釋為「緩」有待商榷。但是，歷代對遊民只有加強管理，無緩縱之理。「汹、塗、溝、塘」如原考釋所說為各種水利工程，大西克也引證補充在戰國時期越國的水利工程情況。簡文這裡指越王要復興國祚之基，一定要先把農田水利做好，只要一年不整理，溝渠淤塞，水利不通，農田便無法耕作。明珍認為：縱，讀為「總」，掌握、統率之意，應該是與「役使、使喚、統治」相當的意思，「經」即「治理、管理」之意〔註812〕，此說可從。季師認為「〈越公其事〉的辦法也是這樣──

〔註809〕參季師旭昇〈《清華柒·越公其事》第四章「不稱貸」、「無好」句考釋〉，「上古音與古文字研究的整合」國際研討會，澳門大學中國語言文學系、香港浸會大學饒宗頤國學院聯合主辦，2017 年 7 月 15 日至 17 日。此處又加了對「貣」字字形的討論。

〔註810〕宗福邦、陳世鐃、蕭海波主編：《故訓匯纂》，商務印書館，2007 年 9 月，頁 1751。

〔註811〕宗福邦、陳世鐃、蕭海波主編：《故訓匯纂》，商務印書館，2007 年 9 月，頁 1771。

〔註812〕駱珍伊：〈《清華柒·越公其事》補釋〉，《第二十九屆中國文字學國際學術研討會

句踐勒令「遊民不稱貸者」去修築洫、塗、溝、塘，就可以讓真正的農民把全部時間放在農耕生產上，國家的糧食收穫就可以大量增加。」〔註813〕筆者也認同此一看法。

②王趌（集）亡（無）好攸（修）于民厶（三）工之啫（圖／築）

原考釋釋「趌」字為「並」

> 趌，疑為「並」之壞字。並，遍。《易・井》：「王明，並受其福。」攸，讀為「修」。民三工之啫，意不明，疑「啫」讀為「功」或「圖」，此句指耗費大量民力的工程或規畫。〔註814〕

孫合肥認為「啫」簡文讀為「築」，有「建」、「造」之義：

> 簡文「啫」字，从工，者聲，整理者隸定字形正確。啫，簡文讀為「築」。者，魚部端紐。築，幽部端紐。古音魚、幽旁轉。典籍「築」有「建」、「造」之義。《公羊傳・莊公二十九年》：「新延廄者何？脩舊也。」何休注：「始造曰築。」《史記・梁孝王世家》：「於是孝王築東苑，方三百餘里。」司馬貞索引：「築，謂建也。」簡文「築」義為「築建工事」、「建造工事」。〔註815〕

蕭旭認為「趌」，不識。「啫」讀為「圖」是也：

> 「趌」字圖版作「𣅈」，不識。「啫」讀為圖是也，上博楚簡「圖」字作「惡」、「惜」或「圉」，猶言規劃，與「修」對應。此簡指三工之圖，故字加義符「工」作「啫」，「工」非聲符。修，猶言制訂。〔註816〕

季師旭昇認為簡文「趌」字可看作「从大从立」，立亦聲，「立」與「合」

論文集》，2017 年 5 月 19 日發表。

〔註813〕季師旭昇：〈《清華柒・越公其事》第四章「不稱貸」、「無好」句考釋〉，澳門大學中國語言文學系，香港浸會大學饒宗頤國學院：《「上古音與古文字研究的整合」國際研討會論文集》，2017 年 7 月 15～17 日。

〔註814〕清華大學出土文獻與保護中心編、李學勤主編：《清華大學藏戰國竹簡（柒）》，上海，中西書局，2017 年 4 月，頁 128，注 12。

〔註815〕孫合肥：〈清華七《越公其事》札記二則〉，http://www.bsm.org.cn/show_article.php?id=2787，20170425。

〔註816〕蕭旭：〈清華簡（七）校補（二）〉，http://www.gwz.fudan.edu.cn/Web/Show/3061，20170605。

音近，因此「敆」字可以讀為「合」，即「大規模聚合」之意；「無好」，當看成動詞「敆」的賓語，為名詞，即「無好者」之省略用法，「敆無好」，即「大合無好者」，「大規模集合沒有專長的人」：

> 「遊民」和「無好者」平常沒有在工作，把他們聚集起來，從事「溢（泑）塗沟（溝）隍（塘）」及「三工之堵」這些需要大量人力的工作，相對的就減少了農民被徵召勞役的時間，因此農民就有時間從事自己的工作（使民暇自相，農功得時），國家就大大地安定（邦乃叚安），因此人民就能大量繁殖（民乃蕃滋）。〔註817〕

香油面子認為應在「王敆無好」後面斷讀，「敆」讀為「並」訓「遍」，或有全部、盡數之意。其意為「王盡喪失其所好」：

> 我們在上述基礎上補充一種看法，疑簡文可於「王敆無好」後斷讀。簡文「敆」從整理者說，讀為「並」訓「遍」，或有全部、盡數之意。「亡」或如字讀，作動詞解，喪失之意。「好」作喜好、愛好，指君王之好。《禮記‧緇衣》：「上有所好，下必甚焉。」似乎可指財物、寶器之類。這裡「王敆無好」猶言王盡數喪我其所好。《史記‧越王勾踐世家》記載：「越王乃以餘兵五千人保棲於會稽，吳王追而圍之，勾踐欲殺妻子，燔寶器，觸戰以死。」又記載「於是勾踐以美女寶器令種閒獻吳太宰嚭，嚭受，乃見大夫種於吳王。種頓首言曰：『願大王赦勾踐之罪，盡入其寶器，不幸不赦，勾踐將盡殺其妻子，燔其寶器，悉五千人觸戰，必有當也。』」多次言及的「寶器」，此或即越王昔日所好之物。從上下簡文看越王已有勵精圖治之心，所謂「王敆無好」，既指越王寶器入吳的事實，似乎又可指越王盡數毀棄昔日對寶器之好，可與後面簡文順暢連接。〔註818〕

香油面子認為「攸」或讀為「悠」，有弛放，輕忽之義；「堵」從工從者，或讀作「旅」即眾人：

> 「攸于民众工之堵」之「攸」或讀為「悠」，有弛放，輕忽之義。《墨

〔註817〕季師旭昇：〈《清華柒‧越公其事》第四章「不稱貸」、「無好」句考釋〉，澳門大學中國語言文學系，香港浸會大學饒宗頤國學院：《「上古音與古文字研究的整合」國際研討會論文集》，2017年7月15～17日。

〔註818〕簡帛論壇「清華七《越公其事》初讀」，第218樓，20180125。

子・尚賢下》:「其所罰者,亦無罪,是以使百姓皆攸心解體。」孫
詒讓閒詁:「畢云:『攸,一本作放』攸與悠通,言悠忽也。《淮南子・
修務訓》高注云:『悠忽,遊蕩輕物也』」也有閒暇之義。《詩・小雅・
車攻》:「悠悠旆旌」,朱熹集傳:「悠悠,閒暇之貌。」亦或讀作「蓄」。
攸(修)、蓄二字,上古音修為喻紐幽部,蓄為曉紐覺部,喻、曉古
音相近,幽、覺對轉,攸(修)、蓄二字似可通。《管子・輕重戊》
「其君且自得而修穀」集校引吳汝綸云:「修,當讀為蓄。」簡文「民
𠩺(三)工」從ee說(《清華柒〈越公其事〉初讀》,「ee」於2017
年5月15日在177樓的發言),這裡疑即「貴(力)役、幽塗、溝
塘之功。」簡文「堵」從工從者,或讀作「旅」;所從「工」或與上
文「𤣥(功)」字相呼應。「堵」之「者」或為聲符,章紐魚部,與
來紐魚部的「旅」,音近。《說文》:「者,別事詞也。从白,𣏟聲,𣏟,
古文旅字。」旅,即眾人,行旅之義,在這裡或指做「貴(力)役、
幽塗、溝塘之功」的百姓民眾。

綜合來看,簡文「王𣓏(並)亡好,攸(悠)于民𠩺(三)工之堵
(旅)」或可以理解為越王盡數摒棄所好之事,寬待做著貴(力)
役、幽塗、溝塘之功的民眾。有減輕徭役的意味。這也正和後文所
記載「茲(使)民砐(暇)自相,蘱(農)工(功)夏(得)寺(時),
邦乃砐(暇)安,民乃蕃苤(滋)。」的實際效果是接續的。〔註819〕

郭洗凡認為「堵」讀為「圖」,上博楚簡「圖」字作「𢘗」、「𢙝」或「圖」,
與「修」對應,指的是計劃、規劃的含義。〔註820〕

羅云君認為「王𣓏(並)亡好」後面斷讀,是針對「𠭯(役)濖(泑)塗
泃(溝)隍(塘)之𤣥(功)」而言的:

在「王𣓏(並)亡好」後斷讀的意見可從。但在結合前文「縱(縱)
經(輕)遊民不【二七】冄(稱)貣(貸)」的相關解讀,「王𣓏(並)
亡好」是針對「𠭯(役)濖(泑)塗泃(溝)隍(塘)之𤣥(功)」

〔註819〕簡帛論壇「清華七《越公其事》初讀」,第218樓,20180125。
〔註820〕郭洗凡:《清華簡《越公其事》集釋》,安徽大學碩士學位論文,2018年3月,頁57。

而言的，國君征發力役修建水利工程時，不以王的享樂為要，而以百姓所需的農業工程為務。〔註821〕

子居「攸」的字本即「修」字，修即修治，好即嗜好。因為「好修」、「天命反側」一詞而判斷《越公其事》第二章、第四章成文于戰國後期；「三工」非ee所說的「貪（力）役、幽塗、溝塘」，「三工」當讀為「三江」，「啚」當讀為「渚」；此句當句讀為「王並無好修於民，三江之渚使民暇自相」：

> 筆者認為，整理者釋為「攸」的字本即「修」字，故無需「讀為『修』」，好即嗜好，修即修治，「好修」一詞四見於《楚辭》，即《離騷》的「民生各有所樂兮，余獨好修以為常。……汝何博謇而好修兮，紛獨有此姱節。……苟中情其好修兮，又何必用夫行媒。……豈其有他故兮，莫好修之害也。」再考慮到《越公其事》第二章的「天命反側」句又見於《楚辭·天問》，當可證《越公其事》第二章、第四章的成文時段與屈原的生活時段大致相當，且地域也頗相近，因此《越公其事》第四章也以成文于戰國後期為最可能。網友ee所提出的「本簡所謂的『三工』疑即『貪（力）役、幽塗、溝塘之功』」應該是不成立的，「貪（力）役、幽塗、溝塘之功」只是一種泛舉，並非是三種明確的劃分，實際上句讀為「力、役、坳、塗、溝、塘之功」也無不可，故顯然也無法對應「三工」。筆者以為，「三工」當讀為「三江」，「啚」當讀為「渚」，《楚辭·九歌·湘君》：「朝騁騖兮江皋，夕弭節兮北渚。」王逸注：「渚，水涯也。」此句當句讀為「王並無好修於民，三江之渚使民暇自相」，《戰國策·秦策四》：「吳之信越也，從而伐齊，既勝齊人于艾陵，還為越王禽于三江之浦。」所言「三江之浦」即對應《越公其事》此處的「三江之渚」。〔註822〕

吳德貞認為「啚」可從整理者讀為「圖」，訓為「謀」，「計劃」、「規劃」：

> 「啚」可從整理者讀為「圖」，訓為「謀」，這裏指關於「好修於民三工」之「計劃」、「規劃」，因此簡文寫作从工从者之圖，與本篇

〔註821〕羅云君：《清華簡《越公其事》研究》，東北師範大學，2018年5月，頁53。

〔註822〕子居：〈清華簡七《越公其事》第四章解析〉，http://www.xianqin.tk/2018/05/14/440，20180514。

簡 11「良圖」之字區分，後者從心表示的是內心的「謀劃」、「計策」。兩字儘管都是讀為「圖」，但是所圖的著重點不同，所以寫法也有區別。〔註823〕

劉信芳認為「犾」同「替」字：

> 犾同「替」，《說文》正篆從竝自聲，「自」省寫如「白」，或從日作「暜」，「廢也，一偏下也」，他計切。依《說文》例，簡文「犾」可以理解為「替」之古文。《說文》正篆從「自」乃區別意義的聲符。或體從「日」，聲符「日」乃「自」之省減。《書·旅獒》「無替厥服」，傳：「使無廢其職分。」《詩·小雅·楚茨》「子子孫孫，勿替引之」，毛傳：「替，廢也，」《爾雅·釋言》：「替，滅也。」〔註824〕

劉信芳認為「亡（無）好攸（修）于民」指於民不利的興修：

> 亡（無）好攸（修）于民：于民不利，于民不善，妨礙于民的興修。頗有「擾民」的意思。〔註825〕

劉信芳認為「厽（三）工」，三，三時；工，工程。結合下文「蓐（農）工昱（得）寺（時）」分析，「三時」本當務農，佔用農時興修工程，乃簡文所謂「三工」。簡文「三工」與魯莊公「三時興築作之役」相類似：

> 厽（三）工：三，三時。工，工程。結合下文「蓐（農）工昱（得）寺（時）」分析，「三時」本當務農，佔用農時興修工程，乃簡文所謂「三工」。《左傳》桓公六年「夫民，神之主也，是以聖王先成民，而後致力於神」「奉盛以告曰：絜粢豐盛。謂其三時不害，而民和年豐也」「故務其三時，修其五教」，注：「三時，春夏秋。」《左傳》昭公二十三年「三務成功」，注：「春夏秋三時之務。」《春秋穀梁傳》莊公三十一年「秋，築臺于秦。不正。罷民三時，虞山林藪澤之利，且財盡則怨，力盡則懟」。《國語·周語上》：「民之大事在農」「王耕一墢，班三之，庶人終于千畝」「是時也，王事唯農是務，無有求利

〔註823〕吳德貞：《清華簡《越公其事》集釋》，武漢大學碩士論文，2018 年 5 月，頁 49。
〔註824〕劉信芳：〈清華簡柒《越公其事》第四章釋讀〉，2019 鄭州《中國文字學第十屆學術年會論文集》，頁 508。
〔註825〕劉信芳：〈清華簡柒《越公其事》第四章釋讀〉，2019 鄭州《中國文字學第十屆學術年會論文集》，頁 509。

於其官以干農功。三時務農而一時講武，故征則有威，守則有財。」
韋昭注：「三時，春夏秋。一時，冬也。」《新語·至德》：「魯莊公
一年之中以三時興築作之役，規固山林草澤之利，與民爭田魚薪菜
之饒，刻畫丹楹，眩曜靡麗。」馬王堆漢墓帛書《經法·論約》：「三
時成功。」簡文「三工」與魯莊公「三時興築作之役」類。〔註826〕

劉信芳認為「堵」以讀為「圖」義長。圖，規劃也，猶本文上引《新語》
魯莊公興築作之「規」也。〔註827〕

王青認為應在「民」字斷句。「三工」當指為王逸娛所修之工程。「堵」應
讀為「瘏」，病也：

> 此句簡文似應在「民」字後斷句，「王赽（並）亡（無）好攸（修）
> 於民，厽（三）工之堵」。「三工」，當指為王逸娛所修之工程，《漢
> 書》卷七二「三工官官費五千萬」，顏師古注：「三工官，謂少府之
> 屬官，考工室也，右工室也，東園匠也。」（《漢書·王貢兩龔鮑傳》，
> 《漢書》，北京：中華書局，1962 年，第 3071 頁）可以為參證。「堵」
> 應讀為「瘏」。《爾雅·釋詁上》：「瘏，病也。」〔註828〕

秋貞案：

原考釋認為「赽」，疑為「並」之壞字，訓為「遍」，此說法有待商榷。「赽」
從「立」從「大」，目前未識，各家眾說紛紜，莫衷一是。筆者細看「赽」字
形，假設書手寫壞「赽」字，為何不把「立」下的橫筆再拉長即成為「並」字
呢？書手沒有這樣做，可見此字的字形原本就是如此寫法，因此可以判斷「赽」
字並非壞字，只是如今我們不識而已。目前「赽」的解釋有三種：原考釋讀為
「並」，訓為「遍」、季師認為「合」及劉信芳認為是「替」。

「三工」是什麼意思？原考釋釋「民三工之堵」，意不明。季師旭昇認為「三
工官」不會如《漢書》所說的「工室園匠」。「堵」字從「工」，自然與工務有關，

〔註826〕劉信芳：〈清華簡柒《越公其事》第四章釋讀〉，2019 鄭州《中國文字學第十屆學
術年會論文集》，頁 509。
〔註827〕劉信芳：〈清華簡柒《越公其事》第四章釋讀〉，2019 鄭州《中國文字學第十屆學
術年會論文集》，頁 509。
〔註828〕王青：〈清華簡《越公其事》補釋〉，「出土文獻與商周社會學術研討會」會議論文
集，2019 年，頁 323～332。

歷來耗費民力最大的事應該是「修城、修路、河堤之屬」：

> 簡文「三工之琽」的「琽」字從「工」，自然與工務有關，歷來耗費
> 民力最大的事，莫如修城、修路、河堤之屬。這些事情是非做不可
> 的，城牆不修，安全堪虞；道路不築，交通阻滯；河堤不固，水患
> 難防。〔註829〕

子居認為「三工」為「三江」。筆者認為「三工」不會是「三江」的理由
是一、《越公其事》有很多「江」字如簡23有「潸（海）滰（濟）江沽（湖）」
的「江」字就寫作「𪷽」；簡63有「軍於江北」的「𪷽」、簡64有「牭（將）
舟戰（戰）於江」的「𪷽」；簡65「渝江五里以須」的「𪷽」、簡65「右軍
涉江」的「𪷽」；簡66「涉江」的「𪷽」。以上的「江」字都寫作從「水」
從「工」，所以書手不會在「三工之琽」的「工」作為「江」字。第二個理由
是後面的「琽」字從「工」，故判斷應是「工事」不會是作「江」字解釋。「三
工」應該比較傾向季師所言耗費民力的工程，至於是不是三種工程，則尚無
法斷言。

「三工之琽」的「琽」字作什麼解釋呢？筆者整理各家的說法如下表：

各家說法	釋　讀	釋　意
原考釋	讀為「功」或「圖」	工程或規畫
孫合肥	讀為「築」	有「建」、「造」之義
蕭旭	讀為圖是也，上博楚簡「圖」字作「𢗅」、「悇」或「圖」	規劃
季師旭昇	「琽」字從「工」	自然與工務有關
香油面子	「琽」從工從者，或讀作「旅」	眾人
郭洗凡	「琽」讀為「圖」圕	規劃
子居	「琽」當讀為「渚」	三江之渚
吳德貞	讀為「圖」	訓為「謀」，「計劃」、「規劃」
劉信芳	讀為「圖」	規畫
王青	讀為「瘏」	病也

從聲韻上，「琽」從「工」形「者」聲的字，上古音在章母魚部，「功」

〔註829〕季師旭昇：〈《清華柒・越公其事》第四章「不稱貸」、「無好」句考釋〉，澳門大學
中國語言文學系，香港浸會大學饒宗頤國學院：《「上古音與古文字研究的整合」
國際研討會論文集》，2017年7月15〜17日。

在見母東部，所以聲韻不近。「堵」與「圖」（定母魚部）、「旅」（來母魚部）、「渚」（章母魚部）、「築」（知母幽部），聲均為舌頭音，韻為魚幽旁轉，聲韻可通。從字義上，「堵」字從「工」，故釋為工程或規畫計謀均合文義，釋為「圖」和「築」比較有可能。「三工之圖（築）」如原考釋所指「耗費大量民力的工程或規畫」可從。王青認為「堵」為「病也」是因為他認為「三工」是王之逸樂工程吧。此句可以不必斷句。季師認為「王合無好修于民三工之堵」，把「狀」釋為「合」，集合之意，指的是越王把耗費民力的工程，交由無所專長的人去做，所以才使「民暇自相，農工得時」。這兩種解釋都很好，可以和「民暇自相」文意相合，是目前最好的說法。

③茲（使）民砠（暇）自相，蓐（農）工（功）旻（得）寺（時）

原考釋：

> 砠，讀為「暇」，閒暇。相，助。《書‧盤庚下》「予其懋簡相爾，念敬我眾」孔傳：「簡，大；相，助也。勉大助汝。」蓐，即「農」字異體。農工，讀為「農功」，農事。《國語‧周語上》：「是時也，王事惟農是務，無有求利於其官，以干農天功。」《左傳》襄公十七年：「宋皇國父為大宰，為平公築臺，妨於農收，子罕請俟農功之畢，公弗許。」得時，得到耕作的時間。《國語‧越語下》：「得時不成，反受其殃。」〔註830〕

王磊認為「自相」的「相」應釋「將」，「自將」謂能自我保全，得以生存：

> 「自相」整理者無說。「自相」在典籍中是「相互」的意思，「使民暇自相」理解為「使民眾閒暇相互」，恐於文義未安。「相」疑當讀為「將」，「相」古音屬心紐、陽部，「將」屬精紐陽部，古音相近。上博簡《父母之命》：「日逑月相」，《禮記‧孔子閒居》作：「日就月將」，是兩字相通假的例證。

> 「自將」謂能自我保全，得以生存。《漢書‧兒寬傳》：「寬為人溫良，有廉知自將，善屬文，然懦於武，口弗能發明也。」顏師古注：「將，衛也，以智自衛護也。」《孔子家語‧七十二弟子解》：「南宮韜，魯

〔註830〕清華大學出土文獻與保護中心編、李學勤主編：《清華大學藏戰國竹簡（柒）》，上海，中西書局，2017年4月，頁128，注13。

人，字子容，以智自將。」《論衡・儒增篇》：「仆頭碎首，力不能自
將也。」是其用例。因此我們認為，「使民暇自相」當是「使民眾暇
安，以自保全」的意思，以本字讀之似未確。〔註831〕

羅云君認為「農功得時」當與工程建設不違背農時有關。〔註832〕

子居認為「相」應訓為「治」，自相即自治：

先秦文獻未見自助之說，故整理者以「助」訓「相」恐不確。筆者
認為，「相」當訓為治，自相即自治，《左傳・昭公二十五年》：「公
烏死，季公亥與公思展與公烏之臣申夜姑相其室。」杜預注：「相，
治也。」《小爾雅・廣詁》：「攻、為、詁、相、旬、宰、營、匠，治
也。」《管子・侈靡》：「樹木之勝霜雪者，不聽於天，士能自治者，
不從聖人。」《韓非子・五蠹》：「是以厚賞不行，重罰不用，而民自
治。」〔註833〕

劉信芳認為「假」，借也，藉也。《禮記・曲禮上》「假爾泰龜有常，假爾
泰筮有常」，假，因也。相，選擇也。這裡指越王廢除多項「無好修」之工程，
輕徭役。民或務農，或務工，可以根據自己的情況作出選擇，故農工得時也。
〔註834〕

秋貞案：

原考釋釋「相」為「助」，沒有再多做說明；王磊認為「相」應該釋為「將」，
上博簡《父母之命》有「日逮月相」，《禮記・孔子閑居》作：「日就月將」，
證明兩字相通假的例證。以上兩者均可。筆者認為「相」如子居所言，可以
作「治」之意。補充一例《左傳・昭公九年》：「而楚所相也。」杜預注：「《小
爾雅・廣詁》：『相，治也。』」〔註835〕簡文這裡是「民叚自相」指的是「人
民有閒暇自治」，才得以適時從事農耕。

〔註831〕王磊：〈清華七《越公其事》札記六則〉，http://www.bsm.org.cn/show_article.php?id=2806，20170517。

〔註832〕羅云君：《清華簡《越公其事》研究》，東北師範大學，2018 年 5 月，頁 55。

〔註833〕子居：〈清華簡七《越公其事》第四章解析〉，http://www.xianqin.tk/2018/05/14/440，20180514。

〔註834〕劉信芳：〈清華簡柒《越公其事》第四章釋讀〉，2019 鄭州《中國文字學第十屆學術年會論文集》，頁 509。

〔註835〕宗福邦、陳世鐃、蕭海波主編：《故訓匯纂》，商務印書館，2007 年 9 月，頁 1545。

④邦乃砠（暇）安

原考釋：

暇安，暇逸安寧。〔註836〕

明珍認為民，應讀為「嘏」，釋為「大」義。嘏安，即典籍常見之「大安」：

因為任用無事的遊民來做這些勞役之事，所以「民暇自相，農工得時」，因此邦乃大安。〔註837〕

心包認為這個「民」記錄的可能是《王家臺》秦簡「地修城固，民心乃殷（民）」中的「民」這個詞，對應《睡虎地・為吏之道》中「地修城固，民心乃寧」中的「寧」：

簡 28～29 的「邦乃民安」，或如整理者讀為「暇」，或如「明珍」女士讀為副詞「胡」，似皆有可商，這個「民」記錄的可能是《王家臺》秦簡「地修城固，民心乃殷（民）」中的「民」這個詞，對應《睡虎地・為吏之道》中「地修城固，民心乃寧」中的「寧」，（參劉嬌女士《利用傳世古書和出土簡帛古書中的相同或類似內容校正出土簡帛古書舉例》，《中國文字》36 輯）。〔註838〕

王寧認為「砠（🔲）」可能作「貉」又通假書作「民」，其義與「寧」、「靜」同：

《爾雅・釋詁》：「貉、寧，靜也。」其中的「貉」《釋文》「音貊」，《疏》：「貉者，靜定也。」《越公其事》原文可能是作「貉」，抄手讀為曷各切或下各切的「貉」，又通假書作「民」，其義與「寧」、「靜」同。〔註838〕

王青認為當讀若「拓」。28 簡最後一字亦當讀「拓」，皆釋為大。「民砠（拓）自相」，意即民眾皆自相謀生，國無作為也。「茲（使）民砠（拓）自相」以下

〔註836〕清華大學出土文獻與保護中心編、李學勤主編：《清華大學藏戰國竹簡（柒）》，上海，中西書局，2017 年 4 月，頁 129，注 14。

〔註837〕簡帛論壇：「清華七《越公其事》初讀」，第 123 樓，20170501。又見駱珍伊：《〈清華柒・越公其事〉補釋》，《第二十九屆中國文字學國際學術研討會論文集》，2017 年 5 月 19 日發表。

〔註838〕簡帛論壇：「清華七《越公其事》初讀」，第 210 樓，20171025。

〔註838〕簡帛論壇：「清華七《越公其事》初讀」，第 211 樓，20171025。

兩句為作者評論之語，非紀事。〔註839〕

秋貞案：

本簡兩見「」字，原考釋所釋都是同一義，「閒暇」之義。筆者認為原考釋所釋可信。查「叚」字，未見甲骨文，金文為「（周中.盨尊《金》）」、「（春.曾伯霏匜《金》）」，金文從又從爪（當為刀之訛）從石，戰國楚文字「（《清華簡壹‧皇6》）」會以石磨刀，屬石之意。〔註840〕後來此字為「借」是假借義。本簡為「」字，隸為「硪」，從「石」從「刀」從「又」，釋為「暇」（匣母魚部），和「借」（精母魚部）和「貉」（匣母魚部）聲韻可通。「邦乃叚安」應如整理者所說之「暇逸安寧」。筆者認為，國家因為越王採取不讓農民去做耗費民力之工程，農民可以有時間自理及農作，於是國家得到安定，簡文這裡的意思不是國家無作為之意。

⑤民乃蕃芋（滋）

原考釋：

> 蕃芋，讀為「蕃滋」。《國語‧越語下》：「五穀睦熟，民乃蕃滋。」古書又有「繁字」。《尹文子‧大道下》：「內無專寵，外無近習，支庶繁字，長幼不亂，昌國也。」字，有「字」、「免」兩讀，是來源不同的同形字。字書又有「芫」字，《玉篇》：「草木有新生者。」「字」與「免」很早就混訛了。〔註841〕

子居認為由「繁滋」一詞認為《越公其事》第四章的成文很可能是不早於戰國後期的：

> 「蕃滋」一詞，傳世文獻又作繁滋、蕃息、蕃殖，該詞最早出現于戰國後期，因此也可知《越公其事》第四章的成文很可能是不早于戰國後期的。眾所周知，自戰國前期起，隨著高效農具的推廣，農耕技術的提高，直接導致耕地面積的擴大。變法在各國的

〔註839〕王青：〈清華簡《越公其事》補釋〉，「出土文獻與商周社會學術研討會」會議論文集，2019年，頁323～332。

〔註840〕季師旭昇：《說文新證》，藝文印書館，2014年9月2日出版，頁210。

〔註841〕清華大學出土文獻與保護中心編、李學勤主編：《清華大學藏戰國竹簡（柒）》，上海，中西書局，2017年4月，頁129，注15。

逐漸盛行，更是促進了生產力的提高。在此基礎上，戰國後期的人口大幅增加，各國普遍出現「民乃蕃滋」的現象。因應這一趨勢，農家也從之前的默默無聞一躍而成為當時諸子百家中非常引人注目的一個學術流派，「神農」的稱號也正是在這個時期出現在各先秦典籍之中的。因此，《越公其事》第四章、《國語‧越語下》等的描述所用正是反映這一當時實際存在現象的詞彙，完全相同的「民乃蕃滋」句的存在也決定了二者成文時間很可能是較接近的。〔註842〕

秋貞案：

「民乃蕃孳」，如原考釋之意，農民有時間從事農工得時，國家就得到安定，人民就能安心繁衍後代，使國家的人口增加。

⑥羍=（至于）厽（三）年

原考釋：

此處指休養生息了三年。句踐三年，句踐棲會稽與吳行成，實施三年休養生息政策，然後有所作為。此時為句踐六年。〔註843〕

秋貞案：

「羍=」為「至于」兩字的合文。「羍=厽年」指的是越王讓農民適時農作，得以休養生息，這樣持續三年的時間。

⑦雩（越）王句戈（踐）女（焉）訇（始）复（作）絽（起）五政之聿（律）。∟

原考釋：

紀，治理。《國語‧周語上》「稷則徧誡百姓，紀農協功」韋昭注：「紀，謂綜理也。」五政，指下文的農政、刑德、徵人、兵政、民政。聿，讀為「律」，法也。〔註844〕

〔註842〕子居：〈清華簡七《越公其事》第四章解析〉，http://www.xianqin.tk/2018/05/14/440，20180514。

〔註843〕清華大學出土文獻與保護中心編、李學勤主編：《清華大學藏戰國竹簡（柒）》，上海，中西書局，2017年4月，頁129，注16。

〔註844〕清華大學出土文獻與保護中心編、李學勤主編：《清華大學藏戰國竹簡（柒）》，上

子居認為「作紀」當讀為「作起」即造作：

> 「作紀」當讀為「作起」，作起即造作，如《大戴禮記·千乘》：「凡民之不刑，崩本以要間，作起不敬，以欺惑憧愚。」《論衡·調時》：「見食之家，作起厭勝，以五行之物，懸金木水火。」皆是其辭例。

〔註845〕

秋貞案：

「女」原考釋釋「焉」但無說，筆者認為「焉」可以釋作「於是」，《國語·晉語》：「焉作轅田。……，焉作州兵。」《左傳·僖十五年》：「晉於是乎作爰田。……晉於是乎作州兵。」〔註846〕這裡的簡文「焉始」解釋為「於是開始」。「作絽」的「絽」可以當如原考釋所說的「紀」，治理。「雪王句戋女訂复絽五政之聿」的意思為「越王句踐於是開始治理五政之律」。

2. 整句釋義

越王總管遊民的政策，不另外徵稅，使役遊民去服各種土木水利等工程的勞役。越王還集合沒有專長的遊民去修繕有關耗費民力的工程，這樣農民就可以有時間自理及農作，得以適時從事農耕，於是國家得到安定。國家得到安定之後，人民就能安心繁衍後代，使國家的人口增加。越王句踐讓人民休養生息持續三年的時間之後，準備開始實行「五政之律」。

海，中西書局，2017 年 4 月，頁 129，注 17。

〔註845〕子居：〈清華簡七《越公其事》第四章解析〉，http://w.xianqin.tk/2018/05/14/440，20180514。

〔註846〕裴學海：《古書虛字集解》，上海書店，1933 年，頁 105。